규장각
각신들의
나날
2

규장각 각신들의 나날 2
ⓒ 정은궐 2009

초판1쇄	2009년 7월 25일
초판51쇄	2016년 9월 22일
지은이	정은궐
펴낸이	박대일
편집	이문영 · 임수진 · 손수지 · 임유리 · 신지연
교정	박준용
마케팅	송재진
디자인	김은희(표지) · 신동우(본문)
펴낸곳	파란미디어
출판등록	2004년 9월 14일 제313-2004-00214호
주소	04072 서울시 마포구 성지 1길 32-36 (합정동)
전화	02. 3141. 5589(영업부) 070. 4616. 2012(편집부)
팩스	02. 3141. 5590
전자우편	paranbook@gmail.com
카페	http://cafe.naver.com/paranmedia
페이스북	http://www.facebook.com/paranbook

ISBN 978-89-6371-003-7(04810)
　　　978-89-6371-001-3(전2권)

*이 책의 판권은 지은이와 파란미디어에 있습니다.
　이 책 내용의 전부 또는 일부를 재사용하려면 반드시 양측의 서면 동의를 받아야 합니다.

*잘못된 책은 구입하신 서점에서 바꾸어 드립니다.

규장각
각시들의
나날
2

정은궐 장편소설

파란

목차 2권

第六章 모모(嫄母) 부인

第七章 청벽서

第八章 추문

第九章 홍점화

終章  승천(昇天)

第六章

모모嫫母 부인

1

윤희의 눈앞에서 개봉되지도 않은 봉투가 갈기갈기 찢어졌다. 이로써 세 번째 사임 원서가 똑같은 모양으로 끝을 맺었다.

"가 보게. 앞으로 또 가져올 것이라면 내 방을 넘지 말도록!"

윤희는 인욱에게 인사를 한 뒤 뒷걸음으로 물러났다.

"반드시 사임하겠다는 열의도 없는 원서는 왜 자꾸 가져오는가?"

느닷없는 인욱의 덧붙임이 문지방을 넘으려던 그녀의 발목을 잡았다.

"사임하겠다는 열의가 없으면 세 번에 걸쳐 원서를 가지고 오지 않습니다."

분명한 어조의 대답이었지만 가슴 한쪽에서 미묘한 움직임이 이는 것은 외면할 수 없었다. 인욱이 책상에 어질러진 종이 쪼가리를 뭉쳐 버리면서 말하였다.

"그다지 길지 않은 기간이지만, 내가 봐 온 자네라면 받아들여지지 않는 사임 원서에 매달리느니 다른 수를 썼을 거라 생각하네만. 자네는 자네가 생각하는 것보다 훨씬 영민한 사내거든. 외모와 어울리지 않게 4인방 중에서 최고의 야심가이기도 하고. 아닌 척하는 것이 가증스러울 정도로."

윤희는 마치 벌거벗겨진 듯한 수치심으로 꼼짝하지 않고 서 있었다. 그의 말과 겹쳐지는 또 다른 목소리가 들렸기 때문이기도 하였다. 가족에 대한 책임이나 그에 대한 사랑보다는 벼슬자리에 더 욕심이 있는 사람이라던 목소리였다.

"오늘 소대는 자네가 들어가야 하지 않는가? 어서 가 보게."

"아, 예. 송구합니다."

아무런 말도 하지 못하고 방을 나왔다. 인욱은 멀어져 가는 윤희에게서 독기 어린 눈을 떼지 않았다.

이제는 여름이라 따로 문을 닫을 필요가 없었다. 그래서 청을 사이에 두고 마주하고 있는 당하관 방에도 두 사람의 다툼이 보일 수밖에 없었다. 윤희는 제자리로 돌아와 책과 필기구를 챙겨 달아나듯 이문원을 나갔다. 어느 누구와도 눈을 마주치지 않았다. 선준과도 눈빛을 나누지 못하였다.

윤희가 소대에 참석하러 가고 난 뒤, 그녀의 눈치를 살피느라 쥐 죽은 듯이 있던 용하가 숨소리를 삼키면서 말하였다.

"이번이 세 번째였다니. 허허, 옆에서 그런 고민하는 줄도 모르면서 벗이라 떠들었단 말인가. 요 입이 창피하군."

"정 힘들면 닷새가량 급가給假라도 신청하든지. 사임 원서는 씨알도 안 먹힐 소리고."

"급가는 쉬운가? 사유에 해당하지 않으면 턱도 없는 일일세. 가능하였다면 내가 먼저 신청하고도 남았네."

재신과 용하는 주거니 받거니 하면서 선준의 눈치를 살폈다. 그는 입을 다물고 일에 열중하고 있었다. 열중하는 척하는 것이 아니라 서류가 하나씩 넘어가는 속도를 보면 진짜 일하는 모양이었다.

"가랑, 넌 이 판국에 일이 손에 잡히냐?"

"네? 아, 방금 뭐라고 하셨습니까?"

"일이 손에 잡히느냐고! 대물이 사임하겠다잖아!"

"어차피 사임은 힘듭니다. 그러니 어쩔 도리가 없지 않습니까?"

그는 안부 인사보다 더 무덤덤하게 말하고 다시 서류 속으로 눈을 빠뜨렸다. 참 알기 힘든 인간이다. 재신과 용하는 둘이서 알아서 하겠지 하는 심정으로 서류를 잡았다.

윤희는 이문원을 벗어나자마자 시뻘겋게 달아오른 얼굴을 드러냈다. 여자 주제에 얼토당토않은 욕심을 가진 자신이 싫어서 견딜 수가 없었다. 하지만 이내 그녀의 고개가 세차게 저어졌다. 자신이 싫은 게 아니었다. 자신이 여자인 것이 싫은 건 더더욱 아니었다. 여자는 이 관복을 입을 수 없다는 사실이 싫은 것뿐이었다.

그렇게 머리 복잡한 상황에서도 윤희의 다리는 숙장문을 넘었다. 담이 둘러진 빈청이 보였다. 그곳이 북적이고 있는 것으로 보아 의정부 대신들도 소대에 들어가는 듯하였다. 그렇다는 건 정무도 함께 든다는 말이다. 머릿속의 각종 잡다한 것들이 긴장 하나에 맥도 못 추고 쫓겨 나갔다. 어차피 선정전에서 만날 수밖에 없는데도, 그녀는 꿩 머리 감추듯 승정원 안으로 도망쳤다.

"오! 규장각의 그 명필이시구먼."

자신을 향해 날아오는 말에 놀라 윤희는 걸음을 멈추었다. 승정원 마루에 편하게 앉아 있던 당상관의 말이었다. 그녀는 누구인지를 떠올리기에 앞서 우선 허리를 숙여 인사부터 하였다. 그리고 열심히 머리를 굴렸다. 안면이 전혀 없는 사람이었다.

"난 춘추관에 있다네. 승문원의 황 판교께 자네 이야기는 귀에 딱지가 앉을 정도로 들었지. 필체도 필체지만 그 빠르기가 귀신과도 같다고?"

아이고! 그러잖아도 훗날 윤식과 바꿀 때를 대비하여 한 명이라도 안면을 안 트기 위해 노력하는데, 황 판교까지 가세해서 방해를 하고 있었다. 그는 그 나름대로 최선을 다해서 윤희를 도와주려고 하는 것이 반대로 윤희를 위협하는 꼴이었다.

"과찬이십니다."

윤희는 얼른 소맷자락에서 명자를 꺼내 공손하게 바쳤다. 그러자 그도 자신의 명자를 내어 주었다.

정삼품 춘추관 수찬관 김택수

비록 명자에는 기록되어 있지 않지만 수찬관이 여기에 있다는 건 승지를 겸임하고 있다는 뜻이다. 겸임일 경우 명자에는 왕과 좀 더 가까운 관청을 적는 게 보통이다. 그쪽이 더 권력이 있기 때문이다. 그런데 독특하게 춘추관 관직을 적은 걸 보면, 이 사람은 춘추관 쪽을 더 자랑스럽게 생각하는 듯하였다. 선준이 자신의 명자에 홍문관 관직이 아닌 규장각 관직을 적은 것과 마찬가지다.

"만나 뵙게 되어 영광입니다."

"김윤식 대교, 다들 자네 솜씨를 침을 튀기며 말하기에 몹시 기다렸네. 자네 구경하겠다고 이문원에 들어갔다가는 싫은 소리 듣기 십상이라. 하하하!"

춘추관 관원이라 하면 꼼꼼하고 깐깐하다는 일반 통설과는 달리 시원시원한 성격이었다. 하긴 규장각 각신의 일반 통설과는 완전히 다른 두 사형도 있으니 남 말 할 처지는 못 된다.

"자네가 오늘 소대에 들어가는 각신인가?"

"예, 그렇습니다. 잘 부탁드리겠습니다."

"잘해 보자고. 금상의 만만치 않은 윤언 덕분에 우리 기사관들도 그렇지만 각신들도 고생스럽기는 마찬가지일걸세."

여러 승지들과 함께 승정원을 나서는데 그 앞으로 서슬 퍼런 의정부 대신들이 지나갔다. 승정원에서 제일 높은 도승지조차 그들 앞에 서는 숨도 제대로 내쉬지 못하는 존재였다. 그러니 윤희는 오죽하겠는가. 모든 관원이 일제히 허리를 숙였기에 그녀는 정무와 눈도 마주치지 못하고 따라서 허리를 숙였다. 눈은 마주치지 못했지만 느낌으로 알 수 있었다. 이제까지 만났던 정무는 선준의 부친에 지나지 않았다. 하지만 우의정으로서의 정무는 감히 근접할 수조차 없는 사람이었다. 눈이 아닌 피부가 느끼는 위압감이란 이러한 것임을 깨달았다.

그들이 지나가고 난 뒤 관원들은 허리를 들었다. 윤희는 의금부로 끌려갈 때의 공포가 정무와 왕이 함께 있는 곳으로 들어가는 지금의 심정과 비슷하지 않을까 생각하면서 선정전으로 들어갔다.

왕을 비롯하여 대신과 승지들이 착석을 마치자마자 소대는 정사에 대한 토론으로 들어갔다. 대신도 미리 통보받아 준비를 마치고 왔기에 중요한 사안들은 예사로 넘기지 않았다. 여기서 윤희가 하는 일은 끄트머리에 앉아 임금의 말을 기록하는 것이었다. 사관이 주로 선정전 안의 전체 대화를 적는다면, 각신은 왕의 말을 중점적으로 적었다. 이것을 따로 정리하여 각종 어록을 엮는 데 사용하였다. 그런데 택수의 말처럼 이게 만만치가 않았다. 금상은 워낙 현학적인 말을 즐기기 때문에 일상어와 경문을 자유자재로 섞어 쓰기 일쑤였다. 일상어를 경문처럼 쓸 때도 있고 경문을 일상어처럼 쓸 때도 있었다. 여기서 경문을 포착하여 원문 그대로를 뽑아내는 게 가장 어려운 일이었다. 그리고 불쑥불쑥 튀어나오는 독설들을 위엄을 갖춘 문장으로 완화시켜 만들어 내는 것 또한 만만치 않은 고생거리였다. 조정에서 말 거칠게 하는 사람들 순서로 줄 세우면 왕도 선두에서 자리다툼할 입이었기 때문이다.

선정전 안에서 왕은 윤희를 의식하지 않았다. 정무도 마찬가지였다. 눈길은 고사하고라도 그녀가 이곳에 있는 것조차 모르는 것 같았다. 하지만 머릿속을 쪼개 보면 실상은 왕과 정무 모두 그녀로 인해 신경이 곤두서 있었고, 윤희도 신료들의 눈에서 자신의 존재를 가리기 위해 바짝 긴장을 하고 있었다.

긴 시간에 걸친 소대가 끝나고 각자 자신의 앞에 놓인 서류들을 정리할 때였다.

"거기, 김윤식 대교."

갑작스런 왕의 부름에 윤희와 함께 정무의 동작도 멈췄다. 그녀는 잠시 우왕좌왕하다가 이마로 바닥을 때릴 듯이 고개를 푹 숙였다.

"오늘 적은 것 들고 이리 오라."

"신 김윤식, 아뢰옵기 송구하오나 소신조차 알아보기 힘들 정도로 휘갈겨 쓴 것이오라……."

"괘념치 말고 가져오라."

윤희는 정무 쪽은 차마 힐끔거리지도 못하고 뻣뻣하게 굳은 걸음으로 왕에게로 가서 머리 위로 종이 뭉치를 받들어 내밀었다. 내관이 중간에서 건네려고 하자 왕은 손짓으로 중단시켰다. 그리고 서류 챙기느라 이쪽은 관심도 없는 척하는 정무를 슬쩍 본 뒤에 말하였다.

"내 팔은 그리 길지 않다. 더 가까이 와야 잡을 수 있지."

윤희는 정무 쪽을 의식하면서 가까이 다가가 왕의 손에 종이 뭉치를 건넸다. 여전히 얼굴은 바닥을 향해 있었다.

"김윤식 대교는 아름답기가 여인도 부럽지 않아."

보이지도 않는 얼굴을 거론한 왕은 싱긋이 웃으며, 한 눈동자 안에 윤희와 정무를 동시에 넣었다. 정무는 심장이 마비되는 충격을 애써 참으며 서류를 모아서 꽉 쥐었다. 그런 그의 귀에 윤희의 대답이 들렸다.

"상감마마의 칭찬에 소신 몸 둘 바를 모르겠사옵니다. 하오나 애석하게도 소신은 정암 조광조에는 감히 미치지 못하옵니다."

"조광조?"

"학식과 미모가 어느 한쪽도 기울지가 않음에 항간에서는 여전히 칭송되고 있사오나, 본인은 사내답지 않은 수려한 미모에 불만을 품어 거울 보기조차 싫어하였다 하지 않사옵니까. 하온데 소신은 적어도 거울 보기를 싫어하지는 않으니 그에 비하면 썩 사내답다 할 것이옵니다."

 정무의 턱이 아래로 뚝 떨어졌다. 확인이 불가능한 죽은 자와 비교하는 배짱이라니. 주위를 보니 선정전 안에 있던 사람들 모두 그녀의 말에 공감하여 고개를 끄덕이는 게 아닌가. 천하에 저런 간 큰 사기꾼은 또 없으리라. 그런데 왜 이 사기꾼의 행태에 양쪽 입 꼬리가 위로 올라가는지 알 수가 없었다.

 왕은 재미있다는 듯이 큰 소리로 웃으며 종이를 뒤적였다. 이윽고 웃음이 멎었다. 그리고 차차 인상이 굳어져 갔다.

 "너는……, 고약하구나."

 뜻을 알 수 없는 왕의 말이 두려움 가득한 윤희의 귀에 떨어졌다.

 "소신이 잘못 적은 곳이 있다면……."

 "아니다."

 왕은 눈썹 사이를 잔뜩 구긴 채로 종이 뭉치를 돌려준 후에 선정전을 나갔다. 그 뒤를 이어 신하들도 차례로 자리를 떴다. 윤희는 거의 마지막에 나가면서 정무의 뒤를 쫓았다. 정순을 실패했다는 걸 알리기 위해서였다. 하지만 승정원 앞에서 택수의 손에 붙잡혔다.

 "이보게, 기다렸네."

 "네? 저 지금 바쁜데……. 무슨?"

 "자네가 기록한 것 좀 보여 주게나. 잠깐이면 되네."

 그는 빼앗다시피 하여 종이 뭉치를 확인하였다. 이리저리 살펴보던 그는 머리를 갸웃하면서 중얼거렸다.

 "내 일찍이 이리 뛰어난 속기는 본 적이 없건만, 대체 상감마마께오선 뭐가 탐탁치 않으셨던 건지……. 자네는 승문원이 아니라 우리 춘추관에 와야 할 인물일세."

윤희는 다시 빼앗듯이 받아 들고 얼른 허리 숙인 뒤 정무를 찾아 달아났다. 하지만 빈청에도 들르지 않고 곧바로 의정부로 돌아가 버린 뒤라 그의 모습은 찾을 수가 없었다. 하긴 빈청에 들렀다손 치더라도 그곳에 함부로 들어갈 수 없고, 사람들 앞에서 아는 척할 수도 없는 그녀로서는 어쩔 도리가 없기는 매한가지였다. 역시 왕보다 만나기 힘든 사람임에는 분명하다.

기운 빠진 발걸음으로 터덜터덜 이문원으로 돌아오니 점심 먹자며 세 남자가 기다리고 있었다. 무엇 하나 해결한 게 없는데도 윤희는 필기구를 던져 놓고 수저부터 잡았다. 풍부한 먹을거리를 구비해 주는 덕구 아범과 이를 맛깔스럽게 장만하는 할멈과 매번 끼니때마다 밥을 갖다 나르는 순돌이 덕택에 굶는 일은 없었다. 오히려 다른 관원들에 비하면 호화로운 식사를 하는 편이었다. 식사를 챙겨 올 하인이 없는 다른 관원들은 보통 아침 사진 때 도시락을 싸 오거나 한 끼 정도는 굶는 게 예사였다. 어쩌다 예고 없이 입번이라도 걸리면 하루 이틀 끼니는 건너뛸 때도 있었다. 그리고 밥과 짠 반찬 몇 쪼가리가 고작인 도시락조차 꿈꿀 수 없는 가난한 관원도 있었기에 윤희는 호강한다고 볼 수 있었다. 만약에 세 남자가 아니었다면 그녀도 한 끼 챙겨 먹기가 힘들었을 것이다.

윤희는 잠자코 밥만 먹는 세 남자를 차례로 보았다. 청벽서의 글이 사간원 대문에 붙은 지 사흘이 지나 또 한 번의 글이 예문관 대제학의 자택 대문에 붙었다. 그의 정체는 여전히 오리무중이었다. 그의 목적은 더욱이 알기 힘들었다. 한 번씩 청벽서의 글을 모아 놓고 들여다보며 얻은 결론은 비록 홍벽서의 실력에는 미치지 못하나 그도 문장가 중의 한 명일 것이라는 짐작뿐이었다. 재신의 목격담까지 참고하면 젊은 문장가로 요약이 가능하였다.

 문제는 이제 너 나 할 것 없이 홍벽서와 청벽서에 대해 수군거린다는 것이다. 그로 인해 오래전에 수사를 접었던 각종 관청에서 재수사에 들어갔다는 소문까지 들리는 상황이었다. 각 포도청과 형조, 병조, 사헌부, 심지어 의금부까지 조사에 착수했다는 소문을 퍼다 나른 건 아니나 다를까 용하였다. 그런데 이들 관청의 수사에 진척이 없는 이유가 있었다. 그건 홍벽서이고 싶은 이들이 이 장안에 많았기 때문이었다. 곳곳에서 수시로 홍벽서를 사칭하는 인물이 등장하는가 하면, 툭하면 홍벽서를 팔아 호의호식하다 신고를 당하는 일도 발생하였다. 일련의 사건들의 도움으로 4인방은 옴짝달싹할 수 없는 과중한 업무 속에서도 어느 정도의 여유를 가질 수 있었.

 "녹패도 나왔으니 녹봉 받으러 가야 되는데……. 자네들은 언제 갈 예정인가?"

 윤희는 입에 밥을 넣다 말고 용하를 보았다. 그러고 보니 녹봉을 받을 때가 되었다. 갑자기 모든 긴장과 피로가 사라지는 기분이었다. 그녀는 냉큼 대답하였다.

 "전 당장 가야겠습니다."

 "그래, 그럼 오늘 다 같이 광흥창에 가세. 한데 이번도 감록이 되었다지? 정량을 받기가 하늘의 별 따기이니, 원. 그나마 다행인 건 이번 달은 창평 쪽에서 오는 쌀이라 미질이 좋을 거라는 걸세."

 윤희의 기분이 꽉 꺾였다. 녹봉 전부를 남산골 집으로 보낼 예정이었기에 실망은 더욱 컸다. 세 남자는 원래 가진 재산이 있어 괜찮지만 쌀 한 톨이 아쉬운 그녀는 큰 타격이었다. 어쩔 수 없다. 미질이 좋다고 했으니 그걸 받아다가 미질이 떨어지는 쌀로 바꿔 먹든가 해야지. 그러면 양은 더 많아질 터이다. 가난한 입에게는 질보다 양이 더 중요하다. 재신이 그녀의 궁금함을 대신 물어 주었다.

"이번은 무슨 명목으로 감록한 거라더냐?"

"조운선 문제도 있었고, 또 청국 사신 접대로 인한 지출도 있었고. 그럴 때마다 만만한 게 관원들 녹봉 아닌가."

"장사치 주머니나 덜어 내지, 젠장."

"빼앗는 것보다는 안 주는 게 더 쉬우이."

"애써 그러지 않아도 감록당한 관원들 주머니를 메워 주느라 어차피 장사치 주머니도 털립니다. 그 털린 장사치는 제 주머니 메우느라 백성들 주머니를 털고요. 이래저래 백성들만 거덜 나는 거지요."

선준은 이렇게만 말해 놓고 묵묵히 밥을 먹었다. 윤희는 그를 힐끔거렸다. 선준은 어쩔 생각인 걸까? 그녀가 관직을 그만두어야 한다는 걸 알면서 어째서 일언반구도 없는 걸까? 그의 머릿속을 뒤져 보고 싶었다. 생각해 보면 처음부터 이해가 되지 않는 것투성이였다. 둘이 머리를 합하면 그만두는 건 지금처럼 어렵지 않을지도 모른다. 제 여자가 사내들 틈에 있는 것이 불쾌하지 않다는 건 거짓말일 텐데, 그는 무슨 생각으로 이렇게 내버려두고 있는지 알 수가 없다. 불안하게 하여 목을 조르고 싶은 걸까? 그럴 목적이라면 충분히 성공했다고 말해 주고 싶었다.

"대물, 넌 왜 또 그리 가랑만 쳐다보는 거냐?"

"네? 그게……, 가랑 형님 말씀대로라면 감록당한 제 주머니는 누가 메워 주나 묻고 싶어서요. 저야 사형들 덕분에 호의호식하지만 가족들은……. 그리고 저도 염치가 있으니 여기 익랑골 집에도 얼마 정도 부담은 해야 되겠고."

용하가 밥 먹다 말고 큰 소리로 웃음을 터뜨렸다.

"하하하! 자네 주머니는 돈 많은 관원들이 메워 줄걸세."

윤희는 쓸데없는 농담 하지 말라는 표정으로 그를 보았다. 그는 결코 알지 못할 것이다. 이런 푼돈으로 인한 소소한 고민 따위가 삶에서 가장 큰 부분을 차지하는 사람도 있다는 것을. 처자식이 굶주리고 아파도 대의니 뭐니 하는 높은 이상이 더 중요했던 아버지와는 다른 자신의 생각에 윤희는 갑자기 웃음이 나왔다. 이렇게 다른데도 같은 당파라는 것이 더 우스웠다. 재신이 뚱한 표정으로 그녀를 보았다.

"왜 웃냐? 이야, 네 녀석도 드디어 미쳤구나? 그래, 미칠 때가 되기는 됐다."

윤희는 아예 수저까지 내려놓고 더 크게 웃었다. 용하와 선준도 대체 왜 웃느냐는 표정으로 멀뚱멀뚱 그녀를 보았다. 그들을 보자 더욱 웃음을 멈출 수가 없었다. 선준도 재신도 용하도, 모두 그들의 부친과는 다른 시대를 고민하는데 같은 당파라는 게 우스웠다. 선준도 재신도 용하도 그녀도, 모두 같은 시대를 고민하는데 다른 당파라는 건 더 우스웠다.

벼슬자리가 아니다. 관복이 예뻐서 입고 싶은 것도 아니다. 학문만을 위한 학문을 추구하신 아버지와는 다르게 현실 속에 있는 학문을 하고 싶은 것뿐이다. 그래서 이곳에 있고 싶은 것이다. 이 마음에 수

치심을 가질 이유가 없었다. 가지고 싶지 않았다.

"감록되어도 괜찮으니까, 하하, 매달 나오는 녹봉만이라도 꼬박꼬박 받을 수 있으면 좋겠습니다. 하하."

웃느라 숨이 넘어가듯 말하는 그녀에게 선준이 어리둥절한 얼굴로 물었다.

"그 말이 그리 웃긴 말이오?"

윤희는 손을 저으며 다시 수저를 들었다. 오늘 녹봉을 가져가면 가족들도 이런 밥을 먹을 수가 있을 것이다. 그것만으로도 힘이 났다. 오랜만에 집에 가는 것이기에 윤식에게 해 줄 말도 많았다. 규장각의 문서는 밖으로 가져 나갈 수 없어 직접 보여 줄 수 없는 건 애석하지만, 자세하게 설명해 줄 수는 있었다. 윤희의 머릿속은 설명해 줘야 하는 것을 점검하느라 숟가락질보다 더 바삐 움직였다.

남산골로 접어들자 윤희의 발걸음이 차츰 빨라졌다. 광흥창에서 받은 녹봉을 지게에 짊어진 순돌이가 그녀의 보폭에 맞추느라 덩달아 빨라졌다. 윤희는 집이 가까워질수록 불안해지는 것이 이상하였다. 빨리 이 쌀과 포목 등을 주고 싶어 안달 나서가 아니었다. 불현듯 정무의 말이 떠올랐다.

'한 달이다. ……담보는 너의 동생과 어미의 목숨이다.'

그는 그 후 용서를 한다거나, 한 달의 기간에서 연장해 준다거나 하는 말을 단 한 번도 꺼낸 적이 없었다. 괜찮다고 해 준 사람은 선준일 뿐이었다. 그렇다, 정무가 아니었다. 불안한 마음은 순돌이를 버려두고 달리게 만들었다. 멀리 집이 보였다. 아무 이상이 없나? 집은 그대로인데 사람의 흔적은 보이지 않았다. 싸리문을 밀치고 마당으로 뛰어들었다.

"어머니!"

대답이 없었다. 안방 문을 열었다. 아무도 없었다. 윤식이 방을 열었다. 깔끔하게 정돈된 채 사람의 기척조차 없었다. 이성을 잃은 윤희는 부엌으로 달려갔다. 그곳 역시 아무도 없었다. 다시 한 번 소리쳐 불렀다.

"어머니!"

이번에도 역시 답이 돌아오지 않았다. 그녀의 다리가 힘을 잃고 꺾여 땅으로 떨어졌다. 순돌이가 지게를 집어던지다시피 내려놓고 부엌 앞에 주저앉은 그녀에게로 달려왔다.

"서, 선비님! 대체 무슨 일입니까요?"

"아무도, 아무도 없어. 유, 윤식이조차……, 없어."

넋이 나간 윤희를 두고 순돌이는 집을 샅샅이 뒤졌다. 집 뒤를 빙 둘러보기도 하였지만 그도 사람을 찾지는 못하였다.

"잠시 어디 가셨겠지요. 아무 탈 없을 겁니다요."

"우리 윤식이는……, 외출하지 않아. 아니, 못 해."

그가 큰 덩치를 주체할 수 없었는지 안절부절못하고 말하였다.

"도련님을 모시고 오겠……."

"안 돼! 순돌아, 안 돼. 오늘 홍문관 입번 서시는 날이야. 걱정을 끼칠 수는 없어."

"이건 걱정이 아닙니다요. 아니면 오늘 집에 오시는 분은 누구십니까요? 쇤네가 누구라도 모시고 오겠……."

순돌이는 말하다 말고 고개를 저었다. 지금 여기에 그녀만 홀로 두고 가면 안 될 것 같아서였다. 그렇다고 이렇게 손놓고 있을 수도 없다. 그는 어찌할 바를 모르고 마당을 서성거렸다. 윤희는 부엌문을 짚고 가까스로 일어섰다. 뭐라도 해야만 할 것 같았다. 그녀는 다시 안방과 윤식이 방을 살펴보았다. 깔끔하게 정돈이 되어 있었다. 괴한이 갑자기 들이닥쳤다면 세간 살림이 이런 상태는 아닐 것이다. 여기까지 생각이 미치자 정신이 조금 차려졌다.

윤희는 마루에 걸터앉아 머리를 감싸 쥐었다. 누군가가 어머니와 윤식을 데리고 나갔거나 불러서 나갔을 가능성이 높았다. 역시 정무 외에는 의심할 만한 사람이 없었다. 결국 그는 자신의 경고대로 했단 말인가? 그녀의 온몸이 바들바들 떨리기 시작하였다. 한여름임에도 불구하고 노려보던 정무의 눈빛은 그녀를 겨울 속으로 밀어 넣었다.

"어머나! 바쁘다면서 오늘 어쩐 일로 왔느냐?"

이 목소리는 어머니다! 윤희는 고개를 들어 소리 나는 곳을 보았다. 조씨가 바느질거리가 든 보자기를 들고 싸리문을 들어오고 있었다.

"어, 어머니! 윤식이는요?"

조씨는 딸에게로 반갑게 달려오면서 대답하였다.

"윤식이? 뭐라더라, 무슨 책 볼 거 있다면서 나갔는데. 아직 돌아오지 아니하였느냐?"

윤희의 몸에서 힘이 쭉 빠져나갔다. 그러자 머릿속에서 줄 하나가 끊어진 듯 눈물이 흘러내렸다. 순돌이도 마음이 놓여 바닥에 털썩 주저앉았다. 깜짝 놀란 조씨가 딸을 끌어안았다.

"왜? 대체 무슨 일이야?"

"아, 아뇨. 그냥……."

조씨는 하염없이 눈물을 흘리는 딸을 일으켜 방으로 데리고 들어갔다. 방에 들어가서도 윤희의 눈물은 좀처럼 그치지를 않았다. 이건 정무의 경고가 아니었다. 하늘이 내린 경고인 것만 같았다. 계집이 가져서는 안 되는 욕심을 경고하는…….

윤식은 책과는 전혀 상관없는 황 판교의 저택 앞을 서성거렸다. 이곳을 헤매는 건 오늘이 처음은 아니었다. 어차피 만나기 어려우리라는 건 알고 있다. 규방 처녀가 대문 밖으로 외출하는 일은 거의 없지 않은가. 하지만 서영의 얼굴을 한 번만이라도 더 보고 싶은 마음이 자꾸만 이곳에 있게 하였다. 높은 담 너머에 그녀가 있다는 생각만으로도 설레어 윤식은 하루 종일 서 있어도 지치지가 않았다. 조금 힘들면 그늘에 쪼그려 앉았다가 담 끝에서 담 끝으로 걸어 다니기도 하면서 시간을 보냈다.

서영은 수를 놓다가 잠시 밀쳐놓고 고이 접어 둔 손수건을 펼쳤다. 그 속에는 붉은 실로 묶은 머리카락 세 가닥이 들어 있었다. 그녀의 입가에 잠시 미소가 스미다가 사라졌다. 어째서 그 후로 연락이 없는 걸까? 청혼까지는 아니어도 부친을 통해 언질 정도는 있을 거라 생각했는데 그런 기미는 전혀 없었다. 아무래도 정숙하지 못한 행동이 그의 마음을 얻지 못한 듯하였다. 머리카락을 보자 붉은 목도리 아래의 얼굴이 더욱 그리워졌다. 서영은 다시 머리카락을 고이 싸서 서안 서랍에 넣어 두고 바깥을 향해 말하였다.

"유모! 유모!"

서영의 부름에 노파가 달려왔다.

"아가씨, 무슨 일로 부르셨어요?"

"응, 저기……, 김 도령께서 사시는 댁……."

"아가씨, 행여 또 그때처럼 사내 복장 하고 나가실 생각일랑 하지를 마세요. 쇤네 가슴 졸여 죽는 줄 알았으니까요. 어휴! 그날만 생각하면 지금도 가슴이 벌렁벌렁한 것이……."

"아니 될까? 잠깐 지나가면서 그 댁 근처만 쳐다볼 건데……."

"절대로 아니 될 말씀이세요. 이렇게 만날 조르실 줄 알았다면 그날 쇤네가 아가씨 말씀을 들어 드리는 게 아니었어요."

유모는 실망하여 수틀을 만지작거리는 서영의 옆에 앉았다.

"그 4인방인가 뭔가 하는 양반들이 사는 댁 근처는 가서는 아니 되어요. 익랑골 그 집 담벼락에는 오만 계집들이 다 붙어 있다고 들었거든요. 아가씨처럼 그 댁 양반님들 얼굴 한 번 보겠다고 말이지요. 아무것도 모르고 그 길을 지나던 사람들이 '웬 여인네들이 이리 많누.' 하면서 어리둥절할 정도래요. 그런 집 앞은 뇌물 바치려는 사내들로 버글거리는 것이 정상인데, 희한한 노릇이라고."

서영이 기어들어 가는 목소리로 겨우 말하였다.

"정말 잠시만 보고 올 건데……."

"사내 구경하겠다고 서성거리는 계집들 중에 성한 정신 가진 이가 있을라고. 우리 아가씨같이 얌전한 규수가 그런 계집들 속에 들어가시겠다니. 그냥 혀 물고 죽어 버리는 게 낫지, 쇤네가 그 꼴 보자고 이리 살아 있남."

유모의 신세타령조의 설교를 듣고 있자니 그래도 가 보겠다는 말은 더 이상 할 수가 없었다. 서영은 유모의 눈치를 슬쩍 보았다. 손톱도 들어가지 않을 눈빛이었다. 그녀는 마지못해 수를 놓기 시작하였다. 그러면서 물었다.

"그래, 조금 전에 하녀들한테 갔다 온 건 어떻게 되었어? 대체 왜 소란스러웠대?"

"아! 하인들이 바깥에서 서성거리고 있는 청년을 잡아다가 족쳐야 한다고 해서요. 한두 번도 아니고. 당당히 이 집에 들어오지 못하는 걸 보면 주인어른의 손님은 아닌 게 분명하고……."

바늘을 잡던 서영의 손이 멈추었다. 그녀는 두근거리는 마음을 누르고 물었다.

"어떤 청년?"

하지만 유모는 그녀의 기대를 싹둑 잘랐다.

"아가씨께서 기다리는 분이라면 수상쩍게 바깥에서 그러고 계실 리가 없잖아요. 이 더운 날에."

"그렇지만 사람에게는 각자 피치 못할 사정이 있으니까. 유모가 나가서 어떻게 생긴 분인지 보고……."

"아가씨도 참! 그분일 리는 없다고 해도 그러시네. 아무튼 지금 주인어른이 아니 계셔서, 마님께 의논드리는 중이래요. 잡아들여서 족칠지, 아니면 쫓아 버릴지. 혼기가 찬 처녀가 있는 집안이라 나쁜 소문이라도 돌면 큰일이니까요. 하여간 바깥의 놈도 미친놈이지, 어디 할 짓이 없어서 남의 집 담벼락을 돌아, 돌기는."

유모의 확신에 찬 말도 서영의 실낱같은 희망을 완전히 이기지는 못하였다. 바깥의 청년이 김 도령일 가능성이 아예 없는 것도 아니지 않은가. 그런데 하인들이 강제로 끌고 들어와서 그분을 난처하게 만들면 여러 사람의 입장이 서로 곤란해질 것이다. 집 안에 갇힌 채로 바깥과 연락을 취할 방도가 뭐가 있을까? 그것도 김 도령인지 아닌지도 불명확한 상황에서 말이다. 서영이 엉덩이를 슬쩍 들면서 눈치를 보자 유모는 허리에 손을 얹고 눈을 부릅떴다. 어쩔 수 없이 엉덩이를 다시 방바닥에 붙였다.

서영은 불현듯 떠오른 생각으로 인해 벌떡 일어났다. 그리고 문갑 서랍을 뒤져 붉은 헝겊 쪼가리를 꺼냈다. 진짜 김윤식 도령이라면 이 붉은 천의 의미를 알아차려 줄 것이리라.

"아가씨, 행여 바깥에 나가실 생각은 않는 게……."

"나가지 아니할 터이니 걱정 마."

그녀는 천을 들고 방을 나갔다. 그리고 안방의 동태를 살피면서 안채 담장에 붙어 섰다. 담이 높아 손을 들어도 보이지 않을 것 같았다. 서영은 주위를 두리번거려 긴 장대를 찾아냈다. 그 끝에 붉은 천을 묶어 담 너머를 향해 흔들었다. 땀을 뻘뻘 흘리며 장대를 흔드는 모습을 지켜보던 유모가 어이가 없는 듯 입을 벌리고 있다가, 결국 장대 흔드는 것에 힘을 보태 주었다. 그러면서도 설교는 빠뜨리지 않았다.

"이러서 봤자 소용없다니까 그러시네. 그분이 뭣 때문에 못 들어오시겠어요? 어? 하인들이 지금 잡으러 나가려나 봐요!"

유모가 거들던 장대를 놓고 사랑채 마당이 보이는 위치로 자리를 옮겨 섰다. 서영도 장대를 담 위에 걸쳐 놓고 유모의 행동을 지켜봤다.

"아가씨, 지금 하인들이 대문을 나가고 있어요."

그런데 이때 갑자기 장대 끝을 누군가가 건드리는 느낌이 들었다. 서영은 급히 장대를 잡아당겼다. 붉은 천이 사라지고 없었다. 그녀의 목소리가 다급하게 튀어나왔다.

"혹시 김 도련님?"

담 너머에서 반가운 윤식의 목소리가 넘어왔다.

"황 낭자? 전 김윤식……."

윤식임을 확인하자마자 그녀는 더욱 다급해졌다.

"도련님, 어서 도망치셔요! 하인들이 지금 도련님 잡으러 나갔어요. 어서요!"

"하, 하지만……."

서영은 엉겁결에 담장 기왓장 하나를 번쩍 들고 소리쳤다.

"소녀가 이 아래에 서찰을 넣어 둘 터이니 우선 몸부터 피하신 다음, 며칠 후에 잠잠해지면 다시 오셔요!"

"알겠습니다. 꼭 넣어 두셔야 합니다!"

윤식의 발소리가 멀어졌다. 서영은 장대를 땅에 던져두고 담벼락에 붙어 섰다. 하인들이 조심스럽게 집 주변을 훑으며 다니는 소리가 들렸다. 하지만 다행히 잡히는 소리는 들리지 않았다.

얼굴은 보지 못했지만 목소리를 들은 것만으로도 설레어 윤식은 날아갈 듯 가벼운 걸음으로 집으로 돌아왔다. 다음을 기약받기까지 하였으니 발걸음의 가벼움은 깃털의 무게와도 비교가 되지 않았다. 하지만 허름한 자신의 집 앞에 당도하자 발걸음에 무게감이 깃들었다. 그것은 어깨에서 빠져나가는 사내의 힘과 비슷한 성질의 것이었다.

"어머니, 다녀왔습니다."

윤식의 소곤거림을 듣고 안방에서 조씨가 나왔다.

"왔느냐? 윤희 왔으니까 들어가 보렴."

그녀는 저녁 식사를 준비하기 위해 부엌으로 들어갔다. 윤식은 어스름한 불빛이 새어 나오는 자신의 방을 보았다. 그리고 기척도 하지 않고 방문을 열었다. 한 사내가 앉아 있었다. 등잔불 아래에서 책을 읽는 고운 사내였다. 김윤식이었다. 서영에게 있어 어쩌면 진짜 김윤식일지도 모르는 사람이 자신을 향해 방긋이 웃었다. 어쩌면 가짜 김윤식일지도 모르는 자신도 미소를 보냈다.

"무슨 일 있니?"

걱정스러운 여인의 목소리. 정신이 번쩍 들었다. 아, 누님이다! 진짜 김윤식도, 가짜 김윤식도, 김윤희도 아니었다. 눈앞의 사내 복장을 한 사람은 동생 걱정에 여념 없는 가엾은 누이일 뿐이었다.

"책 볼 게 있다고 나갔다더니 빈손이네? 요즘 자주 외출한다며?"

"아뇨, 책은 핑계고……."

윤식은 방으로 들어와 누이 앞에 앉았다. 입술이 달싹거렸다. 말해야 한다. 서영과의 만남을, 그리고 이 설렘을 누이에게 털어놓아야 한다. 하지만 그의 입에서 나온 말은 전혀 엉뚱한 것이었다.

"……방 안에만 있는 것보다는 한 번씩 외출하는 게 건강에 더 좋더라고요. 이웃 눈 때문에 마당에서 서성거릴 수는 없으니까……."

"맞아, 그건 그래. 외출하는 효과가 있나 봐. 요즘은 기침을 한 적도 없다고? 어머니가 그 말씀만 하시더라."

"약도 안 먹은 지 꽤 됐습니다. 그 후 더 좋아진 것 같아요. 저기,

누님……."

"응? 할 말 있어?"

윤식은 몇 번이나 말을 꺼내려고 노력했지만 이번에도 엉뚱한 말만 하였다.

"이제는 달리기를 해도 끄떡없더라고요."

윤희가 행복한 듯 환하게 웃었다. 마음속의 돌덩이를 하나 내려놓은 듯 홀가분한 미소였다.

"혼자 온 겁니까?"

"아니, 순돌이와 함께 왔어. 녹봉 가져왔거든."

"수, 순돌이요? 밖에 안 보이던데요?"

"오늘 가랑 형님과 걸오 사형이 입번이라 저녁 식사 갖다 드려야 돼서 먼저 갔어."

그는 누이의 눈치를 살폈다. 순돌이에게서 들은 말은 없는 것 같았다. 하기는 순돌이가 아무리 편하게 지낸다고 해도 명색이 하인이니 중간에서 말을 옮기지는 못했을 것이다. 그리고 그날 무슨 일이 있었는지 자세하게는 모르는 것 같기도 하였다. 문득 다행이라는 생각이 드는 자신을 발견하고 윤식은 고개를 저었다. 서영에 대해서 지금 말하지 않으면 좋지 않은 일이 발생할 수도 있다.

"누님, 저번에 동고놀이 때……."

"응, 재미있었어?"

"예, 무척. 그런데 그날……."

윤식은 서영을 말하기도 전에 얼굴이 붉어짐을 느꼈다. 한편으로는 누이가 알게 되면 어떻게 될지를 생각하였다. 다시는 서영을 만나서는 안 된다는 방향으로 흘러가고 말 것이다. 그러자 그의 입은 또 엉뚱한 말만 내어 보냈다.

"……다른 일은 없었죠?"

윤희가 의심스런 눈으로 동생을 훑었다.

"무슨 일?"

"사형들 모두 술에 만취가 돼서 연회장에 들어갔었다고 걱정하셨잖습니까?"

"아! 잘 넘어갔어. 그 말 하려고 그리 뜸을 들인 거야?"

"예. 자형은 잘 계십니까? 같이 오셨으면 좋았을 텐데요. 누님보다는 자주 연락을 주시지만요."

"응? 연락이라니? 그 사람은 바빠서 정신이 없는데."

"종종 순돌이를 시켜 읽을 책이나 종이를 보내 주셨거든요. 땔감이나 생선을 보내 주신 적도 있고요. 그러면서 안부도 챙겨서 가시고. 누님 소식도 그 편으로 듣고 있습니다."

"잠잘 시간도 없는 사람이 하여간 오지랖은……."

비난조의 말과는 다르게 그녀의 얼굴에 있는 건 미소뿐이었다. 결국 윤식은 서영에 관해 털어놓지 못하였다. 털어놓지 못했기 때문에 그녀에 관해 묻지도 못하였다. 그런 상태로 조씨가 가지고 들어오는 저녁상을 받았다.

2

"무사히 돌아오셨습니까요?"

대문을 열어 주며 인사하는 순돌이에게 윤희는 웃음으로 대답하였다. 그는 대문을 걸은 뒤 품속에서 봉투를 꺼내 건네었다.

"북촌 본가에서 선비님께 보낸 서찰입니다요."

그녀는 언제나처럼 임씨의 서찰이라 여기고 받아서 소맷자락에 넣었다.

"대물 도령, 이제 왔는가?"

소리 나는 곳을 보니 용하가 깜깜한 사랑채에 걸터앉아 있다가 반갑게 뛰어와 맞았다. 어쩐지 목이 빠지게 기다린 모양새였다. 윤희는 인사도 하지 않고 깜짝 놀라서 물었다.

"어? 여림 사형이 웬일로 집에 계십니까? 기방에 폭도들이 난입하기라도 하였나요? 아니면 장안에 있던 모든 기방이 물에 휩쓸려 떠내려가기라도?"

"그 무슨 날벼락 같은 소리를! 상상만으로도 살 의욕이 확 꺾이는 듯허이. 그래서가 아니라 내가 오늘 아주 재미난 것을 얻었지 뭔가. 자네에게도 보여……."

"됐습니다."

윤희는 무시하고 안채로 발걸음을 옮겼다. 더 이상 듣지 않아도 야한 춘화 같은 걸 불쑥 꺼내 놓을 게 분명하다. 하지만 용하는 상기된 얼굴로 줄레줄레 따라오면서 서책 한 권을 억지로 건넸다.

"이상한 건 아니라니까! 자네가 꼭 읽어야 하는 소설일세."

"읽은 걸로 치겠습니다. 어차피 음담패설이 가득한 소설 아닙니까."

"음담패설이 한 구절이라도 들어 있으면 내 손에 장을 지지겠네."

"제가 오늘 집에 들렀다가 하룻밤도 묵지 아니하고 이리 온 이유가 뭐라고 생각하십니까?"

"바빠서라는 걸 누가 모르는가. 알면서도 권하는 내 이유도 한번 생각해 주게."

윤희는 더 이상 대꾸하지 않고 안채로 들어가면서 불이 꺼진 제 방을 발견하였다. 그래서 마루에 놓인 불씨 통을 들고 불이 있는 부엌으로 가서 하녀에게 불씨를 받았다. 용하는 포기하지 않고 계속 그녀를 따라다니면서 졸랐다.

"정 그렇게 시간이 없다면 내가 옆에서 글을 읽어 줌세. 자네가 옷을 갈아입으면 그 옆에서 글을 읽고, 잠을 자면 머리맡에서 글을 읽고……."

급기야 용하는 겉표지를 넘겨 읽어 가면서 그녀를 졸졸 따라다녔다.

"제목, 상사몽."

"제목에서부터 음란함이 보이네요."

"이생의 이름은 성준인데, 용모가 준수하고 아름다울 뿐 아니라 풍채와 자태 또한 빼어났다. 게다가 문장이 뛰어나고 경문에 밝아 장원으로 급제를 하였으니 참으로 세상에서 따를 자 없는 기남자라 하겠다. 그래서 사람들은 그를 가리켜 향안랑이라 불렀……."

쾅!

윤희는 그가 따라 들어가기 직전에 안채 문을 소리 나게 닫았다. 때문에 용하의 코가 문에 부딪히고 말았다. 하지만 곧바로 문이 다시 열렸다. 그녀의 표정은 문을 닫기 전과 완전히 달라져 있었다.

"그게 뭡니까?"

"그러니까 자네더러 읽어 보라는 걸세. 이 부분만 봐도 누군가가 딱 떠오르지 않는가? 내가 이걸 읽고 얼마나 놀랐으면 분내 나는 여인을 마다하고 이리 돌아왔겠는가."

책을 빼앗듯 받아 든 윤희는 얼른 책장을 펼쳤다. 하지만 어두운 달빛 아래에서는 글자가 잘 보이지 않았다. 용하가 불씨 통을 가로채서 부리나케 안채 문을 넘어갔다. 그리고 곧장 그녀의 방으로 들어가 불을 밝혔다. 윤희는 갓을 벗을 겨를도 없이 촛불 아래에 주저앉듯 앉아서 글을 읽었다.

상사몽은 선준을 본으로 하여 쓴 것이라 믿어 의심치 않을 만큼 똑같은 이성준이라는 인물과 옥금이라는 이름의 착하고 어여쁜 궁녀의 이룰 수 없는 사랑 이야기였다. 이 둘의 사랑을 방해하는 악역은 이성준의 아내인 모모 부인으로, 흉한 외모에 악독한 성품을 가진 천하의 악처로 묘사가 되어 있었다. 순간 윤희의 얼굴이 확 붉어졌다. 모모 부인, 이는 곧 자신이 아닌가.

그사이 용하는 그녀의 목이 탈 것이라 예상하고 물 사발을 가지고 들어왔다.

"그러니까 그 옥금이란 궁녀가……."

"자, 잠깐만요!"

윤희는 긴장으로 인해 굳은 목소리로 그의 수다를 싹둑 자르고 계속해서 글을 읽었다. 소설 내용만으로도 정신없기에 옆에서 흥미진진한 눈빛을 이글거리는 용하가 여간 신경 쓰이는 게 아니었다. 그래서 눈을 책에 두고 말을 하였다.

"여림 사형, 사랑채로 가 계십시오. 다 읽고 건너가겠습니다."

"어차피 종결은 아직 나오지 않았는데……. 아, 알았네. 방해된다 이거지?"

그가 웃으며 자리를 비키자 간간이 물을 마셔 가면서 본격적으로 읽기 시작하였다.

용하는 기다림에 조바심이 나서 안채 문 앞을 서성거렸다. 제법 시간이 지났는데도 안에서는 기척이 없었다.

"여기서 뭐 하십니까요?"

뒤통수를 찍어 누르는 듯한 갑작스런 목소리에 화들짝 놀랐다.

"아이고, 깜짝이야! 순돌이였구나. 왜 들어가서 자지 아니하고?"

"여림 선비님은 주무시지 아니하고 왜 여기 계십니까요?"

부릅뜨고 노려보는 눈이 달빛을 받아 영락없는 도깨비의 모습이었다. 선준도 없이 윤희 홀로 있는 안채 앞을 서성거리는 난봉꾼이 그의 눈에 거슬린 모양이었다.

"대물이 나오지 아니하여서……."

때마침 윤희가 안채 문을 벌컥 열고 나왔다.

"여럼 사형!"

"오, 대물! 나왔군그래."

그녀는 순돌이는 보는 둥 마는 둥 하고 다급하게 말하였다.

"이거 어디서 났습니까? 대체 언제부터 이런 게 돌고 있는 겁니까?"

사색이 된 윤희를 보고 순돌이는 또 어떤 사건이 터졌음을 짐작하였다. 그런데 용하는 이제껏 조바심으로 왔다 갔다 했던 것을 잊었는지 짐짓 여유로운 척하면서 말하였다.

"갓이나 벗고 나오지 그랬는가?"

그러더니 점잖은 걸음으로 사랑채 마루로 올랐다. 이번에는 아까와 반대로 윤희가 그의 뒤를 졸졸 따라다니며 말하였다.

"이건 궐 밖의 작가가 쓴 것으로 보기 힘듭니다. 이렇게 궐 내부를 소상하게 알고 있다는 건……."

"보통은 장안에서 돌던 소설이 구중궁궐로 들어가는데, 이번은 그 반대로 보이네. 궁녀가 쓴 거라고 다들 입을 모은다더군."

그는 잠시 말을 중단한 뒤 마루에 걸터앉아 접선을 펼쳤다. 그러고 나서 한참 동안 부채질만 하였다. 윤희도 따라서 마루에 걸터앉았다.

"작가가 누구인지 정확히 모른다는 뜻입니까?"

"글쎄, 그렇다고 봐야지. 어차피 실제가 아닌 허구의 이야기지만, 혹시 모를 낭패를 대비해서 수소문 좀 해 보라고 말은 해 놓고 왔다네. 이게 나온 지가 보름쯤 되었다나? 세책점마다 상사몽을 필사하려고 난리들인 모양일세. 앞으로 더 퍼져 나가리라 보네."

윤희도 한때 필사로 먹고살았다. 그녀가 베낀 책은 구하기 힘든 활자본을 주로 하였지만 이런 패관기서도 종종 하였다. 그때의 식견을 빌리자면 이 상사몽은 썩 훌륭한 솜씨를 가진 작가의 소설은 아니다. 그럼에도 불구하고 반응이 좋다는 건 선준의 인기를 등에 업은 덕분이라 할 수 있었다.

"종결이 아직 나오지 않았다면, 조만간 어떤 식으로든 뒤편이 나오겠군요?"

용하는 대답은 하지 않은 채 그녀를 뚫어지게 보았다. 마치 신기한 물건을 보는 듯한 눈빛이었다.

"반응이 그게 전부인가? 어째서 화를 내지 않는가? 자네 누이의 남편 되는 작자가 궁녀랑 바람이 났는데……."

"허구를 상대로 화를 내야 합니까?"

"내용은 허구일지 몰라도 작가의 마음은 진심이라 하는 말일세."

윤희는 그저 큰 소리로 웃고 말았다. 사람 마음을 자력으로 어떻게 할 수 있다고 화를 내겠는가. 단지 이 내용이 사람들에게 허구로만 비춰지지 않을 거라는 걱정이 앞설 뿐이었다. 옥금이 궁녀만 아니었어도 걱정이 되지 않으련만.

"설마 이 소설이 가량 형님께 폐가 되지는 않겠죠? 혹여 추문에 휩쓸리기라도 하면……."

"최악의 경우 그럴 수도 있겠지만 중요한 건 가량이 아닐세."

윤희는 한숨을 내쉬고 하늘을 보았다. 그의 말은 틀린 게 없다. 장안의 여인들이 옥금에 감정이 이입되어 모두 모모 부인의 적이 될 가능성이 높았다. 그렇게 되면 제일 상처를 받게 되는 건 바로 그녀가 아니겠는가. 소설에서처럼 선준의 온전한 아내도 아닌데 억울한 듯도 싶었다.

"다른 사람 모두 적이 된다 한들 무슨 상처가 되겠습니까. 흉한 주제에 가랑 형님을 차지하고 있는데. 그 정도야 손끝의 가시 정도겠지요."

"자네 누이가 실제를 차지하고 있으니 허구에서 빼앗기는 건 아무 상관이 없단 말인가? 간혹 사람들은 허구를 실제로 착각하고 돌을 던지기도 한다는 걸 잊지 말게나. 가랑도 그렇고 자네도 그렇고, 나 같은 범부는 영영 이해 못 할 듯허이."

좀 더 재미난 반응을 보일 줄 알았던 자신의 예상과는 어긋난 탓에 용하의 목소리는 실망감이 가득하였다.

"첩질을 하라고 부추기는 사형 아내도 계시는데, 우리야 뭘."

"나와 내 아내는 어쩔 수 없는 사이니까 논외로 둠세."

용하의 표정이 달라졌다. 하지만 윤희는 말을 딴 곳으로 돌리지 않았다.

"허구에서 피우는 바람보다 실제로 피우는 바람이 더 화가 날 터인데요?"

"내 아내는 다르다네. 내 아내는……, 내가 안으면 안을수록 점점 더 가엾어지는 사람이거든."

표정 속에 다른 표정이 있고, 그 속표정 속에 또 다른 표정이 있는 용하의 얼굴에서 아주 깊숙이 잠재되어 있는 속살을 본 듯하였다. 그것은 외면하고 싶을 만큼 깊은 흉터였다. 윤희는 마치 잘못 본 양 웃으며 고개를 돌렸다. 하지만 용하는 자신이 방금 어떤 표정을 드러냈는지, 자신의 깊숙이에 어떤 표정이 내재되어 있는지 알지 못하였다.

"그렇지! 자네는 상사몽 내용이 이상하지 않던가?"

용하의 장난스런 표정이 돌아왔다. 그에 맞장구치느라 윤희도 장난스럽게 웃었다.

"대부분이 이상해서 말이죠."

"아니, 관복 말일세."

소설 내용에서 이성준이 벗어 둔 관복을 옥금이 발견하고 주워서 보관하는 부분을 떠올렸다. 왜 관복을 벗어 뒀는지, 뭘 입고 집으로 돌아갔는지에 대한 전개가 이해되지 않으니 이상하기는 하였다.

"그게 왜요?"

"사라진 자네 관복!"

소설과는 전혀 상관없는 화제가 아닌가. 그녀의 관복은 쉽게 주울 수 없는 곳에 있었을 뿐만 아니라 관복이 등장하는 것만 빼면 비슷한 부분조차 없었다. 일반적으로 선녀와 나무꾼에서도 선녀의 관복이라 할 수 있는 날개옷이 등장하니, 오히려 그 이야기에서 빌려 온 내용으로 보는 편이 나았다. 오히려 그녀의 관복과 억지로 연관 짓는 게 더 이상하다고 볼 수 있었다. 용하는 그녀가 자신의 의견에 의문을 제기하는 표정을 알아차리고 말하였다.

"그래, 굳이 어렵게 생각하지 말도록 하세. 청벽서 같은 놈도 우릴 노리고 있는데 또 무슨 일이 터지겠는가? 하늘도 무심하지는 않을 터이니 이 이상 우리를 곤혹스럽게 만들지는 않겠지."

윤희는 그런 것보다는 오직 선준이 걱정이었다. 용하는 그녀 옆에 놓인 서책을 가져가면서 말하였다.

"내일 사진할 때 가져가서 가랑과 걸오에게도 보여 줘야겠네."

윤희는 그의 손에서 잽싸게 서책을 가로채 갔다.

"소설은 관청에서 소지하는 것도, 읽는 것도 금지되어 있음을 모르십니까? 여럼 사형을 믿을 수 없으니 이건 제가 맡아 두겠습니다."

"하지만 이렇게 재미난 건 한시라도 빨리 알려 줄 필요가……."

그가 팔을 뻗어 다시 빼앗으려고 하자 윤희는 그보다 한발 앞서 벌떡 일어나 마당으로 도망쳤다.

"안녕히 주무십시오!"

"잠깐만! 아직 할 말이 남았네. 내 명자 좀 더 만들어 주게나."

도망가던 발걸음이 멈춰졌다. 그 많던 명자를 다 뿌렸단 말인가? 너무도 용하다운지라 놀랍지도 않았다.

"품삯은요?"

"내가 그간 자네 밑 닦아 준 것만 해도 제법 될 터인데?"

그렇게 계산을 따지자면 그에게 평생 명자를 갖다 대 주어도 모자랄 것이다.

"좋습니다."

그녀가 방긋 웃으며 흔쾌히 승낙하였다. 품삯을 주지 않겠다는 마음이 오히려 고마웠다.

"그리고 남는 시간이 있으면 몇 사람 것도 더 해 줬으면 하네만. 아! 그건 그들이 품삯을 지불할걸세. 하도 내게 부탁을 하기에 물어봐 준다고만 하였으니 자네 여가와 상의해서 답해 주게나."

여가는 없지만 돈은 필요하였다. 녹봉을 몽땅 집에 가져다주었기에 이 집에 보태야 할 식비 마련이 시급하였다. 지금까지는 선준이 그녀의 몫을 냈지만 언제까지 그럴 수는 없다.

"품삯 홍정은 사형이 하십시오. 그러면 하겠습니다."

"오호! 날 거간꾼으로 이용해 보겠다는 심산인가? 자네 솜씨 같은 장인을 데리고 하는 장사라면 나로서도 해 봄 직하지."

순간 윤희의 머릿속에 '자네 주머니는 돈 많은 관원들이 메워 줄걸세.'라고 했던 그의 말이 떠올랐다.

"사형은 좋은 분입니다."

팔랑거리며 천천히 부채질을 하는 그에게 윤희는 깊숙이 허리를 숙여 감사한 마음을 전하였다. 용하는 말없이 장난스러운 미소만 대답으로 돌려주었다.

"그간 안녕하셨습니까, 작은 주인어른."

갑작스런 낯선 이의 목소리에 용하와 윤희는 동시에 소리 나는 곳을 보았다. 순돌이가 막아서려고 했지만 용하가 손을 들어 놔두라는 의사를 전하였다. 본가에서 심부름 온 하녀인 모양이었다.

"내 아내의 몸종일세."

용하는 몸종의 소개를 해 놓고 마루에 걸터앉아 하녀가 내미는 봉투를 받았다. 기둥에 매달린 불빛에 의지하여 봉투 안의 서찰을 읽던 그의 얼굴이 방금 전의 장난스런 웃음을 버리고 아내를 이야기할 때의 표정으로 변하였다. 지금 자신이 어떤 표정인지도 모르고 내어 놓고 만 깊은 흉터였다. 그가 서찰을 다시 봉투에 넣으면서 웃었다.

"가서 전하거라. 이날은 사진을 하지 않더라도 가겠노라고. 내가 언제 정해 준 날을 어긴 적이 있었더냐?"

하녀가 꾸벅 인사를 하고 물러났다. 용하는 봉투를 꼬옥 쥐고 여전히 웃고 있었다. 그러다가 물끄러미 자신을 보는 윤희의 시선을 깨닫고 쳐다보았다.

"대를 잇기 위해 들어간 집안인데, 그 집안의 대가 나로 인해 또 끊어지면 아니 되기에……. 내 아내는 또 한 번 가엾어지겠군."

마치 스스로에게 하는 변명과도 같은 말이었다. 윤희는 그의 슬픈 미소에서 눈을 떼지 못하였다.

임씨에게서 온 봉투를 뜯으니 그 안에는 서찰 한 장과 또 다른 봉투 하나가 들어 있었다. 먼저 서찰부터 읽었다. 시문 형식으로 적어 내려간 임씨의 다정한 서간이었다. 그런데 다른 날과 다르게 내용 끝에는 부탁의 말이 한 구절 더해져 있었다. 아무 운으로 하여 시 한 편을 지어 달라는 것이었다. 윤희는 의아하였지만 어려운 일은 아니기에 대수롭지 않게 넘어갔다.

다음으로 안에 들어 있던 봉투를 열었다. 어쩐지 임씨의 글자와는 다른 기운이 뻗어 나왔다. 갑자기 심장이 옥죄어 오면서 보이지 않는 손이 목을 틀어쥐는 것처럼 숨을 쉴 수가 없었다. 그녀의 직감이 맞다. 안에 든 서찰을 보낸 이는 정무였다. 내용은 간략했다. 지금까지의 상황을 묻는 질문이 고작이었다. 안부 인사 한 줄 없었다. 그럼에도 불구하고 안심이 되는 이유는 질문을 받았다는 데 있었다. 이는 곧 대화는 하겠다는 의미였기 때문이다. 그렇기에 왜 마음을 바꿨는지는 중요하지 않았다.

윤희는 우선 임씨에게 보내는 시부터 지었다. 내용은 시모께 잘 보이고 싶은 마음이 크게 작용하여 평소에는 단 한 번도 지어 본 적이 없는 여인의 몸가짐과 덕에 관한 것으로 하였다. 그런 다음 왕에게 올리는 계사보다 더 정성을 기울여 정무에게 답장을 썼다.

 윤희의 답장을 읽던 정무의 입에서 깊은 한숨이 새어 나왔다. 수려한 필체의 나무랄 데 없는 보고서였다. 왜 여태 사임하지 못하였는가에 대한 이유가 절로 고개가 끄덕여질 정도로 나열되어 있었다. 그런데 그녀의 보고서를 읽은 게 이 답장이 처음은 아니었다. 승정원과 규장각에서 검토한 장계 중에 중요한 사안은 의정 대신의 검토를 거친 뒤 왕에게로 올리는데, 그 사이에서 김윤식의 이름을 발견했던 적이 있었다. 그때 놀라서 흘렸던 식은땀은 기억나지 않았다. 하지만 조정에 이런 당하관들만 있으면 일하기가 훨씬 수월해지리라고 했던 혼잣말은 잊지 않았다.
 정무는 다시 답장을 읽었다. 윤희의 주장대로 현재로서는 사임은 불가능하였다. 여기에 대해서는 그도 이견을 달 수가 없었다. 그렇다면 파직밖에 없는데 이 또한 쉬운 일이 아니라는 의견에도 동의하였다. 자칫 선준의 출세에 불똥이 튈 위험도 그녀와 마찬가지로 고려하지 않을 수가 없었다. 그리고 마지막의 간곡한 청, 홍벽서 문제가 해결될 때까지 선준의 곁을 지키게 해 달라는 대목은 그로 하여금 깊은 고민에 빠지게 하였다. 그럼에도 불구하고 새 며느리를 들일 계획은 흔들림이 없었다. 그녀의 뛰어난 답장은 오히려 이를 더욱 견고하게 만들어 주었다.
 임씨가 방으로 들어오면서 조용히 물었다.
 "대감, 원하는 답장은 받으셨습니까?"

정무가 고개를 들어 아내를 보았다. 그녀는 다소곳하게 앞에 앉아 부드러운 미소를 지었다.

"마음에 들지 않는 답장이오."

"그 말씀은 아주 뛰어난 글이란 뜻이지요?"

그는 소리 내어 웃는 아내를 물끄러미 쳐다보았지만 그녀의 말을 부정하지는 않았다. 깊은 고민 끝에 그는 작은 소리로 물었다.

"부인은 어찌하여 계속 그 아이 편인 거요? 난 부인이 그 아이를 이렇게까지 마음에 들어 하는 게 이해가 되질 않소."

임씨는 남편의 곁으로 바짝 다가가 앉으며 그의 손등 위로 제 손을 포갰다.

"제 아들의 눈과 마음으로 그 아이를 보았기 때문입니다. 그러니 더없이 사랑스러워 보이더이다. 시모의 눈으로도 보았습니다. 참으로 아깝고 탐이 나더이다. 같은 여인의 눈으로도 보았습니다. 그러니 짧게 자른 머리카락이……, 한없이 가여워지더이다."

"나의 눈으로도 보지 그랬소."

정무를 바라보는 임씨의 눈은 남편의 계획을 알아차리기라도 한 것처럼 어느새 촉촉이 젖어 있었다.

"그럴 수가 없었습니다. 당신의 눈으로 보았다면 우리의 아들이 가엾어질 터이니……."

분관 때 뻔질나게 드나들었건만 승문원은 그때와는 다른 모습으로 나타났다. 윤희는 가슴에 숨을 잔뜩 불어 넣은 뒤, 휴대용 문방사우가 든 작은 주머니를 들고 높은 대문 문턱을 넘었다. 마당에는 삭서고시를 치르기 위해 모여든 젊은 벼슬아치들이 삼삼오오 모여 이야기를 나누고 있었다. 윤희처럼 관복 차림도 있었고 평복 차림도 더러 보였다. 아무래도 갓이 얼굴 가리는 데는 유용했지만, 끝나고 나서 바로 관청에 복귀해야 하는 그녀로서는 사모를 선택할 수밖에 없었다.

마당 군데군데를 뚫고 서 있는 나무 아래로 더위를 피해 들어갔다. 땀을 닦으며 사람들의 시선에서 도망치듯 몸을 숨기고 있는데 실수로 어떤 이와 눈을 마주치고 말았다. 아는 얼굴이라고 생각하는 순간, 동방임을 알아차렸다. 그녀의 얼굴에 익숙해지는 것을 막기 위해 동방 모임은 의도적으로 참석하지 않지만 이렇게 만났는데 모른 척할 수는 없었다. 그런데 허리를 숙여 인사를 하려는 윤희를 고맙게도 그쪽에서 먼저 쌩하니 무시해 주는 것이 아닌가. 못 본 것이 아니었다. 불쾌함을 표현하기 위한 의도적인 무시였다. 왜인지를 생각하기에 앞서 당황스럽기부터 한 그녀는 다시 땀을 닦았다. 이번에는 조금 전의 땀과는 다른 것이었다.

"삭서 문신은 모두 와서 시제를 받으시오!"

관원의 외침이 그녀의 당황을 쫓아 주었다. 늑장 부릴 새가 없었다. 윤희는 그늘을 벗어나 시제가 걸린 곳으로 가서 확인한 뒤 재빨리 그늘로 돌아왔다. 그리고 꾸러미를 펼쳐 토시를 팔에 묶고 벼루에 먹을 갈았다. 옆에 자리를 잡은 다른 관원들은 두런두런 이야기도 나눠 가며 준비를 하였지만 그녀는 혼자 바빴다. 이야기를 나눌 만한 사람이 없기 때문이기도 하였다.

종이에 먹물을 찍은 붓을 내리려 할 때였다. 문득 손끝의 떨림이 느껴졌다. 놀이 삼아 갔다 오마고 호기를 부리긴 했지만, 이것도 시험이

랍시고 긴장을 하고 만 모양이다. 비록 명자였지만 어젯밤 나름의 서예 연습은 하였는데도 이러했다. 대과가 끝나고 숨 돌릴 틈도 없이 또 이런 시험에 내몰릴지 어찌 알았겠는가. 어디 이것뿐인가? 앞으로 중시니, 문신정시니, 문신중월부시니, 문신정강이니 하는 갖가지 승진 시험도 포진하고 있지 아니한가. 물론 석갈한 지 얼마 되지 않은 현재는 응시 자격이 없지만, 이 기간만 지나면 당상관에 오르기 직전까지는 평생에 걸쳐 끊임없는 시험 속에서 살게 되리라.

얼굴을 숨기느라 땅에 웅크린 자세로 글씨를 쓰자니 여간 불편한 것이 아니었다. 그러다 보니 이리저리 몸을 돌려 가면서 긴 경문을 적어 내려갈 수밖에 없었다. 기껏 집중하고 있는데 어떤 발이 왔다 갔다 헤매다가 그녀 앞으로 다가와 섰다. 윤희의 시선이 신발에서 관복으로, 그리고 더 위의 얼굴로 올라갔다. 순간 의식보다 먼저 그녀의 다리가 튀어 올라 몸을 일으켰다.

"그간 별고 없으셨습니까, 판교 영감?"

"방해할 생각은 없었네. 어서 앉아 마저 쓰게나."

황 판교는 반가운 웃음을 보여 주고 다른 사람 쪽으로 옮겨 갔다. 그의 꽁무니 뒤를 수행관들이 줄줄이 따랐다. 그들은 여기저기를 무성의하게 기웃거리며 인사를 거둬들인 뒤 본관 안으로 우르르 들어갔다. 윤희는 금세 다시 집중하여 글자들을 빼곡하게 적어 내렸다. 그 결과 글씨깨나 쓴다는 문신들 사이에서 제일 먼저 글장을 제출하고 승문원을 나갈 수 있었다.

승문원 대문을 막 나설 때였다. 괴상하게 변조된 목소리가 윤희를 불러 세웠다.

"대물 도령, 삭서고시를 이리 무례히 치러서야 쓰겠소?"

소리를 향해 고개를 돌리는 동안에 이미 그녀의 얼굴은 미소로 뒤덮였다.

"가랑 형님, 여긴 어쩐 일로 나오셨습니까?"

선준은 그녀의 팔을 당겨 걸으면서 대답하였다.

"마침 교서관으로 외진 나가야 하는 업무가 있기에 그대와 함께 다녀오겠다고 자원하였소. 하하하."

윤희는 깜짝 놀라 선준을 보았다. 그동안 소대를 제외한 외진 업무는 세 남자가 도맡아 하고 그녀는 한 번도 한 적이 없었다. 윤희는 가능한 한 타인과 접촉하는 것을 피하기 위해 조심하느라, 세 남자는 그러한 그녀의 사정을 배려하느라 그렇게 하였다. 그녀의 의문을 알아차린 듯 선준이 말하였다.

"다른 관원이라면 모를까, 장 박사를 만나 뵙는 일이라면 안심해도 될 것 같아서 그랬소."

윤희는 생각지도 못한 선물을 받은 듯하여 자신도 모르게 입술에 배시시 웃음을 담아 버렸다. 분명 더할 나위 없는 딱 여인의 것이었다. 순간, 정신을 차리고 얼른 얼굴 근육을 다잡았다.

"그럼 어서 갑시다. 그간 스승님께 인사 못 드린 게 마음에 걸렸는데."

씩씩하게 박차고 나간 걸음은 아주 잠시만 선준보다 앞섰다가 이내 나란해졌다. 그의 걸음은 서두르지 않았다. 천천히 주위의 더위를 음미하면서 여유를 부렸다. 그렇다고 뒤처지지도 않았다. 나란히 걸었다. 계집은 사내의 뒤를 따라야 하는 이 조선 땅에서 나란히 걸을 수 있는, 나란히 걷게 해 주는 그가 고마워 괜히 다리를 걸어 휘청거리게 만들고 달아났다.

 그의 사랑 안에 있으면 이 세상은 언제나 물속이었다. 세상에서 도망쳤던 그 여름날의 좁은 폭포수 속이 아니라, 세상 전체가 물속이었다. 정무의 경고도, 하늘의 경고도 발 담글 수 없는 견고한 물속이었다. 윤희는 그의 사랑 안에서 자유로이 웃었다.

 같은 시각, 한양의 다른 곳에서는 또 다른 남녀가 마주 보고 서 있었다. 담장 기와 아래로 편지를 주고받던 윤식과 서영이었다. 편지라는 것은 사람의 마음을, 그중에서도 연인의 마음을 더욱 안달하게 하는 것이 아니던가. 결국 두 사람이 몰래 빠져나와 마주 서는 위험에까지 이르도록 이끌고 말았다. 마주 선 두 사람 주변에는 들켜서는 안 되는 비밀이라든가, 가난한 집안 사정이라든가, 아니면 정숙한 여인이 지켜야 할 덕목이라든가, 가문의 체면이라든가 하는 문제는 접근조차 할 수 없었다.

"오랜만일세, 가랑, 대물."

 이제는 이름이나 관직이 아닌, 별호로 부르는 유 박사의 넉살 앞에 선준과 윤희는 환한 미소로 허리를 숙였다. 이에 반해 장 박사는 깍듯하게 말하였다.

"이 직각, 김 대교, 어서 오게. 기다리고 있었네."

 그는 덧붙이는 안부 인사 없이 자신의 책상 위에 서류를 펼쳤다. 윤희와 선준은 책상을 사이에 두고 그와 마주 보는 걸상에 나란히 앉았다. 유 박사도 걸상 하나를 차지하려고 엉덩이를 슬그머니 내리자 장 박사가 가느다란 눈 흘김을 보냈다.

"유 박사, 승문원에 가야 한다지 않았는가?"

"잠시 옛 제자 얼굴은 보고 갈 정도의 시간은 남았네."

기어이 한 자리를 차지하고 앉는 그에게 윤희가 상냥하게 말하였다.

"소관도 방금 승문원에서 오는 길입니다. 바쁘시다면 저희가 일간 따로 찾아 뵙……."

"아닐세. 이번에 칙사 영접과 관련한 문건 인쇄 문제로 가는 거라 급한 일도 아니고. 이미 끝냈어야 하는 일인데 규장각 쪽에서 까다롭게 굴어서 늦어진 거라더군."

선준이 허리를 곧추세워 정중하게 두 스승을 번갈아 보면서 설명하였다.

"상감마마로부터 수본手本 하나라도 누락되지 않게 중히 여기라는 어명이 내려와서 저희로서도 어쩔 수가 없었습니다."

그러면서 자신의 앞에 가지고 온 보자기에서 꺼낸 서류를 펼쳤다. 유 박사는 여전히 실실거리면서 말하였다.

"얼마 전에 자네 동방들이 안부 인사차 우리한테 몰려왔었던 건 아는가?"

윤희의 눈이 동그래졌다.

"금시초문인데요?"

"자네 4인방들이 동방들을 짓밟았다면서? 그것도 기생들 앞에서 말일세."

"네? 그런 일은 없었……."

부정을 하려던 그녀의 목이 떠오른 짐작으로 인해 막혔다. 혹시 그때의 뱃놀이 일이 원인인가? 그 일이 인사도 받아 주지 않고 무시할

만큼, 따돌릴 만큼 원성을 살 일인가?

"뭐, 나도 저들끼리 수군거리는 걸 주워들은 거라 정확한 사연은 모르지만……."

장 박사가 발끈하여 소리쳤다.

"정확하게 모르는 일을 쓸데없이 왜 주절거리는가!"

"사과할 거 있으면 사과하고 사이좋게 지내라는 충고를 하기 위해서지. 동방들이 관직 생활에서 얼마나 중요한지는 자네도 잘 알 것 아닌가. 스승으로서 제자들 걱정은 해 줘야지. 다들 성균관에서 동문수학한 사이인데다가 개중에는 가랑이 누명 썼을 때 도와준 녀석들도 있을 터인데."

"동방들 사이에서 불만이 있다는 걸 이들이라고 어찌 모르겠는가. 알아서 하겠지."

"방금 모른다고 하지 않았는가."

"구 대교가 어떤 인물인데 모르고 있겠는가? 스승한테 걱정 끼치지 않으려고 둘러댄 말을 가지고."

"그렇군! 4인방에는 여림도 있었지. 내가 오지랖일세, 하하하."

두 스승의 대화를 듣던 선준과 윤희의 표정이 서서히 변해 있었다. 스승의 말대로 용하가 이 사태를 모르고 있을 리가 없다. 그의 음흉한 웃음이 두 사람의 머릿속에 가득하게 맴돌았다. 유 박사를 방 밖으로 쫓아낸 장 박사는 다시 정색을 하고 앉았다. 그리고 표정 하나 바꾸지 않고 업무 대화로 돌입하였다.

"내각의 직각과 대교는 원래가 우리 외각의 관직을 겸임해야 되는 건 아는가?"

뜬금없이 이런 말을 꺼내는 저의가 보였다. 아무래도 포석을 깔고 시작하려는 모양이다. 선준도 태도를 바꾸지 않았다. 오히려 더욱 상냥한 미소를 만들었다.

"얼마 전까지만 해도 그러하였지요. 하지만 요사이는 달라지지 않았습니까. 제학조차 이곳과 겸직하는 분은 한 분뿐이니까요."

"그때가 좋았네. 외각의 사정도 헤아릴 수 있었으니."

장 박사는 두 사람 쪽으로 문건 한 장을 들이밀었다. 얼마 전에 규장각에서 보낸 인쇄 목록이었다.

"우리보고 죽으란 말인가?"

그의 한탄에 윤희는 더욱 큰 한탄으로 맞섰다.

"저희도 죽겠습니다. 이 많은 서책을 편찬하려면 여기 외각만 죽어 나는 게 아닙니다. 편집은 저희가 하지 않습니까."

의외의 강한 응석에 부딪히자 장 박사는 자신도 모르게 웃고 말았다. 제자라고 만만하게 나갔다가는 도리어 말릴지도 모른다는 생각이 들었다. 스승과 제자로 있다가 같은 관원의 입장에서 대화를 하려니 어색한 부분도 있었다.

"현재 인쇄 중인 것들까지 이 자리에서 일일이 열거할 수는 없고, 앞으로 조금 전에 유 박사가 말씀한 승문원 문건을 비롯해서 호중 지역으로 나가야 할 반포문 등이 줄줄이 있네. 그런 공문서는 아니 할 수 없는 성질의 것이니 그 문건에 있는 서책 목록을 줄여 주게."

"이미 상감마마의 결재가 내려진 것입니다."

이렇게 대답해 놓고 선준은 손가락으로 하나하나 짚어 가며 목록을 점검하였다. 이렇게 많다는 것도 몇 단계에 걸쳐 줄이고 줄인 결과물이었다. 꼼꼼히 목록을 확인한 선준은 다시 단호하게 말하였다.

"역시 변경은 불가능합니다."

"인쇄하여 책을 내는 일은 땅 파서 하는 게 아닐세. 호조에서 편성해 주는 예산으로는 어림도 없네. 그 목록을 줄여 주든가, 아니면 경비와 인력을 지원해 주든가 둘 중에 하나는 해 주게."

문건에 있는 서책 목록을 줄이는 것이 업무를 더는 데 일석이조임을 모르는 사람은 없다. 선준도 모르지 않았지만 목록을 줄이는 데는 동의할 수 없었다.

"예산 지원은 우리 규장각에서 하는 일이 아닙니다만……."

선준은 깍지를 낀 손을 책상 위로 올리고 한동안 침묵 속으로 들어갔다. 여기에 장 박사도 만만치 않은 침묵으로 맞섰다. 두 고집쟁이 사이에서 윤희만 안절부절못하였다. 한참 후, 도끼로 찍어도 깨지지 않을 도자기를 상대로 지친 장 박사가 사정조의 목소리로 위엄을 낮추었다.

"우리 교서관의 내각이 아닌가. 협조해 주게."

선준은 조금도 달라지지 않은 표정과 목소리로 대답하였다.

"요즘 규장각이 경비가 과하다는 집중 공격을 받고 있는 상황이라서 입장이 곤란합니다."

"규장각에서 나라 재정 다 갖다 쓴다는 비난은 규장각이 생기고 나서부터 줄곧 그러하였네. 어느 관청이건 예산은 다 부족하니까 곱게 보일 턱이 없겠지."

"소관이 위에 보고는 올려 보겠습니다. 그렇게 되면 외각에서 하기

하기(下記) 돈 치른 내용을 적은 기록. 즉, 금전출납부

下記를 제출해야 하는 번거로움이 있을 겁니다. 타 관청의 반발도 예상되고요."

"허! 반발이라……. 하기보다 그쪽이 더 번거롭지만, 골치 아파도 하는 수밖에."

윤희는 눈을 끔벅거리면서 천장을 올려다보았다. 이로써 명확해진 것은 복잡한 업무가 하나 더 늘어났다는 것이다. 특히 돈 문제는 더욱 암담하였다. 그런데 그녀의 머릿속에는 승문원에서 본 동방의 무시와 유 박사가 남기고 간 말이 떠나지를 않았다. 성균관에서 동문수학한 유생들, 선준이 홍벽서로 누명 썼을 때 도와준 이들, 홍군회에 얽힌 동방들의 불만…….

선준과 윤희는 교정해 온 책자를 꺼내 장 박사와 긴 회의에 들어갔다. 주로 장 박사의 식견을 듣는 자리였다.

3

교서관을 나서면서부터 윤희의 머릿속에서는 업무에 관한 것은 완전히 사라졌다. 동방들에 대한 생각뿐이었다. 성균관 시절, 홍벽서로 누명 쓰고 감옥에 갇힌 선준을 구해 내기 위해 성균관 유생들 열세 명이 비밀리에 가짜 홍벽서로 나섰던 대목을 떠올렸다. 그녀와 재신, 용하를 제외하면 열 명. 이들 중 진짜 홍벽서가 재신인 것을 알아챈 사람이 있다면? 아니, 어쩌면 다들 겉으로 표현하지 않았어도 한 번 이상은 의심해 보았으리라. 진짜가 가짜인 척 쓴 벽서에 대해 어느 누구 하나 의문을 제기한 사람이 없었던 점이 오히려 더 이상하지 않은가! 그들 중 누군가가 알고 있었다. 더군다나 알고 있는 사람이 한 명이 아닐지도 모른다.

윤희는 규장각을 향해 뛰다시피 걸으면서 그 열 명 중, 함께 과거에 급제한 동방이 몇 명인지를 기억하려고 애를 썼다. 네 명의 얼굴이 추려졌다. 그들 중에 홍군회 복수를 위해 나타난 청벽서가 있을 가능성이 높다.

"가랑 형님, 청벽서를 잡을 수 있을 것 같습니다."

옆에서 잠자코 걷던 선준이 새로운 소식에 놀라기는커녕 싱긋이 웃었다.

"어? 왜 웃습니까?"

"줄곧 인상 쓰고 고심을 하기에 무슨 말이 나올까 기다리고 있었소. 한데 생각대로 놀라운 발언이라, 하하하."

"다들 무신경하다니까. 청벽서의 실마리조차 잡지 못해 갑갑해 죽겠는데."

"여림 사형이 바깥 동정 살피러 다니시니까 곧 실마리를 잡을 수 있으리라 생각하였소."

"제 눈에는 그저 계집질이나 하러 다니는 것뿐이던걸요."

용하를 두둔해 줄 말이 없었다. 그래서 이문원, 더 정확하게는 용하를 향해 달려가는 그녀와 함께 빨리 걸었다.

이문원으로 들어서면서 윤희는 용하부터 다급하게 찾았다.

"여림 사형, 걸오 사형! 어디 계십……."

그녀는 마당에서 낯선 사람을 발견하고 입을 다물었다. 마루에 앉은 검서관이 시권 받은 것을 기록하는 것으로 보아 낯선 사람은 초계문신이었다. 응제가 있던 날, 지방 출장 등의 이유로 부득이하게 참석하지 못한 이들은 이렇게 따로 시제를 받고 시권을 제출하러 오지 않으면 안 되었다. 검서관이 시권을 들고 시관이었던 부제학의 방으로 잠시 들어갔다. 방에 있던 재신이 손에 둘둘 만 종이를 쥐고 터덜터덜 걸어 나왔다. 의관을 갖추라는 수교 현판이 무색하게도 그의 머리에는 사모가 없었고, 관복은 몸이 아닌 어깨가 걸치고 있었다.

"잘 쓰고 왔냐?"

"예."

윤희는 낯선 사람 쪽으로 인사하면서 이문원 마루로 올라갔다. 선준도 인사하면서 마루로 올랐다. 젊은 관원이지만 연배는 윤희보다 열 살가량 많아 보였다. 그런데 다시 보니 낯익은 얼굴이었다. 어디서 봤는지 곰곰이 생각해 보았지만 최근 새로 만난 얼굴들이 워낙 많은지라 딱 떠오르는 기억이 없었다. 재신은 그쪽에 관심 갖는 것조차 귀찮다는 표정으로 마루에 걸터앉았다.

"걸오 사형, 여림 사형은요?"

"승정원에."

그는 건성으로 대답해 놓고 종이를 펼쳐 읽기 시작하였다. 아침 일찍 배포된 조보를 읽을 틈이 없었는지 이제야 잡은 모양이었다. 선준이 낯선 사람을 향해 인사를 하였다.

"초계문신이시지요? 고생이 많으십니다."

그의 얼굴에 자만심이 스쳐 지나갔다. 초계문신이라 하면 나라의 특별 취급을 받는 인재이니 목에 들어가는 힘이 이해가 되었다.

"규장각이야말로 근무하기가 더 힘드시지요?"

표정과는 달리 상냥한 말이었다. 덕분에 그를 어디서 봤는지 기억해 냈다. 윤희가 반갑게 말하였다.

"안녕하십니까? 예전에 뵈었었는데, 그때 실례가 많았습니다."

그의 인상이 굳어졌다. 선준과 재신도 무슨 말인지를 묻는 표정으로 그녀를 보았다.

"주점에서 우리 쪽과 대간들 사이에서 싸움 났을 때, 그때 계셨지요?"

그도 기억났는지 고개를 끄덕이며 환하게 웃었다. 선준과 재신도 기억해 내었다. 그때 대간 관원들 사이에서 유일하게 싸움을 말리던 그 관원이었다.

"저희들이야말로 실례하였습니다."

선준과 윤희가 명자를 건네자 그도 관복 자락 안에서 명자를 꺼내 주었다.

정육품 사헌부 감찰 강정주

그는 재신에게서도 명자를 받으려고 하였지만 재신이 기둥에 기댄 채 여전히 조보만 읽고 있어 주저하였다. 낯선 사람과는 말 섞기 싫다는 표정이 얼굴에 드러나 있었다. 검서관이 나와서 시권을 받았다는 시관의 증서를 주자 그는 포기하고 각신들을 향해 다시 상냥하게 웃으며 말하였다.

"이번 조참朝參 때는 전 관원을 상대로 의복 검사가 있을 예정입니다. 빠뜨리는 것 없이 잘 정돈하고 오십시오. 그럼 그때 또 봅시다."

몹시도 훌륭한 정보였다. 특히 재신에게 있어서는 더 그랬다. 그가 사라지자 검서관이 재신에게 슬쩍 귀띔을 하였다.

"방금 저분도 같은 소론이시라 문 대교와 인사를 나누고자 한 것 같은데……."

"나 같은 사이비 소론도 껴 주는지 몰랐군."

그는 퉁명스럽게 말해 놓고 방으로 들어갔다. 윤희와 선준이 그를 따라 들어가면서 물었다.

"그런데 여림 사형은 언제쯤 오실까요?"

"오늘따라 왜 그놈을 그리 열심히 찾아?"

"중요한 일로 여쭤 볼 것이 있는데……."

"그놈이 계집 엉덩이라서 앉았다 하면 일어나는 걸 잊어서 그래. 엎어지면 코 닿을 곳에 간 주제에."

재신은 성질을 내면서 걸상에 털썩 앉았다. 그리고 둘둘 만 조보를 윤희에게 넘겼다.

"그 녀석, 무슨 일 있냐?"

"네?"

"여림 말이다. 본가에 다녀오고 나서부터 꿀꿀한 표정이더니. 그러다가 또 갑자기……."

어제부터 기운을 차리고 매일 밤을 여인들과 함께 자고야 말리라는 포부를 불태운다는 말을 줄인 듯하였다. 윤희는 짐작이 가기는 했지만 말은 하지 않았다. 때마침 용하가 들어왔다. 그런데 잔뜩 화가 난 표정으로 서류를 책상에 던졌다.

"놀다 와서 미안하니까 일부러 그러는 거지?"

"그런 말 하려거든 다음부터 상감마마 일정 빼는 일은 자네가 하게. 아무리 뒤져도 비는 시간이 없는데 초계문신 강제講製에 반드시 친시를 하시겠다는 고집은 뭐란 말인가! 내가 승정원에 골고루 선물을 뿌려 놓았기에 망정이지."

그의 말은 재신조차 반박할 수 없었다. 모두가 이 업무로 혼쭐난 경험을 가지고 있었다. 오늘 교서관에서 부탁받은 예산 지원 건도 그가 맡아 줘야 하는데 걱정이었다. 용하는 책상 위에 둔 주전자에서 물을 따라 벌컥벌컥 마신 뒤, 종이에 글자 몇 개를 적었다. 그러더니 다시 부산하게 방을 나가면서 화를 냈다.

"에잇! 오늘 또 궐에서 밤샘하게 생겼군."

용하는 부제학 방에 가서 힘들게 받아 온 강제 날짜와 시간을 올리고, 입번 신청을 한 뒤에 돌아왔다. 어떻게 해서든 잠만큼은 여인들 사이에서 자고 말겠다던 그의 허망한 계획이 날아가는 순간이었다.

"죄송합니다. 제 삭서고시 때문에 업무가……."

그는 언제 화냈나 싶게 장난스런 웃음을 되살렸다.

"그런 말 말게. 자네야말로 고생하고 왔구먼. 이로써 오늘은 우리 네 사람 모두 사이좋게 입번이로세. 아차! 좋은 정보를 얻었는데, 이번 조참 때……."

"전 관원을 상대로 의복 검사를 한다고?"

재신이 가로챈 말에 그의 눈이 다시 장난스런 웃음을 버렸다. 선준과 윤희를 번갈아 보았지만 그들 역시 눈으로 알고 있다는 대답을 주었다.

"어떻게……, 어떻게 자네들이 이 정보를? 나의 유일한 즐거움마저, 흑!"

책상에 엎드려 우는 척하는 용하에게 윤희가 얼음을 띄운 듯한 목소리로 말하였다.

"여립 사형, 그것보다 사형의 정보가 더 필요한 것이 있습니다."

"어차피 내가 아는 건 자네들도 다 아는 걸, 뭐. 재미없으이."

풀 죽은 목소리로 대답하면서도 그는 눈을 반짝이며 고개를 들었다. 윤희는 벌떡 일어나 창문을 모두 닫은 뒤 책상에 입술을 붙이다시피 하였다. 세 남자의 고개도 저절로 그녀와 같은 높이가 되었다. 그녀의 목소리는 겨우 들렸다.

"성균관에서 가랑 형님이 홍벽서로 몰렸을 때 말입니다."

당연히 모두 기억하고 있었다. 두 번 다시 겪고 싶지 않은 사건이 아니었던가.

"그때 가짜 홍벽서의 글이라고 속인 진짜 벽서를 우리와 함께 붙이러 다녔던 유생들도 기억나시죠?"

세 남자의 머리가 동시에 벌떡 일어났다. 뒷말을 듣지 않아도 그녀가 하는 말을 짐작할 수 있었다. 선준이 팔짱을 끼면서 소리를 낮추었다.

"청벽서가 누구인지를 알기 위해서는 홍벽서를 알아차렸을 법한 사람부터 찾는다……."

그렇게 계산하면 그놈들만큼 의심스런 쪽은 없다는 데에 세 남자는 일단 동의하였다.

"대물, 네 짐작이 맞다 치자. 그럼 그놈들이 왜 이제 와서 그런 짓을 벌이는지도 설명이 돼야지."

"청벽서가 처음 등장한 건 우리가 규장각에 들어오던 그때부터였습니다. 원한을 가지게 된 시점은 그 이전이어야 한다는 거죠."

재신의 주먹이 용하의 뒤통수를 향해 사정도 없이 날아갔다. 퍽!

"너, 이 자식! 홍군회 뱃놀이!"

"자, 잠깐! 이건 억울허이. 나도 그때는 복수였다고. 홍군회에 감히 나를 따돌린 복수. 복수에다 대고 복수를 하는 건 선비로서 할 짓이 아닐세."

"복수 자체가 선비로서 할 짓이냐? 그것도 고작 계집들 가지고! 젠장, 역시 이 자식이 원흉이었어."

"다시 생각해 보세. 원한을 가질 만한 인물을 찾으면 걸오 놈한테 맞은 녀석들만 해도 수두룩하다고. 아! 임병춘 기억나는가?"

용하의 다급한 말에 아직도 성균관에 하재생으로 있는 임병춘을 일제히 떠올렸다. 재신에게 심하게 맞은 사실을 모르는 사람이 없었다. 그리고 벽서 붙였던 일당 중 한 명이기도 하였다. 하지만 그자는 결코 아니라는 결론에 도달하기까지는 아주 찰나의 시간만 허비했을 뿐이다.

"흰소리 집어치워! 그놈이 범인이었다면 지금에서야 나타날 턱이 없잖아. 게다가 고작 하재생 주제에 그 정도 글을 쓸 실력이나 되겠냐?"

"그렇게 치면 다른 녀석들도 그 실력은 아니잖은가?"

"대과 급제할 정도라면 그 정도쯤은 쓸 수 있겠지."

"나 같은 실력도 급제했는데?"

찬물이 끼얹어진 듯 조용해졌다. 청벽서는 젊은 문장가라는 사실을 잠시 잊었다. 모두 기운 빠져 몸이 뒤로 넘어가려는데, 윤희가 다시 집중을 끌어냈다.

"동고놀이 때 청벽서가 일부러 우리 쪽을 주시했다면서요? 그걸 보면 청벽서가 노리는 건 걸오 사형만이 아니지 않을까요?"

"아! 우리 넷이 한꺼번에 연루된 사건이라면 대간 관원들과의 패싸움도 있다네. 아 참! 시기상으로는 그 전에 이미 벽서가 붙기 시작했었지. 그럼 그것도 상관없겠고……."

그렇다면 4인방 모두에게 원한을 가질 만한 사건은 역시 홍군회 외에는 없었다. 선준이 손으로 책상을 하나하나 짚어 가면서 말하였다.

"여림 사형! 벽서를 붙였던 인원, 홍군회에서 불만을 가진 사람, 문장 실력이 뛰어난 사람, 이 세 가지에 부합되는 인물이 있습니까?"

질문이 떨어지기 바쁘게 용하의 대답이 폭포처럼 막힘없이 술술 흘러나왔다. 그의 설명에 따르면 벽서 붙이는 일에 참여한 사람은 열 명, 그중에 홍군회는 네 명이었다. 먼저 민병훈과 김덕진은 아직 관직을 받지 못하였고, 이홍구는 외관직을 받아 지방으로 내려갔고, 남무연은 제용감에 재직 중이었다. 이중에서 외관직 나간 이홍구를 제외하면 세 명으로 좁혀졌다. 가장 문제가 된 문장 실력은 청벽서만큼인지는 장담할 수 없지만 세 사람 모두 곧잘 쓰는 편이라고 하였다.

"하지만 청벽서의 실력에는 미치지 못하는 솜씨들인데……. 더군다나 변심하여 뒤통수를 칠 인물도 없고……."

용하의 웅얼거림은 재신의 기합에 파묻혔다.

"잡자! 잡아서 패자. 그깟 복수 때문이라면 정신 차릴 때까지 패 줘도 돼."

잡는 쪽보다는 패는 쪽에 더 무게가 실린 기합이었다.

"세 명 중에 누구를 잡습니까?"

윤희의 물음은 세 남자를 각자 오묘한 표정의 고민으로 빠뜨렸다. 재신이 봤다던 청벽서와는 비교가 어려웠다.

"우리 쪽에서 먼저 덫을 놓아 잡도록 합시다."

세 사람은 고개를 끄덕이며 편안하게 웃는 선준을 쳐다보았다. 얼마 전에 보였던 분노는 보이지 않았다. 홍군회에 대한 복수라면 다행히 쉬운 상대가 아니겠는가.

"어험! 어험! 안에 다들 계십니까?"

갑작스런 밖의 기척에 4인방은 소스라치게 놀라 자리에서 벌떡 일어섰다.

"누, 누구요?"

방문이 열리고 작은 체구의 한 사내가 들어왔다. 4인방에게 청국어를 가르치는 역관이었다.

"공부하실 시간입니다. 이렇게 더운데 창문은 왜 꼭꼭 닫아 놓으셨습니까? 열어도 되겠지요?"

그러고선 가슴을 쓸어내리느라 꼼짝하지 않는 4인방을 대신해서 재빠른 동작으로 사방의 창문을 죄다 열었다.

대궐 문을 나서는 선준 앞에 한 남자가 허리를 푹 숙이며 말을 걸었다.

"도련님, 오랜만에 뵙습니다요."

선준은 본가의 하인임을 알아보았다. 그는 뒤따라 나오던 윤희에게 기다리라는 눈짓을 하고 말하였다.

"여기까지 무슨 일이냐?"

하인은 손에 쥐고 있던 봉서를 공손히 내밀었다.

"대감마님께서 도련님께 심부름 좀 다녀오라 하셨습니다."

선준은 어리둥절하여 잠시 고개를 갸웃하였다. 정무는 여태 이런 심부름을 아들에게 시킨 적이 없었다.

"꼭 내가 가야 한다더냐?"

"네, 쉰네는 그리 듣고 왔습니다요. 이 서찰을 지금 바로 여기 약도에 그려진 수원 판관 본가에 가져가라고 하셨습니다. 바쁘시더라도 꼭 시간을 내시라면서……."

하인은 소맷자락에서 약도를 꺼내 건네주었다. 선준은 약도와 봉서를 선뜻 받아 들지 못하고 다시 물었다.

"무슨 일로 그러느냐?"

"거기까지 쇤네가 어찌 알겠습니까요? 아무튼 말씀 전하였으니 이만 가 보겠습니다."

선준은 강제로 봉서를 떠넘기고 달려가 버리는 하인의 뒷모습을 쳐다보다가 제 손으로 넘어온 종이들로 눈을 옮겼다. 윤희가 다가와 말하였다.

"뭘 그리 뚱하게 쳐다보십니까? 다녀오십시오."

"이런 심부름은 처음이라……."

"자고로 부모의 명령에는 이유를 묻지 않는다 하였습니다."

미소로 권하는 윤희에게 선준도 어쩔 수 없이 미소로 말하였다.

"당신이 그리 말하니 아니 갈 수가 없질 않소."

그러고는 퇴진하는 관원들이 오가는 길목이라 다른 애정 표현은 못 하고 소맷자락에 봉서를 넣었다.

"내 금방 다녀오리다."

"옷은 갈아입고 가셔야지요."

"오고갈 시간이 부족하오. 이대로 다녀오겠소."

선준은 눈으로 인사를 나누고 돌아섰다. 그런데 한 발 한 발 디딜 때마다 발걸음이 점점 무거워졌다. 원인을 알 수 없는 불길한 예감이 목을 휘감았다. 걸음을 멈추었다. 그리고 멀어진 윤희를 돌아보았다.

뒤따라 나온 용하와 재신이 그녀 곁으로 다가가 말을 거는 것이 보였다. 사내의 좁은 속이 움직였다. 사형들이나 다른 사내들 틈에 있는 아내를 보는 마음은 언제나 어지럽다. 질투라는 건 믿음과는 별개의 감정이었다. 잠시 다녀오는 일인데 별일이야 없겠거니 위로하며 다시 가던 걸음을 옮겼다. 이경까지는 돌아오리라고 마음먹자 걸음은 점점 빨라졌다.

수원 판관의 본가는 '새 사위'를 맞을 채비로 분주하였다. 온 집안 곳곳은 비질과 걸레질로 바빴고, 한쪽 머리에서는 기름진 음식을 준비하느라 여념이 없었다. 별당에 마련된 방에는 윤희 모친이 전 재산을 쏟아 붓다시피 한 이불보다 두어 배는 두꺼운 원앙금침이 깔렸다. 방 한구석에는 병풍이 펼쳐졌고, 또 한구석에는 향주머니가 걸렸다. 차 판관은 우의정이 건네준 약제를 손수 달여 차갑게 식혔다. 행여 불순물 한 방울이라도 들어갈세라 지극 정성이었다.

모든 준비를 마쳐 놓고도 한참을 기다려서야, 우의정이 보낸 심부름꾼이 이선준 도령이 지금 곧 당도한다는 전갈을 가지고 급히 뛰어 들어 왔다. 동네 어귀로 들어서는 걸 눈으로 확인했다는 말도 덧붙였다. 우왕좌왕하던 차 판관은 정신을 가다듬고 우선 들키지 않도록 심부름꾼부터 뒷문으로 내어 보냈다. 그리고 부엌으로 달려가 고이 모셔진 약사발을 재차 확인하였다. 같은 품계라고 해도 외관직과 경관직은 격이 다르다. 그리고 경관직과 내관직 또한 그 격이 다르다. 이 일만 잘 성사되면 경관직으로 들어갈 수 있다. 권력의 핵심으로 들어갈 수 있는 절호의 기회인 것이다. 게다가 새 사위는 모든 관료가 선망하는 내관직, 그중에서도 홍문관과 규장각에 있는 인물이다. 조선 제일의 가랑! 어느 누가 이 별호에 이의를 제기할 수 있단 말인가. 그의 아내 자리는 왕비가 부럽지 않은 자리다. 약사발을 쓰다듬는 차 판관의 손끝이 감동으로 인해 덜덜 떨렸다.

마당으로 돌아오니 마침 대문 밖에서 문을 두드리는 소리가 들렸다. 차 판관은 자신이 달려 나가고 싶은 것을 꾹 참고 기다렸다. 잠시 후 하인이 명자를 받아서 들어와 그의 손에 넘겼다.

종육품 규장각 직각 이선준

명필로 새겨진 명자에서부터 예사롭지 않은 빛이 나는 듯하였다. 윤희의 솜씨임을 알 길이 없는 그는 만족스런 표정으로 대문으로 느릿느릿 걸어 나갔다. 기분 같아서는 전속력으로 달려가 맞이하고 싶었지만, 사전에 기다렸던 티가 날지도 모르기에 괜히 마당을 한 바퀴 돌면서 시간을 끌었다. 그리고 손수 대문을 열었다. 우의정 아들이라면 이 정도 대우쯤은 괜찮다고 생각하였다.

열린 대문 밖에는 젊은 선비 한 명이 손에 봉서를 덜렁덜렁 든 채로 서 있었다. 그는 정자관을 쓴 모습을 보고 차 판관을 알아본 듯 허리를 숙여 인사하였다.

"여기 봉서가 있습니다. 그럼 소인은 이만……."

차 판관은 봉서만 건네주고 가 버리려는 새 사위의 팔을 다급하게 잡았다.

"아, 아니, 이보시오! 잠깐만! 여기까지 온 사람을 그냥 돌려보낸대서야 예의가 아니오. 더운데 여기까지 오느라 힘들었으니 잠시 들어와 목이라도 축이고 가시오."

그는 아주 잠깐 고민하는 듯하더니 이내 고개를 끄덕였다.

"그러면 그리 할까요?"

새 사위는 대문을 넘어 마당으로 들어갔다. 차 판관은 앞서 걸으면서 새 사위를 힐끔힐끔 돌아보았다. 그리고 고개를 갸웃거렸다. 키가 훤칠하여 얼굴을 보려면 고개가 아프다는 둥, 이선준 도령을 빼고는 미남자를 논하지 말라는 둥, 눈빛에서 광채가 난다는 둥, 뒤통수에 붙은 잔털 하나까지도 반듯하지 않은 구석이 없다는 둥 하는 그간 들어왔던 숱한 소문들이 하나씩 떠올랐다. 차 판관은 사랑채 대청에 올라앉아 다시 유심히 쳐다보았다. 작은 키는 아니지만 훤칠하다는 표현을 쓸 정도는 아니고, 이 정도의 인물이라면 미남자를 논할 때 빼도 크게 무리는 없을 듯하고, 눈빛은 어쩐지 맹한 느낌이고, 굳이 뒤통수까지 보지 않아도 정돈되지 않은 몰골이었다. 원래가 소문이란 건 부풀려지기 마련인데, 소문보다 실제가 더 낫다는 뜬소문에 혹하여 지나치게 맹신했던 게 잘못이었다. 소문과 비교하지 않고 살펴보면 괜찮은 인물임에는 분명했다.

차 판관은 하녀를 불러 미리 맞춰 뒀던 지시를 하였다.

"시원하게 마실 거라도 가져오너라."

"네, 대감마님."

댕기머리의 하녀가 뒤돌아 나가자 차 판관도 고개를 돌려 마주 보고 앉은 새 사위를 보았다. 그런데 계집 보기를 돌같이 한다던 소문의 인물은 하녀의 뒤꽁무니에서 눈을 떼지 못하고 있었다. 그의 고개가 다시 한 번 갸웃거려졌다.

"흠흠! 여기까지 오느라 수고가 많으셨소."

새 사위의 눈이 차 판관에게로 돌아왔다.

"마침 지나던 길인데 수고랄 것까지야……."

강제로 보내졌을 텐데 이런 인사말을 하는 걸 보니 속은 소문처럼 깊은 듯하였다. 그런데 어투에서는 고개가 갸웃거렸다. 말끝조차 정갈하다는 소문과는 다르게 끝이 흐지부지 사라졌기 때문이다. 행동거지도 똥 마려운 강아지인 양 좌불안석이다. 돌아가고픈 마음이 급해서라 생각되었다. 하녀가 다반에 물 사발, 정확하게는 약사발을 가지고 와서 대청에 올려놓았다. 새 사위의 얼굴에 실망한 표정이 드러났다.

"우리 집에서 즐겨 마시는 찻물이오. 더위를 식혀 준다오."

"아, 물……. 마실 거라는 게 물이었군요."

마치 술을 기대한 것 같은 말투였다. 분명 술은 입에도 대지 않는다고 했기에 착각이라고 생각하였다. 명자도 이선준의 것이었고, 무엇보다 미행까지 하며 알려 준 심부름꾼이 자신이 모시는 도련님의 얼굴을 모를 리가 없지 않은가. 새 사위는 단숨에 사발을 비웠다. 마지막 모금을 삼킬 때는 차 판관의 목에서도 꿀꺽 침이 넘어갔다.

"때가 돼서 그런지 배가 슬슬 고픈데……."

차 판관은 예상하지도 못한 말에 당황하였다. 처음 방문한 집에서 밥 타령이라니, 뻔뻔하다고 해야 할지 넉살이 좋다고 해야 할지 예의가 없다고 해야 할지 분간이 되지 않았다. 하지만 약 기운이 퍼질 때까지 잡아 둘 핑계가 없었던 그로서는 반가운 말이 아닐 수 없었다.

"그러잖아도 저녁 식사를 준비 중이었으니 먹고 가라고 할 참이었소."

"감사합니다. 그럼 사양하지 않겠습니다."

그러고선 과묵하다는 소문에 맞게 입을 꾹 다물었다. 간혹 차 판관의 질문에 웅얼거리는 대답을 한마디씩 했지만 긴 말은 삼갔다. 그렇게 앉아 있는 동안 새 사위는 손가락으로 마루를 긁기도 하고 제 발을 긁기도 하는 등 점잔과는 거리가 있는 행동을 보였다. 이윽고 그의 입에서 하품이 실실 나오기 시작하였다. 그리고 잠시 후, 앉아서 꾸벅꾸벅 졸다가 옆으로 픽 넘어졌다.

대기하고 있던 하인들의 움직임이 빨라졌다. 어떻게 돌아가는 상황인지도 모르고 차 판관의 지시에 따라 잠든 새 사위를 둘러업었다. 왜 갑자기 잠이 들었는지, 이런 낯선 사내를 왜 사랑채가 아닌 하필 아가씨가 머무는 별당으로 옮기는지 이들로서는 알 까닭이 없었다.

하인들이 내려놓고 나간 방에는 새 사위가 완전히 곯아떨어져 있었다. 차 판관은 심호흡을 하고 손수 그의 옷을 풀었다. 흐트러져 있던 갓도 벗겨 냈다. 여기서 다시 고개가 갸웃거려졌다. 심부름꾼의 전갈에 의하면 궐에서 바로 이곳으로 왔다고 들었는데, 어째서 사모와 공복이 아닌 갓과 사복 두루마기 차림인지 이해가 되지 않았다. 집에 잠깐 들러 옷을 갈아입고 온다는 얘기가 급히 전해야 하는 말 틈에서 빠진 것이라고 짐작하고 알몸으로 만들었다. 그러고는 원앙금침을 덮어 주고 방을 나갔다.

방 앞에는 아내의 손에 이끌려 온 댕기머리의 딸이 서 있었다. 차 판관은 방 안으로 딸의 등을 밀어 넣었다.

"이선준 도령이 깨어날 때까지 절대 이불 아래에서 나와서는 안 된다, 알겠느냐?"

그녀는 고개를 끄덕이며 방문을 닫았다. 차 판관은 모든 것이 다 끝났다는 듯 안도의 한숨을 깊게 내쉰 뒤 별당을 나섰다. 하지만 때때로 돌아보며 고개를 갸웃거리기도 하였다.

그런데 그와 똑같이 고개를 갸웃거리는 자가 한 사람 더 있었다. 바로 명자를 받아서 건네준 하인이었다. 자신에게 명자를 건넨 남자는 공복 차림이었던 것 같았다. 그런데 주인어른이 맞이한 사람은 순식간에 사복 차림으로 바뀌었기 때문이다. 옷뿐만이 아니라 사람도 바뀐 것 같았지만, 언뜻 봐서 헷갈렸을 수도 있기에 잠자코 있기로 했다.

같은 시각, 차 판관이 들었던 소문들 속에서 쏙 빠져나온 듯한 사내가 공복 차림으로 달리고 있었다. 그의 손에는 용하가 매달려 있었다. 마치 멱살이 잡혀 질질 끌려가는 형국이었다.

"여림 사형, 빨리 좀 뛰십시오!"

"가, 가랑……, 나 죽네. 좀 천천히……."

하지만 선준은 사색이 되어 미친 듯이 달리느라 용하의 넘어가는 숨을 헤아리지 못하였다.

조금 전의 일이었다. 선준은 무사히 약도에 그려진 목적지에 도착하였다. 약도가 자세했기에 찾는 데 별 무리는 없었다. 그리고 대문을 두드렸다. 사람을 부르려고 할 즈음 하인이 문을 조금 열었다. 그에게 명자를 건네줄 때까지만 해도 선준은 이렇게 뜀박질을 하게 되리라고는 짐작하지 못하였다.

명자가 들어간 대문 틈이 막 닫혔을 때였다. 느닷없이 누군가가 전속력으로 달려와 허리를 낚아채는 게 아닌가.

"헉헉! 큰일 날 뻔했군."

"앗! 여림 사형, 여기까지 어떻게? 큰일 날 뻔했다니요?"

"아, 아니, 큰일 났다고. 그렇지! 가랑, 큰일 났네. 대물이……, 대물이……."

"네? 대물 도령이 어떻게 됐다고요?"

"기생들한테 납치당해 끌려갔다네."

선준이 사색으로 변한 건 이때부터였다. 용하가 무작정 뛰어가려는 그를 붙잡아 급하게 소맷자락을 더듬어 봉서를 끄집어냈다. 그리고 옆에 데리고 온 듯한 낯선 선비에게 그것을 넘기면서 말하였다.

"이보게, 이 집 주인에게 이 봉서만 건네주면 되네. 자네는 그 입만 꾹 다물고 있어 주게. 명심하게!"

"자, 잠깐. 형님, 이게 도대체……."

선비가 영문을 몰라 당황하여 소리쳤을 때, 용하는 이미 선준에게 끌려가고 있었고 동시에 앞에서는 대문이 열리고 있었다.

그때부터 지금껏 선준은 용하를 끌고 달렸다. 그가 납치되었다는 모란각 위치를 알기에 버리고 갈 수가 없었다.

"헉헉! 가랑, 천천히……. 이미 걸오가 구하러 갔다니까!"

이 소리가 그의 귀에 들릴 리가 만무하였다. 불안한 예감에도 불구하고 윤희를 놔두고 온 자신의 잘못을 꾸짖기에 바빴다.

모란각에 가까워졌다. 그런데 이번에는 용하가 사색이 되었다. 모란각 주위로 기생들이 바글거렸기 때문이다.

"뭐, 뭐야? 웬 기녀들이 이리 많아!"

선준은 놀라서 웅얼거리는 그를 버려두고 기생들을 헤치며 모란각으로 들어갔다. 그에게 밀침을 당한 기생들은 처음에는 짜증을 내다가 이내 가랑 도령임을 알아보고 비명에 가까운 탄성을 질렀다. 가까스로 마당 안에 진입한 선준의 눈에 불꽃이 일었다. 마당 한가운데에서 기생들에게 홀로 포위당해 있는 윤희를 발견한 것이다.

"다들 물러나지 못하겠느냐!"

그의 고함 소리가 길을 만들었다. 그리고 윤희의 시선을 끌어왔다. 선준은 허겁지겁 달려가 자신의 몸으로 그녀를 에워싸다시피 하였다.

"대물 도령! 무사하였……"

"가랑 형님! 무사하셨……"

두 사람의 말이 동시에 나왔다가 동시에 사라졌다. 그리고 동시에 눈이 둥그런 모양으로 변하였다. 건물 뒤편에서 기생들한테 뒤쫓겨 가며 재신이 뛰어나왔.

"대물, 가랑은 여기도 없……. 엇!"

세 사람이 한곳에 모였다. 어찌 된 영문인지를 서로의 얼굴에서 찾던 그들은 홍군회 때와 마찬가지로 양쪽이 똑같은 미끼를 덥석 문 것을 깨달았다. 여기 모여든 기생들은 납치범들이 아니라 단순한 구경꾼에 지나지 않았다. 그들은 곧 독기 어린 눈빛으로 용하를 찾았다. 다행히 그를 잡는 데 드는 수고는 덜었다. 달아나려던 용하가 기생들 손에 떠밀려 본의 아니게 그들 쪽으로 오고 있었다.

"자, 잠깐. 난 저기 저쪽으로 가야……."

마치 앞으로 헤엄을 치는데 파도에 떠밀려 자꾸 뒤로 가는 모양으로 용하는 세 사람 앞에 바쳐졌다. 재신의 손이 천천히 다가가 그의 멱살을 잡았다. 조금 전은 멱살을 잡힌 형국에 지나지 않았지만, 이번에는 거친 손아귀에 제대로 멱살잡이를 당하였다.

"이, 이보게, 걸오. 우리 말로 하세."

조용히, 그리고 천천히 내뱉는 재신의 말이 용하의 귓속으로 쏙쏙 파고들었다.

"죽여 버리겠어."

재신의 다른 쪽 주먹이 툭툭 불거진 핏줄을 등에 업고 올라왔다. 살려 달라며 다른 쪽을 보았지만 선준과 윤희도 재신 못지않게 살벌한 표정이었다. 그가 애원하듯 소리쳤다.

"사, 살려 주게. 이건 나도 불가항력일세. 내가 계획했던 건 모란각 기녀뿐이었다고! 이 근방 기루의 모든 기녀가 아니었단 말일세!"

선준의 목소리가 섬뜩할 정도로 낮게 깔렸다.

"걸오 사형, 절반만 죽이십시오. 나머지는 제가 하겠습니다."

윤희의 목소리도 마찬가지였다.

"제 몫도 남겨 주십시오."

"죽이든 살리든 그건 차후에 달게 받음세. 우선 이 난관을 어떻게 빠져나갈지를 궁리해야……."

그런데 그 순간, 기생의 손 하나가 윤희를 향해 불쑥 뻗어 왔다. 그 손은 윤희의 볼에 닿기 일보 직전에 선준에게 잡혔다. 그는 마치 자신에게 불덩이가 날아온 것처럼 잽싸게 던져 냈다. 그리고 기생들을 향해 적을 보는 눈빛으로 소리쳤다.

"손대지 마라!"

놀란 기생들이 주춤주춤 뒤로 물러났다. 그래도 흩어지지는 않았다. 그토록 갈망하던 잘금 4인방이 한꺼번에 눈앞에 던져졌기에 이 기회를 놓치지 않겠노라는 결의가 불타고 있었다. 뒤에서는 조금이라도 가까이서 보고 싶은 마음으로 인해 어두워진 주위에 대항하듯 조금씩 앞으로 다가왔다. 앞의 여인들은 뒤에서 밀치는 힘에 의해 살벌하게 노려보는 눈이 무서워도 어쩔 수 없이 밀려왔다.

"허허! 아무리 나라고 해도 오늘 밤 이 많은 여인들을 다 안아 줄 수는 없는데……."

용하의 말을 끝으로 잠시 정적이 찾아왔다.

4

선준이 윤희의 손을 잡아끌며 대문 쪽으로 가려고 하였다. 하지만 철옹성 같은 인간 벽이 갈라지지 않았다.

"비켜라!"

선준의 얼굴과 몸으로 여인들의 붉어진 눈길이 몰렸다. 이래서는 쉽게 빠져나가지 못할 것 같았다. 윤희가 선준을 당겨 재신과 용하 쪽으로 밀었다. 그리고 어깨를 펴고 고개를 치켜들면서 소리를 높였다.

"우리는 모란각을 찾은 손님이오. 한데 모란각의 손님 맞는 예법이 어찌 이 모양이오!"

세 남자의 놀란 눈이 그녀에게로 모아졌다. 그런데 윤희의 말은 즉시 효력을 드러냈다. 모란각의 기생들이 정신을 차리고 자진해서 다른 기루의 기생들을 추려 내기 시작한 것이다. 모란각의 덩치 좋은 하인들에게 한 명씩 쫓겨 나가는 기생의 수만큼 공간은 점점 넓어졌다.

이런 소란을 등 뒤로 두고 예전부터 대물 도령을 탐내고 있던 추월이 다가와 인사를 올렸다.

"추월이라 하여요."

그녀의 인사는 용하가 가로챘다.

"오랜만이구나, 추월아."

추월이 건성으로 인사하고 윤희에게만 노골적인 추파를 던지자, 선준은 불쾌한 기분을 감추지 못하고 자신의 입술을 씹었다. 하지만 그보다 다른 여인들이 추월을 방해하였다.

"어머, 언니! 새치기하는 게 어디 있어요?"

윤희는 손을 올려 그녀들의 접근을 저지하였다.

"난 이곳 모란각의 기녀였던 초선과 인연이 있었던 몸이오. 언니 아우 사이인 그대들은 한 사내는 나누지 않는다 들었소."

"그 초선은 이미 이 기루의 기녀가 아니랍니다."

"지나가는 인연도 인연이거늘, 하물며 한때 함께 살았던 자매의 인연을 이리 쉽게 버릴 수 있다니. 수염 없는 것들의 의리가 이러한 것이오?"

"그리 말씀하시니 의리가 아닌 건 맞네요. 하지만 술을 따르는 것 정도야 무리가 아니지요."

윤희는 즉답을 미루며 대문 밖을 보았다. 아직까지 사람들이 흩어질 기미가 보이지 않았다. 담장 너머로 얼굴이 보이기도 하였다. 지금 나갔다가는 다른 기루의 기생들에게 낭패를 당할 위험이 컸다. 자신의 몸에 사내에 익숙한 기생의 손이 닿는 것도 큰일이지만, 선준의 몸에 다른 여인의 손이 닿는 건 싫었다. 하지만 모란각 안에서는 적어도 그녀의 몸만큼은 안전했다. 윤희의 눈이 주위를 훑다가 용하에게 고정되었다. 그는 찔끔 놀라 어설프게 배시시 웃었다.

"계산은 여림 사형이 하십시오."

선준이 팔을 잡아당겨 윽박지르듯 소곤거렸다.

"대체 어쩌자고 일을 더 크게 벌이는 거요! 지금 이대로 나가는 편이……."

"지금 나갔다가 몸을 더듬기는 것보다는 낫습니다. 남자라면 주먹을 날리면 그만이지만, 여인을 상대로 그럴 수 있습니까?"

윤희는 그의 손을 떨쳐 내고 용하에게 눈짓을 하였다. 그러자 코머리 기생을 불러 방과 술상을 지시하였다. 모란각이 일사불란하게 움직였다. 지금 방에 들어가 있는 손님 중에는 당상관들도 있었지만, 4인방 앞에서는 찬밥 신세였다. 즉각 가장 좋은 방이 비워져 4인방 차지가 되었다. 여기에는 용하의 돈도 한몫하였다.

4인방은 방에 자리를 잡고 앉아 상을 받고서야 겨우 한숨 돌렸다. 하지만 한숨뿐이었다. 바로 이어 코머리 기생이 들어와 인사를 올렸기 때문이다.

"이렇게 4인방, 아니, 선비님들을 모실 수 있게 되어 영광이어요. 여림 선비님이야 이곳의 단골이시니 해당되지 않지만 다른 두 분은 우리 모란각이 처음이 아니십니까. 하니 손님을 모시는 예법에 따라 우리 아이들의 소개를 받아 주셔요."

선준이 단호한 표정으로 거절의 뜻을 전하였다. 재신은 상상만으로도 시끄러운 듯 짜증스런 표정을 하였다. 하지만 그녀는 굴하지 않고 능숙하게 말을 붙였다.

"처음 오신 손님께 인사를 여쭙지 아니하는 것은 우리 모란각에선 전례에 없던 일이라……. 거절은 아이들을 보고 난 이후에 하셔도 늦지 않지요."

말이 끝나기가 무섭게 문이 열리고 아리따운 세 명의 기생이 갖은 치장을 하고 들어왔다.

"역시 이 자리에 앉는 게 아니었소."

자리를 떨치고 일어나는 선준을 윤희가 잡아 앉혔다. 그리고 대신 그녀가 일어났다.

"다른 분들은 여기서 소개를 받으십시오. 저는 초선과의 인연을 소중히 여기겠습니다."

윤희는 코머리 기생을 보고 뒷말을 이었다.

"나에게는 다른 방에 술상을 따로 내어 주시오. 그것도 여림 사형이 계산할 거요."

입술을 깨물며 뒤도 돌아보지 않고 방을 나가 버린 윤희를 따라 코머리 기생도 나갔다. 그녀가 사라진 방문에서 눈을 떼지 못하는 선준 앞에 기생들의 교태 어린 소개가 시작되었다. 소개를 한 뒤는 술 한 잔을 올리고 싶다고 청하였다. 이에 선준은 그녀들이 보는 앞에서 말없이 제 앞의 술잔을 뒤집어 놓았다.

세 명의 기생이 마치고 나가면 또 다른 세 명이 들어왔다. 그사이 코머리 기생이 돌아왔다. 그녀는 선준의 눈이 상황을 물어 오는 걸 알아듣고 대답하였다.

"그분은 홀로 자작하고 계셔요. 혼자 있고 싶다고 나가 달라고 하셔서……."

가시방석에 앉은 용하가 어찌할 바를 모르고 접선을 접었다 펼쳤다 만 되풀이하면서 중얼중얼하였다.

"이러자고 이 일을 벌인 게 아니었는데. 우리 대물한테 미안해서 어쩌나……."

이러는 중에도 기생들은 소개를 올리고 있었다. 세 명이 나가면 또 다른 세 명이 들어왔지만, 다들 예쁘고 엇비슷하게 생겨서 분간이 되지 않았다. 처음 인사한 기생이 뒤에 또 섞여 들어와도 알아차리지 못했으리라. 그러니 제각각 다 구분해서 알아보는 용하가 기이하게 보일 지경이었다. 재신이 중간 중간 지겨움을 참지 못하고 연방 하품을 해 댔지만 여기에 아랑곳하지 않고 모든 기생은 소개를 끝냈다. 코머리 기생이 필요한 아이가 있으면 언제든지 말을 넣어 달라는 부탁을 얹은 뒤 물러났다.

방문이 닫히자마자 재신의 주먹이 잽싸게 용하의 멱살을 다시 잡아쥐었다.

"너 이 자식! 너 때문에……."

"입이 열 개라도 할 말이 없네. 나도 일이 이렇게 커질 줄 모르고……."

두 손을 모으고 싹싹 비는 용하 뒤로 여인의 그림자가 어른거렸다. 방 밖에서부터 방문에 비쳐진 그림자였다.

"안에 인사 올리겠습니다."

아직 남은 기생이 있었단 말인가. 세 명은 다시 한숨을 쉬었다. 선준이 화난 목소리로 말하였다.

"그만 하면 되었으니 물러가라."

하지만 방문은 무례하게도 그의 말을 거역하고 스르르 열렸다. 열린 방문 사이로 버선발이 먼저 들어왔다. 그리고 붉은 치마가 들어왔다. 세 남자의 시선이 버선발에서 치마로, 치마에서 저고리로, 저고리에서 커다란 가체로 치장한 얼굴까지 올라갔다. 순간 세 남자가 동시에 얼어붙었다. 불빛이 어두워 잘 보이지는 않았지만 이제까지 인사를 올린 비슷비슷하게 예쁜 그 많은 기생들과 뚜렷이 구분되는 절세미인이었다. 이 세상의 것이라고 여겨지지 않을 정도였다. 외출이라도 했다가 갓 돌아온 듯 너울이 달린 전모를 바닥에 내려놓고 다소곳하게 자리에 앉는 그녀를 따라 세 남자의 시선도 이끌리듯 아래로 내려갔다. 숙인 붉은 입술이 웃음을 머금고 틈을 만들었다.

"가랑 선비님께 술 한 잔 올려도 되겠습니까?"

선준은 넋을 잃은 눈을 그대로 두고 손만 움직여 술잔을 더듬었다. 그리고 뒤집어 놓았던 술잔을 바로 놓았다. 여인의 방긋 웃는 웃음이 술상 앞으로 바짝 다가왔다. 그녀는 그 흔한 가락지 하나 끼워져 있지 않은 손으로 술병을 잡아 기울였다.

"소첩을 원하신다면 이 한 잔은 드십시오."

선준의 손이 술잔을 잡아 입으로 냉큼 털어 넣었다. 마신 것이 술인지 물인지 구분할 수가 없었다. 그녀는 다시 물러나 앉았다.

"소첩과 이곳에 계시겠습니까, 소첩을 밖으로 데리고 나가시겠습니까?"

대답은 하지 않고 자리에서 벌떡 일어선 선준은 그녀의 손목을 잡아당겼다. 표정도 말도 그 어떤 것도 없었다. 여인은 그에게 이끌려 나가면서 전모를 머리에 쓰고 너울로 얼굴을 가렸다. 그들이 나간 뒤에도 용하와 재신은 여전히 놀란 눈으로 입을 벌린 채 얼이 빠져 있었다. 한참의 시간이 흐른 뒤, 용하가 가까스로 먼저 정신을 차렸다.

"허, 이럴 수가! 앞의 그 예쁜 기생들 얼굴마저 깡그리 지워 버리는 미모가 다 있다니. 머리통을 얻어맞은 기분일세. 저런 여인이 유혹하는데 어떤 사내가 따라 나가지 아니하겠는가. 제아무리 가랑이라도……."

"저, 저거……, 저거 설마……."

제대로 말도 만들어 내지 못하고 웅얼거리는 재신을 대신해서 용하가 말해 주었다.

"글쎄, 내 눈에도 그런 것 같기는 한데……. 미인이라 생각은 하였지만 저 정도일 줄이야."

재신에게서 그나마 어설프게 만들어 내던 말도 사라졌다. 용하가 그의 눈앞에 손바닥을 갖다 대고 휘휘 저어 보았다. 하지만 빠져나간 혼은 기척이 없었다. 용하가 불현듯 무언가를 깨닫고 소리쳤다.

"앗! 이 의리 없는 사람들 같으니. 자기들끼리만 빠져나간 거잖아!"

그의 고함에도 불구하고 재신의 혼은 여전히 행방불명인 상태였다.

마당에 두런두런 모여 4인방이 있는 건물 쪽을 기웃거리던 기생들이 일순간 조용해졌다. 선준이 나오고 있었다. 그녀들의 손이 순식간에 옷매무시를 다듬고 제자리로 돌아갔다. 그런데 그의 손은 다른 손을 잡고 있었다. 뒤따라 나오는 여인을 발견한 기생들의 눈이 일제히 그곳으로 향하였다. 전모를 쓰고 너울까지 내린 그녀는 선준과 함께 기생들을 가르고 지나갔다. 강제로 밀치지 않아도 저들이 두 사람을 비켜섰다. 두 사람이 지나는 길을 따라 기생들의 눈길도 일제히 움직였다. 얼굴을 가린 여인은 달빛이 온전히 빛을 주지 않는 통에 자세히 보이지 않았지만, 바람이 언뜻 보여 주는 얼굴선은 예사롭지가 않았다. 대문 안 모란각 기생들부터 시작하여, 대문 밖의 다른 기루 기생들까지 그에 압도당한 나머지 두 사람이 완전히 사라질 때까지 숨소리 하나 내지 않았다.

"그런데……, 누구였지?"

한 기생이 말을 트자 제각각 한마디씩 내뱉기 시작하였다.

"그러게, 우리 모란각에 저렇게 키가 큰 아이가 있었나?"

"혹시 생긴 거 본 사람 있어?"

"아니, 그래도 우리 기루 애가 아닌 건 분명해. 앗! 다른 기루에서 숨어들어 왔었나 봐!"

"뭐? 그럼 가랑 선비님을 가로채인 거잖아!"

"악! 용서 못 해!"

"최고 기루인 우리 모란각에 이런 치욕을 주다니! 어느 기루 계집인지 찾아내!"

모란각 마당이 왁자지껄해졌다. 하지만 정체불명의 기생은 이미 완전히 모습을 감춘 뒤라 찾을 수가 없었다.

모여든 사람들이 보이지 않는 지점에 다다른 뒤부터 느긋함을 가장하고 있던 두 사람의 걸음이 점점 빨라졌다. 그렇게 달리다시피 하다가 아무도 없는 길목에 접어들자 윤희는 큰 나무 뒤로 숨어 멈춰 섰다.

"가랑 형님, 잠시만. 몰래 빌려 온 이 가체와……."

무슨 말을 하려던 그녀의 말을 가로막으며 선준의 고함이 튀어

나왔다.

"당신은 어쩌자고 그런 모습으로 사형들 앞에 선단 말이오!"

"하지만 화장을 해서 못 알아보실 거라……."

"알아보든 못 알아보든 그 모습은 용납할 수 없소!"

너울 속에서 대답이 사라졌다. 뿐만 아니라 기척도 사라졌다. 그러자 선준은 고함지른 게 괜히 미안하여 헛기침을 여러 번 하였다. 그래도 너울 속은 여전히 조용하였다. 그의 눈에 아래로 내려뜨린 윤희의 손이 잡혔다. 두 주먹을 꽉 쥔 채 바들바들 떨고 있었다.

"저기, 그러니까 내 말은……."

너울 속은 여전히 대답이 없었다. 그 안의 표정을 살피고 싶은데, 너울을 들출 용기가 생기지 않았다. 호통 치는 임금보다 가만히 있는 아내가 더 무섭다는 사실을 오늘에서야 깨닫는 선준이었다. 기세등등한 아버지가 왜 어머니 앞에서는 유독 쩔쩔매는지도 알 것 같았다. 한 번 더 헛기침으로 반응을 떠보았다. 그래도 기척을 보여 주지 않았다. 그의 손이 너울에 닿았다. 하지만 그 직전, 자신도 모르게 주춤거려지는 건 어쩔 수 없었다. 그건 용기와는 전혀 상관없는 문제였다. 선준이 조심스럽게 너울을 들어 올렸다. 조금씩 윤희의 얼굴이 드러났다. 붉은 입술이, 연분홍 뺨이 보일 때만 해도 두근거리던 심장이었는데, 까만 눈매를 접하자 쿵 하고 떨어졌다. 간은 콩알만 해졌다. 그녀의 눈에서 눈물이 흘러내리고 있었다. 순간 그는 자신도 모르게 그 자리에서 무릎을 꿇을 뻔하였다. 붉은 입술이 가늘게 떨면서 말하였다.

"그럼 어찌하면 좋았단 말입니까? 질투가 나서……, 견딜 수가 없는데……."

당황하여 대답할 말을 찾지 못하고 있는데, 윤희가 똑바로 쳐다보며 말하였다.

"여인은 투기를 부리면 아니 된단 말씀은 마십시오. 사랑과 질투는 서로 등을 맞대고 있는 것이니, 만약에 제가 질투하지 않는 날이 온다면 사랑하는 마음도 없을 때일 것입니다."

선준이 들어 올린 너울을 전모에 걸쳐 두고 고개를 옆으로 돌렸다. 그리고 들릴 듯 말 듯 조용히 말하였다.

"질투는 내가 하였소. 그대의 이 모습을 나의 안채에 가둬 두고 나 홀로 보고 싶었기에. 나도 세상에 널린 그저 그런 속 좁은 사내에 불과하단……."

말이 채 끝나기도 전에 그는 자신의 머리 위로 너울이 넘어오는 것을 보았다. 하나의 전모 아래에 너울로 얼굴을 감춘 두 사람은 긴 시간 동안 서로의 입술을 나누었다.

"그 정도의 질투도 없다면 저를 사랑하는 마음도 없는 것일 테지요."

아주 잠깐 너울 속에서 이 말이 새어 나왔지만 이내 다시 말은 사라졌다. 그리고 달빛이 그려 준 두 사람의 그림자는 온전히 하나의 덩어리가 되어 있었다. 비록 공복을 숨겨 넣은 허리와 엉덩이 쪽이 유독 불룩하고, 다리에 묶어 둔 사모 보자기가 치마 밖으로 살짝 나와 있기는 하였지만 그림자는 이러한 것까지 세세하게 담지는 않았다.

"누구야?"

금난과 여러 나인들은 눈에 핏대를 세우고 노려보는 예분 앞에서 눈만 깜박거렸다. 사가에 다녀오자마자 동무들을 불러 놓고 하는 첫

마디가 밑도 끝도 없게만 느껴졌다.

"예분아, 바깥에서 무슨 일 있었니?"

"있었어. 말해! 누가 내가 쓴 소설을 마음대로 바깥까지 돌린 거야?"

나인들은 서로를 두리번거렸다. 그녀들 중에서 저리지 않은 발이 없었다.

"나만 읽으려고 했는데 옆방 동무가 보여 달래서……."

"나도……. 읽는 거 뻔히 보고 달라는데 서운해할까 봐서……."

우물거리면서 말하는 그녀들 앞에서 예분의 목소리는 더욱 격해졌다.

"우리들끼리 읽는 거야 내가 뭐래? 어떻게 허락도 없이 장안에 돌고 있느냐고! 내 글 상사몽이!"

하지만 동무들은 그다지 미안하지 않은 표정이었다. 도리어 금난은 짜증까지 내면서 따졌다.

"얘는 뭐 그까짓 것 가지고 이러니? 어차피 소설일 뿐이잖아."

"그건 소설이 아니라고! 내 마음이라고!"

"남이 읽는 게 싫으면 쓰질 말았어야지! 네가 먼저 신이 나서 보여 줬잖아."

예분은 더 이상 말하지 않았다. 금난의 말을 납득해서가 아니었다. 기가 막혀서 대꾸할 기력을 잃어서였다. 동무 중 하나가 두 사람 가운데서 안절부절못하면서 말렸다.

"둘 다 그만 해. 이러다가 진짜 싸우겠어."

"예분이 하는 꼴을 봐. 고작 지어낸 이야기 가지고 요즘 계속 우쭐거리잖아."

금난은 단짝인 예분이 꼴사나웠다. 상사몽이 나인들 사이에서 인기를 끌어 뒤편을 독촉받으면서부터 그녀의 잘난 척이 점점 심해졌기 때문이다. 그 내용 중에는 금난이 제공해 준 부분도 있는데, 그러한 말은 쏙 빼고 오직 자기만의 것인 양 말하는 것은 더 마음에 들지 않았다. 예분은 눈에 그렁거리는 눈물을 겨우 참았다.

건물 너머에서 나인 한 명이 달려와 소리쳤다.

"다과연 준비로 바빠 죽겠는데 여기 모여서 다들 뭐 하는 거야? 어서 애련지로 와!"

다른 동무들은 혼비백산하여 일하러 달려갔지만 예분과 금난은 남아서 계속 서로를 노려보았다. 어느 한쪽도 먼저 눈을 돌리지 않았다. 예분의 차가운 목소리가 정적을 갈랐다.

"금난아, 너 요즘 왜 그래?"

"상사몽은 너만의 것이 아니야."

"나의 것이 아니라니? 뒤편을 빨리 써서 보여 달라고 조르는 건 언제나 너잖아?"

그녀의 빈정거리는 대꾸가 금난의 신경을 건드렸다.

"처음 관복 이야기를 해 준 건 나였어. 그걸 네 마음대로 써 버린 거잖아."

"어차피 지어낸 이야기는 비슷한 것이 많다고. 내용도 완전히 다른 데다가 네 이야기라는 증거도 없지 않니?"

"증거? 물론 지어낸 네 이야기들은 증거가 없겠지. 하지만 난 달라."

금난은 자신의 입에서 제멋대로 튀어나온 말에 스스로 놀라고 말았다. 예분의 오만함을 지나치게 의식한 탓이었다. 그만두고 싶은데 그녀의 입에서는 뒷말이 계속해서 나왔다.

"내가 해 준 말은 사실도 있거든."

"거, 거짓말하지 마."

"네 멋대로 거짓말이라고 단정하지 마. '그분'이 주신 증거도 있으니까."

자신이 떠벌린 거짓말로부터 뒤돌아서 도망치는 금난의 발에 그날 밤 밟았던 금천의 물이 감기는 것 같았다. 이문원의 신관들이 귀신 차림으로 달아났다는 말을 주시동으로부터 전해 들었던 그 밤, 그분의 향기를 느껴 보고 싶었다. 처음에는 단지 그 욕심뿐이었다. 목련꽃처럼 하얀빛을 반사하는 남자에게서는 어떤 향기가 날까 궁금했던 까닭이었다. 그 욕심이 캄캄한 밤을 허겁지겁 달리게 만들었고, 선원전을 가로지를 용기를 주었고, 금천의 물을 밟게 만들었다.

도둑처럼 숨어들어 간 이문원의 여러 건물들 중에서 소유재만 유독 뒤에 떨어져 있었던 것이 화근이었다. 다른 건물은 들어갈 엄두가 나지 않았지만 그곳은 손쉬웠다. 그리고 마침 그곳에 행운처럼 관복 네 벌이 있었다. 또 그 관복들이 구분이 되지 않았다면 아무 문제가 없었을 것이다. 하지만 가장 볼품없는 관복이 촉감만으로도 구분이 되어 버렸다. 그 순간 그녀는 정신을 놓았다. 그 후 정신을 차렸을 때는 이미 자신의 방에 돌아온 상태였고, 땀으로 젖은 품에는 훔친 관복이 안겨 있었다.

애련지 주변은 궁녀들의 움직임으로 번잡스러웠다. 궐에서 한 번씩 열리는 대갓집 부인들의 다과연 때문이었다. 오늘은 날도 덥고 하여 특별히 애련정으로 장소를 잡았다. 그곳으로 궁녀들의 안내를 받아 왕실 여인들과 시쳇말로 권세깨나 떠는 집안의 부인들이 속속 모여들었다. 그들 속에는 어리둥절한 눈으로 시모를 부축하고 들어온 다운도 있었다. 보통은 그녀가 끼어들 자리가 아니었지만, 황씨의 온전치 못한 건강을 배려하여 왕비로부터 특별 허락을 받은 덕분이었다.

다운은 처음으로 새로 지은 당의를 입고 가체를 튼 머리에 가리마를 썼다. 다른 여인들도 그녀처럼 격식을 갖춘 모습이었지만 하나같이 도도한 태도를 취하고 있었다. 간혹 두세 명씩 모여 황씨와 다운을 번갈아 힐끔거리며 수군거리기도 하였다. 정신이 하나도 없는 다운조차 험담임을 느낄 정도였다. 그녀들의 수군거림의 대상은 곧 다른 부인에게로 옮겨 갔다. 그 말은 다운의 귀에도 들려왔다.

"어머, 임씨 부인께서는 여전하시네요. 요즘 속 썩을 일도 많으실 터인데······."

"얼마나 속상하실까. 잘난 아들 둔 부러움을 한 몸에 받으셨는데, 그리 이상한 며느리를 들이셨······. 아 참, 임씨 부인을 생각하는 마음이 앞서서 그만 해서는 아니 되는 말을······. 어차피 다들 소문 들으셨겠지만······."

"원치 않아도 이런저런 말들이 귀에 들어오니 듣지 아니할 수 없지요, 오호호."

"하지만 며느리라고 할 수도 없지 않습니까? 집안에 들이지 아니하였으니."

"혼인을 한 것도 아니고, 아니 한 것도 아니고······. 아무리 우의정 대감이라고 해도 상감마마께오서 친히 축하를 내린 혼인인데 쉬이 무를 수도 없으니 딱할 노릇이지요."

"그러잖아도 자식 귀한 집안인데 저러다 대가 끊어지면 어쩌려는지, 원."

"어쩌다가 성격은 포악하고 생긴 건 괴물 같은 며느리를……, 쯧쯧."

다운은 갑자기 다정하게 손을 잡는 황씨의 손길을 느끼고 눈을 맞추었다. 시모가 겨우 들릴 정도의 작은 목소리로 속삭였다.

"아가, 저런 말에는 귀를 열어 두지 마라."

다운은 방긋이 웃으며 고개를 끄덕였다. 걱정해 주는 척하면서 실제는 헐뜯는 말임을 그녀도 구분할 수 있었다.

"아가, 이제는 귀를 열어도 된단다."

시모의 말에 이끌려 고개를 들었다. 임씨 부인이 이쪽으로 걸어와 상냥한 미소로 인사를 하였다.

"오셨습니까? 정말 오랜만에 나오셨습니다."

그녀는 황씨가 인사말을 생각하는 긴 시간 동안 흐트러짐 없이 차분하게 응시해 주었다. 그녀가 다정하게 포개 잡는 손길에는 미안함과 안타까움이 묻어나 있었다. 실수하지 않으려는 노력 때문에 황씨는 평소보다 더 긴 시간을 생각하고 더 느릿느릿 말하였다.

"오랜만에 뵙습니다, 부인. 그러니까……, 여기는 우리 며느리랍니다. 제 지팡이나 다름없지요."

다운은 눈가에 미소를 담는 임씨에게 허둥지둥 허리를 숙였다. 그런데 겨우 고정해 둔 가체가 쏟아질 뻔하였다. 순간 임씨가 얼른 손으로 받쳐 준 덕분에 위기를 넘길 수 있었다.

"마, 만나 뵙게 되어 여, 영광이어요."

"며느리 분이 아주 어여쁘네요. 좋으시겠어요."

"이 아이 덕분에 제 무료한 시간이 많이 줄었지요."

두 부인은 간단한 안부 몇 마디를 더 주고받았다. 다운은 시모의 설명이 따로 없어도 예전에 거론했던 부인임을 알아차리고 더욱 고개를 숙였다. 이런 분께 시문을 배울 수 있으면 좋겠다는 생각 위로 시부의 무서운 눈이 지나갔다. 인사를 마치고 다른 부인의 인사를 받느라 자리를 이동하는 임씨를 눈으로 좇았다. 과하지 않은 몸짓 하나, 우아한 손짓 하나, 미소를 놓지 않는 눈짓 하나까지도 놓치고 싶지 않은 분이었다. 황씨의 부러운 속삭임이 배경으로 깔렸다.

"젊음은 모든 여인을 아름답게 만들어 주지만, 저 나이에 갖는 아름다움은 오로지 남편의 애정이 만들어 준단다. 사내들은 영원히 아름다운 부인을 소망하면서도 그 소망이 제 하기 나름인 것을 몰라."

다운은 아주 잠시, 남편의 무관심 속에 있는 자신에게는 아름다워지는 날은 영원히 오지 않을 것이라고 생각하였다.

왕비가 궁녀들을 거느리고 등장하였다. 소문으로만 들었던 젊은 중전이었다. 그 소문에는 수태하지 못하는 몸이라는 이야기도 섞여 있었다. 그 때문에 궐 안에서 주눅 들어 지낸다고들 하였다. 하지만 직접 본 왕비는 비록 다른 부인들보다 수수한 차림이긴 해도 주눅은커녕 주위를 압도하는 왕비다운 기품이 있었다.

애련정에 올라 애련지의 맞은편에 왕비가 앉자 다른 부인들도 차례로 뒤를 따라 올랐다. 그리고 남편의 품계 순서대로 그녀들의 다과상 자리 순서가 정해졌다. 나이 많은 부인들이 젊은 왕비에게 절을 올린 뒤 모두 자리에 앉았다. 궁녀들은 왕비 옆, 애련정 주변으로 길게 앉거나 섰다. 그녀들 틈에는 금난과 예분도 있었다. 처음에는 대비 마마께서 오늘 부득이한 사정으로 이곳에 참석하지 못하여 아쉬워하더라는 말을 전하는 것을 시작으로, 서로 이런저런 안부를 주고받거나 가벼운 잡담이 이어졌다. 다운은 천천히 오고가는 대화조차 따라잡지 못하는 시모 옆에서 잠자코 구경만 하였다.

대화는 어느덧 모임의 목적인 시문으로 넘어갔다. 몇 명의 부인이 잔뜩 뽐내며 자신이 지어 온 시문을 읽었다. 순서는 흘러 흘러 임씨에게로 넘어갔다.

"기다렸소. 오늘도 가히 임 정경부인에게 기대가 크오."

왕비의 기대를 받은 임씨는 조용히 허리를 숙여 아뢰었다.

"중전 마마, 소첩의 변변찮은 글을 기대해 주심에 몸 둘 바를 모르겠사옵니다. 하오나 아뢰옵기 송구하옵게도 오늘은 다른 여인의 시문을 가져왔사옵니다. 그것으로 읊도록 윤허하여 주시옵소서."

왕비의 눈에 다소 실망한 기색이 지나갔다. 오직 임씨의 시문을 듣기 위해 오늘 이곳까지 따라나선 다운은 더욱 그러했다. 황씨는 무슨 말인지 알아듣지 못하여 멍하니 앉아만 있었다.

"어쩔 수 없으니 가져왔다는 그 시문을 읊어 보오."

왕비의 허락과 함께 임씨는 가져온 종이를 펼쳐 읽기 시작하였다. 차분한 음색이 하나씩 내리는 글자는 한 덩어리가 모여 구가 되었고, 구가 모여 시가 되었다. 구절구절 담긴 여인의 몸가짐과 덕에 관한 내용은 글쓴이의 학식이 도드라지지 않게 어렴풋이 내포되어 있었다. 낭독이 끝났을 즈음, 몇 명의 부인은 붉어진 얼굴을 감추지 못해 당황하였고, 아직 차례가 오지 않은 몇 명의 부인은 제 시문을 적은 종이를 감추느라 분주하였다. 왕비의 안색도 놀라움과 감동으로 바뀌었다.

"그 종이를 이리로 주오. 다시 한 번 읽고 싶소."

임씨의 손에 있던 종이가 궁녀를 거쳐 왕비에게로 전해졌다. 또 다른 놀라운 것을 접한 듯 왕비의 눈이 동그래졌다.

"이렇게 서체가 뛰어날 수가! 내 지금껏 이리 훌륭한 서체는 본 적이 없소."

"서체 또한 그 시문의 주인 것이옵니다."

"마치 아녀자의 시문이 아닌 듯하오. 누구의 글이오?"

임씨는 두 손을 다소곳하게 모아 허벅지 위에 올리고 잠시 뜸을 들이다가 미소와 함께 말하였다.

"중전 마마, 혹여 모모 부인에 관한 소문을 들은 적이 있사옵니까?"

부인들 사이에 일대 파란이 일었다. 왕비의 안전이라는 사실도 망각하고 저들끼리 눈짓을 주고받고 입술 모양으로 의문을 주고받았다. 궁녀들 틈으로도 수군거림이 퍼져 나갔다. 예분의 얼굴은 창피함으로 인해 시뻘겋게 달아올랐다. 이 상황에서도 다운은 어리둥절하였고, 황씨는 변함없이 멍하였다. 소문이 생소했던 왕비에게 상궁 한 명이 귓속말로 자세히 아뢰었다. 긴 이야기를 전해들은 왕비가 싱긋이 웃으며 말하였다.

"그렇다면 이 시문이 모모 부인이라 불리는 그 여인의 솜씨란 말이오?"

"그러하옵니다."

이때 갑자기 터져 나온 황씨의 박수와 감탄이 소란스러운 애련정을 평정하였다.

"오호! 실로 대단합니다."

뒤늦게야 겨우 머릿속을 정돈하여 시문에 대한 찬사를 내놓은 것인데, 남들보다 여러 박자는 느린 반응 덕분에 모모 부인에 대한 찬사가 되어 버렸다. 다른 부인들도 그녀를 따라 얼떨결에 모모 부인에 대한 제각각의 찬사를 올리는 꼴이 되고 말았다. 왕비도 이를 거들었다.

"앞으로 어느 누가 모모 부인의 인품이 포악하다 감히 말하리오."

종이가 다시 궁녀의 손을 거쳐 임씨의 손으로 전달될 찰나, 왕비가 갑자기 지시를 바꾸었다.

"아니오, 그 시문을 다시 주오."

왕비는 종이를 다시 받아 들고 기분 좋은 표정으로 말하였다.

"이건 대비 마마께 보여 드려야 할 듯싶소."

허벅지 위에 살포시 포개어 얹은 임씨의 손이 미세하게 꿈틀거렸다.

"그, 그건……. 시문의 주인은 소첩만 읽을 것으로 알고 있사온데……."

당황함을 숨기고 우아한 미소만을 드러내는 임씨에게 왕비는 더욱 친절하게 말하였다.

"오늘 이곳에 참석하지 못하시어 애석해하신 대비 마마이신데, 이것마저 보여 드리지 못한다면 내 마음이 어찌 편하겠소. 보여 드리고 바로 돌려주겠소."

왕비는 더 이상의 대답은 듣지 않고 종이를 옆의 상궁의 손으로 넘겼다. 그 종이는 다시 상궁의 소맷자락 속으로 위치를 옮겼다.

"자, 다음은 누가……."

부인들의 얼굴에 억지로 지어내는 미소가 똑같은 모양으로 만들어졌다. 그리고 모두 한사코 양보하며 다음 차례를 잡으려 하지 않았다.

5

보료 위에 누운 정무의 이마 위에는 물수건이 얹혀 있었다. 때때로 이를 으드득 갈기도 하였고, 주먹으로 바닥을 내려치기도 하였다. 차 판관의 딸이 웬 생원 놈의 재취로 급히 혼사를 치르게 되었다는 소식을 접하고부터였다. 그 이유는 거사를 치르기로 했던 그날 밤, 선준과 그 일당이 다동의 기생집들을 벌컥 뒤집어 놓았다는 소식을 들어 충분히 짐작할 수 있었다. 그곳에서 선준을 목격한 증인이 한둘이 아니기에 차 판관은 우겨 볼 기회조차 가지지 못하였다. 자리에서 벌떡 일어난 정무는 이마에서 걷어 낸 물수건을 꽉 쥐었다.

"구용하, 이놈을!"

그러다가 주먹의 힘이 점점 빠져나갔다. 그런 만큼 입 꼬리에서도 힘이 빠져나갔다. 정무는 다시 자리에 누우면서 중얼거렸다.

"앞만 보고 가는 내 아들 곁에 옆도 보고 가는 녀석이 있다는 건, 안심이 되는군."

 그는 슬쩍 미소를 띠었다가 금방 지워 버렸다. 그리고 계속 끙끙거렸다. 그 일로 인해 선준의 혼처는 더욱 구하기 힘들게 되고 말았다.

 소리 없이 문이 스르륵 열리고 임씨가 들어왔다. 그러자 끙끙거리는 소리는 한층 심해졌다. 그녀는 남편의 곁에 앉으며 물었다.

"대감, 아직도 머리가 아프십니까?"

 그는 대답하지 않고 더욱 끙끙거렸다. 그런데 아내의 낌새가 이상하였다. 조금 전에도 들어와서 무언가 말하려다 망설이는 듯하더니, 이번에도 들어와서는 고민하고 앉았다. 물수건 너머로 아내를 살피던 정무는 넌지시 물었다.

"혹여 오늘 궐에서 좋지 않은 일이라도 있었소?"

 임씨는 남편이 먼저 떼는 운이 반가운지 얼굴을 환히 밝혔다가 이내 다시 꺼뜨렸다. 그리고 더욱 어두워졌다.

"무슨 일이오?"

"저기……, 오늘 궐에서 시문회가……."

"그래, 오늘은 어떠하였소?"

 임씨는 남편과 눈이 마주치자 미안함에 몸 둘 바를 몰라 인상이 찌푸려져 시선을 돌렸다.

"소첩이 그만 일을 치고 말았습니다."

"일? 무슨 일인데 안색이 그러하오?"

"그러니까 소첩의 시문이 아니라, 오늘은 그 아이의 것을 가져갔다가……."

"그 아이? 그 아이라면……, 김윤식? 아니, 그 누이?"

"네, 그 아이가 짓고 쓴 시문을 중전 마마께오서 가져가 버리셨어요. 이 일을 어쩌지요?"

"뭐요!"

자리에서 벌떡 일어난 정무의 이마에서 물수건이 툭 떨어져 바닥에 철퍼덕 붙었다.

"그 아이가 쓴 시문이라면 서체를 가져갔단 뜻이오?"

"네, 종이째로……. 대비 마마께 보여 드리고 다시 돌려주마고 하셨지만……."

"그 아이의 서체가 얼마나 유명한데 그걸 중전 마마께 뺏긴단 말이오! 아무나 흉내 낼 수 있는 솜씨가 아니란 말이오. 그 아이한테 명자를 부탁하려고 웃돈까지 오가는 마당인데."

"어머나! 그 아이는 그걸로 돈까지 법니까?"

"당하관은 짬 내기도 힘든데 업무는 업무대로 하고 돈까지 버니 기특, 아니, 기가 막히지. 승문원에서 그 솜씨에 눈독들이고 있을 정도요."

"그런 것까지는 몰랐습니다. 혼자 보기에 아까워서 그저 자랑하고픈 마음에……."

정무는 머리를 짚고 쓰러지듯 자리에 누웠다. 조금 전에 아팠던 골치는 지금의 충격에 비하면 아픈 축에도 들지 않았다. 당황한 임씨가 물수건을 주워 재빨리 이마에 올려 주었다.

"상감마마께오서 아끼는 서체이기도 하오. 이 일을 어쩌면 좋소. 행여 그 종이가 상감마마의 손에 들어가기라도 하는 날이면……."

"설마, 아닐 겁니다. 상감마마께오서는 한낱 아녀자들의 시문회에는 관심도 없으시다고 들었거든요. 아닐 겁니다. 아닐 거예요. 그런 일은 없을 거예요."

물수건을 꾹꾹 눌러 주는 임씨의 얼굴에 수심이 더욱 깊어졌다. 모모 부인에 대한 세간의 소문을 달래 보고자 했던 것이 목적이었는데, 일이 예상치도 못한 곳으로 전이되어 그녀로서도 참담함을 달랠 길이 없었다.

같은 시각, 왕의 손에는 이미 모모 부인의 시문이 적힌 종이가 들려 있었다. 왕비가 그 옆에 앉으며 수줍게 말하였다.

"그걸 왜 보시옵니까? 내일 대비 마마께 가져가려고 놓아 둔 것을."

종이를 받아 가려는 그녀의 손을 거부하고 다시 들여다보는 왕의 눈썹 사이에 깊은 주름이 잡혔다.

"이건 누구의 것이오?"

"오늘 시문회가 있다고 아뢰지 않았사옵니까."

"그러니까 누구의 것이냐고 묻지 않소!"

고함 소리에 놀란 왕비는 눈치를 살피면서 대답하였다.

"우의정 대감의 부인이 가져온 것이옵니다. 그 집 며느리, 아니, 집안에 들인 적이 없어 며느리는 아니라고 하는……."

"모모 부인."

"맞사옵니다. 하온데 상감마마께오서 어찌 모모 부인을 아시옵니까? 신첩은 오늘에서야 그 소문을 들었사온데."

왕은 힘없이 손을 떨어뜨렸다. 그리고 험악한 인상으로 오랫동안 앉아만 있었다.

"이건 중전께서 잃어버린 것으로 하시오."

그렇게 말하고 구겨서 쑤셔 넣듯 품에 종이를 밀어 넣은 왕은 자리에서 일어섰다. 왕비는 무슨 뜻인지, 왜 그래야 하는지 일절 묻지 않고 언제나 그래 왔듯이 그저 알겠노라며 고개를 끄덕인 후 따라 일어섰다. 오늘 밤은 이곳에 있겠다고 납셔 놓고선 변덕 부리듯 나가는 왕에 대해서도 그 이유를 묻지 않았다.

왕은 창경궁의 영춘헌에 홀로 앉아 술을 마셨다. 내관이 안주를 권했지만 이를 마다하고 독한 술만 입에 부어 댔다. 술잔을 잡지 않은 다른 손은 두 개의 종이를 한꺼번에 움켜쥐고 있었다. 술잔을 놓으면 두 손은 그 종이를 펼쳤다. 하나는 조금 전 왕비에게서 받아 온 모모 부인의 시문이고, 다른 하나는 신참례 때 홍문관에 지어 올린 김윤식의 시문이었다. 두 개 모두 여인의 것인 듯도 하였고, 두 개 모두 사내의 것인 듯도 하였다. 전혀 다른 글임에도 불구하고 누가 보아도 한 사람의 것이었다. 시체가 그러하였고, 서체 또한 그러하였다. 왕은 또다시 두 시문을 찢어발길 듯 구겨 쥐고 술잔을 잡았다. 지나치게 힘을 준 탓에 술잔을 잡은 손이 부들부들 떨렸다. 그 손은 사정도 없이 벽을 향해 술잔을 던졌다.

"내가 그토록 바랐건만!"

의미를 알 수 없는 왕의 외침은 술잔이 박살 나는 소리와 함께 메아리처럼 방 안을 맴돌았다. 차마 밖으로 나오지 못한 뒷말은 가슴속에서 맴돌았다.

'내가 그토록 바랐건만! 내 짐작이 잘못되었기를, 김윤식이 그 누이가 아니기를 간절히 바랐건만!'

"어이하여!"

또다시 의미를 알 수 없는 외침이 술상이 엎어지는 소리와 함께 방 안을 휘저었다. 그리고 밖으로 나오지 못한 뒷말은 가슴속을 휘저었다.

'어이하여 너는 나의 신하가 되지 못하는 몸으로 태어난 것이냐!'

휘청거리는 다리에 힘을 주어 일어난 왕은 귀신한테 홀린 사람처럼 그대로 방을 나갔다. 내관들이 두루마기를 걸쳐 주자 팔을 끼워 넣기는 하였지만 의식은 없었다. 어딘가로 휘청휘청 걸어가는 왕의 뒤를 내관과 보좌하는 신하들이 잠자코 따랐다. 모두가 남자였다. 영춘헌과 같은 모든 침전에는 청소하는 궁녀조차 믿지 못하여 출입을 금지시켰기에 여자는 없었다.

한밤중임에도 불구하고 이문원 당하관 방은 떠들썩한 촛불이 밝히고 있었다. 그나마 바람이 들어오는 창문에는 재신이 발을 올리고 걸터앉아 책을 읽었다. 머리의 사모는 어디 있는지 보이지 않았고, 공복도 벗어던진 모습이었다. 용하는 책상에 앉아 책 읽는 시간보다 부채 부치는 시간을 더 많이 가졌고, 선준은 늦은 시각이지만 언제나 그렇듯 의관을 바르게 하여 책을 읽었다. 하지만 손수건으로 땀을 훔치는 것마저 하지 않는 건 아니었다. 다른 사람에 비해 옷을 몇 겹 더 입은 윤희는 보다 많은 땀을 흘렸다. 그래서 바람을 가로막고 앉은 재신을 책을 읽는 중간에 때때로 노려보았다.

모란각 소동 이후에 선준은 윤희의 여장에 대해 숨기면 오히려 들킬 수도 있다며 두 사형에게 이실직고를 하는 방법을 권하였다. 대물 도령이 살신성인하는 정신으로 여장하여 가랑을 구출했다는 내용이었다. 여기에 대해 재신은 '어쩐지. 사내 녀석인 게 티가 많이 나더라니.'라고만 말하였고, 용하는 '재미있었으이. 때때로 그런 복장도 나쁘지 않음세.'라고 짧게 대답하였다. 하지만 그 뒤로 곯리듯 농담의 재료로 써먹을 땐 짧게 끝내는 법이 없었다.

윤희는 더위를 참지 못하고 재신을 향해 말하였다.

"궐내에서 정숙을 지키지 않는 사람은 걸오 사형뿐일 겁니다."

그의 얄미운 대꾸는 아주 짧았다.

"흥!"

용하가 큰 소리로 웃으며 막간의 농담에 말을 보탰다.

"다른 수교들처럼 현판에 새겨서 내렸다면 조금은 달라졌을지도 모르네."

"의관을 갖추라는 현판이 있어도 지키지 않는 사형인데, 바랄 걸 바라십시오."

"야! 어차피 이쪽도 바람 한 점 없……."

고개를 창밖으로 돌리던 재신이 갑자기 기겁을 하여 비명을 지르면서 창틀에서 굴러 떨어졌다.

"으악! 귀, 귀신이다!"

그 소리에 놀란 용하는 두 눈을 질끈 감고 양쪽 귀를 틀어막은 채로 소리쳤다.

"나, 나한테는 오지 마!"

선준은 점잖게도 책장을 넘기던 자세에서 뻣뻣하게 얼어붙었다. 한심한 눈길로 세 남자를 둘러본 윤희는 자리에서 벌떡 일어나 창밖을 내다보았다.

"야, 인마! 가, 가까이 가지 마라."

재신의 만류에 그녀는 더욱 고개를 쑥 빼서 바깥을 살폈다.

"아무것도 없는데요?"

"그러니까 귀신이지. 분명 마당에 허연 게 서 있었……."

"엇! 거기 누구십니까?"

윤희가 갑자기 정색을 하고 바깥을 향해 말을 걸자, 재신과 용하의 비명 소리가 한 번 더 서규 일대를 쩌렁쩌렁하게 뒤흔들었다. 그런데 이번에는 바깥에 있는 이가 누구인지를 알아본 윤희의 얼굴이 새파랗게 질렸다.

"사, 사, 상감마마!"

이에 제일 먼저 부산스러워진 건 바닥에 뒹굴고 있던 재신이었다. 아무렇게나 벗어 둔 공복을 찾아 팔에 끼워 넣고, 사모를 찾아 헤매었다. 그런데 이게 어디로 굴러갔는지 보이지가 않았다. 선준은 자리에서 벌떡 일어났고, 용하도 접선을 접어 소맷자락에 급히 숨겼다. 그러는 사이, 왕은 이미 당하관 방 앞에 휘청거리며 당도해 있었다.

"상감마마, 납시었사옵니까?"

선준이 허리를 숙여 인사를 올리자 용하와 미처 의관을 다 갖추지 못한 재신, 촛불의 세력이 가장 미치지 않는 구석으로 잽싸게 자리를 잡은 윤희가 허리를 숙였다. 술 냄새? 4인방은 허리를 들면서 어리둥절한 눈빛을 주고받았다. 그러고 보니 복장이 흐트러진 것을 따지자면 왕도 재신을 탓할 수준이 아니었다. 왕은 서 있기 힘든 듯 비틀비틀하면서 선준이 앉아 있던 걸상에 털썩 앉았다. 그리고 문밖에 선 내관에게 손을 휘휘 저으며 지시하였다.

"오늘 밤은 여기 대유재에서 잘 터이니, 준비해라."

갑자기 왜? 4인방의 눈이 다시 어리둥절하여 서로를 쳐다보았다. 간혹 대유재가 어침소로 쓰일 때가 있다는 말은 들었지만, 4인방이 사진한 이후로는 처음 있는 일이었다.

"자자, 나의 젊은 신하들! 그리 서 있지 말고 앉아라."

4인방이 걸상에 앉는 틈으로 왕은 책상에 있던 책을 펼쳐 들었다.

"오호! 늦은 시각까지 이런 좋은 서책을 읽다니, 기특한지고. 오! 여림마저 이런 서책을 읽는군. 난 소설 따위나 들고 있는 줄 알았구나."

왕이 직접 지시한 일인데, 설마 이렇게 개고생시켜 놓고 열고관을 갈아엎은 기억을 잊은 건 아니겠지? 불안이 엄습한 그들에게 왕이 계속 말하였다.

"열고관 서책들을 정리하라고 시킬 참이었는데 이리 자진해서 읽고 있으니……. 잠깐, 내가 그걸 벌써 지시했던가?"

왕이 도중에 먼저 알아차렸기에 망정이지 하마터면 재신의 입에서 욕지거리가 튀어나올 뻔하였다. 왕은 이후로도 술 냄새를 풍겨 가며 이름과 관함이 아닌 별호를 불러 가며 실없는 농담으로 4인방의 금쪽같은 시간을 빼앗았다. 그러다가 대화의 화살은 서서히 용하에게로 넘어갔다.

"여림의 옷은 언제 봐도 휘황찬란해. 임금인 나보다 더 좋아 보이니. 대물! 청렴하지 못한 관리는 파직시킴이 옳지 않느냐?"

4인방의 안색이 동시에 색을 잃었다. 왕은 더 이상 웃고 있지 않았다. 매서운 눈으로 멀리서 몸을 감추고 앉은 윤희를 노려보며 던진 질문이었다. 선준이 입을 열려고 하자 왕이 팔을 뻗어 가로막았다.

"나는 대물에게 물었다."

그리고 그녀에게서 매서운 시선을 떼지 않았다. 윤희는 어쩔 수 없이 목소리가 흐트러지지 않도록 신경을 집중하여 말하였다.

"나라의 국고를 도둑질하고 백성의 피고름을 짜내어 사리사욕을 채우는, 그런 청렴하지 못한 관리라면 마땅히 죄를 물어야 함이 옳은 줄로 아옵니다. 하오나 의복이 사치하다 하여 반드시 청렴하지 못하다고 규정할 수는 없다고 사료되옵니다."

"사치한 건 죄야. 다른 사람도 아니고 대물이라면 그리 생각해야 되지 않느냐?"

"구 대교의 몸에 지닌 사치한 저 물건들로 인해 굶주림을 면한 백성을 보아 주시옵소서. 저 사모와 망건을 만든 장인은 보다 많은 돈으로 처자식의 배를 채워 주었을 것이옵니다. 저 옷을 지은 여인은 어쩌면 며칠 만에 겨우 마련한 죽을 갓난아기에게 먹일 수 있었을지도 모르옵니다. 그런 일거리조차 찾지 못해 굶어 죽어 나가는 백성들이 부지기수이옵니다. 하여 사치만을 죄로 물을 수는 없사옵니다."

"너는 나를 비난하고자 함이더냐?"

뜬금없는 말에 놀란 윤희는 그만 왕을 똑바로 쳐다보고 말았다.

"소신은 단지 구 대교를 변호하고자……."

"너는 나를 비난하였다. 사치한 명주옷을 버리고 검소한 무명옷을 즐겨 입는 나는 백성의 먹을거리를 보다 비싼 값에 채워 주지 못한 거라는 비난이 아니고 무엇이란 말이냐!"

말도 안 되는 생트집을 잡는 왕에 화가 뻗쳐 그녀의 목소리는 어느새 높아졌다.

"그럼 한 가지 아뢰겠사옵니다. 상감마마께오서는 무슨 연유로 무명옷을 즐기시옵니까?"

왕의 고함 소리가 사라졌다. 하지만 눈빛은 여전히 남아 있었다.

"얼마 전 상감마마께오서는 가난한 여인과 땀 흘리는 농부의 노고를 항시 생각하기 위해 무명옷을 입는다고 하시었사옵니다. 아울러 의복이 한 번 화려해지면 점점 사치하는 풍습이 성행하는 바, 이를 경계하기 위함이라고도 하시었사옵니다. 임금과 신하는 같지 않으니, 그 말과 행동 또한 지니는 의미가 같을 수는 없사옵니다. 그렇기에 구 대교를 변호하고자 하는 소신의 말이 결코 상감마마를 비난하는 것이 될 수……."

쾅!

왕이 주먹으로 책상을 내리치는 소리가 둔탁하게 방 안을 메웠다. 하지만 이내 폭우처럼 쏟아 내는 왕의 고함 소리에 파묻혔다.

"너는 어이하여 모든 것이 죄다 고약한 것이냐! 어이하여 말하는 것조차 고약한 것이냐! 어이하여 올라오는 계목마다 고약한 것이냐! 시체도 고약하고, 서체도 고약하고, 날려서 적은 속기마저 고약하고, 또 가난한 백성을 헤아리는 마음도 고약하고!"

"상감마마, 고정하시옵소서!"

선준의 고함은 단호하고 날카롭게 왕의 이해할 수 없는 말을 베어 냈다. 왕의 시선이 윤희에게서 선준으로 옮겨지는 찰나, 손바닥이 선준의 뺨을 향해 날아갔다. 쫙! 갈라지는 소리와 함께 재신이 자리에서 벌떡 일어섰다. 왕도 자리에서 일어서서 이해할 수 없는 고함을 선준에게 퍼부었다.

"네 녀석이 이리 청렴하지만 않았어도, 네 녀석이 이리 뛰어난 인재만 아니었어도 내가 이리 고민하고 힘겨워하지 않아도 되었다. 네 아비의 아들로 태어난 주제에 어디서 그따위 얼굴을 한단 말이냐!"

"상감마마!"

재신이 목소리를 높이자, 왕의 고함은 이번에는 재신에게로 옮겨 갔다.

"너라고 고약하지 않은 줄 아느냐! 그 재주를 왜 하필!"

왕은 갑자기 모든 일에 지쳤는지 어깨를 늘어뜨리고 고개를 숙인 뒤 방문과 벽에 몸을 기대면서 방을 나갔다. 마루까지 겨우 나간 왕은 마당에 내려서서 물끄러미 하늘을 올려다보았다. 그리고 제 입술을 씹으며 탄식만 내뱉었다.

'너는 왜 여인으로 태어난 것이냐. 이선준을 위해서였느냐? 나를 위해 사내로 태어나지 그랬느냐.'

이내 수많은 별들에 어지러움을 느낀 왕은 크게 한 번 휘청하였다가 대유재로 들어갔다. 그 뒤로 내관들의 움직임이 바빴다.

잠깐 사이에 쑥대밭이 된 방 안은 더위조차 느낄 수가 없었다. 모두가 어안이 벙벙하여 넋을 놓고 앉았다.

"무슨 이런 날벼락이! 술이라는 건 신분 고하를 가리지 않고 헝클어뜨리는구나. 후!"

용하가 한숨을 내쉬며 세 사람을 살폈다. 윤희는 선준의 붉어진 볼에서 눈을 떼지 않았고, 선준은 그런 그녀를 위로하듯 따뜻하게 바라보았다. 그리고 재신은 제 머리를 쥐어뜯었다.

"젠장! 염병할!"

용하는 선준의 볼을 힐끔 보고 중얼거렸다.

"아무리 술기운 탓이라도 그렇지, 저 얼굴에 손찌검을 하다니. 내 간으로는 행여 흠집 생길세라 쓰다듬기도 아깝더구먼."

선준의 볼은 혼자 맞은 것이 아니었다. 왕이 모두를 대표하여 선준을 때린 것임을 4인방 모두 모르지 않았다. 윤희는 씩씩거리며 눈에 맺히려는 눈물을 뿌리쳤다. 나중에 모두가 잠들면 대유재에 몰래 들어가 잠자는 임금 얼굴을 손톱으로 확 그어 버리고 싶은 충동이 일었다. 호위하는 사람이 없다면, 그래서 숨어들어 갈 수만 있다면 정말 그러고 싶었다.

"그나저나 대물 도령, 나를 감싸 줘서 고마우이."

"고맙기는요. 그나마 여림 사형이었기에 망정이지 걸오 사형의 옷매무새를 걸고 넘어졌다면 전 입도 떼지 못했을 겁니다."

"한데 자네의 말이 고맙기는 하였네만 죄다 틀렸다네. 이 사모와 망건을 만든 장인은 그 솜씨 하나로 벌어들인 돈이 만석지기가 부럽지 않고, 이 옷을 지은 여인은 배곯을 염려 없는 나의 아내일세."

"네?"

"나의 모든 옷은 속에 입은 잠방이 하나까지도 모두 아내가 지어 주는 것일세. 멋진 모습으로 많은 여인들을 거느리라는 뜻이지."

"야, 어떤 미친 여자가 제 서방한테 계집질하라고 옷을 지어 주냐!"

"세상의 모든 부부가 똑같은 모습으로 사는 건 아닐세."

대화는 여기서 끝을 맺었다. 그리고 고민에 빠져든 선준의 얼굴을 세 사람 모두 감상하듯 쳐다보았다.

시커먼 쌀뒤주가 보였다. 가까이 가기 싫은데 어느새 그것은 다가와 있었다. 쌀뒤주 위의 뚜껑이 휙 열렸다. 달아나려고 몸을 돌렸다. 뛰었다. 하지만 다리는 제자리에서만 달리고 앞으로 나아가지 않았다. 뒤를 돌아보았다. 쌀뒤주 속에서 시뻘건 불꽃이 올라왔다. 불꽃은 점점 거대해져서 이쪽으로 뱀 혀처럼 이글거리며 다가왔다. 불꽃이 허리를 감았다. 다리를 감았다. 팔을 감았다. 뜨거웠다. 아무리 벗어나려고 해도 꼼짝할 수가 없었다. 몸을 휘감은 불꽃이 쌀뒤주 속으로 다시 들어갔다. 뜨거운 기운과 함께 몸도 쌀뒤주 안으로 빨려 들어갔다.

"으악!"

비명을 토해 내며 몸을 벌떡 일으킨 왕은 내관이 다가와 땀을 닦아 주고 난 뒤에야 비로소 악몽에서 깨어났음을 깨달았다. 하지만 호위하는 자들이 많았던 덕분에 얼굴에 손톱자국이 날 뻔한 불상사를 면한 건 깨닫지 못하였다.

"상감마마, 괜찮으시옵니까?"

"여기가 어디냐?"

"서규의 대유재이옵니다."

왕은 머리를 짚고 간밤의 일을 더듬었다.

"그래, 4인방들과……. 내가 가량을……. 그랬구나, 괜한 곳에 화풀이를 한 셈이로군."

"기침하시기에는 아직 깊은 밤이옵니다. 좀 더…….''

"이선준을 데리고 오너라."

"하오나 지금은 모두 잠든……. 알겠사옵니다."

시간이 조금 흐른 뒤, 소유재에서 잠깐 눈을 붙였던 선준이 잡혀 와 왕 앞에 앉았다. 자다 깨서 왔는데도 사모까지 갖춘 그에게서 흐트러진 구석을 찾을 수가 없었다.

"넌 언제나 반드시 이 상태여야 한다. 다른 이들은 열 번의 잘못을 저지를 수 있으나, 넌 단 한 번의 잘못도 용서치 않을 테니까."

선준은 말없이 알겠노라며 고개만 숙였다. 술에 갈라진 목소리인지 슬픔에 갈라진 목소리인지 알 수 없는 왕의 말이 힘겹게 흘러나왔다.

"세상일은……, 마음대로 되는 게 아무것도 없어. 왕인데도 어째서냐. 내 아비는 왜 그런 죽음을 맞으셨으며, 네 아비는 왜 그런 죽음에 이르게 한 무리였으며, ……나의 신하이길 바라는 이는 왜 하필 무성의 정기로 태어난 것인지 도무지 알 길이 없구나. ……선준아!"

정답게 이름을 부르는 왕 앞에 선준은 여전히 말없이 고개를 숙이고만 있었다.

"너는……, 충과 효, 둘 중에 하나를 택하라면 무엇을 잡을 것이냐? 아니다, 질문에 답하지 마라."

자신의 신하가 이 두 갈림길에서 얼마나 고민하며 괴로웠는지 알기에, 그래서 관직에 나오기까지가 얼마나 힘겨웠는지 알기에 술기운에 뱉어 낸 말이 후회스러웠다. 왕은 손바닥으로 이마를 괴면서 눈에 맺힌 눈물을 가렸다. 손이 떨리고 아랫입술을 깨문 턱이 떨렸다.

"과거와 미래, 둘 중에 하나를 택해야 한다면……, 난 미래를 택해야겠지. 왕의 자리에 있기에. 왕은 인간과는 달라야 하기에. 그런데 그러자니 왜 이리도 억울한 것이냐."

선준은 조용히 물러나 대유재를 나왔다. 흐트러짐 없이 소유재 마루에 걸터앉아서야 그는 떨고 있는 자신의 손을 발견하였다. 물끄러미 손바닥을 들여다보았다. 이렇게 떨고 있는 건 부친의 죄를 들먹인 왕의 말 때문이 아니었다. 왕은 분명 '무성'이라고 하였다. 무성婺星! 여자를 관장하는 별⋯⋯.

"상감마마께오서 무슨 일로 부르신 거랍니까?"

윤희가 귓가를 속삭이며 옆에 쪼그리고 앉았다.

"더 자지 왜 벌써 나왔소?"

"가로막아 주는 형님이 안 계신데 두 사형과 어떻게 한방에 있습니까?"

선준은 그녀의 버선발을 꼬옥 잡고 말을 삼갔다.

"제 입번 날이었는데, 마침 세 분 다 계셨기에 다행이었습니다. 여림 사형의 그 농담에 감사드려야 하나요?"

윤희가 방긋 웃자 선준도 따라서 싱긋이 웃었다. 그녀도 예외는 아니어서 입번 날은 꼬박꼬박 다가왔다. 하지만 단 한 번도 혼자서 서 본 적이 없었다. 그녀의 입번 날만큼은 간혹 용하가 빠지기는 하였지만, 대체로 이렇게 네 사람이 함께였다. 이렇게 된 데에는 용하의 농담이 큰 역할을 하였다.

"예전에 홍문관에서 실제 있었던 일인데 말일세, 두 입번관이 나란히 누워 잠을 자지 않았겠나? 그런데 새벽녘쯤에 한 입번관이 잠에 취한 채로 다른 입번관 몸 위에 뒹굴어 올랐다지. 그러고선 아랫도리를 더듬더라는 거야. 아래에 있던 입번관이 점잖게 '이보게, 난 자네 마누라가 아닐세.'라고 하자 그제야 잠에서 확 깨어난 그 입번관은 놀라서 달아났다네."

웃으며 떠든 이 말을 듣고서 깜짝 놀란 선준이 윤희의 입번 날에는 아무리 피곤해도 함께하였기 때문이다.

선준과 윤희는 소유재 마루에 나란히 앉아 밝아 오는 새벽하늘을 피곤한 눈으로 맞았다.

 바람이 가장 잘 통하는 넓은 마루에 앉은 황 판교는 오랜만의 여유를 즐겼다. 간만에 그간 수집해 둔 서예 작품들을 한 장씩 넘겨 가며 감상에 빠졌다. 그중에는 분관 때 업무 서류로 받아 두었던 윤희의 것도 있었다. 빼돌리려고 생각하고 있던 삭서고시의 글장이 임금의 손으로 들어가 버린 게 새삼 아까웠다. 입맛이 다셔졌다. 서예라는 것이 나이를 먹어 감에 따라 세상도 먹고, 연륜도 먹고, 이치도 먹어 완성이 되는데, 이 나이의 솜씨가 세월까지 먹으면 어떤 서체로 다져질지 궁금하기 짝이 없었다.
"역시! 이런 녀석이 내 사위가 되면 딱 좋겠구먼."
"아버지, 오늘은 집에 계셨어요?"
 그는 딸의 목소리에 반갑게 고개를 들었다.
"오! 우리 서영이 왔느냐?"
 딸이 마루로 올라와 마주 보는 자리에 다소곳하게 앉는 모습을 흐뭇하게 바라보던 황 판교는 다시금 김윤식이 탐이 났다.
"김 대교가……."
 서영은 뜨끔 놀라 괜히 말을 더듬었다.
"그, 그분은 잘 지내시는지……."
"관서가 달라 어찌 지내는지 모르지. 한 번쯤은 인사 와도 좋으련만. 아차! 초하룻날에 승문원에서 보기는 하였단다. 그날 삭서고시가 있었거든. 물론 상등을 차지하여 상감마마로부터 지필묵을 하사

받았지."

 서영은 마치 자신이 상을 받은 듯 자랑스럽게 방긋이 웃다가 갑자기 얼굴이 굳어졌다. 초하룻날이라면 윤식과 만난 날이 아닌가.

"초하룻날에 삭서고시가 있었다고요?"

"그래, 그랬지."

"그, 그건 하루 종일?"

 그는 딸의 반응이 이상하다는 걸 눈치 채지 못하고 그날을 기억해 냈다. 교서관에서 외진 나왔던 유 박사가 미주알고주알 제자 자랑을 하였던 것도 기억났다.

"그럴 순 없지. 관원이라면 누구나 업무가 밀려 있기에 정오가 되기 전에 끝내고 간단다. 간혹 대필자를 보냈다가 난리가 나는 적도 있고. 그날 김 대교는 마치고 바로 교서관에 갔다고 들었구나."

 설마, 그럴 리가 없어. 서영은 새파랗게 질린 얼굴을 감추지 못하였다. 하지만 황 판교의 눈이 나쁜 탓에 들키지는 않았다.

"아! 그 녀석 글이 있단다. 보겠느냐?"

 서영은 종이를 들어 올리는 부친의 손에서 낚아채듯 빼앗아 글자를 확인하였다. 순간 안심하였다. 그런데 꼼꼼히 살피던 그녀의 얼굴은 결국 조금 전의 색깔로 돌아가고 말았다. 언뜻 보면 자신이 받았던 서찰의 필체와 비슷한 것 같지만 분명한 차이가 있었다. 지금의 이 서체가 마치 활자를 찍어 낸 듯 보다 뛰어났다.

"아버지, 이 필체가 김윤식 도련님의 것이 맞나요?"

 애원하듯 확인하는 딸에게 그는 환하게 웃으며 대답하였다.

"그렇다마다. 정말 훌륭한 솜씨 아니냐?"

"아, 네. 그, 그러네요."

서영은 겨우 대답하고 자리에서 일어섰다.

"가려고? 애야, 왜 그걸 몰래 가져가려는 게냐?"

서영은 부친의 농담에 반응할 기력조차 잃어버리고 종이를 떨어뜨리다시피 하여 돌려 드렸다. 돌아서서 자기 방으로 돌아가는 그녀의 발걸음이 당장이라도 꺾어질 듯 힘겨웠다.

서영은 반짇고리에 숨겨 둔 서찰들을 꺼내 조금 전의 필체와 비교해 보았다. 다르다. 아니, 비슷하다. 그러니 같은 사람일 수도 있다. 같은 사람일 것이다. 아니, 같은 사람이어야 한다. 그렇지 않다면 초하룻날 만난 사람은 누구란 말인가. 그리고 보면 평상시 자유롭게 오가는 것도 수상했다. 그녀도 관원으로 오랜 세월을 보낸 부친을 보아 왔기에 시간 내기가 어렵다는 걸 알고 있었다. 지금까지 의심해 보지 못한 건 자신의 실수였다.

서영은 벌떡 일어나 서찰을 넣어 두는 담장으로 달려갔다. 약속해 둔, 귀퉁이가 조금 깨진 기와를 들었다. 그녀가 그제 넣어 둔 서찰이 윤식의 손을 타지 못하고 아직 그대로 있었다. 그것을 가지고 방으로 돌아왔다. 그리고 새 종이를 꺼내 짧은 글을 적었다.

도련님은 누구신가요?

오랫동안 글자를 들여다보고 있던 서영은 애써 정신을 차리고 종이를 길게 접어 한 번 묶은 뒤, 그제 넣어 둔 서찰 대신 기왓장 아래에 넣었다. 다시 방으로 돌아와 앉았지만 정신은 돌아오지 않았다. 그렇게 앉아 시간이 가는 줄도 모르고 어지러운 마음을 달랬다. 하지만 마음은 달래려고 하면 할수록 더욱 엉망이 되었다. 순간 정신이 번쩍 들었다. 자신이 무슨 글을 썼는지 깨달았다. 서영은 발에 걸리는 치마를 걷어 올려 가며 다시 담장으로 달려갔다. 그런데 없었다. 귀퉁이가 깨진 기와 아래에는 아무것도 없었다. 그녀가 쓴 서찰도 없었고, 그녀의 것을 가져가는 대신 반드시 놓아두던 윤식의 서찰도 없었다.

"아, 안 돼! 이건 아니야."

서영은 황급히 다른 기와들도 들춰 보았다. 그럴 리는 없다는 걸 알면서도 다른 곳에 잘못 넣어 두었기를 간절히 바랐다. 그녀의 손에서 연거푸 떨어지는 기와들이 땅에 떨어져 깨지고 부서졌다. 그녀의 눈에서도 눈물이 떨어져 땅으로 흩어져 내렸다.

"아가씨, 대체 무슨 일입니까요?"

유모가 달려와 부둥켜안고 말렸다. 서영은 힘없이 땅에 털썩 주저앉아 끊임없이 눈물만 흘렸다.

"비난하려던 것이 아니었어. 비난한 게 아니야. 누구신지 궁금해서 물었던 것뿐이야. ……아니야, 비난하는 마음이 있었나 봐. 나도 내 마음을 잘 모르겠어. 어쩌면 좋을지……."

유모는 우느라 제대로 알아들을 수 없는 말을 하는 그녀를 조용히 끌어안아 주는 것 외에는 아무 말도 할 수가 없었다.

하얀 종잇조각이 힘없는 바람에 멀리까지 날아가지 못하고 땅에 떨어져 뒹굴었다. 윤식은 자신의 서찰이 갈기갈기 찢어진 모습을 보면서 눈물도 흘리지 못하였다. 슬픔을 느끼지 못해서였다. 서영의 집 담장에서 그녀의 서찰을 읽는 순간 떨어진 심장을 급히 도망쳐 오느라 챙겨 오지 못한 탓인 듯하였다. '도련님은 누구신가요?'라고 쓰인 그녀의 글자가 다시금 윤식의 눈에 들어왔다. 두 손으로 종이를 잡았다. 그리고 자신의 서찰과 마찬가지로 갈기갈기 찢어 흩어 보냈다.

하염없이 걷던 윤식은 한 건물 앞에서 정신을 차렸다. 어느새 익랑골 4인방의 집에 도착해 있었다. 여기로 오려던 게 아니었는데. 하지만 후회해 봤자 이미 늦었다. 그의 주먹은 대문을 두드리고 있었다. 시뻘건 도깨비 얼굴이 쑥 나왔다.

"엇! 도련님, 어서 오십시오."

"누님은?"

"네, 마침 계십니다요. 오늘은 우리 도련님과 여림 선비님은 궐에서 못 돌아오는 날이라……."

윤식은 말을 듣던 중에 사랑채 마당에서 활시위를 당기고 있던 재신을 발견하였다. 그가 소리 나는 쪽으로 화살을 겨누다가 윤식을 알아보고 바로 아래로 내렸다.

"어이! 김 도령!"

윤식은 허리를 푹 숙여 인사한 뒤 재빨리 안채로 도망치듯 들어갔다. 순간 반가움에 환하게 웃던 재신이 머쓱해졌다. 하지만 왜 도망을 치는지를 알기에 가볍게 웃어넘기고 다시 과녁을 향해 활시위를 당겼다.

안채에는 누이가 방문과 창문을 모두 열어 놓고 앉아 무언가를 열심히 쓰고 있었다. 한 장씩 넘기는 종이가 작은 것으로 보아 명자로 돈벌이 중인 듯하였다. 간혹 피곤한지 어깨를 빙빙 돌리고 주먹으로 토닥이는 모습도 보였다. 누이가 동생을 알아차렸다.

"어? 어떻게 왔어?"

붓을 놓고 반갑게 맞는 누이에게 윤식은 힘을 내어 웃어 보였다.

"안 좋은 일 있었어? 왜 이리 힘이 없어?"

거짓으로 웃는 걸 들켜 버렸다. 윤식은 그래도 아무 일 없다는 듯 웃기만 하였다. 방으로 들어가 마주 보고 앉자마자 윤희가 기분 좋게 웃으며 말하였다.

"옷을 새로 장만했구나. 갓이랑 망건도."

"죄송합니다. 누님이 힘들게 번 돈인데……."

그랬다. 생각해 보니 오늘은 새로 장만한 옷을 입고 나왔다. 서영에게 잘 보이고 싶어 염치없는 줄 알면서도 주제에 맞지 않는 사치를 부렸다.

"아니야. 나도 '새로 사 줘야 하는데.' 하고 계속 생각하고 있었어. 진즉에 샀어야 했는데."

그리고 또 하나 산 것이 있었다. 지금 소맷자락에 넣어 둔 여인의 노리개가 그것이었다. 머리카락 외에는 줄 것이 없어 미안했던 자신의 마음을 달래려고 샀었다. 누이가 번 돈이 아닌, 필사한 책을 팔아 스스로의 힘으로 번 돈이었다. 오늘 이것도 주려고 했었는데. 갑자기 윤식의 눈에서 눈물이 쏟아져 내리기 시작하였다.

"윤식아, 무슨 일이야? 대체 왜……."

"아무 일도 아닙니다. 그냥……, 아버지가 보고 싶어서……."

더 힘들었을 누이도 흘리지 않았던 눈물을 사내가 되어 참지 못하고 쏟아 내는 자신이 원망스러웠지만 눈물은 멈추지 않았다.

'누님, 저는 누구입니까? 황 낭자의 물음에 답할 수 없는 이 한심한 자는 누구란 말입니까!'

第七章

청벽서

1

 담장 안에 모습을 숨기고 눈만 삐죽 내민 윤희가, 마찬가지로 눈만 내민 재신에게 물었다.

 "오늘은 나타날까요?"

 "그래야 되는데……. 저번에 내가 사간원에 벽서를 붙였을 땐 바로 답장이 붙었는데."

 "눈치 챈 건 아닌가 싶기도 하네."

 용하의 체념 섞인 말에 선준은 짧은 한숨만 쉬었다. 홍벽서의 글이 한성부 판윤의 집 대문에 붙은 건 나흘 전 일이었다. 또다시 답장을 붙이러 나타나리라는 예상으로 함정을 판 것이다. 굳이 골치 아픈 한성부 판윤의 집을 택한 건 이렇게 맞은편 집이 용하가 잘 아는 집이라 숨어서 감시하기 좋은 위치에 있어서였다. 예상대로 이 집 주인은 용하가 쥐어 주는 돈을 받고 며칠을 흔쾌히 빌려 주었다. 그런데 4인방의 예상과는 다르게 청벽서는 지금까지 그림자도 보이지 않았다.

"괜히 한성부만 건드린 거 아니야? 홍벽서가 다시 나타나는 바람에 더 시끄러워지기만 하고."

목표를 한성부로 택한 건 용하였기에 자연히 그의 고개는 떨어졌다. 아울러 함정을 파자고 제의한 선준의 고개도 숙여졌다.

"혹시……."

조용히 운을 떼는 윤희에게 세 남자의 시선이 모아졌다.

"……우리가 함정을 판 게 아니라 도리어 함정에 빠진 것 아닐까요?"

"무슨 말이야!"

재신이 윽박지르자 윤희는 잠시 눈치를 보다가 자신의 짐작을 설명하였다.

"청벽서가 왜 답장을 붙였을까요? 그 이유가 함정을 위해서가 아닐까요? 홍벽서가 딱 한 번만 출현하고 사라져 버릴 경우를 대비해서, 청벽서의 답장을 불러내기 위해 또 한 번 홍벽서가 나타날 수밖에 없게 하려는……."

그녀의 말은 세 남자를 깜짝 놀라게 만들었다. 얼굴은 일제히 두려움에 물들었다. 재신이 억지로 웃으며 말하였다.

"야! 고작 홍군회 복수치고는 너무 지능적이지 않냐?"

"듣고 보니 대물의 말이 신빙성이 있는 게, 청벽서가 눈앞에 나타났다 사라졌다는 걸세. 걸오를 약 올리기 위해서라고밖에 해석할 수가 없네."

재신이 짜증을 내며 소리를 버럭 질렀다.

"홍군회 복수 맞다니까! 그러니까 오늘 아니면 내일, 반드시 청벽서

놈이 나타난다. 내가 봤잖아. 아주 멍청하게 생겼었단 말이야. 지능범일 리가 없어. 절대로!"

"그렇습니다. 홍군회 복수입니다."

선준이 재신의 억지를 두둔하고 나서자 윤희와 용하가 의아하다는 표정으로 쳐다보았다. 그가 말을 이었다.

"그렇지 않다면 청벽서는 우리가 감당할 수 없을 정도로 어려운 상대라는 뜻이 되니까."

네 사람은 눈에 힘을 불끈 주고 한성부 판윤의 집 대문을 뚫어지게 쳐다보았다. 청벽서가 나타나 주길 간절히 염원하면서.

4인방의 염원대로 이날 밤, 청벽서가 나타나 벽서를 붙였다. 하지만 그들이 지키고 있던 한성부 판윤의 집 대문은 아니었다. 청벽서의 벽서가 붙은 곳은 다름 아닌 홍문관 대제학의 집 대문이었다.

"홍문관 대제학의 자택이었다고?"

재신의 질문은 짧았다. 그런데 선준의 대답은 더 짧았다.

"네, 홍문관이었답니다."

오늘은 홍문관에 사진하는 날이라 그 소식을 가장 먼저 접한 선준이 잠깐 이문원으로 넘어와 알려 주게 되었다. 세 사람은 뒤통수를 얻어맞은 표정으로 그의 얼굴만 쳐다보았다. 평소에도 표정을 잘 드러내지 않는 선준이지만 지금은 아예 아무것도 담고 있지 않은 표정이었다. 그래서 지금 이 소식이 좋은 일인지 나쁜 일인지 감을 잡을 수가 없었다.

"홍문관……."

선준이 다시 낮게 중얼거렸다. 하지만 그 소리는 겨우 들릴 정도였다. 그가 용하를 보면서 말하였다.

"점심 식사를 가지고 순돌이가 오지요? 순돌이 편으로 그동안 청벽서가 붙였던 글을 모아 놓으라고 해 주십시오. 퇴진해서 집에 갈 때까지."

평소의 용하답지 않게 군소리 붙이지 않고 대답하였다.

"알았네. 덕구 아범에게 힘써 보라고 해 두겠네."

"그럼 전 홍문관에 다시 가 보겠습니다."

그가 돌아서서 가 버리고 나자 용하가 긴 탄식을 내뱉었다.

"허! 가랑의 저 표정, 정말 오랜만이로군."

재신은 주먹을 쥐고 제 머리를 쥐어박았다.

"저 자식, 뭔가를 알아차렸어. 젠장! 예감이 좋지 않아."

윤희는 떨리는 걸 감추느라 책상 아래에서 손을 빼지 않았다. 선준이 자신의 표정까지 버릴 정도면, 결코 홍군회 복수 따위의 사소한 사건이 아니라는 걸 알아냈다는 의미였다.

선준은 점심 식사를 하러 오지 못하였다. 빨리 업무를 마무리하려고 애를 쓰는 모양이었다. 그 노력 덕분인지 퇴진 시각이 되어도 아직 일을 끝내지 못한 세 사람을 두고 혼자라도 집으로 돌아갈 수 있었다. 그의 퇴진 시각에 아슬아슬하게 맞춰 덕구 아범도 임무를 완수하였다.

선준은 덕구 아범이 가지고 온 벽서를 들고 자신의 방으로 들어갔다. 지금까지 청벽서가 붙인 글은 총 여섯 개였다. 한 장 한 장 유심히 읽던 그는 결국 제 머리를 감싸 쥐고 무릎 사이에 묻었다. 겉으로는 보이지 않는 그의 눈썹과 입술이 떨리고 있었다.

"아아. 청벽서가 노리는 건……, 우리 4인방이 아니었어."

그의 목소리도 보이지 않는 곳에서 떨리고 있었다.

윤희와 재신, 용하는 젖 먹던 힘까지 다해서 집으로 달려 들어왔다. 선준을 찾아 곧장 안채로 들어갔을 때, 이미 그는 평상심을 되찾아 미소로 맞이해 주었다.

"가랑! 뭔가? 무엇을 알아냈는가?"

"우선 앉으십시오들. 한데, 오늘 입번은 어찌하시고?"

"그건 상번께 부탁드렸네. 그래, 청벽서는 어떤 놈인가?"

선 채로 질문부터 퍼부어 대는 용하를 두고, 재신과 윤희는 방바닥에 앉아 가지런히 놓인 청벽서의 글을 읽었다. 홍문관에 붙었던 것을 제외하면 한 번씩 다 읽은 글이지만, 무슨 단서라도 찾을 수 있으리라 생각하고 열심히 들여다보았다. 하지만 선준은 찾았을 그 무언가는 보이지 않았다.

"저도 청벽서가 누구인지는 모릅니다."

선준의 대답에 용하는 바닥에 앉다 말고 엉거주춤한 상태로 동작을 멈추었다.

"그, 그럼?"

"혹시 '사귀일성' 기억나십니까?"

앉다 만 용하의 엉덩이가 사색이 되어 털썩 주저앉았다. 윤희와 재신도 종이에서 고개를 들어 선준을 보았다. 승문원, 예문관, 사헌부, 홍문관 이 네 관청이 모여 규장각 하나가 된다. 세 사람의 시선이 동시에 종이로 향하였다. 청벽서의 벽서가 나붙었던 관청도 이와 유사하였다. 승문원, 사헌부, 승정원, 사간원, 예문관, 홍문관.

"사간원은 홍벽서에 대한 답장이었으니 빼고요."

선준의 덧붙임 덕분에 세 사람의 머리도 완전히 가닥이 잡혔다. 신참례 때는 의도적으로 제외되었던 승정원까지 포함한 다섯 관청! 이는 곧 규장각이 아닌가. 윤희는 글의 내용을 살폈다. 처음에는 단순히 업무를 제대로 처리하지 못하는 관청들을 비판하는 거라고 해석하였다. 그런데 지금에 와서 다시 읽으니 이들 관청에서 업무를 가져가는 규장각 때문에 각 관청들이 무력화되고 있음을 비판하는 내용으로도 해석이 가능하였다.

"이 정도의 꼼수로 글을 짓는 자라면 우리가 상상하는 이상의 문장가다. 어쩌면 나보다 한 수 위일지도."

재신의 목소리가 풀이 죽었다. 그의 어깨도 기가 꺾여 축 처졌다. 윤희가 웃으며 힘주어 말하였다.

"꼼수를 썼다 하여 걸오 사형보다 한 수 위의 문장이라고 보기는 힘듭니다."

재신이 눈을 반짝이며 그녀를 보았다. 선준과 용하도 차례로 훑었다. 그들도 윤희와 같은 의견이라는 표정을 하였다. 재신의 눈빛이 서서히 오만한 빛을 되찾았다.

"좀……, 그렇긴 해. 나 정도의 문장이 이 땅에 있을 리가 없지. 같잖은 글 실력으로 홍벽서 흉내나 내는 청벽서 따위가 나와 어깨를 견준다는 것 자체가 어불성설이지. 암! 하하하."

아직 해결 난 건 아무것도 없는데 그는 모든 것이 해결된 양 완전히 기분이 좋아져 싱글벙글하였다. 규장각을 노린다는 사실보다는 자신의 문장보다 한 수 위일지도 모른다는 사실이 그에게는 더 충격이었던 모양이다. 4인방의 시선은 다시 벽서들을 향하였다. 재신에게서 서서히 웃음이 사라졌다.

"우리는 각신으로 있으면서 두 장의 벽서를 붙였습니다."

규장각에 불만을 가지고 호시탐탐 기회를 엿보던 청벽서에게 4인방은 호재였으리라. 하지만 홍벽서가 사라진 건 이미 오래전이었다. 그래서 다시 등장시킬 필요가 있었다. 유생 홍벽서가 아닌, 각신 홍벽서가……

"우리가 아니야! 나다! 나 혼자 붙인 벽서라고!"

"함정을 잡은 제 실수였습니다."

"참지 못하고 뛰쳐나가 벽서를 붙였던 건 나였잖아! 그따위 말로 나를 부끄럽게 만들지 마란 말이야!"

선준과 재신의 다툼 속에 용하가 목소리를 높여 끼어들었다.

"둘 다 그만 하게! 분명한 건……, 내 탓은 아니란 걸세."

이 판국에서도 자기 몫은 챙기는 게 그다워서 윤희는 웃음을 터뜨렸다. 용하도 웃으면서 조용히 말하였다.

"우리끼리 언성 높여 뭐 하겠는가? 내 탓, 네 탓보다 더 중요한 건 우리는 철저히 청벽서한테 이용당하고 있다는 사실이 아니겠는가? 우리가 홍벽서인 것이 만천하에 까발려지기 전에 그가 누구인지를 알아내야 되네."

재신의 눈동자가 움직였다. 그것은 천천히 선준에게로 고정되었다. 윤희와 용하도 그를 따라 선준을 보았다.

"유신이다!"

마치 정답을 말하듯 확고하게 소리치는 재신으로 인해 선준은 당황하여 이마를 훔쳤다.

"저기, 그렇게 단정적으로 말씀하지 마시고……."

"너도 반쪽은 유신이라고 편드는 거냐? 우리 각신한테 가장 불만 많은 놈들이 바로 유신이라고!"

그의 말을 부정할 수는 없었다. 이 정도의 문장가는 홍문관에서 찾는 게 빠르기 때문이다. 하지만 문장가라면 외국과의 문서를 담당하는 승문원과 왕이 하달하는 지시문 작성을 담당하는 예문관에 중점적으로 배치되어 있다. 윤희는 동고놀이 때의 연회장 소동이 생각났다. 그런 문장가들을 제치고 굳이 각신들을 불러들여 시문을 짓게 하였다는 원성이 자자하였었다. 애초부터 소과 진사시 장원을 했던 선준과 재신이 모두 규장각에 들어간 것부터가 불만이기는 했지만 말이다.

"가량! 생각해 봐라. 그곳에서 유독 규장각을 싫어하는 놈이 누구인지."

선준은 재신처럼 섣불리 내뱉지 않고 오랫동안 찬찬히 생각한 뒤 비로소 말을 하였다.

"한둘이 아닙니다. 오히려 대부분이라고 말씀드릴 수 있겠네요."

"하아! 갑자기 외로우이. 유신뿐만 아니라 조관들 대부분이 각신을 미워하니."

"젠장! 불만 많은 놈들 깡그리 잡아다 규장각에 처넣으라고 그래! 그럼 불평불만들이 쏙 들어가 버릴 테니까."

윤희도 한숨이 나왔다. 각 관청은 자신들이 유명무실해지진 않을까 두려워 미워하고, 노론은 왕권과 신권이 균형을 이루는 데 규장각이 위험한 요소를 많이 가지고 있다고 미워하고, 남인은 그 친위 세력에 노론과 소론으로만 채워진다고 미워하였다. 그나마 편들어 주는 건 각신을 거쳐 간 인간들 정도였다. 주위가 적으로만 둘러싸인 느낌이었다. 그들 모두가 청벽서 같기도 하였다. 윤희는 벽서를 포개어 잡았다. 제일 위에 사헌부에 붙었던 글이 올라와 있었다.

> 말고삐를 쥐면 두 월문 앞길이 앞서 말끔해지고, 조정의 관원들이 상대 霜臺를 받들었단 말도 이미 옛말이라. 사라진 서릿발에 울음을 멈춘 까마귀는, 먼 곳의 애먼 까마귀에게서 우는 흉내를 듣노라.

어쩌면 모두가 적이 아니라, 각신이 모두의 적일지도 모른다는 생각이 그녀를 덮쳤다.

"그런데 청벽서는 한 명일까요, 한패일까요?"

윤희의 물음에 재신이 한 치의 망설임 없이 대답하였다.

"한 놈이다. 이것들은 한 사람이 쓴 글이야."

하지만 윤희는 물러나지 않고 따져 물었다.

"글을 한 사람이 썼다 하여 무리가 없다고 단정할 수는 없습니다. 그러니까 걸오 사형이 동고놀이 때 본 청벽서는 글을 쓴 자가 아닐 수도 있다는 말이지요. 젊은 문장가가 아니라, 노련한 문장가일 수도 있고……."

"아니야, 그놈이 청벽서야. 내 직감은 분명하다고. 증거 따위는 필요 없어. 나에게 도전이라도 하는 듯한 그 태도! 정말 재수 없었어."

버럭버럭 소리를 지르는 재신을 이어 선준도 거들었다.

"큰 무리는 아닐 것 같소. 청벽서 한 명뿐이거나 많아 봤자 두 명

가량."

"가랑 형님까지 단정적으로 말씀하시면 어쩝니까?"

"큰 무리는 비밀이 쉬이 빠져나가오. 무리가 움직였다면 감히 여림 사형의 손아귀를 피해 다닐 수는 없었을 것이오."

용하가 싱긋이 웃으며 윤희를 보았다.

"대물 자네는 나를 업신여기는 경향이 종종 있네. 우리 가랑이야말로 내 값을 제대로 쳐 주는구먼."

"우리도 무리잖아요."

"그래서 이렇게 위험해져 버렸잖아, 이 멍청한 놈들아!"

'그렇게 소리를 지르지 않아도 위험해진 건 다 알고 있는데.' 하고 생각하였지만 대꾸는 하지 않았다. 재신처럼 소리라도 지르면 속이 후련해질 것만 같았다. 그래서 조금은 부러운 눈으로 그를 보았다.

금난의 방으로 동무들이 삼삼오오 모여들었다. 워낙 작은 방이라 몇 명 앉지 않아도 빼곡하게 차서 움직이기 힘들었다. 그녀들은 눈을 반짝이며 금난을 졸랐다.

"금난아, 얘기해 줘. 어떻게 만난 거야?"

금난은 몸을 돌려 앉아 그녀들을 뿌리쳤다.

"누가 누구를 만났다고 그래? 해 줄 얘기 없어."

그리고 옆에 있는 예분을 쳐다보았다. 금난의 눈에 빈정거리는 빛이 돌았다.

"예분이한테 상사몽 뒤편이나 달라고 해서 읽어."

모두가 상사몽에 흥미를 잃은 걸 잘 알고서 던진 말이었다. 시문회 이후, 모모 부인에 관한 소문은 또 다른 양상으로 전개되었다. 포악한 성격이 아니라 덕과 학식을 지닌 여인이라는 말에, 어쩌면 미모도 뛰어날 것이라는 소문이 더해졌다. 이것은 수많은 사람의 호기심을 자극하였다. 직접 보고자 모모 부인이 살고 있다는 남산골 묵동을 찾는 이들도 있었다. 그러니 새로운 소문과는 완전히 반대되는 모모 부인이 등장하는 상사몽에 흥미를 잃는 건 어찌 보면 당연하였다. 다른 궁녀들도 더 이상 조르지 않는 통에 예분은 뒤편을 완성하지 못하였다. 대신 몇 명의 궁녀들의 관심은 예분이 흘린 정보로 말미암아 금난에게 집중되고 말았다.

"지어낸 이야기보다 실제가 더 흥미로운 거 몰라? 금난이 넌 진짜라며?"

"어떻게 만났어? 정표로 받은 것도 있다는 게 사실이야?"

금난은 어깨를 으쓱하면서도 걱정스럽다는 듯 한숨을 내쉬었다.

"정말 헛소문이야. 대물 도령께 폐가 되는 건 싫어."

알쏭달쏭한 밑밥을 던진 그녀는 예분의 시기 어린 시선을 한껏 즐겼다.

"우리를 못 믿니? 여기서 들은 거 다른 데서는 절대 발설하지 않을 테니까 말해 줘, 응? 대물 도령은 나도 연모했단 말이야."

"그냥 한두 번 우연히 뵌 것뿐인데……."

한 명의 얼굴이 샐쭉해졌다. 말을 할 듯 말 듯 재는 꼴이 아니꼬워서였다. 그래서 말투에 비꼬임이 가득하였다.

"당연히 우연히 뵌 것뿐이겠지. 나도 정표까지는 헛소문이라고 생각했어. 그분이 뭐가 아쉬워서 널 마음에 두시겠니? 너보다 그분이 더 아름다우신데. 나 같으면 차라리 거울 보고 좋아하겠다."

"난 그분께 폐를 끼치지 않으려고 말하지 않는 것뿐이야! 믿기 싫으면 믿지 마!"

한쪽에서는 비꼰 동무에게 비난을 퍼부었고, 다른 한쪽에서는 금난의 팔을 붙잡고 애써 달랬다. 그에 위로를 받은 금난은 망설임 끝에 거짓말로 만든 환상을 불러냈다. 한마디씩 나오는 이야기들은 상사몽보다 흥미진진한 내용은 없었다. 그저 오다가다 한 번씩 얼굴을 마주쳤다거나, 그가 미소를 지었다거나, 어깨를 스쳤다거나 하는 것들뿐이었다. 하지만 상사몽보다 그녀들을 흥분시킨 이유는 '실제의 이야기'라는 점이 전제되었기 때문이다.

환상 속의 금난은 행복하였다. 비슷비슷한 수많은 궁녀들 속의 의미 없는 한 명이 아니라 한 사람의 사랑을 받는 소중한 존재일 수 있었다. 그것이 거짓말의 위력이었다. 자신이 거짓말을 하고 있는 걸 스스로는 알면서도, 말을 하면 할수록 자신마저 그 환상을 실제처럼 느껴 가게 만들었다. 현실보다 더 행복한 환상 속으로 그녀 자신이 빨려 들어가고 있음을 금난은 느끼지 못하였다.

다음 날, 시각을 외쳐 가며 이문원에서 오고 있는 주시동을 어젯밤 함께 있었던 나인들이 붙잡았다. 오늘도 4인방의 소식을 조금이나마 들을 수 있을까 하는 바람이었다. 하지만 주시동은 그곳에는 지금 아무도 없다고 대답하였다. 그리고 '왜?'라는 질문에 당연히 답하지 못하였다. 그런데 한 동무가 금난의 어깨를 툭 쳤다. 주시동에게서 눈을 떼는데, 저 멀리에서 이쪽을 보고 있는 공복 입은 관원이 눈에 들어왔다. 다른 관원들과는 맵시가 남달랐다. 금난은 놀란 가슴 탓에 대물 도령인 걸 알아보는 데 오히려 다른 나인들보다 오래 걸렸다. 어디서 오시는 길일까? 물어보지 않아도 답이 들렸다. 후원에서 오는 길이오. 후원에는 무슨 일로? 그곳에 규장각이 있어 다녀왔소. 왜 그리 보시는지? 그대가 보고 싶었소. 금난은 어젯밤의 거짓말 속에서 여전히 빠져나오지 못한 채 쳐다보았다. 하지만 그는 돌아서서 이문원 쪽으로 가고 있었다. 웃으며 인사를 건네지 못했기에 그가 서운하였을지도 모른다는 염려와 함께 그녀의 마음은 환상 속으로 더욱더 빨려 들어갔다. 그곳은 지나치게 달콤해서 현실을 거짓말처럼 느끼고 싶도록 만들었다.

아까 마주친 그 나인들 중에 상사몽을 쓴 여인도 있을까? 윤희는 내내 그 생각이었다. 의심스러워 유심히 보았지만 얼굴에 글자를 써 놓았다면 모를까 헛수고일 뿐이었다. 청벽서도 얼굴에 글자를 새겨 놓았다면 알아보기 쉬우련만. 그녀는 절로 나오는 한숨을 은연중에 내쉬었다. 옆에서 나란히 걸어가던 선준과 용하의 시선이 그녀의 한숨으로 몰렸다. 재신은 입번 서는 날이라 함께 퇴진하지 못하였다.
"이보게, 대물. 혹여 모아 둔 돈이 없어 그리 한숨을 쉬는가?"
"갑자기 한숨에 돈타령은 왜 갖다 붙이십니까?"
용하는 무슨 생각에 잠겼는지 잠시 뜸을 들이다가 말하였다.
"자네 가족 말일세. 자네도 이제 어엿한 조관인데, 언제까지 거기 남산골에 가족을 둘 텐가? 이 근처로 모시고 나와야 하지 않을까 싶어서 말일세."
"그럴 돈 없는데요?"

"정히 그렇다면 우리 집에 같이 사는 건······."

헉! 윤희는 큰일 날 소리 말라는 표정을 단호하게 지어 보였다. 선준이 조심스럽게 물었다.

"여림 사형께서 그리 말씀하시는 이유라도 계십니까? 쉽게 꺼낸 이야기는 아닌 듯합니다."

그는 어깨를 한 번 으쓱해 보이며 허탈하게 말하였다.

"아닐세. 쉽게 꺼낸 이야기일세."

세 사람이 집 앞에 다다랐을 때였다. 대문에서 기척을 하려는 그들에게 장옷으로 얼굴을 가린 한 여인이 느닷없이 다가섰다. 옷태나 자태를 보아서는 양갓집 규수였다.

"죄송하지만, 김윤식 도련님?"

"접니다만, 뉘신지······."

어리둥절하게 답하는 윤희 앞에 그녀가 힘없이 땅에 털썩 주저앉았다. 당황한 세 사람은 그녀와 동행한 사람이 있는지, 길 가는 사람은 있는지 주위부터 살폈다. 한겨울인 양 바들바들 떠는 손이 잡고 있어야 할 장옷을 놓쳤다. 장옷이 떨어지고 난 자리에는 여인의 아름다운 얼굴이 나타났다. 세 사람을 더욱 당황시킨 건 그녀의 얼굴이 온통 눈물범벅이라는 점이었다. 그중 용하의 고개가 갸웃거렸다. 분명 어디서 본 외모였다. 여인의 얼굴이라면 한 번 보면 좀처럼 잊지 않는 비상한 능력을 가진 그가 아니던가. 애써 골몰하던 그의 눈이 번쩍 뜨였다. 김윤식을 찾는 여인이라면 황 판교 댁 여식이다! 용하는 대문을 열어 주는 순돌이를 밀어젖히고 안으로 부리나케 들어갔다.

잠시 후 하녀가 나와서 당황하여 어쩔 줄 모르고 서 있던 윤희와 선준에게 인사를 건넸다. 그리고 서영을 안아 일으켰다.

"아가씨, 정신 차리세요! 여기에서 이러고 계시면 큰일 납니다요. 어서 저리로……."

하녀는 그녀를 부축하여 어디론가 데리고 갔다. 그리고 건물 뒤를 돌아 사람들 눈을 피해 뒷문으로 몰래 데리고 들어갔다. 그사이 용하는 뒷문에서 빗장을 열어 주었다. 하녀는 그의 지시에 따라 서영을 부축하여 안채로 데리고 들어갔다. 그곳으로 들어오던 윤희와 선준은 서영과 다시 마주치자 영문을 몰라 더 당황하였다. 선준이 용하에게 눈짓으로 어떻게 된 일인지를 물었다. 그가 모두를 둘러보며 적당히 핑계를 대었다.

"김윤식 도령을 찾아온 듯한데 우는 여인을 그리 돌려보내서야 어찌 선비라 하겠는가. 연유라도 들어 보세."

서영은 다른 사람은 전혀 보이지 않는 것처럼 오직 윤희만 쳐다보면서 쓰러질 듯 다가갔다. 그리고 겁먹은 눈으로 물었다.

"진정 김윤식 도련님이시어요?"

윤희는 이상한 예감으로 인해 이번에는 답하지 못하였다.

"혹여 소생을 아십니까?"

"승문원 판교 댁에 오신 적이 있나요? 그곳에서 차를 마신 적이 있으신가요?"

"네, 그런 적 있습니다만. 아! 혹여 황서영 낭자십니까?"

서영은 두어 번 고개를 세로로 끄덕이다가 이내 가로로 휘저었다. 그러다가 뒤로 주춤 물러났다. 하녀가 급하게 잡지 않았다면 그녀는 다시 쓰러졌을 것이다. 순돌이가 무슨 일인가 싶어 기웃거렸다. 하지만 남장했던 서영과 지금의 서영이 같은 사람임을 알아보지 못했기에 윤희와 선준만큼 어리둥절하였다.

서영은 하녀의 부축을 받아 겨우 마루에 걸터앉았다. 하지만 바들바들 떠는 손으로 얼굴을 가린 채 끊임없이 울기만 하였다. 옆에서 보는 이들 모두 저러다 뭔 일이라도 날 듯해서 걱정이 될 지경이었다. 윤희는 하녀에게 물수건과 마실 것을 가져오라고 시켰다. 그리고 서영에게 다가가 다정하게 물었다.

"황 낭자, 무슨 사연인지 말씀해 주십시오. 소생이 도울 일이라도?"

그녀는 윤희의 얼굴을 슬쩍 쳐다보더니 대답은 않고 더 많은 눈물을 흘렸다. 용하가 우두커니 지키고 선 선준의 팔을 붙잡고 안채에서 끌고 나갔다. 순돌이도 함께 끌고 갔다. 사랑채까지 끌려 나온 선준이 항의하였다.

"저 둘만 저리 둘 수는 없습니다."

"나도 궁금해 미치겠네. 하나 우리까지 그러고 있으면 계속 그 상태일걸세. 우린 잠시만 여기서 기다려 보자고."

대강의 내용을 짐작한 용하는 안절부절못하며 마당을 서성거렸다. 전혀 짐작하지 못한 선준도 안절부절못하기는 마찬가지였지만 안채 쪽을 바라볼 뿐 서성거리지는 않았다.

윤희는 서영과 떨어져 앉아 그녀의 울음이 멈추기를 끈기를 가지고 기다렸다. 그 덕분에 서영은 조금이나마 안정을 찾을 수 있었다.

"갑자기 이리 찾아와 실례를 하게 되어 송구하기 이를 데 없습니다."

여전히 울음이 섞인 목소리였다.

"괜찮습니다."

서영은 하녀가 놓고 간 물수건으로 부은 눈을 덮었다.

"정말……, 김윤식 도련님이시지요?"

윤희는 다시 이상해지는 기분을 느꼈다. 왜 자꾸 확인을 하려고 드는 것인가? 그 순간, 문득 이런 식으로 갑자기 찾아와 하염없이 울기만 했던 또 다른 사람이 생각났다. 동생, 김윤식이었다. 윤희는 급히 고개를 저었다. 두 사람이 만났을 리가 없지 않은가. 눈썹과 눈이 찌그러졌다. 요사이 외출이 잦았던 동생이 떠올랐다. 그렇지만 두 사람이 어떻게 만날 수 있겠는가. 우연이라도 있을 수 없는 일이다.

"폐를 끼쳐 죄송합니다. 소녀는 이만 가 봐야겠어요."

"소생이 도울 일이 있을지도 모릅니다. 황 판교께 여러모로 신세를 입은 몸이니 괘념치 마시고 말씀해 주십시오."

서영은 고개를 돌려 옆에 멀찍감치 앉은 윤희를 바라보았다. 그때 발 너머로 들었던 다정한 말투였다. 첫눈에 반했던 사람은 지금 눈앞의 이 사람이 분명하였다. 하지만 지금의 마음은 그때의 마음과는 달랐다. 이 두 마음은 또한 또 다른 김윤식 도령에게서 느끼는 마음과는 달랐다. 모르겠다. 모든 것이 뒤죽박죽이 되어 버린 듯 자신의 마음조차 헤아릴 수 없었다.

"정말 뵙고 싶었었는데……."

겨우 그쳤던 서영의 눈물이 다시 흘러나왔다.

"혹여……, 소생과 이름이 같은 도령을 만나기라도?"

깜짝 놀라 쳐다보는 눈으로 인해 윤희는 짐작이 맞았음을 알게 되었다.

"모르겠어요. 이제는 어떻게 뵐 수 있는지 몰라서……."

그날 그렇게 가 버린 윤식은 다시는 오지 않았다. 하루에도 수십 번씩 담장 기와를 들춰도 종잇조각 한 장 들어 있지 않았다. 누군가가 기왓장을 건드린 흔적도 없었다. 하루는 죄송하다는 글귀를 써 놓고, 하루는 원망스럽다는 글귀를 써 놓고, 하루는 이대로 버리지 말아 달라는 글귀를 써 놓았다. 하지만 이 모든 글은 그의 눈으로 들어가지 못하였다. 더 이상 견딜 수 없었던 서영은 결국 이렇게 오고 말았다. 하지만 김윤식을 확인하러 온 건 아니었다. 두 사람이 같은 사람이 아니라는 걸 알고 있음에도 불구하고 지푸라기라도 잡는 심정으로 왔을 뿐이었다. 그가 있는 곳을 모르기에 이곳으로 올 수밖에 없었다. 이곳 외에는 올 곳이 없었다.

서영의 유모가 혼비백산하여 뛰어 들어왔다. 뒤늦게야 아가씨가 사라진 걸 깨닫고 찾아온 모양이었다.

"아가씨, 어쩌자고 이곳에!"

유모는 윤희 쪽을 향해 연거푸 절을 해 가며 서영을 부축하여 일으켰다.

"우리 아가씨는 원래 이런 분이 아닌데……. 제발 오늘 일은 비밀로 해 주십시오. 행여 소문이라도 났다가는 쇤네의 목이 남아나지 않습니다요. 우리 아가씨를 위해서라도, 제발!"

그러면서 아직 진정되지 못한 서영을 억지로 끌고 나가려고 하였다. 하녀가 뒤따라 들어와 그녀들을 뒷문으로 이끌었다. 대문 쪽은 소문의 눈이 있다는 말에 유모는 고맙다며 윤희를 향해 다시 꾸벅꾸벅 절을 하며 따랐다. 윤희는 자리에 앉은 채로 멍하니 생각에 잠겼다.

"도대체 무슨 일이오?"

어느새 선준과 용하가 앞으로 다가와 있었다. 그녀가 자리에서 벌떡 일어났다.

"아무래도 지금 당장 남산골 집에 다녀와야겠습니다."

어리둥절한 두 남자에게 자초지종을 설명할 수는 없었다. 윤희는 자기 방으로 뛰어 들어가 옷을 갈아입고 곧장 남산골을 향해 뛰었다.

2

윤희의 걸음은 얼마 가지 않아 옷을 갈아입고 뒤따라온 선준에게 따라잡혔다.
"어? 가랑 형님, 왜 따라오십니까?"
"처남과 관련된 일인 듯하여 따라왔소."
"오늘까지 끝내야 되는 서책은 어쩌시고요?"
"친정에 계속 혼자 보낼 수는 없지 않소."
'그렇지만 잠잘 시간도 부족하면서.'라고 대답하려다가 그를 말리느니 자신이 일을 좀 더 하는 편이 빠를 것 같아 관두었다. 묵묵히 걷던 선준이 깊은 고민에 빠진 그녀를 힐끔 보면서 물었다.
"처남과 그 여인이 연관이 있으면 어찌할 것이오?"
윤희는 오랫동안 침묵한 끝에 여전히 땅만 보고 걸으면서 대답하였다.

"모르겠습니다."

그녀는 다시 침묵하였다. 그러다가 자신 없는 말투로 들릴 듯 말 듯 말하였다.

"윤식이 자신의 이름으로 살아야지요. 한시라도 빨리……."

선준이 걸음을 멈추고 홀로 가는 그녀의 뒷모습을 바라보았다. 윤희도 걸음을 멈추고 돌아보았다.

"행복할 수 있겠소?"

그녀의 눈이 뜻을 알 수 없는 그의 질문을 되물었다.

"두 사람이 각자 자신의 이름으로 돌아가면 당신은 행복할 수 있겠소? 집 안에 갇혀 나의 아내로만 살아가는 것이 행복하겠소?"

이 사람의 아내로만 사는 것. 이 사람을 위해 거울을 보고 화장하고 치장을 한다는 건 분명 설레는 일이다. 이 사람에게는 세상의 어떤 여인들보다 아름답게 보이고 싶은 욕심 또한 감출 수가 없다. 이 사람 앞에 이런 사내 차림으로 서는 건 싫다. 하지만 그의 물음에 쉽게 대답할 수가 없었다. 선준이 답 듣기를 포기하고 앞서 걷기 시작하였다. 윤희가 그의 뒷모습을 향해 최선을 다해 대답하였다.

"당신 품에 안길 수 없는 지금도 행복하지는 않습니다."

선준이 뒤돌아 뒷걸음으로 걸었다. 윤희와 마주 보고 걸으며 만족한 듯 환하게 웃었다. 그의 미소를 통해 깨달았다. 이 사람은 지금 너무 많은 희생을 하고 있구나. 너무 오래 기다리고 있구나. 이런 사람의 아내로만 사는 거, 행복할 수 있다. 완벽하게 행복할 수는 없을지 몰라도 보다 행복할 수는 있다.

"아랑, 확신할 수 있습니다. 분명 행복하리라고. 적어도 세상의 그 어떤 여인들보다는 행복할 수 있다고."

"당신의 그 답이 나를 세상에서 가장 행복한 사내로 만들어 주었소."

선준의 손이 그녀의 어깨를 짚었다가 금방 떨어졌다. 길이기에, 아직 해가 완전히 떨어지지 않았기에, 간혹 지나가는 행인이 있기에 그러고 말았지만, 그 작은 스침이 마치 입술을 맞춘 듯 강렬하여 윤희는 그만 얼굴을 붉히고 말았다. 그의 눈빛이 붉어진 입술에 닿았다.

"하지만 전 아내로서 많이 부족할 겁니다. 옷 짓는 법도 모르고, 바느질도 서툴고……."

"당신은 부족한 것이 아니라 가난한 백성을 위해 양보하는 것뿐이오."

윤희는 얼굴은 더 붉어졌지만 뻔뻔하게 고개를 크게 끄덕였다.

"하지만 좋은 점도 있어요. 저의 어디가 가장 아름다운 줄 아세요?"

"다. 전부 다."

"머리카락. 예전에는……."

그녀의 미소와 말에 선준은 순간 가슴속에서 보이지 않는 덩어리가 올라오는 것을 느꼈다.

"다음에 꼭 보여 드릴게요."

그는 말을 못 하고 그저 고개만 끄덕였다.

남산골 집에 도착하였다. 그런데 평소와 달리 사람 사는 집 같지 않게 휑한 느낌이 들었다. 윤희는 예전에도 한 번 놀랐던 적이 있기에 대수롭지 않게 마당에 들어섰다. 하지만 선준은 달랐다. 재빨리 안방으로 달려가 방문을 열어젖혔다. 그러고는 윤식의 방문도 열었다. 다음으로 부엌으로 달려가 문을 활짝 열었다. 그가 표정 없이 그녀를 쳐다보았다. 눈이 마주쳐서야 윤희도 심상찮은 기운을 깨달았다. 사람만 없는 것이 아니었다. 집에는 세간도 없었다.

윤희는 안방 앞에 멍하니 넋을 놓고 한동안 서 있기만 하였다. 머릿속에서 생각할 수 있는 기능들은 모조리 멈춘 듯하였다. 선준은 그녀의 어깨를 잡아 마루에 앉혀 놓고 어디론가 달려갔다. 옆집으로 간 듯하였다. 이웃과 나누는 대화가 멀찍이 들렸다.

"말씀 하나 여쭙겠습니다. 저 집 사람들이 어디로 간 줄 아십니까?"

"우리도 자세한 건 모릅니다만, 얼마 전에 야반도주를 했습죠."

"야반도주라고요?"

"하룻밤 사이에 싹 사라졌으니 야반도주라고밖에는……."

"전 이 집 사위 되는 사람입니다. 그러니 아시는 거 있으면 뭐든지 말씀해 주십시오."

"어쩌나, 아는 게 없어서. 온다 간다 말도 없이 사라져 저희도 서운하던 참이었습지요. 걱정스럽기도 하고."

대화는 여기서 끊어졌다. 선준이 윤희 앞에 돌아왔을 때였다. 이웃이 낮은 담장 너머에서 외쳤다.

"이게 상관이 있는지는 모르겠는데, 야반도주하기 얼마 전서부터 이상한 낯선 사람들이 이 집 주위를 서성거렸습니다요."

윤희가 자리에서 벌떡 일어섰다. 이 집 아들이라, 혹은 딸이라 밝힐 수가 없어 뒷말을 따져 묻지 못하고 그저 멍하니 쳐다볼 수밖에 없었다.

"서성거린 사람들은 어떤 사람들인지 아십니까?"

"동네 사람들 모두 이상타고 수군거렸는데, 다들 구경꾼 같다고들 하였지요. 무슨 소문 듣고 확인하고 싶어 왔다고 저들끼리 그랬다던가? 아무튼 안주인께서 그 일로 신경이 날카로워져서는 걱정을 많이 한 것으로 압니다."

이웃은 자신이 아는 모든 말은 다 털어놓았는지 속 시원한 표정으로 사라졌다. 하지만 선준과 윤희는 더욱 오리무중이었다. 방 안을 둘러보았다. 왕이 하사한 가체 상자는 물론이고 언제나 애지중지하던 혼수 이불부터 낡은 식기에 이르기까지 몽땅 챙겨 갔다.

"누군가가 함께했을 겁니다. 비록 얼마 없는 세간이지만 하룻밤 사이에 어머니와 윤식이 둘이서 이걸 다 나를 수는 없습니다."

서성거린 시선을 피해 도망가면서 그녀에게 알리지 않았다는 건 말이 안 된다. 무엇보다 어딘가로 이사할 돈이 없다. 세간을 함께 나른 누군가에게 붙잡혀 있다는 뜻인데, 이것도 이해가 가지 않았다. 납치하는 사람이 낡아빠진 세간까지 챙겨 갈 이유가 없지 않은가. 윤희가 당치도 않은 정무를 떠올리는 찰나 선준이 짧은 한탄을 내쉬었다.

"아버지!"

"네? 우상 대감께서?"

"달리 짐작 가는 곳이 없지 않소."

"하지만 우상 대감도 짐작이 안 가는 건 마찬가지인데……."

말은 그렇게 하면서도 둘은 어느새 북촌을 향해 달리고 있었다.

"늦었구나."

정무는 짧게 말한 뒤 책을 덮어 밀쳤다. 혼자서는 그토록 만나기 어렵던 우의정이었지만 선준과 함께하니 무척 쉬웠다. 그냥 대문을 넘어와 방에 들어선 것이 전부였다. 부자지간이니 당연한 일이겠지만 그간 고생이 심했던 탓에 윤희에게는 오히려 이상하게 느껴졌다. 그러고 보니 지금의 말도 의미심장한 것 같았다.

"늦었다니요? 아, 아니, 인사부터 드리겠습니다, 합하."

절을 하려고 손을 포개는데, 정무가 웬일인지 잠자코 있었다. 절을 올려도 된다는 뜻인가? 그렇다면 사내 절을 올려야 하나, 계집 절을 올려야 하나? 갈피를 잡을 수 없어 엉거주춤하게 선 윤희는 차라리 정무 쪽에서 먼저 절 받기 싫다고 돌아앉기를 바랐다. 하지만 결국 그는 윤희가 사내 절을 올리고 앞에 앉을 때까지 일언반구도 하지 않았다. 어떤 형태이건 간에 절을 받아 주었다. 그것만으로도 놀라운 일이 아닐 수 없었다.

"아버지는 남산골 일을 아시지요?"

"안다."

"아버지! 왜……."

아들의 말이 채 나오기도 전에 그가 주먹으로 책상을 때리며 소리쳤다.

"아니지! 그 말이 아니다. 김윤식, 네가 말해 보거라. 어떤 말을 해야 하느냐?"

윤희는 어리둥절하여 상황 파악이 어려웠다. 정무가 무슨 말을 하는지, 어떤 대답을 원하는지 알 수가 없었다. 하지만 두려운 가운데서도 가슴 한구석이 묘하게 안심이 되는 걸 깨달았다. 그 감정에 충실하여 대답하였다.

"감사합니다, 합하."

대답하고 나니 정답을 말했다는 걸 알 수 있었다. 서성거리던 구경꾼으로부터 가족을 대피시켜 준 이가 정무였다. 이는 감사할 일이 맞다. 정무가 미소 없이 웃었다.

"그래, 그놈의 모모 부인인지 뭔지 때문에 사람들의 시선이 자꾸 그곳을 훔친다는 얘길 듣고서 내가 숨겼다. 이제야 알았다니 늦었다고 할밖에."

임씨도 그 이상한 소문에 큰 역할을 했으니 정무로서는 내버려둘 수 없었다. 그대로 뒀다가는 누구에게라도 들키는 건 시간문제였다.

"뭐라고 드릴 말씀이 없습니다, 아버지. 소문에 관해서 소자는 금시초문이었습니다."

사과를 올리는 선준 옆에서 윤희도 잔뜩 몸을 웅크렸다.

"합하, 그러면 저의 가족은 지금 어디에 있습니까?"

정무는 잠깐 웃는 듯하더니 이내 싸늘한 표정으로 돌아갔다.

"네게 그걸 알려 줄 이유는 없다."

"무슨 뜻입니까?"

선준이 물었지만 그는 여전히 윤희만 보면서 대답하였다.

"네가 김윤희로 돌아가기 전에는 절대 만날 수 없다."

"아버지!"

"합하!"

두 사람의 외침에도 그는 눈썹 하나 꿈쩍하지 않고 계속 말하였다.

"그리고 만약에 네 정체를 누군가가 알아챈다면, 네 가족의 목숨도 그 즉시 사라질 것이다. 그리 알고 물러가거라."

"갑자기 왜 이러십니까?"

선준의 이번 물음에도 정무의 대답은 윤희를 향해서 나왔다.

"갑자기가 아니다. 나는 이미 네 가족의 목숨을 두 번 살려 주었다. 모르겠느냐?"

두 번? 한 달이라는 사임 기한을 넘겼을 때 한 번 살려 주었고, 이번에 또 한 번 살려 주었으니 두 번이라는 셈이 맞기는 하였다.

"하지만 제 동생과 급히 만나야 할 일이……."

"예외란 없다. 내 말이 길어지게 만들지 마라!"

정무는 더 이상의 뒷말을 허락하지 않았다. 세상을 호령한다는 표정과 태도로 윤희의 목구멍을 틀어막았던 것이다.

"아버지, 소자는 알아야겠습니다!"

그는 아들의 말은 무시하고 자리에서 벌떡 일어나 밖으로 나가 버렸다. 뒤를 따라 선준이 나갔지만 정무의 목소리만 들릴 뿐이었다.

"그들의 목숨이 네가 아니라 바로 나의 이 손 안에 있다는 걸 아직까지 파악하지 못했단 말이냐! 네 방으로 가거라!"

"아버지, 이럴 수는 없는 일입니다! 어찌 가족들을 생이별시키실 수 있단 말입니까! 저 사람에게는 가족이 전부입니다."

"가족이 전부라는 놈이 사태 파악도 못 하고 그리 버려두었더란 말이냐! 너희 둘은 가족을 볼 자격이 없어!"

윤희가 방을 나갔을 때는 선준만 마루에 덩그러니 남아 있었고, 정무는 어디로 갔는지 사라지고 없었다. 때마침 늦은 밤을 알리는 인경 소리가 들려왔다.

"자고 가야겠소."

기운 빠져 말하는 선준에게 그녀는 싱긋이 웃어 보였다.

"한데 합하께서 허락하실까요?"

"그렇다고 신참례 때처럼 담장을 넘어 다닐 수는 없지 않소."

마루 밑으로 내려서면서 대답한 그는 마당을 가로질러 건너편에 있는 건물로 올라갔다. 그리고 그녀더러 건너오라는 눈짓을 하였다. 윤희는 쪼르르 달려가 그를 따라 방으로 들어갔다. 그런데 문턱을 넘는 순간 동작이 멈칫하였다. 여기는 사랑채에 딸린 선준의 방이 아닌가. 이곳에서 자도 되나? 괜히 또 책잡히는 거 아닌가? 지금은 사내 복장을 하고 있고, 아까도 사내 절을 올렸으니 안 될 거야 없겠지만, 그래도 명색이 계집인데. 그렇다고 이 꼴로 안채에 들어갈 수도 없지 않은가. 이런 갈등을 하는 사이, 이미 윤희의 엉덩이는 선준과 함께 방바닥을 차지하고 앉았다.

"미안하오."

"합께서 하신 말씀 중에 그른 게 없어 부끄러웠는걸요."

선준은 턱을 괴고 고개를 푹 숙였다. 그리고 긴 고민 끝에 한마디를 내뱉었다.

"어디에 숨기셨을까……."

"합께서 지시한 일이라면 분명 안심해도 될 만한 장소겠죠."

윤희는 머릿속에 윤식과 서영의 우는 얼굴이 지워지지 않아 마음이 조급하였다. 방 밖에서 사람의 기척이 들렸다. 혹시 정무의 명령을 받아 집 밖으로 끌어내려는 자들인가? 그녀는 긴장하여 몸이 굳었다.

"도련님, 안에 들겠습니다."

늙은 하녀의 목소리인 것으로 보아 강제로 끌어내려는 건 아닌가 보다고 안심을 하였다. 방문이 스륵 열렸다. 윤희는 정무의 경고가 떠올라 얼른 고개를 반대편으로 돌렸다. 꼬르륵! 뱃속에서 울리는 소리가 방문이 열림과 동시에 들어온 맛있는 냄새로 인한 것인지, 아니면 배가 고파 냄새를 착각한 것인지 분간이 가지 않았다. 익랑골에서 남산골로, 또 이곳 북촌으로 정신없이 뛰어다닌 통에 저녁 식사를 하지 못한 걸 지금에서야 깨달았다. 예전에는 며칠을 건너뛰어도 거뜬하였는데, 요즘은 쉽사리 허기를 느끼는 걸 보니 배가 부르긴 부른 모양이었다. 하녀는 밥상을 내려놓고 말하였다.

"대감마님께서 급히 차려 내라 명하셔서 찬이 변변찮네요. 밥도 새로 지으려니 시간이 걸려 손님께 예가 아닌 줄 알지만 데워 나왔습니다요. 죄송합니다."

선준은 밥상 위를 살폈다. 두 사람 몫이 놓여 있었다.

"아버지께서?"

깜짝 놀라 묻자 하녀도 어리둥절한 듯 되물었다.

"네? 네, 무슨 문제라도……."

"아니다. 그만 물러가거라."

하녀가 문을 닫고 나가자 윤희의 고개도 밥상 쪽으로 돌아왔다. 그녀도 선준과 똑같은 의문을 가졌다. 강제로 끌어내고도 남을 분이 밥까지 챙겨 준다는 게 믿기지 않았다. 그렇다는 건 자고 가도 좋다는 허락이 아닌가. 물론 지금 밖에 나갔다가는 더 골치 아픈 일이 발생할지도 모르니 당연하다고 생각해 버려도 되지만, 그러기가 쉽지 않았다. 둘은 고개를 갸웃거리면서 숟가락을 잡았다.

이문원의 사자청 안에는 서류 뭉치와 서책이 가득한 가운데, 사자관 여덟 명이 비좁게 앉아 필사하느라 코를 박고 있었다.

"윽! 또……."

한 사자관의 불평이 튀어나오자 다들 웃으며 고개를 끄덕였다.

"저 사람이 또 김 대교 서류를 잡았나 보군."

"이분 것은 정말 불편하오. 우리가 왜 이런 필체까지 필사를 해야 되오? 이 종이 그대로 오려다가 붙이는 편이 훨씬 낫겠소. 필사한 게 더 지저분해 보이니, 원."

그는 윤희가 작성해 놓은 서류를 다른 빈 종이에 옮겨 적으며 투덜거렸다. 다른 서류들에 비해 아무리 공들여 써도 원본과 비교되는 건 어쩔 수가 없었다. 옆의 사자관이 힐끔 쳐다보고서 말하였다.

"이런 분들만 계시면 우리는 붓을 놓아야 돼."

이때 창밖에서 사람이 얼씬거리는 느낌이 들어 사자관들의 시선이 일제히 창을 향하였다. 으악! 그들은 터지는 비명을 속으로 삼키고 억지로 웃었다. 사모를 삐뚤게 쓴 행색을 보건대 재신이었다. '웬일로 저 양반이 사모를 다 쓰고 있네?'라는 생각 다음에 '승정원에서 오는 길인가 보군.'이라는 생각으로 넘어갔다. 소문으로만 들었을 뿐, 그가 사람을 패는 장면을 직접 본 적은 없음에도 불구하고 공포감을 떨쳐 낼 수 없는 건 자유분방한 차림새 때문일지도 몰랐다. 재신이 지나가듯 창 너머로 종이 뭉치를 툭 던져 넣고 사라졌다. 사자청에도 엄연히 문이라는 것이 있는데, 그는 언제나 그곳을 이용하는 법이 없었다. 간단한 인사 같은 것도 나누고 싶어 하지 않았다. 서류도 '이렇게 해라, 저렇게 해라.' 한마디 붙이지 않고 이런 식으로 던져 넣는 게 전부였다.

한 사자관이 그가 던져 넣고 간 종이 뭉치를 잡아 펼쳤다. 크기가 같은 글자가 하나 없고, 줄도 삐뚤삐뚤하고, 곳곳에 검정 칠로 가려놓은 오자에, 심지어 아예 알아보기 힘든 글자들도 종종 있었다.

"정말이지, 문 대교의 서류는 필사하는 보람을 느끼게 해 준다니까."

사자관들이 일제히 고개를 끄덕이며 웃었다. 이런 이유로 사자관들 사이에서 가장 인기가 좋은 인물이 바로 재신이었다. 물론 본인은 알지 못했지만 말이다.

사자청을 지나친 재신은 긴 다리를 펼쳐 이문원 계단을 한 걸음에 훌쩍 뛰어올랐다. 사자청과는 다르게 이문원은 적막할 정도로 조용하였다. 그는 사모를 벗어 손가락에 끼워 빙빙 돌리면서 당하관 방으로 들어갔다. 아무도 없이 한 놈만이 책상에 엎드려 자고 있었다.

"팔자 좋다. 난 그 고리타분한 영감탱이들 틈에서 땀 빼고 왔더니."

비록 툴툴거리는 말이었지만 소리는 높지 않았다. 아마도 자는 이가 윤희가 아니라 용하나 선준이었다면 이문원 지붕이 들썩거릴 정도로 고함을 질렀을 것이다. 어느새 발소리도 잦아들어 어울리지 않게 살금살금 걸었다. 윤희는 땀을 흘려 가며 지쳐서 자고 있었다. 얼굴은 가려져 잘 보이지 않았지만 관자놀이에 맺힌 땀이 눈에 거슬렸다.

"에잇! 왜 이렇게 더워!"

분명 소리를 지른다고 질렀는데 입 밖으로 나오지는 못하였다. 재신은 책상 위에 놓여 있는 종이 몇 장을 겹쳐 잡았다. 그리고 그녀 옆의 책상에 걸터앉아 그것을 부채 삼아 신경질적으로 부쳤다. 분명 자신을 향한 바람이었는데 대부분이 그녀를 향해 날아갔다. 그는 차마 아래를 보지 못하고 멀리 창밖을 보았다. 매미가 따갑게 울어 대는 게 여간 못마땅한 게 아니었다.

"너, 아름답더라."

비록 밖으로 내뱉지는 못해도 혼자 중얼거려 보았다. 여장을 했을 때, 조금도 사내 같은 티가 나지 않았다. 오로지 여인이기만 한 듯하여 마음에도 없는 퉁명스런 말을 할 수밖에 없었다. 아름답더란 말은 할 수 없었기에, 그런 식의 표현 외에는 할 수가 없었다. 창밖을 향해 있던 재신의 눈동자가 아래로 내려왔다. 어쩐지 몇 년 만에 보는 얼굴인 듯하였다. 엉뚱한 곳을 향한 재신의 부채질은 여전히 멈추지 않았다.

"내게는 너로 인해 쓰고 지운 글이 참 많아. 언제쯤 그 글이 멈춰질까? 얼마나 지나야 네 얼굴을 볼 수 있을까? 보고 싶다……."

또다시 밖으로 나오지 못하는 중얼거림이었다. 주위가 지나치리만큼 적막했다. 이 근방에서 느껴지는 기척이라고는 윤희의 색색거림이 전부인 듯하였다. 재신의 상체가 그녀를 향해 기울어졌다. 그의 입술이 볼에 닿기 직전까지 다가갔다가 가까스로 멈췄다. 하마터면 큰일 날 뻔한 순간이었다. 재신은 자신의 입술을 깨물었다.

"젠장! 지금 뭐 하자는 거야!"

아뿔싸! 이번 말은 입 밖으로 튀어나오고 말았다. 그가 자신의 실수를 깨닫는 찰나, 잠에서 화들짝 깨어난 윤희가 머리를 획 들었다. 꽝!

잠에서 깨자마자 무언가에 뒤통수를 얻어맞은 윤희는 통증 부위를 움켜쥐고 깜짝 놀라 주위를 두리번거렸다. 그런데 재신이 자신의 턱을 쥐고 바닥에 웅크리고 있었다.

"거, 걸오 사형! 여기서 뭐 하십니까?"

"야, 인마! 너 깨우려다가 내 턱이 깨졌잖아! 저놈의 돌대가리."

재신은 제 얼굴이 시뻘겋게 달아올라 있음을 느끼고 얼른 일어나 나가려고 하였다.

"어디 가십니까?"

"어디든!"

"도망가시는 거지요?"

문지방을 넘어가려던 그의 걸음이 멈췄다. 목소리가 경직되어 나왔다.

"도망가다니?"

"이 책상 위에 있는 일거리 보고 내빼시는 거 아닙니까?"

"야, 인마! 지금까지 자빠져 자다가 일어난 놈이 할 말이냐, 그게?"

윤희는 기지개를 쭉 켜면서 일어났다. 그리고 땀범벅이 된 얼굴을 손수건으로 슥슥 닦으며 대꾸하였다.

"잠깐 눈을 붙였던 겁니다. 진짜 잠깐 존 거라고요."

그녀는 서류를 잡아 재신의 책상 쪽으로 하나씩 던졌다.

"이건 사형이 하시고, 이것도 사형이 하시고……."

"야! 그만!"

그는 몸을 던지다시피 하여 자신의 자리에 일이 쌓이는 걸 막았다. 그러자 윤희가 씨익 웃었다.

"진즉에 그러시지."

결국 재신은 밖으로 달아나지 못하고 자신의 자리에 앉아야 했다. 윤희도 자리에 앉았다. 그런데 일은 하지 않고 재신을 물끄러미 쳐다보았다. 제 발이 저린 그는 얼굴을 들지 못하고 서류를 펼치기에 바빴다.

"걸오 사형, 혹시 제가 서운하게 해 드린 거라도 있습니까?"

그녀의 목소리는 조금 전과는 다르게 심각하였다.

"뭔 뜬금없는 소리냐?"

"사형이 저와 단둘이 있는 걸 싫어하시는 듯해서요."

"내가? 어, 어, 언제?"

"언제나 그랬습니다. 예전 성균관에 있을 때는 이러지 않으셨는데……."

풀 죽은 그녀에게 재신의 성질이 날아갔다.

"야, 이 멍청아!"

'내가 널 왜 싫어하냐? 좋아하는데. 아직도 이렇게 함께 있는 것조차 괴로울 정도로 좋아하는데!'

재신은 자신의 속마음을 확 토해 내고 싶은 걸 꾹 참고 서류 한 장을 잡아 펼쳤다. 그리고 힘들게 가라앉힌 목소리로 최대한 대수롭지 않게 가장하여 말하였다.

"난 좋아하지 않는 놈과는 말하지 않아."

이렇게 말해 놓고 그녀와 눈이 마주칠까 두려웠던 재신은 멀리서 햇빛을 피해 달려오는 용하 쪽으로 눈길을 옮겼다. 용하가 부채를 부쳐 가며 안으로 들어왔다.

"으아! 덥다, 더워. 조만간 우리 물놀이 가세."

"여림 사형, 걸오 사형은 이 세상에서 여림 사형이 제일 좋대요."

어이없는 윤희의 발언에 용하의 얼굴이 함박웃음으로 가득한 반면 재신은 아연실색하여 소리쳤다.

"에? 누가? 내가? 누굴? 여림을? 너, 더위 먹고 미쳤구나!"

"그렇지만 방금 좋아하지 않는 놈과는 말하지 않는다면서요? 걸오 사형이 이 세상에서 유일하게 수다 떠는 상대는 여림 사형이니까 가장 좋아하는 거 맞지 않습니까?"

"고롬고롬! 계산은 그게 맞음세. 걸오, 나도 이 세상에서 자네가 제일 좋으이."

재신은 팔을 펼쳐 끌어안으려는 용하를 밀치고 일어나면서 재빨리 공복을 벗었다. 그리고 용하의 머리에 뒤집어씌워 놓고 주먹질을 하였다.

"인마, 징그러우니까 엉겨 붙지 말라고 내가 경고했지?"

"아야! 왜 때리는가? 난 그저 자네의 그 애달픈 마음을 받아 주려고 한 잘못밖에는 없네."

"시끄러!"

그렇게 용하는 이유도 없이 두어 차례 주먹질을 당한 뒤 풀려났다. 공복에서 벗어난 용하는 재신을 보며 실없이 미소를 지었다. 하지만 정작 애달픈 눈이 된 쪽은 재신이 아니라 용하였다.

3

왕은 서류 한 장을 서안 위에 두고 턱을 괴었다. 조운선이 풍랑에 파손되어 전복되는 바람에 조세를 올려 보내지 못한다는 보고서였다. 예전에도 같은 곳에서 해적의 노략질로 인해 조세를 올려 보내지 못한다는 보고를 받은 적이 있었다. 여기에 대해 자세히 조사를 해 보라는 이선준의 지적이 있었지만, 조정에서는 중요하지 않게 여겨 거론하지 않고 지나갔었다.

"규장각의 네 녀석이 석갈한 지가……. 때가 되기는 하였구나. 네 녀석 중에 누구로 할까?"

전혀 고민하지 않고 왕은 한 명으로 마음을 굳혔다. 이선준. 드디어 그의 진짜 능력을 시험해 볼 차례가 왔다. 4인방 모두의 능력을 시험해 보고 싶기는 했지만, 그래도 제일 궁금한 건 뭐니 뭐니 해도 선준이었다. 아주 잠깐 고약한 생각으로 김윤식을 떠올리기도 하였으나 애써 심술을 가라앉혔다. 왕은 흥분되는 마음을 억누르고 승지들에게 말하였다.

"긴히 명할 일이 있으니 암행어사 초계 명단을 올리도록 하시오."

이 명령이 있은 후 며칠 뒤에 몇 명의 이름이 올라왔고, 왕의 별다른 잔소리 없이도 그 명단에는 이선준이 들어 있었다. 문재신도 그 옆에 있었지만 왕의 마음은 오직 선준뿐이었기에 고민 없이 이름을 골라냈다.

왕이 봉서를 적어 내려가는 동안 승지는 사목事目을 작성하였다. 왕은 들뜬 표정으로 선준의 얼굴을 떠올렸다. 참으로 흐뭇한 용모가 아닐 수 없었다. 암행어사에 그만큼 어울리는 이도 없으리라. 암행어사에 그만큼 어울리는?

"가만!"

순간 글쓰기를 딱 멈춘 왕이 고개를 들었다. 동고놀이로 인해 거지 복장을 하고 연회장에 나타났던 그를 기억해 보았다. 그 꼴을 하였음에도 불구하고 그같이 생긴 이가 거지일 리가 없어 언짢았던 기분이 풀어졌다던 사신의 말도 생각났다. 왕이 선정전 안에 있는 승지들과 기사관에게 물었다.

"자네들은 암행어사라 하면 어떤 모습을 떠올리는가?"

사목을 작성하고 있던 승지가 웃으며 말하였다.

"긴말이 무슨 소용이 있겠사옵니까. 이선준 직각이야말로 만백성이 그리는 이상적인 모습이 아닐까 사료되옵니다. 그 누가 봐도 더할 것도, 뺄 것도 없이 딱 암행어사이옵니다."

"그 누가 봐도 암행어사로 보이는 암행어사……."

선정전 안이 술렁거렸다. 왕의 말처럼 그건 정말 곤란하지 않은가! 왕은 선준을 보내면 절대로 암행이 성립되지 않는다는 사실과 그의 능력을 보고 싶다는 욕심 사이에서 갈등을 하였다. 하지만 욕심 쪽이 보다 큰 힘을 발휘하여 괜찮으리라는 최면을 유도해 냈다. 그래도 불안함을 완전히 떨치지 못한 왕은 적고 있던 봉서를 밀치고 새 종이를 펼쳤다.

선준은 왕으로부터 전달받은 어찰을 읽고 어리둥절하였다. 당장 집에서 가장 초라한 사복으로 갈아입고 이문원에 돌아오라는 명령이 적혀 있었다. 어깨너머로 글을 읽은 용하가 한쪽 눈을 찡그리면서 말하였다.

"이거 아무래도 자네를 먼 곳으로 보내시려는 것 같은데……."

이 말은 옆에 있던 윤희의 심장을 아래로 뚝 떨어뜨렸다. 재신도 일을 멈추고 걱정스럽게 선준을 보았다.

"먼 곳이라니?"

"암행어사 말일세. 부패 방지라든가 지방 감찰 같은 역할이 있지만 금상께오서는 젊은 인재들의 재능을 살피는 용도로도 슬쩍 이용하신다네. 암행어사로 다녀와서 수계繡啓 한 번 잘못 올렸다가는 파직에다가 서용 금지까지 당하기도 하니까. 상감마마께오서는 가랑을 제일 먼저 살피고 싶지 않겠는가?"

윤희는 파직이란 말에 눈빛이 번쩍했다가 서용 금지란 말에 빛이 훅 꺼졌다.

"아직 청벽서에 관해 가닥 잡힌 것 하나 없는 판국에 가랑까지 먼 곳으로 가면 큰일인데. 게다가 열고관 책들은 다 어쩌고."

 청벽서보다는 열고관 책들을 더 걱정하는 기색이 다분한 재신의 말에 세 사람은 웃음을 터뜨렸다. 재신은 다들 왜 웃는지 몰라 눈으로 이유를 물었지만 대답해 주는 강심장은 없었다. 선준이 윤희를 힐끔 쳐다보면서 모두에게 말하였다.

 "무슨 영문인지는 몰라도 우선 다녀오겠습니다."

 그가 이문원을 나가고 나자 윤희는 비로소 애써 추스르고 있던 어깨를 내려놓았다. 단 한 번도 그와 떨어져 있어 본 적이 없었던 그녀로서는 적지 않은 충격을 받은 상태였다. 암행어사로 나가게 되면 적어도 한 달은 족히 그와 헤어져 있어야 한다. 생각만으로도 울컥하였다. 그런데 윤희보다 더 울컥한 인물이 있었으니, 그는 바로 용하였다. 선준과 잠시 떨어져 있는 것이 슬퍼서는 물론 아니었다. 갑갑한 이 궐에서 잠시나마 해방되는 그가 부러워서 견딜 수가 없어서였다.

 "나도 나가고 싶으이."

 울먹이는 용하를 본 재신이 피식 비웃었다.

 "너까지 한양을 비우면 청벽서는 어쩌고?"

 "가랑더러 있으라 하고 내가 나가는 방법도 있지 않은가."

 윤희도 속으로는 적극 찬성을 외쳤다. 열고관 책들을 고려하면 단연 선준이 남아야겠지만, 청벽서를 고려하면 객관적으로 선준보다는 용하가 이곳에 더 필요한 상황이라 겉으로 내색하지는 않았다.

 "자청해서 나갈 수 있는 거냐? 그리고 암행어사든 뭐든 간에 놀러 가는 게 아니잖아. 되지도 않는 말 하려거든 일이나 해!"

재신의 타박에도 불구하고 용하는 울적한 표정으로 멍하니 말하였다.
"나는 여기까지가 한계일세. 더 이상 이런 생활을 지속할 기력이 없으이."
그는 정신 사나울 정도로 흔들어 대던 부채질도 없이 모든 의욕을 내려놓은 모습으로 오래도록 앉아만 있었다. 이런 상태는 선준이 사복 차림으로 돌아오고, 왕이 이문원으로 행차했을 때까지도 계속되었다.
왕은 사복 입은 선준을 보는 순간 할 말을 잃었다. 이리저리 아무리 훑어보아도 영락없는 암행어사 꼴이었다. 먼 길에 지쳐 갓이 망가지고 옷이 더러워질 거라 감안하면 더욱 그렇게 보였다. 이마에 마패를 붙이고 있는 것과 무엇이 다르단 말인가.
"어허! 이런 낭패가……."
"상감마마, 소신이 무슨 잘못을 하였기에 그리 깊은 상심을 내어 놓으시옵니까?"
목소리와 말투마저 암행어사 꼴인 선준에게 왕은 더 깊은 한숨으로 대답하였다.
"너의 그 외양 자체가 나의 상심이로다."
그런데 왕의 상심은 용하에게 활기를 불어넣었다. 조금 전까지 아픈 사람처럼 기력 하나 없이 시큰둥하던 그의 눈빛이 맹렬한 기세로 타올랐다. '소신이 가고 싶사옵니다! 소신을 보내 주시옵소서!' 하는 아우성이 고심하는 왕의 머리로 전파되었다. 왕의 시선이 가망 없는 선준에게서 벗어나 실수로 용하 쪽으로 건너갔다. 눈이 마주치자마자 마치 봐서는 안 될 거라도 본 양 왕이 먼저 시선을 외면하고 말았다. 선준이 안 된다면 다음으로는 재신의 차례였다. 용하는 해당 사항이 없었다. 그런데 그의 애타는 눈이 왕의 숨통을 휘감았다.

왕은 방금 전에 본 것을 머릿속에서 털어 내느라 고개를 저었다. 그리고 적어 왔던 봉서를 꺼내어 제일 앞에 임명된 자의 이름을 적는 부분을 비워 두고 새 종이에 내용부터 새로 옮겨 적었다. 그리고 마지막으로 비워 뒀던 부분에 문재신을 쓰기 위해 붓을 갖다 대었다. 그런데 보이지 않는 어떤 강력한 기운이 붓을 쥐고 놓아주지 않았다.

'이선준이 안 되면 문재신이다!'

왕은 몇 번이고 되뇌었다. 만약에 이 둘의 이름이 아닌 다른 이의 이름을 적는다면 암행어사 초계 명단을 무시했다는 대신들의 반발을 피해 갈 수가 없다. 왕은 보이지 않는 기운과 싸우느라 속옷까지 땀으로 젖어 오는 것을 느끼며 암행어사로 보낼 이의 이름을 적었다. 그리고 붓을 놓으면서 자신의 선택에 그만 좌절하고 말았다.

"어휴! 내가 또 쓸데없이 대신들과 싸울거리를 만들었구나."

용하는 갑자기 자신의 손으로 들어온 봉서를 보고 어리둥절하였다. 왕의 앞이라 대놓고 기뻐 날뛸 수는 없어 자중하려고 노력하였지만 자꾸만 벌어지는 입까지 자중하지는 못하였다. 하지만 선준과 윤희, 재신은 동시에 청벽서를 떠올리며 아연실색하였다. 그가 지금 상황에서 한양을 떠난다는 건 청천벽력과도 같은 일이었다. 이들의 처지를 알 길 없는 왕은 사목과 마패, 유척鍮尺까지 수여하면서 말하였다.

"숭례문 밖에서 열어 보라."

"소신 구용하, 어명 받자와 성심을 다하겠사옵니다."

용하에게서 이날까지 이토록 맑고 청아한 목소리는 들어 본 적이 없었던 듯하였다.

"지금 즉시 여장을 꾸려 출발하라."

"성은이 망극하옵니다. 폐가에 들러 옷만 갈아입고 즉시 출발하겠사옵니다."

왕은 마지막으로 선준을 슬쩍 훑어본 뒤 고개를 절레절레 저으며 이문원에서 사라졌다. 주위가 조용해지자마자 윤희가 달아나려는 용하를 붙잡고 말하였다.

"여림 사형, 청벽서는 어쩌고요?"

"어쩌겠는가, 이리 된 것을. 나라의 명이 지엄하니 그 뜻을 거스를 수도 없는 노릇이고."

재신이 그의 멱살을 움켜잡고 불쾌한 듯 이를 갈았다.

"나라의 명을 떠나서 네놈의 입이 좋아 죽잖아, 지금!"

"이러지 말게나. 난 놀러 가는 게 아닐세. 이건 내가 선택할 수 있는 게 아니잖은가."

멱살 잡혀 흔들리고 있는 와중에도 용하의 눈은 헤실헤실 웃느라 눈동자가 보이지 않았다.

"지금 네 다리가 부러지면 선택이 되지 않겠냐?"

용하는 깜짝 놀라 그의 손을 떨치고 멀리 달아났다.

"잘 있게들. 몸조심해서 다녀오겠네. 내 걱정은 말게!"

그러고는 쏜살같이 도망쳤다. 그도 쏜살같을 때가 있다는 새로운 사실을 깨닫는 순간이었다. 그가 가고 난 뒤 이문원은 무거운 침묵에 빠져들었다. 먼 길 떠나는 사람을 걱정해야 하는데, 오히려 남은 이들이 스스로를 걱정하고 앉았다.

"아무리 그래도 여림 사형도 의리가 있을 테니, 덕구 아범은 두고 가시겠죠?"

"야, 당연하지! 미안한 표정 하나 없이 저렇게 신나서 가는데, 덕구 아범까지 데리고 가면 그놈이 인간이냐?"

잠자코 서 있던 선준이 심각한 표정으로 물었다.

"그나저나 어째서 저에서 갑자기 여림 사형으로 바뀐 걸까요?"

윤희와 재신은 왕이 했던 것처럼 그를 훑어보고는 아무 말 없이 서류를 펼쳐 잡았다. 외양 자체가 상심이라던 말이 십분 이해가 가고도 남았기에 굳이 설명을 붙일 필요를 느끼지 못하였다.

왕은 선정전에 앉아 마음 붙이고 서류를 뒤적였다. 그리고 걱정스런 표정으로 용하의 얼굴을 떠올렸다. 참으로 사치스런 용모가 아닐 수 없었다. 암행어사에 그만큼 어울리지 않는 이도 없으리라. 암행어사에 그만큼 어울리지 않는?

"가만!"

순간 뒤적이던 손길을 딱 멈춘 왕이 고개를 들었다. 동고놀이로 인해 거지 복장을 하고 연회장에 나타났던 그를 기억해 보았다. 거지꼴조차 화려하여 왕족쯤은 되는 줄 알았다던 사신의 말도 생각났다. 왕이 급히 고개를 저어 불안한 생각들을 털어 냈다. 그런데 또다시 손길이 딱 멈췄다.

"가만! 분명 '옷만 갈아입고.'라고 했겠다?"

이즈음 익랑골 집에서는 용하가 갈아입을 옷을 꺼내고 있었다. 왕은 서류를 한 장 넘기다가 또 경직되어 중얼거렸다.

"가만! 구용하에게 암행어사다운 사복이 있나?"

이즈음 용하는 자신이 가지고 있는 옷 중에서 가장 비싸고 화려한 옷을 골라 팔에 끼워 넣고 있었다. 왕은 스스로에게 최면을 걸었다.

"낡아서 처박아 둔 옷이 하나라도 있겠지. 아무렴 암행어사로 나가는데 그에 맞는 복장을 하고 갈 양식도 없으려고."

이즈음 용하는 머리끝의 망건과 관자부터 시작하여 발끝의 버선까지 사소한 것 하나라도 놓치지 않고 최고가품 장신구들로 치장하느라 지극 정성이었다.

"설마, 차車를 피하려다가 포包를 만난 건가?"

이미 엎질러진 물이라, 왕은 불안한 마음을 완전히 떨치지 못한 상태로 만기萬機에 전념할 수밖에 없었다.

지나가는 행인들마다 윤기가 좌르르 흐르는 말을 침을 흘리면서 부러운 눈으로 쳐다보았다. 움직일 때마다 날리는 풍성한 갈기가 미녀의 머리카락보다 더 탐스러웠다. 몸통이 짙은 밤색에 다리만 하얀 저런 자류마는 조선에 몇 마리 되지 않아 구경하기도 힘들 뿐만 아니라 부르는 게 값일 터이다. 그 위에 얹힌 안장도 테두리에 금박을 붙여 조각한 모양이 예사롭지가 않았다. 필시 저 말의 주인은 임금이나 그 왕족쯤은 되는 자이리라.

덕구 아범은 한 손에는 자류마를, 또 다른 손에는 노새를 잡고 숭례문을 통과하였다. 그는 단번에 용하를 찾아냈다. 워낙 눈에 띄는 행색이라 주위를 두리번거릴 필요도 없었다.

"어이! 덕구 아범, 여길세!"

"작은 주인어른! 언제나 그러하지만 오늘은 그 어느 때보다 한층 빛이 나십니다요."

"하하하! 내가 그간 윗분들 눈치 보느라 멋 부릴 새가 없지 않았는가. 하여 신경 좀 썼다네."

덕구 아범은 모든 이가 부러운 눈길로 쳐다보았던 자류마 고삐를 용하에게 건네주면서 말하였다.

"갑자기 행장을 꾸려 오라 하셔서 오기는 하였지만, 청벽서에 대해 실마리도 찾지 못한 상황인데 어찌시려고요?"

용하는 앞서서 사람이 없는 곳으로 이동하였다. 덕구 아범은 노새 고삐를 끌고 그 뒤를 따라가면서 계속 말하였다.

"한데 유가를 내신 겁니까, 관직을 내놓으신 겁니까? 이리 놀러 가면 안 되는 거 아닙니까요?"

"유가도 면관도 아닐세."

"예에? 기어이 도망치시는 겁니까요? 어째 용케 버티신다 생각했지만서도, 이건 너무 급작스러워서. 큰 주인어른께서 아시면 뒤로 넘어가실 터인데……."

용하는 그러거나 말거나 상관하지 않고 널찍한 바위를 찾아 자리를 잡고 앉았다. 그리고 품에서 봉서와 사목을 꺼내 읽었다. 그러는 사이 덕구 아범은 용하가 가지고 온 커다란 보자기를 부지런히 노새에 실었다. 무엇이 들었나 궁금하여 슬쩍 살피니 죄다 비단옷이었다. 그중에 의아한 물건이 하나 들어 있기는 하였다. 장사꾼 눈이니 스치듯 봐도 정규격의 유척임을 알아보았다.

"어디로 가실 예정입니까요?"

"음……, 생읍桂邑이 영광 법성포라 하니 그 중간의 색향色鄕들부터 고르는 게 순서겠지. 어디 어디를 거쳐 가는 게 좋겠는가?"

"그러니까 색향이라 하면 단연……. 네? 방금 뭐라고 하셨습니까요?"

덕구 아범은 말하다 말고 휘둥그레진 눈으로 용하를 쳐다보았다.

"영광 법성포라고 하였네."

"아, 아니, 그 앞에 뭐라고……."

"응? 별말 없었는데?"

"생……읍이라고……."

"그래, 그리 말하였네만."

덕구 아범은 눈동자가 튀어나오려는 것을 겨우 막으며 소리쳤다.

"네에? 새, 생읍이란 것이 그 뭐냐, 그러니까 암행어사가 파견되는 고을을 말하니까, 작은 주인어른이 지금……."

갑자기 거무죽죽하게 생긴 묵직한 것이 자기 앞에 떨어지자 그는 더욱 소스라치게 놀랐다. 생전 처음 보는 것이지만 마패라고 불리는 물건이라는 건 알 것 같았다. 그의 눈동자가 용하의 머리위에서 발아래까지 수차례나 순식간에 왕복하여 돌아다녔다. 저것이, 저 호화로운 행색이 암행어사라고?

"그건 자네가 가지고 있게. 더러워서 당최 몸에 지니고 있을 수가 있어야지. 나중에 깨끗하게 닦아서 내게 도로 주게나."

색향(色鄕) 미인이 많이 나거나 기생이 많은 고을.

"그, 그렇지만, 이건 감히 쇤네가 지닐 수 없는 물건인데……."

얼이 빠져 겨우 대답하는 그에게 용하는 대수롭지 않게 말하였다.

"자네는 나를 하루 이틀 알아 왔는가? 내가 언제 몸에 더러운 거 지니던가? 더러운 것 중에서 유일하게 지니는 건 돈이 전부일세."

"어떻게 돈과 마패를 같은 선에 놓습니까요!"

정신을 차리고 벌떡 일어난 덕구 아범은 우왕좌왕하면서 노새의 고삐부터 챙겼다. 달아나야 한다! 여기서 한시라도 더 지체하였다가는 이상한 일에 휘말릴 게 뻔하다. 오래된 장사꾼의 피가 위험을 경고하고 있었다.

"쇤네는 한양에서 해야 될 일이 많아서. 아! 청벽서 때문에 고심하실 다른 세 분을 위해서라도 쇤네는 여기 남아 정보를 모아 드리는 편이……."

그런데 이놈의 노새가 자류마에 홀딱 빠져서는 꼼짝도 하지 않았다. 비록 수태시킬 능력은 없어도 엄연히 수놈인데, 같은 수컷한테 혼이 빠져 있으면 어쩌자는 것인가. 덕구 아범은 용하에게 하지 못하는 말을 괜히 노새에게 풀었다.

"네 이놈! 자고로 자리에 맞게 행동해야지! 네가 지금 주제도 모르고 이게 무슨 행태냐!"

"나도 자네가 아니면 아니 되네."

사정조인 용하의 목소리가 고삐를 당기는 손을 휘어잡았다. 그의 어깨가 으쓱해졌다.

"아, 뭐, 어떤 막중한 임무인지는 모르나, 나랏일에 쇤네가 필요하다면야!"

투철한 사명감으로 불타는 표정 위에 용하는 찬물을 쏟아 부었다.
 "자네만큼 색향을 잘 아는 이가 또 어디 있는가? 장안의 기녀들로는 성에 차지 않았는데, 이제야 한을 풀 기회가 왔구나. 가세!"
 기가 차서 입이 쩍 벌어진 덕구 아범을 두고 용하는 말 등에 훌쩍 뛰어올랐다. 그리고 제 옷을 더듬으며 무언가를 열심히 찾았다.
 "이게 어디 갔지? 마패보다 더 중요한 건데."
 '암행어사한테 있어서 마패보다 더 중요한 거라고? 저 양반이 행색은 비록 저래도 의무감이 영 없는 건 아니었군.'이라고 생각하던 덕구 아범은 바로 즉시 자신의 생각을 구겨서 패대기쳤다. 마패보다 더 중요하다는 그것이 색안경이었기 때문이다.
 용하는 색안경까지 얼굴에 쓰고 나서야 만족한 듯 싱긋이 웃었다. 햇빛이 날아와 허리에서 달랑거리는 금 선추를 쏘았다. 자잘하게 부서진 금빛이 그의 온몸을 휘감았다. 이 금빛 물결에는 안장 테두리에 장식된 금박도 큰 역할을 하였다.
 "이 정도면 내 앞에서 엎어지지 않는 여인은 없겠지? 가세. 많이 지체하였다네."
 용하를 태운 자류마가 근사한 걸음걸이로 걷기 시작하였다. 자류마를 따라 노새도 걸었다. 그러자 고삐를 잡고 있던 덕구 아범도 자신의 의지와는 상관없이 끌려가기 시작하였다.
 "자, 작은 주인어른! 자, 잠깐만요. 쇤네는 두고 가십시오, 제발!"
 그의 애원을 무시하듯 자류마의 꼬리가 채찍처럼 힘차게 허공을 때렸다.
 이즈음 용하가 덕구 아범까지 데리고 한양을 떠났다는 사실을 알게 된 재신은 두 주먹을 불끈 쥐고 이를 갈았다.

"이 자식! 한양에 돌아오는 그날이 바로 네 녀석 제삿날이다!"

용하의 빈자리는 일감에서부터 드러났다. 사람은 한 명 줄었는데 일은 줄어들지 않은 탓에 남은 세 사람만 고생하였다. 그가 떠나기 직전까지 잡고 있던 일들도 모조리 세 사람이 떠안았다. 재신이 참지 못하고 붓을 던지듯 놓았다.

"에잇! 정말 일하기 싫다. 그 자식이 신나서 웃고 있을 걸 생각하니까 더 열 받아."

윤희도 한시름 돌리느라 붓을 놓았다. 그리고 지친 눈을 비비면서 말하였다.

"앞으로 청벽서는 어떻게 나올까요? 다섯 관청에 벽서를 다 붙였으니 이제 더 이상 벽서 붙이는 일은 하지 않겠죠?"

"청벽서가 이대로 어느 관청에서건 우리를 잡기만 기다리는 건지, 아니면 또 다른 생각이 있는 건지 모르겠소. 홍벽서와 청벽서를 수사하는 관청들이 각각 어떻게 돌아가고 있는지 궁금한데……."

선준의 말에 세 사람은 동시에 용하의 빈자리를 보았다. 윤희가 재신 쪽으로 고개를 돌렸다.

"그러고 보면 걸오 사형은 홍벽서로 있기는 하지만, 걸오 사형 자체만으로도 문장가로 이름이 높지 않습니까? 청벽서도 그렇지 않을까요? 그 정도 실력이면 세상에서 이미 이름을 얻었을지도 모릅니다."

"그러니까 문장가로 이름 있는 자들 중에 청벽서를 찾아보자는 말이오? 그렇다면 여림 사형이……."

또다시 세 사람은 용하의 빈자리를 보았다. 그가 없다는 사실이 더욱 불안해졌다. 마치 귀가 잘려 나간 기분이었다. 재신이 낮게 중얼거렸다.

"그렇다고 우리가 기생 끼고 노는 자리에 들어가 앉을 수도 없는 노릇이고."

어차피 그런 자리에 참석한다고 해도 선준과 재신 앞에서는 다들 조심하느라 할 이야기도 못 하니 귀동냥이 되지 못할 것이다. 게다가 남은 세 사람은 용하와 달라서 조금만 움직여도 바로 다음 날 장안에 소문이 나는 판국이 아닌가. 괜히 홍벽서를 쫓는 관청이나 청벽서한테 좋은 정보만 제공해 줄 가능성이 높았다.

"역시 그때 그 자식 다리를 분질러 버렸어야 했어."

윤희가 불안함을 떨치듯 자리에서 벌떡 일어섰다.

"더 늦기 전에 열고관에 다녀오겠습니다. 다 읽은 책은 주십시오."

"나와 함께 가오."

"그러잖아도 손이 부족한데 굳이 둘이 갈 필요가 없습니다. 귀형은 일하십시오."

윤희는 따라나서려는 선준을 강제로 앉히고 건네주는 책을 챙겨서 방을 나갔다.

열고관에 가까워지자 맞은편에서 등을 든 검서관 네 명이 오고 있었다. 그들은 주위가 캄캄하여 가까워져서야 윤희를 알아보고 허리를 숙였다.

"열고관에 가십니까?"

"벌써 퇴진하는 것이오? 문은 잠겼소?"

"아닙니다. 잠시 검서청에 일이 있어서 가는 길이라 다행히 문은 잠그지 않고 왔습니다. 소인들도 금방 다시 돌아갈 겁니다. 여기 좌등이라도 가져가십시오."

"아니오. 오늘은 보름이라 달도 밝으니 서책을 꽂고 빼는 데는 무리가 없소."

무엇보다 서책들과 커다란 좌등을 같이 들 힘이 없었다. 윤희는 웃으며 거절한 뒤 열고관으로 향하였다. 평소 귀신을 두려워하지 않는 데다가 머릿속에는 온통 걱정들로 가득 차서 주위의 소리를 살피지 않았다. 그래서 열고관으로 들어가는 그녀를 숨어서 훔쳐보고 있는 수상한 기척을 알아차리지 못하였다.

목패를 찾아 가져온 서책을 순서에 맞게 꽂고 있을 때였다. 윤희는 누군가가 조심스럽게 문을 여는 소리를 들었다. 그새를 못 참고 따라왔나? 싱긋이 웃으며 말하였다.

"가랑 형님도, 참. 제가 혼자서도 괜찮다고……. 허걱!"

밝은 달빛을 받으며 문 앞에 서 있는 건 선준이 아니었다. 작은 체구의 여인이었다. 처음에는 놀라서 귀신으로 착각하였지만, 자세히 보니 살아 있는 궁녀였다. 윤희는 조금 전의 실수를 만회하려고 목소리를 더욱 사내처럼 만들었다.

"여기는 궁녀가 들어올 곳이 아닌데, 어떻게 온 것이오?"

궁녀는 두 손을 모아 쥐고 바들바들 떨면서 겨우 말하였다.

"소, 소녀는……, 그, 그, 금난이라 합니다."

좋지 않은 예감이 윤희를 덮쳤다. 온몸을 소름이 휘리릭 감았다.

"이름을 물은 게 아니오. 여기서 썩 나가시오!"

일부러 단호하게 말했는데도 불구하고 금난은 오히려 윤희 앞에 몸을 던져 엎드렸다.

"김 대교님! 소녀가 그간 흠모하여 왔습니다. 홀로 품고 삭이려 하였으나 깊어지는 마음을 어찌하지 못하고 이리 찾아오고 말았어요. 부디 하찮은 목숨일망정 살려 주신다 여기시고……."

"나가라 하였소!"

윤희의 호통에도 불구하고 그녀는 스스로 옷고름을 풀었다. 이에 기겁한 윤희는 그 손부터 덥석 잡았다.

"이러지 마시오. 이 무슨 해괴한 짓이오. 그대 목숨 살리자고 내가 죽어서야 되겠소?"

금난의 눈이 자신의 손을 잡은 윤희의 손에 머물렀다. 당황한 윤희는 얼른 손을 뗐다.

"도련님 손은 계집인 소녀보다 더 부드럽군요."

피부가 닿은 것에 감동한 금난의 눈에서 눈물이 주르르 흘러내렸다. 윤희는 비명이라도 지르며 미쳐서 날뛰고 싶었다. 다들 선준의 곁에는 감히 가까이 다가가지도 못하면서, 어째서 자신에게만 이런 일이 터지는지 기가 막힐 노릇이었다. 이건 아무래도 만만하게 보여서 그렇지 싶었다. 금난이 자신의 옷고름을 마저 풀었다.

'으아악!'

윤희는 터져 나오는 비명을 겨우 삼키고 사정하듯 말하였다.

"어찌 여인이 부끄러움도 없이 이런단 말이오. 이, 이건 아니잖소."

"죽을 각오로 왔는데 이런 부끄러움쯤은……. 제발……, 소녀를 한 번만 안아 주셔요. 만약에 이대로 내치신다면 소녀는 목을 매달고 말

것입니다."

"그, 그런 큰일 날 소리를!"

윤희는 그녀를 버려두고 달아나기 위해 발걸음을 뗐다. 그런데 순간, 금방 다시 돌아올 거라던 검서관들의 말이 발목을 잡았다. 그 '금방'이란 시간은 어느 정도의 길이인지 감을 잡을 수 없었다. 그러니 이대로 이 궁녀를 두고 갔다가는 무슨 덤터기를 쓰게 될지 모를 일이었다. 그렇다고 이렇게 같이 있는 건 더 큰 문제가 아닌가. 진퇴양난에 빠져 어쩔 줄 모르는 윤희의 귀에는 검서관들이 돌아오는 환청까지 들리는 지경에 이르렀다. 그녀의 얼굴은 푸른 달빛보다 더 새파랗게 질렸다.

"당장 나가야 하오. 여기 있다간 그대와 내가 같이 죽소."

아무리 사정을 해도 금난은 왕 앞에서 석고대죄라도 하듯 꼼짝하지 않았다.

"어차피 이대로 두면 상사병으로 죽을 목숨, 무엇이 두렵겠어요."

윤희의 치밀어 오른 화가 바들바들 떨고 있는 여인을 향해 폭발하고 말았다.

"진짜 환장하겠군! 내가 싫다고 하지 않소! 사람을 사지에 몰아넣고 강요하는 이것이, 사내가 계집을 힘으로 겁탈하는 것과 무엇이 다르단 말이오! 이건 사랑이 아니라 그것을 빙자한 횡포요! 나는 이러한 행위를 경멸하오!"

금난은 꼼짝도 하지 못하였다. 자신이 그동안 혼자 상상해 왔던 사람과 너무 달라서였다. 하지만 이내 두려움과 수치심을 견디지 못하고 자리에서 일어났다. 그 어떤 말도 할 수가 없었다. 윤희를 쳐다볼 수조차 없었다. 그래서 옷고름도 채 여미지 못하고 달아났다. 윤희는 그제야 기진맥진하여 바닥에 털썩 주저앉았다. 온몸이 식은땀으로 젖어 있었다. 문득 파직당할 수 있는 절호의 기회를 날려 버렸다는 걸 깨달았다. 하지만 바로 고개를 저었다. 이 일이 발각되었다면 자신은 파직을 당하는 선에서 끝나겠지만, 궁녀의 목숨은 보장하기 힘들었다. 고작 이런 작은 실수로 인한 대가치고는 가혹하지 않은가.

"그런데 내가 좀 심했나? 시간이 촉박하지만 않았어도 좋게 말할 수 있었는데, 휴!"

윤희는 조금 미안한 생각이 들었지만, 일촉즉발의 순간을 모면했다는 안도감에 한숨 돌렸다.

검서관 두 명이 근처의 나무 뒤로 급히 몸을 숨겼다. 열고관 안에서 나오고 있는 궁녀를 발견했기 때문이었다. 그녀는 옷고름이 흐트러진 상태였다. 그리고 넋이 나간 듯 휘청거리는 걸음이었다. 흐느껴 우는 소리도 들렸다. 두 사람은 놀란 눈으로 서로를 마주 보았다. 저 안에 누가 있는지를 알기에 궁금증이 더하였다. 얼마 지나지 않아 윤희가 여러 권의 서책을 끌어안고 나왔다. 그리고 이문원으로 부리나케 뛰어갔다. 그것은 흡사 도망치는 것과도 같았다. 그들은 각자가 상상한 어떤 장면이 서로 일치하는 걸 눈짓으로 확인하고 고개를 끄덕였다.

어떻게 걸었는지, 어디로 온 것인지 금난은 알지 못하였다. 마음을 할퀸 상처가 큰 탓에 생각이라는 것도, 슬픔이라는 것도 어디로 달아났는지 남아 있는 것이 없었다. 누군가가 그녀를 향해 말을 걸면서 다가왔다. 눈앞이 흐릿해졌다. 누군지 알아볼 수가 없었다.

"……아, 괜찮아?"

흐릿하게 들리는 말소리에 눈이 열렸다. 눈앞에 있는 이를 알아볼 수 있을 것 같았다. 그것은 자신의 모습이었다. 그런데 그 모습이 하나가 아니었다. 곳곳에 자신과 똑같은 여인들이 서 있었다. 주위를 둘러보았다. 꽉 막힌 공간, 똑같이 생긴 방들이 붙어 있는 건물이었다. 어려서부터 먹고 자고 일하며 살아온 곳이었다. 이건 악몽이었다. 평생을 이곳에서 이렇게 살다가 죽어 가야 하는 게 현실일 수가 없다. 그러니까 지금은 악몽을 꾸고 있는 것뿐이니 괴로워할 필요도 없다. 잠에서 깨면 그가 있을 것이다. 매몰차게 꾸짖던 그가 아니라, 부드러운 손으로 다정히 손을 잡아 주고, 안아 주는 그가 있을 것이다. 분명 그의 손이 자신의 손을 잡았었다. 그 손은 부드러웠다. 그 촉감이 현실이다. 그것만이 현실이다.

"금난아, 무슨 일이야? 응?"

"대물 도령께서……."

금난은 또 다른 자신의 품속으로 힘을 잃고 쓰러졌다.

다음 날, 인욱은 두 명의 검서관에게서 어젯밤 열고관에서 있었던 일을 비밀리에 보고받았다. 그는 놀라는 기색 없이 보고가 끝날 때까지 차분하게 듣기만 하였다. 하지만 그의 눈은 바깥에서 선준, 재신과 함께 머리를 맞대고 조보를 읽고 있는 윤희에게 멈춰 있었다. 사진하자마자 그들은 꼭 저렇게 열심히 조보를 훑었다. 요즘 들어 더욱 열심히 읽는 듯하였다.

"각감, 말씀은 다 드렸습니다."

인욱은 무미건조하게 대답하였다.

"그래, 알겠네."

"저기, 하실 말씀은 그게 전부입니까?"

"전부일세. 그런 사실이 있었다는 거, 그것으로 충분하지. 자네들은 그 사실을 기억하고 있으면 되고."

조보를 읽던 세 사람과 당상관들이 회의를 하기 위해 인욱의 방으로 들어왔다. 그러자 검서관들은 허리를 숙여 인사한 뒤 방에서 물러났다. 인욱은 평소와 다름없이 세 사람과 인사를 나누고 회의를 시작하였다.

4

회의를 마치고 당하관 방으로 돌아온 재신이 자리에 털썩 앉으며 말하였다.

"어이, 가랑. 조보는 홍문관에서 발행하잖아? 혹시 일부러 빠뜨리는 거 있나?"

선준도 자리에 앉으면서 대답하였다.

"아무래도 조보에 싣지 않는 게 더 많죠. 저도 그 부분을 챙겨서 살피고 있습니다만, 벽서 관련해서 상감마마께 보고되는 건 아직은 없는 것으로 압니다."

"조보에 실릴 정도면 우리는 이미 사헌부나 병조에 잡혀간 후겠죠. 조보 쪽보다는 여림 사형의 소식통이 몇 배는 빨라요."

윤희의 대꾸에 재신이 빈정거렸다.

"그렇게 말하는 놈이 조보는 제일 먼저 잡더라."

"어쩔 수가 없잖아요. 갑갑한데 그거라도 봐야죠."

"멍청한 놈들이 홍벽서보다는 청벽서를 먼저 잡아야 될 텐데."

재신은 혼잣말처럼 중얼거리다가 갑자기 무언가 생각난 듯 자리에서 일어났다.

"나 외진 나간다."

두 사람은 눈이 둥그레져서 쳐다보았지만 그는 이미 방을 나가고 있었다.

"어디로 나가십니까?"

"이조!"

윤희는 급히 서류를 보았다. 이조와 관련된 서류가 있었던 기억이 없었다. 선준이 대신 설명하였다.

"이조에 판서 대감을 만나 뵈러 가시는 듯하오."

사이가 나쁘니 어쩌니 해도 급박한 상황이 되니까 부친을 찾게 되는 건 어쩔 수가 없나 보다. 하긴 재신의 부친이라면 이전에 사헌부의 수장으로 계셨던 분이니까 뭔가 얻어듣는 건 많으리라. 이번에는 선준이 자리에서 일어났다.

"귀형도 우상 대감께 가 보시려고요?"

"하하하, 아니오. 오늘 초계문신 시제가 있는 날이지 않소."

"아, 맞다. 너무 그쪽으로만 생각을 하다 보니……. 초계문신의 시제라면 다들 문장 실력들이……."

윤희가 중얼거림을 멈추고 자신의 말에 놀라 그를 보았다. 선준도 같은 생각을 했는지 놀란 눈으로 마주 보았다. 초계문신이라고 하면 젊은 문장가들을 모아 놓았다고 해도 과언이 아닌 집단이었다. 혹시 그들 중에? 그렇다고 해도 너무 광범위하다. 초계문신에 누락된 인물 중에 선준과 재신 같은 경우도 있기에 반드시 포함되어 있다고 볼 수도 없었다. 거기에 초계문신을 역임한 숫자도 있었다. 그래도 포기해 버리기에는 현재 의심해 볼 만한 다른 것이 없지 않은가.

근수는 껄렁껄렁한 걸음걸이로 이조로 들어오는 아들을 발견하고 반가움에 환히 웃었지만, 금세 표정을 굳히고 태연하게 맞았다.

"규장각이 쓸모가 없다더니, 이 시각에 널 보니 틀린 말은 아니었구나."

"아무리 쓸모가 없어도 이조만큼이야 하겠습니까?"

재신은 퉁명스럽게 대답하면서 비어 있는 자리 중 아무 데나 한 자리를 차지하고 앉았다. 근수는 같은 방에 있던 녹사와 서리에게 나가라는 눈짓을 하고 손수 문을 닫았다.

"여기까지 온 걸 보니 똥줄이 바짝 탄 게지."

"아시는 거 있으면 털어놔 보시죠."

하지만 재신은 대답 대신 뒤통수를 탁 소리가 나도록 얻어맞았다.

"악! 뭐, 뭡니까, 갑자기?"

"옷 꼴이 그게 뭐냐? 여기가 어디라고 그런 꼴로 나타나? 인사권을 쥐고 있는 이조를 감히 뭐로 보고!"

"이 꼴로 사헌부에 가는 것보다는 낫죠. 아! 아무튼 아버지와 싸우려고 온 거 아닙니다. 아버지 말씀대로 똥줄 바짝 탔으니까 제 질문에 대답 좀 해 주십시오."

근수는 아들 가까이에 있는 걸상에 앉았다. 그러면서 고개를 절레

절레 저어 아는 것 없다는 의사를 전하였다. 끝에 붙은 그의 한숨이 시름이 깊음을 말해 주었다. 그리고 책상에 팔을 걸어 턱을 괸 채 오랫동안 말을 잇지 못하였다.

"사헌부 수장이었다는 사람이 이리 깜깜해서야."

"이놈이! 예전에나 수장이었지, 지금도 수장이냐?"

"사헌부에 있을 때 홍벽서를 수사했던 관원들 중에 내통하는 자도 없습니까?"

"네놈이 걸려서 내 입으로 물어보기 불편하다, 인마."

그런데 근수가 말하는 도중에 재신이 경직된 얼굴로 벌떡 일어섰다.

"뭐, 뭐냐, 갑자기? 오자마자?"

"그때 홍벽서를 수사한 관원들이 누굽니까?"

따져 묻듯 사납게 말하는 아들에게 근수는 야단칠 새도 없이 기억부터 더듬었다. 그러다가 고개를 갸웃하면서 중얼거렸다.

"그 당시 사헌부 관원들한테도 홍벽서는 워낙 흥밋거리여서, 담당자도 여러 번 바뀠고……. 그래도 네가 홍벽서라는 건 나만 알았을 텐데……. 아니야, 담당자 중에 알아낸 자가 있을 수 있어, 충분히! 의심해 볼 가치는 있다."

재신이 입을 다물고 문으로 걸어갔다.

"한마디는 해 주고 가야 할 것 아니냐!"

"제가 홍벽서인 걸 아는 자, 그 사실을 우리가 규장각에 들어가기 전부터 알았던 자, 그자가 청벽서입니다."

홍벽서를 알아챈 건 함께 벽서를 붙였던 그 유생들 중에서만 있는 건 아니었다. 사헌부! 그 당시 홍벽서를 수사했던 그곳이야말로 의심해야 되는 첫 번째였다.

"그때 담당했던 관원들 대다수가 소론이었다. 그래서 그 사건을 유야무야 덮을 수 있었어. 만약에 네가 홍벽서라는 사실을 알았다고 해도 지금에 와서……."

"이건 당파와는 상관없는 싸움입니다!"

근수는 급히 방을 나가는 아들을 뒤쫓아 나가면서 팔을 잡았다.

"어쩔 셈이냐?"

"우리는……, 규장각의 각신입니다."

뜬금없이 그게 무슨 말이냐고 물으려는데, 이조 관원이 오다가 두 사람을 발견하고 인사를 하였다.

"오, 부자지간에 사이가 좋으십니다. 정말이지 보기가 좋군요."

그 순간 근수와 재신은 찬바람이 쌩 하고 불 정도로 서로 등을 보이고 돌아서서 각자 흩어졌다. 덕분에 말하던 관원이 가운데서 머쓱해져 버린 건 두말할 필요도 없었다.

궐 후원의 규장각 주위에서 시제를 받기 위해 자리를 정돈하고 있던 초계문신들 사이에 웅성거림이 퍼져 나갔다. 영화당에 앉아 참석한 이들의 명단을 살피고 있던 선준과 윤희가 시선이 모이고 있는 쪽으로 고개를 돌렸다. 그곳에서 재신이 걸어오고 있었다. 그는 영화당에 엉덩이만 걸치고 앉았다.

"왜 둘 다 여기 있냐?"

"살펴볼 게 있어서요. 그러는 걸오 사형이야말로 여기까지 웬일이십니까?"

"너희가 없어서. 오늘은 상감마마께서 친시하지 않으신다고 해서 와 봤다."

"네, 곧 제학께서 시제만 받아서 오실 겁니다. 아, 마침 오십니다."

인욱을 비롯한 당상관들이 도착하였다. 그리고 바로 영화당 옆에 시제를 걸었다. 초계문신들이 달려와 시제를 적어서 그늘이 있는 자신들의 자리로 돌아갔다. 선준과 윤희의 눈이 한 사람 한 사람을 꼼꼼히 관찰하였다. 이마에 청벽서라고 새겨져 있지 않고서야 알아볼 수가 없음에도 불구하고, 상대 쪽에서 이상한 낌새라도 보이지는 않을까 하는 기대 때문이었다. 그들의 기대에 맞게 제각각 이상한 낌새를 보이기는 하였다. 문장가로 이름 높은 재신이 버티고 앉는 바람에 이상한 낌새를 보이지 않는 이가 한 명도 없는 게 문제일 뿐이었다. 선준과 윤희의 눈이 재신을 향해 원망을 쏘았다.

"왜?"

재신이 앙탈을 부렸지만 대답해 줄 수는 없었다. 모두가 시제를 적어 가고 난 뒤, 당상관들은 부용정으로 자리를 옮겼다. 그래서 영화당에는 세 사람만 남게 되었다.

"이판 대감께 들은 거라도 있습니까?"

선준이 묻자 재신은 초계문신들이 모여 앉은 곳에서 눈을 떼지 않고 조용히 말하였다.

"사헌부다."

"네?"

"사헌부 관원 중에 내가 홍벽서인 걸 아는 자가 있을 거라고."

선준과 윤희는 놀란 눈으로 순식간에 과거에서부터 유추한 사실들을 가지고 그의 말을 이해하였다.

"그리고 그자는 소론인 것 같다."

"그건 왜요?"

윤희의 물음에 그는 여전히 초계문신 쪽을 보면서 대답하였다.

"그 당시 내가 홍벽서임을 알고도 덮어 준 걸 보면. 지금 그자에게는 내가 각신인 게 중요할 뿐이지만 말이야."

"이제는 다른 당파인 우리도 연관이 있어졌기 때문이겠죠."

"그런데 아까 살펴볼 게 있어서 둘 다 여기 왔다는 건 무슨 말이냐?"

"초계문신이라면 젊은 문장가들이 모여 있으니까 혹시나 하고요."

"하하하, 그럼 간단하네. 그 명단 중에 사헌부 관원이 있으면 그자가 청벽서겠구나?"

"에이, 그 당시 사헌부에 있던 관원이 지금도 그곳에 있다는 보장은 없잖아요."

웃으며 이렇게 대답하면서도 윤희는 어느새 부질없이 명단을 살피고 있었다. 명단에는 역시나 문장가들이 많이 모였다는 예문관 관원이 압도적으로 많았다. 승문원 관원이 그다음이었고, 사헌부 관원은 두 명뿐이었다. 선준과 재신의 시선도 명단에 집중하였다. 그중 윤희가 한 사람의 이름을 손가락으로 짚었다.

"사헌부 감찰 강정주! 기억나십니까? 예전에 이문원에서 봤었잖아요. 이 사람, 걸오 사형과 같은 소론이라고 했습니다."

재신의 눈이 다급히 시문을 짓고 있는 초계문신들을 훑으면서 말하였다.

"누구냐? 지금 어디 있어?"

윤희도 황급히 그를 찾았다. 두리번거리던 그녀는 고개를 숙여 시선을 감춘 뒤에 말하였다.

"몰래 보십시오. 저기, 부용정 옆의 나무 아래에 있는 사람입니다."

재신은 멀리 있는 강정주를 뚫어지게 보았다. 거리 탓에 잘 보이지 않아 짜증이 치밀었다.

"염병할! 모르겠다. 가서 볼까?"

조급하게 구는 재신과는 달리 윤희는 느긋하게 말하였다.

"가까이 가서 봐도 어차피 청벽서 얼굴도 모르시잖아요. 그리고 다들 잊은 게 하나 있으십니다. 사헌부에 벽서가 붙었을 때, 사헌부 관원들은 모두 대사헌 댁에 우리와 함께 모여 있었다는 거 모르십니까? 그러니 청벽서는 예전에는 사헌부 관원이었겠지만, 지금은 아니라는 말이지요."

"입번관!"

선준이 내뱉은 말에 재신과 윤희의 시선이 모였다. 그랬다. 사헌부에도 반드시 입번관은 두어야 한다. 그 어떤 순간에도 모든 관원이 관청을 비울 수는 없다. 그날 대사헌 댁에 가지 않고 사헌부를 지켰던 입번관! 그날이야말로 누구보다 손쉽게 벽서를 붙일 수 있었을 것이다.

"그날 대사헌 댁에서 강 뭐시기 저놈 얼굴 본 기억 있냐?"

"그날은 우리 모두 얼이 빠졌던 날입니다. 모였던 이들을 분간할 수 있는 정신이 아니었지요. 하지만 적어도 그날 그를 본 기억은 없습니다."

재신이 협박하듯 선준을 쳐다보았다.

"가랑, 우리 각신한테 감찰권 있지?"

깜짝 놀란 선준이 손짓까지 동원하여 단호하게 잘랐다.

"안 됩니다! 절대로!"

"사헌부 일지에 그날 입번관 이름이 있다. 그걸 볼 수 있는 건 그 방법밖에 없어."

"모든 관원을 감찰할 수 있는 사헌부이지만, 그 사헌부는 누구도 감히 감찰할 수 없다는 걸 모르십니까?"

"그러니까 그 사헌부를 감찰하라고 우리 규장각에 감찰권을 준 거잖아!"

"그 감찰권 때문에 사헌부의 갖은 질타를 받고 있는 상황에서, 일지 하나 보기 위해 명분도 없이 감찰을 하자는 말씀입니까?"

선준의 강력한 반대와 만난 재신은 그만 고개를 푹 숙이고 포기하였다. 그의 말은 틀린 게 없었다. 지금 사헌부를 뒤졌다간 규장각에 대한 반발만 더 키우게 될 것이다.

"정말이지, 여림 그놈이 이렇게까지 그리워질 줄이야……."

재신의 진심 어린 말에 선준과 윤희도 크게 공감하여 고개를 끄덕였다. 그날 입번관을 알아내는 건 용하에게 있어서는 하품 한 번 하는 것만큼 쉬운 일일 것이다.

시간이 지나자 시권을 다 작성한 초계문신이 속속 나타났다. 그들은 시권만 던져 놓고 자신들을 기다리고 있는 바쁜 업무를 향해 달려갔다. 강정주도 시권을 가져왔다. 선준이 다른 때와 다름없는 태도로 인사하였다.

"더운데 고생 많으셨습니다."

"각신들도 고생 많으셨습니다."

 그는 사람 좋게 인사하고 재신에게도 가볍게 고개를 끄덕여 인사를 건넸다. 윤희는 행여 성질을 참지 못하고 멱살이라도 잡으면 어쩌나 걱정하였지만, 다행히 재신은 무심한 척 고개를 돌리는 것으로 자신의 성질을 누그러뜨렸다. 그가 얼마나 노력했는지는 보이지 않는 쪽에서 꽉 쥔 주먹을 통해 알 수 있었다. 강정주가 가고 난 뒤로 줄줄이 시권이 들어왔다. 그중에 또 다른 사헌부 감찰의 시권도 들어왔다. 선준이 그의 시권을 다른 시권 아래에 가지런히 포개면서 말을 걸었다.

"예전에는 본의 아니게 주먹다짐을 하였습니다."

 그때 일을 거론하자 감찰은 노골적으로 불쾌한 기색을 드러냈다. 마치 이자가 더 청벽서 같은 느낌이었다.

"사헌부 감찰이라면 다른 관청의 관원들과는 달리 재임 기간이 길지요? 그러니 그 긍지가 이해가 됩니다. 부럽기도 하고요."

"긍지로 따지면 각신들도 뭐……."

 그의 불쾌함이 슬쩍 엷어진 듯하였다. 선준이 계속 웃는 얼굴로 대수롭지 않게 대화를 끌어냈다.

"저희 쪽은 재임 기간이 짧은 편이라서요."

"저도 얼마 되지 않았습니다. 열 달 정도 되었던가?"

"얼마 되지 않은 게 열 달이라니, 다른 관청의 관원들에 비하면 오래 머문 편인데 말이죠. 방금 가신 강정주 감찰은 제법 머무신 것 같던데요?"

 선준의 질문이 자연스러워 질문을 당하는 쪽에서는 전혀 의심하지 않고 대답하였다.

"네, 그분이 현재 재임 중인 감찰들 중에서는 가장 오래 계신 걸로 압니다. 2년은 넘었으니까요."

이때 다른 초계문신이 시권을 가져오는 바람에 자연스럽게 대화가 중단되었다. 선준은 그에게 눈으로 인사를 하고 다른 초계문신에게로 시선을 넘겼다. 하지만 웃음 띤 너머로 세 사람 모두 두 주먹을 불끈 쥐었다. 모든 시권이 들어오고 동성 일대에 남은 관원이라고는 각신들이 전부가 되었다. 의무적으로 자리를 지키고 있던 당상관들까지 사라지고 나자 세 사람은 강정주의 시권을 뒤져서 꺼냈다. 그의 글을 읽은 선준이 말하였다.

"만약에 그날 입번관이 강정주 감찰이라면, 의심할 여지없이 청벽서가 확실합니다. 이 시권이 증거입니다."

"그날 입번관이 아니어도 강 뭐시기가 청벽서다. 나보다 한 수 아래의 이 시문을 보면 알 수 있어. 어떻게 벽서로 붙이는 글과 시권의 시문을 다르게 쓰지를 못하냐? 덜떨어진 놈 같으니."

"전혀 다른 이가 쓰는 글인 양 여러 시문을 써 댈 수 있는 걸오 사형이 이상한 겁니다."

윤희의 말에 재신은 한껏 으쓱해졌다. 그가 자리를 털고 일어났다. 선준도 일어나 영화당에서 내려섰다. 그런데 윤희는 쉽게 일어나지 못하였다. 선준이 걱정스런 눈빛으로 보았다.

"청벽서가 누구인지를 알게 된 것만으로도 안심이 돼서요."

그녀는 싱긋이 웃으며 대답하고 재신을 보았다. 주합루 쪽을 보면서 어울리지 않게 생각에 잠겨 있었다.

"걸오 사형답지 않으십니다. 당장이라도 달려가 멱살을 잡으실 줄 알았는데."

"주먹 한 방으로 끝내기에는 아깝잖아? 조금씩 피를 말려 줘야지. 그런데 방법이……. 젠장! 또 여림 자식이 아쉽다니!"

비록 투덜거리기는 하였지만 그에게서 조급함은 느껴지지 않았다. 그건 선준과 윤희도 마찬가지였다.

"그런데 우리 규장각과 사헌부가 붙으면 우리가 불리하지 않냐? 인원수에서 압도적으로 밀려. 사헌부는 감찰만 해도 스물네 명인데."

재신이 기분 좋게 농담을 하면서 이문원을 향해 걷기 시작하였다. 모처럼 홀가분하게 웃을 수 있었다. 하지만 이러한 기분을 공유한 건 아주 짧은 시간에 불과하였다.

이문원 앞에서 누군가를 기다리고 선 낯선 관원은 뒤에 하례를 거느린 본새가 딱 사헌부 감찰이었다. 그리고 예전에 주점에서 주먹을 주고받았던 얼굴이기도 하였다. 안으로 들어가지 않고 밖에서 기다린다는 건 썩 좋은 낌새는 아니었다.

"무슨 용건이십니까?"

선준이 먼저 말을 걸었다. 감찰은 허리춤에서 감찰패를 꺼내 보이면서 말하였다.

"사헌부 감찰, 김정천입니다. 몇 가지 물어볼 게 있어서 왔습니다. 홍벽서에 대해서."

윤희는 머리가 멍해졌다. 그래서 선준이 아무렇지 않게 응수하는 모습에서 괴리감이 느껴졌다.

"그걸 왜 저에게 묻는 겁니까?"

정천은 그의 기에 밀리지 않으려고 웃으면서 말하였다.

"잘못 아시었습니다. 제가 홍벽서에 대해서 묻고자 하는 건 이 직각이 아니라, 문 대교입니다."

늦었나? 청벽서를 너무 늦게 알아차린 건가? 사헌부 쪽에서는 어디까지 접근해 온 거지? 정확하게 재신을 지칭한다는 건 확신이 있다는 뜻인가? 윤희가 머리 복잡하게 눈을 굴리고 있는 동안, 정천은 수첩을 꺼내어 적어 온 것을 확인하면서 재신에게 물었다.

"혹시 홍벽서의 벽서가 붙었던 날을 기억하십니까?"

"언제? 1~2년 전 말이냐?"

윽! 감찰이라면 육품인데 칠품 쪽에서 반말을 하다니. 게다가 나이도 훨씬 많아 보이는구먼. 역시나 그의 반말은 사람을 가리는 법이 없다. 감찰 앞에서 감히 저럴 수 있다는 게 나쁘게 보이지 않는 이유는 약한 자들 앞에서만 강한 척하는 자들보다는 낫기 때문이리라.

"아니, 올해 들어 말입니다. 첫 벽서가 붙었던 날, 여기 잘금 4인방, 아니, 규장각 당하관 네 명이 모두 퇴진을 한 것으로 되어 있던데, 문 대교는 어디서 무엇을 하셨습니까?"

"이봐, 난 어제도 뭘 했는지 기억하기 힘들다고. 그리고 그건 홍벽서에 대한 질문이 아니라, 나에 대한 질문이다."

질문을 받는 쪽이 협박을 하는 듯한 모습이었다. 윤희는 문득 보고 말았다. 더운 여름임에도 정천의 목덜미에 소름이 돋아 있는 것을. 순간 상황에 맞지 않게 웃음이 튀어나올 뻔하였다. 선준이 눈썹 하나 꿈틀하지 않고 예의 바른 태도로 앞에 나섰다.

"사헌부는 헛다리 짚는 게 특기입니까? 예전에는 저를 잡아들이

더니."

"그때 가량, 아니, 이 직각을 체포한 건 우리 사헌부가 아니라 병조였고, 우리는 인수인계만······."

"그때는 유생이라 문제될 게 없었겠지만, 지금 저희는 규장각 각신입니다. 그것이 사소한 것이라 하더라도 의금부 판사조차 함부로 조사할 수도, 소환할 수도 없습니다. 반드시 답을 듣고자 하신다면 상감마마께 윤허를 받아오십시오. 그것이 절차라는 걸 사헌부 감찰께서 모르시지 않겠지요?"

"아, 저기, 그냥 몇 가지만 묻는 건데······."

"단 한 가지라도."

허둥지둥 더듬거리는 모양을 보건대 아직 심증만 있을 뿐, 물증은 확보하지 못한 듯하였다. 심증만 가지고 홀로 재신과 한판 하러 온 배짱에 박수를 보내고 싶은 심정이었다. 재신이 갑자기 제 사모를 벗어 윤희의 사모 위에 덮어 씌웠다. 그리고 공복을 휘리릭 벗어 던졌다. 윤희는 얼떨결에 그것을 받아 들었다. 맨상투와 저고리, 바지 차림이 된 그는 허리를 숙여 정천의 얼굴 앞에 제 얼굴을 들이밀었다. 이에 정천의 얼굴이 사색이 되었다. 재신이 씨익 웃으며 말하였다.

"공복을 벗었다. 지금부터 난 각신이 아니라고. 그러니 질문하고 싶은 거 해 봐라. 나, 문재신한테 말이다."

문재신이란 인간보다 차라리 각신을 상대하는 편이 더 쉬울 터이다. 재신의 손이 그의 어깨에 터억 올려졌다. 정천의 몸 전체가 꿈틀하였다.

"홍벽서의 벽서가 언제 붙었었다고? 그때가 언제인지 차근차근 기억해 가 보자고, 응? 그런데 청벽서에 관한 건 안 물어보냐? 그것도 물어봐라."

"청벽서는 다른 감찰이 수사를 하는 중이라······."

"청벽서도 사헌부에서? 하하하! 이거 정말 웃기는 일인데? 의금부나 병조 같은 다른 관청은 다들 놀고?"

웃기는 일이 아니다. 이건 홍벽서 쪽이 절대적으로 불리한 싸움이다. 정천은 재신에게 얻어내는 것 하나 없이 도리어 말리고 있다는 걸 깨달았다. 반응이나 떠보려고 온 계획이 어그러졌기에 더 있을 이유도 없었다.

"에, 오늘은 여기까지 하죠."

"오늘 뭐 했다고? 이제 막 공복 벗었는데 그만두면 안 되지."

"하하하. 그럼 다음에 또 봅시다. 전 조사할 데가 많아서······."

대충 마무리한 정천은 급히 자리를 벗어났다. 그런데 가다 말고 그의 걸음이 멈췄다. 아까부터 계속 무언가 손해 본다는 느낌이 들었던 이유를 뒤늦게 눈치 챈 것이다. 지금까지 반말을 들었다는 사실을 깨달았지만 이미 늦은 후라 이를 악물고 궐을 나갔다.

재신은 윤희에게서 공복을 받아 어깨에 걸치면서 말하였다.

"뭐야, 패거리와 함께일 때는 잘도 덤비더니. 감찰이 저 꼴이니 이 나라의 까마귀 떼가 죄다 굶어 죽는다는 말이 나오지. 저래 놓고 규장각 탓만 하고 앉았으니, 쯧쯧."

'이건 저 감찰이 문제가 아니라 걸오 사형이 문제가 있는 거라고요.'라고 말하려다가 윤희는 꾹 참았다. 감찰을 이런 식으로 협박해서 쫓아 버렸으니 앞으로의 일이 깜깜하였다. 그래도 선준과 재신이 함께 있다는 건, 청벽서가 누구인지를 알게 된 것보다 훨씬 안심이 되는 일이었다.

춘당대로 향하는 내내 선준과 재신은 발걸음이 무거웠다. 난데없는 왕의 호출이라 이유를 짐작하기 어려웠다. 어제 이문원을 찾아온 감찰 때문일지도 모른다는 불안감이 있었지만 서로에게 내색하지는 않았다. 부용정을 지나 선춘문을 넘어가니 멀리 있는 과녁을 향해 활시위를 당기고 있는 왕의 뒷모습이 보였다.
"상감마마, 소신들이옵니다."
"오, 어서 오너라!"
왕은 여느 때와 다름없이 웃는 모습으로 둘을 맞이하였다. 그리고 옆의 탁자 위에 있는 활과 화살이 든 동개를 가리켰다.
"함께 활쏘기나 하자고 불렀느니라. 이걸 잡아라."
재신의 눈이 나란히 세워진 세 개의 과녁을 훔쳤다. 이 얼마나 오랜만에 보는 먼 거리 과녁이란 말인가. 그동안 눈앞의 과녁에다 대고 활쏘기를 하기도 지쳤었다. 그는 흥분한 나머지 동개부터 잡아 등에 멨다. 그리고 활시위를 당겨 음을 조율하듯 감을 조율하였다. 선준은 차분하게 먼저 소맷자락을 모아서 토시를 하고 끈으로 묶었다. 그런 후 동개를 잡았다. 재신은 선준이 토시를 한 것을 보고 허둥지둥 소맷자락을 모았다. 왕이 이따금씩 문관들을 불러다 활쏘기를 시킨 뒤, 저조한 점수를 올리는 이들을 추려서 별궁에 가둬 두고 합격점을 받기 전에는 풀어 주지 않는다는 이야기는 익히 들어 알고 있었다. 선준과 재신은 이러한 괴팍함에 당할 위인들이 아니었기에 여유 있게 과녁을 향해 섰다.

　왕이 활시위를 당겼다. 명궁이라는 소문답게 정확하게 과녁에 꽂혔다. 연달아 다섯 발을 쏜 후, 선준에게 차례를 넘겼다. 선준은 침착하게 똑바른 자세로 활시위를 당겼다. 한 번 당겨진 활시위는 작은 흔들림조차 없이 팽팽하게 멈춰 있다가 화살을 떠나보냈다. 그리고 다음 화살과 또 그다음 화살로 넘어가는 틈이 마치 시간을 재고 있기라도 하듯 일정하였다. 재신의 차례가 되었다. 그는 제대로 활시위를 당겼는지 의심스러울 정도로 걸기가 무섭게 화살을 떠나보냈다. 그나마 왕의 앞이라 격식을 차리느라 시간 간격을 준 거였다. 평소대로 하였다면 소나기를 퍼붓듯 순식간에 몰아서 과녁에 꽂았을 것이다. 다시 왕의 차례로 넘어갔다가, 다시 선준과 재신으로 이어졌다.

　모든 화살을 다 쏘고 나자 주위에 늘어선 무관들의 표정이 잔뜩 얼어붙었다. 왕을 비롯하여 두 사람 모두 원래가 어려서부터 활쏘기는 놓지 않은 인물들로 알고는 있었지만, 무관들마저 무색하게 만들 실력인지는 처음 알았다. 왕은 두 사람에게 감탄하여 큰 소리로 웃었다.

　"괴물 같은 놈들. 나에게 마지막 화살까지 쏘게 만들다니."

　왕은 두 사람을 보다가 과녁으로 시선을 돌렸다.

　"김윤식은 지금 삭서고시를 보고 있느냐?"

　"네! 그러하옵니다, 상감마마."

　"그렇다면 인사도 못 하고 가야겠군. 잘됐구나."

　여전히 과녁을 보고 선 왕의 말이 무슨 뜻인지 알 수 없었다. 하지만 불길한 예감은 확실히 알 수 있었다. 왕이 옆의 내관에게 말하였다.

"이리 다오."

내관은 한편으로 밀쳐놓았던 봉서를 갖다 바쳤다. 왕은 그것을 받아 하나는 선준에게, 다른 하나는 재신에게 각각 주었다. 안에 어찰을 비롯하여 긴 막대와 둥근 쇠가 만져졌다.

"이선준은 안핵어사按覈御使에, 문재신은 암행어사에 임명하니 속히 옷만 갈아입고 떠나도록 하라. 그 봉서는 숭례문을 지나 열어 보라."

둘은 순간 뒤통수를 얻어맞은 듯 멍해져서 무슨 말을 들었는지 이해하지 못하였다. 그들의 정신을 깨운 건 승문원에서 열심히 글을 쓰고 있을 윤희의 모습이었다. 이내 사색이 된 선준이 다급히 물었다.

"사, 상감마마! 왜 갑자기 이러한 하명을 하시옵니까?"

"이선준! 아무리 고심해도 널 암행어사로 보내기에는 무리가 많았다. 하여 안핵어사로 보내기로 하였느니라."

"그런 뜻이 아니옵고……."

"너답지 않게 말이 길다. 아니면 가지 못할 이유라도 있는 것이냐?"

선준의 고개가 평계를 찾지 못하고 힘없이 떨어졌다.

"송구하옵게도 느닷없는 일이라 당황하였사옵니다."

"어사 일이란 것이 대개가 이리 느닷없는 것이 아니더냐. 가라. 사안이 중대하니 단 일각도 지체하지 마라."

선준과 재신은 더 이상 어쩌지 못하고 뒷걸음질로 물러났다. 그리고 선춘문을 지나 왕의 시야에서 사라지고서야 어지러운 마음을 내어 놓았다.

"젠장, 하필! 난 못 가! 아니, 안 가!"

재신이 지르는 고함 뒤로 선준이 소름 끼치도록 아무렇지 않게 말을 붙였다.

"나라의 녹을 먹는 자가 어찌 그럴 수 있겠습니까?"

"야! 이 한양에 대물만 남는다고, 대물만! 이렇게 좋지 못한 상황에 그 녀석 홀로 두고 내가, 우리가 어떻게……."

"이미 임명을 받았으니 근무지 이탈이 됩니다. 징계를 면할 수 없을 겁니다. 우리는 가야 합니다."

"미친 자식! 갈 테면 너 혼자 가! 난 차라리 파직을 당할 테니까!"

돌아서서 가 버리려는 그의 뒤통수를 향해 선준이 차갑게 말하였다.

"문재신 대교!"

가슴까지 섬뜩해진 재신의 고개가 돌아왔다. 선준은 일찍이 본 적 없는 표정으로 협박하듯 말하였다.

"직속상관으로서 사형을 파직당하도록 둘 수 없습니다. 명령입니다. 우리는 지금 즉시 떠납니다!"

거역할 수 없는 위엄이 재신의 성급함을 잠재웠다.

"어떻게 이럴 수 있는 거냐, 너는?"

"의지하고 있으니까요. 대물 도령에게, 그 작은 어깨에……. 우리가 떠나지 않는다면 대물한테 된통 야단맞을 겁니다. 자신 있습니까?"

차가운 표정이지만, 피부 아래까지 그렇지는 않았다. 두려움과 눈물을 숨긴 그 표정을 외면할 수밖에 없기에 재신은 웃는 척하며 말하였다.

"윽! 당연히 자신 없지. 그래, 가자! 그 녀석한테 야단맞느니 가는 게 더 낫겠다."

 이문원이 텅 빈 듯 한산하였다. 윤희는 울적한 기분마저 들어 여기저기를 기웃거렸다. 당하관 방에는 아무도 없었다. 이상하다. 지금쯤 선준과 재신은 이문원에서 오늘 아침에 나온 어제를 검토하고 있어야 옳다. 그런데 아무도 건드리지 않은 어제가 책상 위에 그대로 놓여 있었다. 재신은 그렇다고 해도 선준은 이렇게 내버려두고 있을 사람이 아니다. 이상한 건 당하관뿐만이 아니었다. 오늘은 겸임하고 있는 다른 관청에 갔어야 하는 당상관들이 이문원에 다 들어와 있었다. 어리둥절하게 서 있는 윤희에게 인욱이 다가왔다.
"김 대교, 삭서고시를 끝내고 오는 길인가?"
"아! 각감 오시었습니까? 오늘은 이곳에 사진하는 날이 아니신데 어찌 된 일입니까?"
"이 직각과 문 대교가 사성使星으로 급파되는 바람에 다들 들어왔네. 한동안 김 대교 혼자 고생 좀 해야겠어."
"네?"
 영문을 몰라 눈이 둥그레진 그녀에게 인욱은 가는 눈으로 웃으며 혼잣말처럼 말하였다.
"지금쯤 숭례문은 넘었겠군."
 인욱이 나가고 나서도 윤희는 정신을 차리기까지 많은 시간이 필요했다. 순간, 귀에서 쇳조각이 찢어지는 듯한 소리가 들렸다. 그것은 마치 머릿속을 손톱으로 긁는 듯도 하였다. 다리가 멋대로 움직여 방을

사성(使星) 임금의 명령으로 지방에 출장 가던 관원.

나섰다. 하지만 얼마 가지 못하고 마루 아래에서 갈 길을 몰라 멈춰 섰다. 지나가는 바람이 속에 칼날을 숨기고 달려와 팔을 베고, 다리를 베고, 가슴을 베는 것만 같았다. 윤희는 이 순간을 버티기 위해 두 주먹을 불끈 쥐고 이를 앙다물었다.

"의리 없는 인간들 같으니! 상감마마께오서 가란다고 홀랑 가 버리나? 사임을 하든가, 파직을 당하더라고 버티고 있었어야지. 나만 두고, 나만 홀로 두고……. 가다가 발병이라도 콱……."

마음에도 없는 중얼거림을 멈췄다. 악담을 한다고 홀로 남은 불안감이 없어지는 것은 아니었다. 그녀는 고개를 들어 먼 대궐 밖을 바라보았다.

"부디 무사히 다녀오기를. 발에 가시 하나 박히지 말고, 잔 나뭇가지에조차 긁히지 말고 무사히 다녀오기를……."

자신의 방으로 들어가던 인욱은 먼 곳을 바라보고 선 윤희의 뒷모습을 쳐다보았다. 그의 입가에서 미소가 떠나지를 않았다.

"김윤식! 남인 주제에 너무 오래 규장각에 있었어. 이제 그만 나갈 때도 되었지."

第八章

추문

1

깊은 밤, 어록을 정리하다 말고 고개를 들자 책상에 쌓인 일감들이 눈에 들어왔다. 혼자 남은 이유를 들어 어제와 어화만 이문원으로 들어오는데도 불구하고 일은 줄어들 기미가 보이지 않았다. 용하의 말처럼 왕이 여색을 즐기는 것도 신하들을 위해서는 바람직할지도 모르겠다. 여색 정도는 즐겨 주셨다는 세종대왕, 그 어찌 어진 임금이라 아니 할 수 있겠는가. 마땅히 본받아야 할 터이다. 선준과 재신이 떠난 지 사흘째 되는 밤이어서 그런지, 오늘 밤은 유독 불안한 기운이 넘실거렸다. 윤희의 입에서 한숨이 절로 나왔다.

"휴우! 나도 암행어사로 나가고 싶다."

"보내 주랴?"

갑작스럽게 뒤통수를 때리는 말에 놀라 그녀의 몸이 뒤로 홱 돌려졌다. 그런데 지나치게 뒤로 젖혀지는 바람에 걸상이 뒤로 기우뚱 넘어갔다.

"어, 어."

쫘당!

큰 소음은 왕의 인상을 찌푸리게 만들었다. 걸상과 뒤엉켜 사정없이 뒤로 넘어진 윤희는 아픈 것도 느끼지 못하고 벌떡 일어섰다. 넘어지면서 벗겨진 사모는 왕의 발 앞까지 굴러갔다.

"사, 상감마마! 여기까지 어인 일이시옵니까?"

왕은 찌푸렸던 인상을 풀지 않고 걱정스러운 기색이라고는 조금도 없이 물었다.

"괜찮으냐? 많이 아프겠다."

"아, 아니옵니다."

그녀의 눈은 바닥에 있는 사모에서 떨어지지 않았다. 아무라도 주워 줬으면 싶었지만 왕이 몸을 숙일 리는 없거니와, 주위를 에워싼 수행관들도 그래 줄 것 같지 않았다. 어쩔 수 없이 왕의 발치까지 다가가 사모를 주워 올렸다. 왕의 시선이 그녀의 상투에 머물렀다.

"상번은 어디 가고 너만 홀로 있느냐?"

"밤이 깊어 잠자리에 든 것으로 아옵니다."

왕은 윤희의 맞은편으로 걸어가 걸상에 앉으면서 말하였다.

"마음이 심란하여 잠을 이룰 수가 없기에 잡담이나 할까 하고 왔더니."

설마 지금까지 일하다가 오신 건가? 그렇다면 내일도 일감이 쑤욱 쌓이겠구나. 잠자코 선 윤희에게 왕이 손가락으로 넘어진 걸상을 가리키면서 앉으라는 지시를 하였다. 손가락이 가리킨 자리는 마주 보는 곳이었다. 왕의 맞은편에 앉는 것은 예가 아니기에, 또한 마주 보고 앉으니 그냥 달아나고 싶었기에 반항하듯 버티고 섰다. 하지만 이러한 반항은 왕의 인상 한 번에 무너졌다. 윤희는 어쩔 수 없이 걸상을 바로하고 최대한 멀찍감치 앉았다. 앞에 앉은 왕도 그렇지만 내관과 수행관들이 주위를 둘러선 것도 여간 신경이 쓰이는 게 아니었다.

"내가 심란하다고 하면 신하 된 도리로 그 원인을 물어봐야 할 것이 아니냐?"

'부제학이 잔다면 홍문관에 가시든가, 아니면 그냥 돌아가시지 왜 자리에 앉으시옵니까?'라고 생각하고 있었지만 대답은 다르게 나오고 말았다.

"이제 막 여쭈려던 참이었사옵니다."

"그런 것까지 네게 시시콜콜 말할 수는 없느니."

아이고, 어련하시겠사옵니까. 그러잖아도 피곤해 죽겠는데, 평소보다 몇 배는 심한 피곤이 어깨를 짓누르는 느낌이었다. 또 어떤 말도 안 되는 트집을 잡을지 걱정부터 앞섰다.

"억울한 백성의 사연을 읽고도 그 억울함을 덜어 줄 방법을 찾을 수가 없구나. 임금의 자리에 있으면서 말이다."

'상감마마께 보고되지 못하는 억울함에 비하면 그것은 새 발의 피에 불과하옵니다.'라고 말하고 싶었지만 돌려서 말하였다.

"수많은 백성들은 억울하여 잠을 이루지 못하고, 그 억울함을 덜어 주지 못하는 금연촉金蓮燭은 꺼질 날이 없는데, 왜 이 조선 땅에 이토록 긴 밤이 필요한지 모르겠사옵니다."

금연촉(金蓮燭) 임금의 대전에 켜는 촛불.

"그러게 말이다. 더불어 신하 또한 고약한 임금이 내린 과중한 업무로 날을 지새우는데."

왕은 싱긋이 웃는데 윤희는 따라 웃어야 할지 판단이 서지 않았다. 중간에 '고약한 임금'이란 말만 안 들어갔어도 웃을 수 있었다.

"웃자고 한 말에 그리 경직이 되어서야."

그제야 윤희도 자그마하게 미소를 만들 수 있었다. 왕은 피곤에 지친 여인의 눈매에 오래도록 시선을 두다가 낮게 읊조렸다.

"아름답구나."

왕은 의미를 짐작하지 못하고 어리둥절한 윤희에게서 눈을 돌려 창밖의 낮고 앙상한 나무를 보았다. 하지만 나무가 아닌 궐 너머에서 벌어지는 어떠한 상념을 보는 듯 메마른 목소리로 말하였다.

"임금과 백성을 생각하는 신하의 마음이 아름답구나."

일에 지쳐 임금이니 백성이니 하는 것들은 생각할 겨를도 없었지만, 차마 아니라 말은 못 하고 고개 숙여 잠꼬대 같은 말을 하였다.

"황공하옵니다. 소신이 아무리 노력한다고 한들 상감마마의 그 크신 은혜에 어찌 미칠 수 있겠사옵니까."

역시 이 입은 열리기만 하면 아부를 쏟아 내는구나. 정녕 벼슬 하는 사람이 지켜야 할 3사는 청렴, 근신, 근면이 아니라 탐욕, 뇌물, 아부란 말인가. 간신으로 살기도 충신으로 사는 것만큼이나 힘들지 싶다.

"상번은 자는데, 너는 지금까지 자지 않고 무얼 하고 있었느냐?"

그러면서 왕은 조금 전까지 윤희가 정리하고 있던 어록을 가져갔다.

"앗! 저기, 그건 아직……."

어록을 뒤적여 읽던 왕의 표정이 어두운 촛불을 받아 차갑게 굳어졌다. 또다시 긴장하여 침을 삼키는 그녀에게 아랑곳하지 않고 왕이 한문으로 쓰인 한 구절을 번역하여 읽었다.

"어디 보자. '애석하도다. 백성의 곤궁함이 중한데, 자질구레한 논쟁이 앞서면 어찌하느냐. 마땅히 구휼을 먼저 살피도록 하라.' 넌 정말 고약한 신하로다. 내가 언제 이런 말을 했느냐?"

정색을 하고 묻는 왕 앞에서 윤희는 당황하지 않을 수 없었다.

"네? 아, 저, 그럴 리가······."

"이 당시 나는 '그따위로 일을 처리해 놓고 목구멍에 밥이 넘어가더냐! 백성들이 지금 다 죽어 가는 판국에 모여 앉아 입만 나불거리고 있다니! 당장 녹봉 챙겨 가는 값은 해라.' 이렇게 말하였도다."

윤희는 안절부절못하고 왕을 힐끔 쳐다보았다. 그런데 입 꼬리에 미소가 잡혀 있는 것이 아닌가. 그녀는 그제야 겨우 농담임을 알아차리고 장단을 맞춰 농담처럼 말을 하였다.

"아뢰옵기 송구하오나, 그보다는 조금 더 심하셨사옵니다."

왕에게서 웃음이 터졌다.

"하하하! 그렇게 심하지는 않았다. 이런, 여기 또 있구나. '너희들이 아직 나보다 배움이 부족한 탓이니 나의 말을 따르도록 하라.' 이때 난 이리 말하지 않았노라."

"그와 비슷하게는 말씀하시었사옵니다."

"어허! 대단한 거짓말쟁이로세. '그 입 닥쳐라! 쥐뿔도 아는 거 없는 놈들이 감히 내 앞에서 아는 척이냐?' 이리 말하였느니."

윤희는 왕을 흉내 내어 정색한 듯이 말하였다.

"소신은 단지 이러한 기록을 언문으로 남길 수 없어 부득이하게 아주 약간의 수정을 하여 문장으로 옮겼을 뿐이옵니다. 그러하니 거짓말쟁이는 아니옵니다."

왕은 어록을 덮어 윤희 앞에 돌려주었다. 그의 표정은 어느새 편안해져 있었다.

"이리 그럴듯하게 정리해서 써 주니 앞으로는 말조심할 필요가 없겠구나."

"그럼 지금까지는 조심을 하셨단 말씀이옵니까?"

"굉장히 조심하였느니. 하하하!"

왕은 한참을 소리 내어 웃다가 갑자기 뚝 그쳤다. 그리고 상체를 윤희 쪽으로 기울였다. 이에 놀란 윤희가 더 뺄 것도 없는 상체를 뒤로 젖혔다. 왕이 한쪽 손으로 입을 가리는 척하면서 속삭였다.

"네게만 살짝 말하는데, 산전수전 다 겪은 늙은이들을 상대하려면 말에서부터 기를 확 죽이고 들어가지 않으면 승산이 없는 싸움이 많아. 내 말은 원래 점잖기 그지없지만, 어쩔 수 없이 그리 말할 수밖에."

"방금 하신 윤언도 소신이 문장으로 잘 엮어 보겠사옵니다."

"어떻게 엮어 볼 셈이냐?"

윤희는 잠시 고민하는 척하다가 술술 말하였다.

"노련한 노신들이 나를 보좌하는 데 기여하는 바가 크다. 나 또한 스스로를 더욱 갈고 다듬는 데 노력을 늦추지 않겠노라. 이 정도면 어떠하옵니까?"

"하하하! 그 정도면 실로 사기꾼이라 할 수 있도다."

"원래가 천성에 사기꾼 기질이 다분한지라……."

주위에 둘러선 사람들에게서도 억지로 웃음 참는 소리가 들렸다.

왕은 참지 않고 화끈하게 웃은 뒤 조금 잦아진 미소로 물었다.

"어쩌다가 별호가 대물이 된 것이냐?"

'할 일도 많은데 그만 가시면 좋을 텐데.' 하고 생각하다가 이왕 이렇게 된 거 왕의 기분을 적당히 맞추어 주다 보면 내일 나올 어제가 그만큼 줄어들리라 예상하였다. 자신의 뛰어난 계략에 스스로 탄복한 윤희는 이야기 할아범이라도 된 기분으로 예전에 반궁에 들어가자마자 용하의 장난에 혼쭐이 났던 일을 이야기해 주었다. 그녀가 이야기하는 내내 넘어갈 듯 터져 나오는 왕의 웃음소리가 간간이 섞였다.

하룻밤 사이에 새롭게 들어온 어제를 보는 순간, 윤희는 어젯밤의 노력이 헛수고였음을 깨달았다. 왕은 충분한 일감을 마련해 놓은 뒤에 이문원을 찾아왔던 모양이다. 눈 뜨고 코 베인 심정이 딱 이러할 것이다. 크게 하품을 한 그녀는 자리에 앉아 바로 일을 시작하였다. 한참 동안 일만 하던 그녀의 귀에 어수선한 소리가 들려왔다. 조대에 들어갔던 당상관들이 돌아오는 소리였다. 윤희는 붓을 놓고 방을 나가 상관들을 맞았다.

"돌아오셨습니까, 각감."

하지만 그들은 인사 받을 정신이 아닌 듯 저들끼리 대화하면서 마루에 섰다.

"아무리 그래도 시원섭섭하오. 그간 장안을 떠들썩하게 만든 홍벽서가 그리 허무하게 잡힐 줄이야."

"허, 참! 현장에서 그리 딱 걸렸으면 빼도 박도 못하지."

소스라치게 놀란 윤희는 머릿속이 뒤엉켜 멍하니 서 있기만 하였다. 재신은 지금 한양에 없는데 도대체 누가 잡혔다는 말인가! 설마 임금의 명에 따르지 않고 한양에 숨어 있었던 것인가? 그럴 리가 없다. 그가 그렇게 하도록 선준이 내버려두었을 리가 없다.

"각감들, 방금 그것이 무슨 말씀입니까?"

"아, 자네는 아직 못 들었는가? 어젯밤 홍벽서가 벽서를 붙이는 현장에서 순라군에게 체포가 되었다네. 그 즉시 의금부로 압송되었다고 하더군."

윤희는 어리둥절하여 물었다.

"의금부라고요?"

"그렇다네. 의금부가 그리 발 빠르게 움직인 건 의외지. 잡히자마자 날이 새기도 전에 바로 압송해 간 것도 그렇고."

"잡힌 홍벽서는 어떤 자라 합니까?"

"아직까지는 거기에 대해서 들은 말은 없다네. 역시 홍벽서는 젊은 관원들한테 인기가 좋군. 자네까지 이리 열성인 걸 보면."

괜히 제 발이 저린 윤희는 싱긋이 웃으며 슬쩍 말을 돌렸다.

"다들 기분이 좋으신 걸 보니 각감들께는 인기가 없었나 봅니다."

"그래서가 아니라 홍벽서가 잡혀서 그런지 간만에 상감마마의 기분도 굉장히 좋았다네. 조대가 매일 오늘 같기만 해도 살 것 같아. 하하하!"

왕의 기분이 좋았다면 잡힌 홍벽서는 절대로 재신일 리가 없다. 그렇다면 청벽서를 잡아 놓고 홍벽서라고 우기는 건가? 그래서 청벽서가 소속된 사헌부가 아니라 의금부에서 압송해 간 건가? 오만 가지 생각들이 몰려왔지만 그중 제대로 건지는 건 아무것도 없었다.

그런데 오후에 들어 경연에 들어갔던 당상관들이 사색이 되어 돌아왔다. 왕의 진노가 심하여 그곳에 있던 신하들 모두 이유도 없이 줄초상을 당했다는 것이다. 오전과 오후가 이토록 극과 극일 수 있냐며 당상관들 모두 참담하게 고개를 저었다. 곧이어 진노의 원인이 드러났다. 어젯밤, 체포된 홍벽서의 벽서 외에 두 장의 벽서가 더 발견되었다는 것이다. 그런데 문제는 이 두 장의 벽서가 홍벽서가 체포된 이후에 나붙었다는 사실이었다. 또한 두 장의 벽서도 각각 다른 자가 붙인 것으로 추정된다고 하였다. 둘 중 하나가 청벽서의 것인지 아닌지에 대해서도 의견이 분분하였다. 하룻밤 사이에 발생한 이 일들로 인해 벽서 사건은 짚더미에 붙여진 불과도 같이 걷잡을 수 없이 번져 나가게 되었다.

하루 사이에 파김치가 된 윤희는 익랑골 집으로 향하였다. 하지만 퇴진이 아니었다. 잠깐 들러 씻고 옷을 갈아입은 뒤 다시 이문원에 복귀하기 위해서였다. 그런데 집 앞에서 지쳐 쓰러지기 일보 직전인 그녀의 발목을 잡는 늙은 여인이 있었다.

"도련님! 잠시만, 잠시만 쇤네 이야기 좀……."

우선 문부터 두드려 놓고 자세히 살폈다. 언젠가 한 번 본 듯한 여인이었다.

"아! 저번에 황 낭자와?"

윤희가 알아보자 서영의 유모는 눈물을 펑펑 쏟아 내며 땅에 엎드렸다.

"도련님, 우리 아가씨 좀 살려 주세요. 제발……."

"살려 달라니, 황 낭자께 무슨 일이라도……."

이때 대문이 열리고 순돌이가 고개를 내밀었다.

"엇! 선비님, 다녀오셨…… 어? 이 할멈은 아직도 안 가고 있었네. 대체 며칠을 이러고 있는지."

유모는 행여 윤희가 집으로 들어가 버리기라도 할세라 발목을 꽉 잡고 울며 매달렸다.

"이대로 우리 아가씨가 잘못되기라도 하시면 쉔네도 살 수가 없습니다요. 제발 우리 아가씨를……."

"울지만 말고 어찌 된 영문인지 차근차근 말해 보아라."

윤희는 몸을 낮추고 앉아 그녀를 일으켰다. 그제야 유모도 발목을 놓고 말하였다.

"우리 아가씨가 그때 그러고 가신 뒤로 줄곧 아무것도 드시지도 않고 누워 계십니다요. 그런데 주인어른께서 아가씨께 청혼이 들어왔다고 하시는 바람에 더 심해지셨……."

"뭐? 청혼이라고?"

유모는 눈물을 뚝뚝 흘리며 고개를 크게 끄덕였다.

"게다가 청혼이 들어온 곳이 마음에 드셨는지 혼사를 진행하시겠다고……. 그 소식에 아가씨는 망연자실하여……."

윤희는 동생의 우는 모습 외에는 아무것도 떠오르지 않았다. 마치 자신이 실연당하기라도 한 듯 그녀의 안색은 창백하였다.

"도련님, 도와주십시오. 강제로 미음을 들이부어도 봤지만 그마저도 모두 토해 내십니다. 의원은 마음의 병이라 하는데, 이대로 두었다가는……. 도련님께서 우리 아가씨를 한 번이라도 만나 주시면……."

"황 판교께서도 낭자가 그러는 이유를 알고 계신가?"

유모는 고개를 저었다.

"이유를 아는 건 쇤네뿐이라 이리 찾아왔습니다요."

윤희는 잠시 생각에 잠겨 시간을 가늠해 보았다. 절대적으로 부족한 시간이지만 동생과 관련이 있는 일을 언제까지 내팽개쳐 둘 수가 없었다.

"이따가 잠시 그 댁에 들를 터이니 먼저 돌아가 있도록 해라."

유모는 윤희의 약속에도 안심할 수가 없었는지 몇 번의 다짐을 받고서야 겨우 돌아갔다.

찻잔을 입에 기울이는 윤희에게 황 판교가 미안한 듯 말하였다.

"우리 서영이가 주는 차를 마시고 싶다는 자네한테 미안하게 되었네. 그 아이가 한여름임에도 감기에 걸려서는 부득이하게……."

윤희는 찻잔을 내려놓고 한동안 망설이느라 아무 말도 하지 않았다.

"이리 왔으니 저녁 식사라도 하고 가게나."

"소생이 다시 입궐해야 되기에 시간이 없습니다."

"응? 그리 바쁜 사람이 무슨 중대한 일이기에 들렀는가? 혹시 규장각 내에서 남인이라 홀대라도 당하는가?"

윤희는 무슨 말을 어떻게 꺼내야 할지 몰라 찻잔을 들었다가 입에 대지도 않고 다시 내렸다. 그리고 자신의 판단이 잘못되지 않았기를 바라면서 결심을 한 듯 말하였다.

"단도직입적으로 여쭙겠습니다. 예전에 제의하신 영애와의 혼인이 아직 유효합니까?"

황 판교의 입으로 들어가던 차가 그만 밖으로 뿜어져 나왔다. 그는 당황하여 재빨리 입을 닦고 옷을 털었다.

"갑자기 그런 말은……. 한데 마음이 변한 이유라도 있는가?"

갑작스런 말에 놀란 그는 경계하는 기색이 역력했다. 하지만 입가에 이는 미소도 아예 없지는 않았다.

"인연이 되려고 그러하였는지, 얼마 전 영애를 우연히 뵈었습니다."

딸의 미모에 남다른 자신이 있던 황 판교였다. 그러니 바로 경계를 풀고 기분 좋게 웃었다.

"그러게 내가 뭐랬는가? 얼굴을 보면 마음이 달라질 거라지 않았는가. 하하하!"

"소생이 청혼을 하면 허락해 주시겠습니까?"

"그게……, 지금 청혼이 들어온 곳이 있어서 말일세."

"영애의 혼처를 고르시는데 당연히 여러 곳과 비교를 하셔야지요. 염치없는 말인지는 알지만, 부디 소생에게 제의하셨을 때의 마음을 떠올려 주십시오."

윤희의 말에 황 판교가 떠올린 건 그때의 마음이 아니라 서체였다.

"물론일세. 내가 왜 자네의 청혼을 마다하겠는가. 다른 곳은 당장 거절함세."

윤희는 깊은 안도를 내쉬며 고개를 숙였다.

"정말 감사드립니다. 급한 걸음으로 온 거라 소생은 이만 일어서겠습니다. 조만간 청혼서를 보내도록 하겠습니다."

잔도 미처 다 비우지 못하고 자리에서 일어서는 윤희를 따라 황 판교도 입이 귀에 걸린 채로 일어났다.

"아무리 바쁜 걸음이라 하여도 이리 보내선 아니 되는데……."

그는 윤희를 따라 대문까지 걸어 나오면서 계속 말하였다.

"그 청혼서라는 거 말일세, 자네가 직접 쓰면 아니 되는가? 내가 자네 작품을 갖고 싶어서 그러는 건 아니고……."

윤희는 대문을 나서면서 그에게 허리를 숙여 인사하였다.

"청혼서는 청혼서대로 보내고, 서예는 비록 모자란 솜씨이나 차후에 따로 정성껏 써서 올리겠습니다. 급히 가는 걸 이해해 주십시오."

"하하하! 이제 곧 사위가 될 사람인데 내가 조급하게 굴었구먼. 그래, 조심해서 일하게. 원래가 당하관 때는 다들 그리 바쁘게 다닌다네. 당상관이 되어도 별반 달라질 건 없지만."

윤희는 돌아서서 곧장 뛰다시피 걸었다. 그런 그녀의 뒤를 유모가 헐레벌떡 따라왔다.

"도련님, 잠시만요!"

걸음을 멈추고 돌아보니 유모가 코가 땅에 닿을 듯 연거푸 허리를 숙였다.

"감사합니다. 감사합니다. 청혼해 주신다고……."

"마침 잘 왔구나. 황 낭자께 내 말을 전해 드릴 수 있느냐?"

"네네. 물론입죠."

"김윤식도 황 낭자만큼, 아니, 그보다 더 많이 울더라고, 그리고 김윤식은 오지 아니하는 것이 아니라 현재 올 수 없는 상황이라고 그리 꼭 좀 전하여라."

유모는 무슨 뜻인지는 알 수 없었지만 중요한 말이라는 것은 알 수 있었기에 열심히 그 말을 되뇌어 외웠다. 윤희는 가려다가 다시 걸음을 멈추고 말하였다.

"황 낭자의 몸이 상할까 걱정하더라는 말도 전해 다오."

그리고 곧장 이문원으로 달려갔다. 하지만 열심히 달린 그녀를 기다리고 있는 건 늦었다는 부제학의 질타였다. 그녀가 돌아오지 않는 바람에 자신의 퇴진이 조금 늦어졌다는 이유에서였다. 그는 경연 때 왕에게 당한 것까지 더해서 화라는 화는 죄다 윤희한테 풀고 난 뒤에 퇴진하였다.

다음 날 새벽, 손꼽아 기다렸던 조보가 이문원으로 배달되었다. 윤희는 제일 먼저 홍벽서 관련 기사를 찾았다. 있었다. '홍벽서 체포'라는 큰 글자 아래로 홍벽서는 현재 의금부에 구속되어 있는데, 서자 신분으로 과거를 볼 수 없는 처지에 불만을 품어 자신의 존재를 드러내기 위해 이러한 일을 저질렀다는 내용이었다. 그리고 의금부의 심문에 의해 그간의 모든 벽서가 그의 짓임이 명명백백 드러났다고 끝을 맺었다. 서자! 벌의 두려움 앞에서도 왜 자신이 홍벽서라 주장할 수 있는지 이해가 가는 대목이었다. 재신은 홍벽서임이 드러나면 잃을 것이 많았지만 서자는 오히려 실보다 득이 더 많을 것이다.

그런데 없었다. 홍벽서가 체포된 내용만 있을 뿐, 그날 밤 또 다른 벽서가 있었다는 이야기는 전혀 찾을 수가 없었다. 왜인지는 깊게 생각해 보지 않아도 알 것 같았다. 다른 벽서 사건을 억지로 덮으면서까지 체포된 자를 홍벽서로 만들려는 보이지 않는 누군가의 의지였다. 이건 손으로 하늘을 가리는 격이다. 모두들 그 일을 알고 있는데, 아니라고 우기는 것에 지나지 않았다.

윤희는 조보를 덮었다. 덮으니 보이는 게 있었다. 보이지 않는 누군가는 체포가 된 자를 홍벽서로 만들려는 게 아니라, 처음부터 홍벽서 사건에 종지부를 찍기 위해 일부러 체포되게끔 조작하였으리라는 짐작이었다. 누가? 왜? 이때 그녀의 머리에 스치는 것이 있었다. 뜬금없이 등장한 의외의 관청, 의금부였다. 그녀는 자신도 모르게 낮게 읊조렸다.

"왕의 명령으로 움직이는 관청, 의금부⋯⋯. 설마?"

보이지 않는 그 누군가는 설마 왕인가? 신참례 때 친히 홍벽서를 거론한 왕을 생각하면 신빙성이 없는 건 아니었다. 그때부터 무언가를 짐작한 듯한 느낌이었다. 규장각 각신을 지키기 위해서라는 타당성도 있었다. 그렇다면 또 다른 두 건의 벽서는 왕의 계산에 없었던 일이란 뜻인가? 그녀는 급히 고개를 저었다. 이건 잘못된 예상이어야 했다. 만약에 자신의 예상이 맞는다면 이 일은 더욱 어려운 길로 접어들었다는 의미였다. 윤희는 다시 조보를 펼쳤다. 혹시 흘렸나 싶어 꼼꼼히 살폈지만 또 다른 두 건의 벽서에 관한 기사는 눈을 씻고 찾아봐도 없었다. 그럼 그 벽서들은 도대체 누구의 소행이란 말인가? 이에 대해서는 억지스런 짐작조차 되지 않았다.

또 하나 윤희의 마음에 걸리는 것이 있었다. 청벽서! 진짜 홍벽서의 정체를 알고 있는 그는 이 사태에 대해 어떤 생각을 하고 있으며 어떤 행동을 취할 것인가 하는 점이었다. 만약에 그가 진짜 홍벽서가 없는 이 한양에서 어떤 식으로든 움직이게 된다면⋯⋯.

그런데 윤희의 걱정이 무색하게도 그 다음 날 청벽서의 소식을 듣게 되었다. 그것도 규장각의 수장인 제학 이인욱의 입을 통해서였다.

"용서할 수 없어! 감히 내 집 대문에 그따위 벽서를!"

그는 홍벽서가 잡혔기에 자신의 집 대문에 붙은 건 청벽서의 것이라 단정하고 이번에는 반드시 청벽서마저 잡겠노라 펄펄 날뛰었다. 윤희는 숨이 멎는 듯하여 표정조차 제대로 잡을 수가 없었다. 벽서는 다행히 인욱이 베껴 온 덕분에 다리품을 팔지 않아도 되었다. 그것을 읽은 윤희는 더욱 망연자실하였다. 청벽서의 글임에 의심의 여지가 없는데다가, 이제껏 잘 감추고 있던 규장각에 대한 청벽서의 증오가 이번에는 노골적으로 드러나 있었기 때문이다. 조보를 읽고 분노했을 그의 마음이 벽서 내용에서 고스란히 느껴졌다.

2

"상감마마, 의금부 판사 들었사옵니다."

"그래, 들어오라 하라."

왕은 읽고 있던 서류를 밀치고 판사를 맞았다. 판사는 왕을 보고 깜짝 놀랐다. 단 며칠 사이에 왕의 눈이 유독 퀭해져 있었다. 얼굴 곳곳에는 시름이 가득하였다.

"상감마마, 옥체를 살피시옵소서."

"잔소리는 됐고, 알현을 요청한 이유는 무엇인가? 지시한 일이 제대로 되지 않아서인가?"

"그것이 아니옵고, 상감마마의 윤허가 필요한 다른 사건 때문이옵니다."

"뭔가?"

"궁녀가 간통을 한 사실을 적발하였사옵니다."

왕의 얼굴에 짜증이 치밀어 올랐다.

"그런 시답잖은 일로 나를 보자고 하였단 말인가! 그런 건 판사가 알아서 처리하고 결과만 보고하게."

"하오나 그 상대가 규장각 각신이라 심문을 하려면 상감마마의 윤허가 있어야 하옵기에……."

왕의 얼굴에서 순식간에 짜증이 물러가고 사색이 들어왔다.

"여럼! 구용하 대교가 기어이 일을 쳤구나."

"아뢰옵기 송구하오나, 구용하 대교가 아니라 김윤식 대교라 하옵니다."

판사의 보고에 왕은 한동안 눈만 연거푸 끔뻑거렸다. 그러다가 고개를 갸웃거리면서 되물었다.

"누구라고?"

"규장각의 김윤식 대교……."

판사는 눈치를 살피며 말끝을 흐렸다. 왕은 여전히 눈만 끔뻑였다.

"응? 내가 방금 잘못 들은 것 같은데, 다시 한 번 말해 보게. 규장각의 누구?"

"김윤식 대교……."

아주 짧은 찰나의 적막이 지나갔다. 하지만 이내 왕의 웃음이 터졌다.

"푸하하! 기, 김윤식 대교라고? 그 녀석이 궁녀와 간통을? 으하하하!"

왕은 웃음을 참지 못하고 배를 부여잡았다. 사안의 심각성을 감안하면 웃을 일이 아니지만 김윤식의 정체를 알기에 그칠 수가 없었다. 왕은 겨우 웃음을 끊으며 힘겹게 말하였다.

"으, 구, 구용하 대교라면 마땅히 그러려니 하겠지만, 김윤식 대교는……."

"김윤식 대교가 비록 외양은 그러하여도 사내로서는 제법 정평이 나 있는지라……."

"푸흐흡……."

왕의 웃음이 또다시 터졌다. 이번에는 참아 보려는 노력과 엉켜 괴상한 소리가 만들어졌다. 숨이 끊어질 듯 지나치게 웃는 탓에 주위에서는 슬슬 걱정되기 시작하였다.

"저기, 상감마마, 고정하시옵소서. 체통이……."

"사, 사내로서는 제법 정평이? 으하하! 아무렴, 별호가 대물이니 영 없는 말은 아니로다."

왕은 눈에 맺힌 눈물을 털어 내고 정색하여 말하였다.

"다시 알아보게. 만의 하나 각신 중에서 궁녀와 간통한 자가 있다면 그것은 김윤식이 아니라 구용하일 것이니."

"간통한 궁녀가 이미 실토를 하였사옵니다. 두 사람은 부적절한 관계가 아니라 서로 사랑하는 사이였다 하옵니다. 자신들에게 죄가 있다면 서로 사랑한 죄밖에 없다며. 아울러 증거도 압수해 두었사옵니다."

판사는 가지고 온 계본을 왕에게 바쳤다. 그것을 읽어 내려가던 왕의 얼굴이 어느새 차갑게 굳어 있었다. 왕은 무거워진 머리를 손으로 받쳐 지탱하였다.

"대체 일이 왜 이렇게……."

이렇게 중얼거리는 왕의 눈이 조금 전보다 더 퀭해진 듯하였다. 판사는 그 눈을 보면서 말하였다.

"그리고 아뢰옵기 송구하오나 이번에 체포된 홍벽서에 대해 사헌부에서 발계發啓를 하겠다는 정문도 의금부로 올라왔사옵니다."

판사는 그 정문도 왕에게 바쳤다. 왕은 두 개의 문서를 번갈아 보면서 고심에 빠졌다. 각신이 연루된 게 분명한 간통 사건과 아직 각신이 연루된 게 밝혀지지 않은 벽서 사건. 이 둘을 모두 떠안을 자신이 없었다. 둘 중에 하나는 희생이 되어야 한다. 벽서 사건은 절대로 윤허할 수 없으니 간통 사건에 대한 심문을 윤허할 수밖에 없다. 그러면 표면적으로는 규장각의 각신들만 각별히 싸고도는 건 아니라는 점을 피력할 수 있다는 강점도 있다.

왕은 붓을 들어 먹물을 찍었다. 주저 없이 간통 사건 문서에 붓을 대려는 순간, 윤희의 모습이 떠올랐다. 동작을 멈추고 붓을 내리는 왕의 이마에 깊은 주름이 생겼다. 이 사건은 그녀가 제 옷을 벗어던지지 않는 한에는 결백을 증명하기 힘들 것이다. 파도가 밀려오고 있다. 그 파도가 육지에 이르지 못하고 바다 가운데에서 사라질지, 아니면 해일로 변해 육지를 덮칠지 아직 알 수 없다. 어쩌면 큰 파도가 오기 전에 작은 파도로 그녀를 대피시키는 경우가 될지도 모른다. 그렇게 스스로를 위로하였다.

'김윤식! 어차피 너는 나의 신하가 될 수 없는 몸이니 버린다면 너를 버릴 수밖에 없다. 파직을 당하고 물러나 몸을 숨겨라. 그나마 네 몸의 안전은 건지게 될지도 모르겠구나.'

왕은 다시 붓을 들어 간통 사건에 수결을 남겼다. 그리고 판사와 승

발계(發啓) 의금부에서 처결한 죄인에 대하여 미심쩍음이 있을 때 사간원이나 사헌부에서 다시 조사하여 올리던 일.

지들에게 말하였다.

"벽서같이 하찮은 사건에는 의금부 하나만으로 족하니 사헌부는 더 시급하고 중대한 일에 매달리도록 하라. 하지만 궁녀와의 간통은 쉬이 간과할 수 없는 일이로다. 죄인이 비록 각신이라 하더라도 타 관원과 공평을 기하는 것이 응당 옳은 일이니 죄인을 심문하여 추호의 의혹도 남기지 마라."

왕의 윤허가 담긴 문서는 판사의 손으로 돌아갔다. 그를 보면서 왕이 목소리를 낮추었다.

"심문은 하되, 각신에 대한 예우는 각별히 지키도록 하게."

판사가 깊이 몸을 숙여 대답하였다.

"성심을 다해 분부 받잡겠사오니 심려치 마옵소서."

윤희는 이문원 앞으로 걸어 나갔다. 그녀를 찾아왔다는 어떤 관원을 만나기 위해서였다. 두려운 마음으로 나간 윤희에게 한 관원이 허리춤에 매달린 것으로 자신의 신분을 보여 주었다. 의금부 패였다.

"의금부 도사, 이경배요. 김윤식 대교요?"

윤희는 눈앞이 새하얗게 변하여 바로 앞의 사람도 보이지 않았다. 간신히 대답하는 그녀의 목소리는 너무 놀란 나머지 떨리는 것도 잊었다.

"그렇습니다만."

"죄인 김윤식은 의금부의 질의에 응하시오."

벽서 관련 수사가 결국 여기까지 오고 말았구나! 정신을 차릴 틈이 없었다. 순간 그녀의 머릿속은 온통 선준의 모습뿐이었다. 그래서 그가 이전에 했던 말을 의식 없는 상태에서 되풀이하였다.

"소인은 규장각 각신입니다. 상감마마의 윤허 없이는 의금부 판사라 하여도……."

"여기 상감마마의 윤허를 받아 왔소."

종이가 그녀의 손으로 넘어왔다. 무게조차 없는 종이 한 장이건만 태산의 무게만큼 버거웠다. 글자를 읽을 수가 없었다. 마치 애초부터 글을 배우지 못한 까막눈처럼 아는 글자가 하나도 없었다. 눈에 들어오는 거라고는 문서 끝에 있는 왕의 수결뿐이었다.

"김윤식 대교는 궁녀와 간통하였으니 그에 대한 죄를 물을 것이오."

방금 이 의금부 관원이 뭐라고 했지? 궁녀가 뭐 어쨌다고? 간통? 간통이 무슨 뜻이지? 멍하던 그녀의 눈동자가 확 커졌다.

"네? 간통? 누가요?"

"원래 처음에는 누구나 그리 반응하지."

윤희는 정신을 차리고 문서를 살폈다. 모두 아는 글자로 변하여 그녀의 머리에 쏙쏙 들어왔다. 벽서 관련 내용은 전혀 없었다.

"소인이 궁녀와 간통을 하였다는 겁니까?"

"그렇소."

윤희의 머리에 이 사건과 어울릴 만한 용하가 떠올랐지만 이는 함구하고 물었다.

"뭔가 잘못 아셨을 겁니다. 소인이 맞습니까?"

"분명 김윤식 대교라 되어 있소."

어이가 없어 헛웃음을 내쉬던 그녀의 목소리가 어느새 높아졌다.

"그럴 리가 없지 않습니까! 소인이 왜! 무슨 근거로!"

"그건 차차 밝혀 나가면 될 것이오. 상감마마로부터 각신에 대한 예우를 하라는 하명이 있었으니 구금은 면하였소."

그는 품에서 봉투를 꺼내 윤희에게 건넸다. 받아 든 봉투에는 공함추문公緘推問이라고 써져 있었다.

"아울러 귀관이 당하관임에도 불구하고 각신의 예우에 맞춰 모든 심문은 공함추문을 하도록 하달되었소. 귀관은 지시된 날짜까지 의금부로 공함답통公緘答通을 보내오시오. 하지만 공함으로 한계가 있다고 판단될 시에는 언제든 출두를 명할 것이오."

윤희는 멍하니 봉투 겉면만 내려다보았다. 자신에게 지금 무슨 일이 벌어지고 있는지 감조차 잡을 수 없었다. 경배는 말을 끝내고 돌아서서 가려다가 깜빡 잊은 게 생각나 말을 덧붙였다.

"지금 여기에 일할 당하관이 귀관뿐이라고 하니, 죄의 유무가 명확히 가려지기 전까지는 당분간 계속 업무를 보시오. 모든 공함추문은 이곳 이문원으로 보내겠소."

독하다. 지금까지의 말 중에 일만큼은 계속하라는 마지막 말이 제일 독한 듯하였다. 경배는 인사도 없이 몸을 휙 돌려 이문원에서 멀어졌다. 윤희는 여전히 정신을 차리지 못한 상태로 봉투의 글자만 멍하니 내려다보았다.

하룻밤을 꼬박 밤을 새웠다. 분하고 억울해서 잠을 잘 수가 없었다. 공함추문 내용은 어처구니가 없었을 뿐만 아니라 윤희를 분노로 치

공함추문(公緘推問) 편지로 심문하는 것. 이에 대해 답변을 보내는 것을 공함답통이라고 함.

떨게 만들었다. 금난이라는 궁녀와 규장각에 석갈하던 첫날부터 지금까지 정분을 나눠 왔을 뿐만 아니라, 상압相狎을 하였고, 이러한 장면을 목격당하기도 하였다는 내용이었다. 이 사실은 금난의 행동을 수상하게 여긴 아감阿監에 의해 적발이 되었고, 추궁 끝에 본인과 두 사람의 관계를 알고 있던 주위 궁녀들로부터 자백을 받아 냈다고 하였다.

윤희는 온몸의 피가 마른 상태로 공함답통을 작성하였다. 모든 혐의를 부인하는 글이었고, 모두 사실만을 적었다. 그런데 그 사실만으로는 내용이 너무 엉성하여 성의가 없게 느껴졌다. 그럴 수밖에 없는 것이 윤희한테 있어서는 금난이란 궁녀는 열고관에서 한 번 본 것이 전부가 아닌가. 그것도 이름만으로는 겨우 기억을 해 냈을 정도였다.

다음 날 새벽, 윤희는 조보에서 자신의 이름을 읽는 것이 어떤 기분인지 경험하게 되었다. 예전에 급제하였을 때와 규장각에 임명받았을 때 경험한 바 있지만, 그때는 성명만 등장하였다. 그런데 이번에는 제법 긴 줄을 할당받았다. 문제는 이 성명의 진짜 주인은 동생이라는 데 있었고, 그러한 사실이 조보에서 자신의 이름을 읽는 기분에 대부분의 영향을 끼쳤다. 조보에 기사가 실린 반응은 즉시 나타났다. 그 제일 처음이 황 판교로부터였다.

의금부에 공함답통을 제출하고 돌아오는 길이었다. 이문원 앞에서 낯익은 당상관이 분노를 이기지 못하고 서성거리는 모습을 발견하였다. 황 판교임을 알아본 윤희는 새벽의 조보가 떠올라 심장이

상압(相狎) 남녀 간의 성관계.
아감(阿監) 궁녀를 감찰하는 여관(女官).

철렁 내려앉았다. 그는 윤희를 발견하자마자 다짜고짜 다가와 언성을 높였다.

"김윤식 대교! 내 자네를 그리 보지 않았는데 불쾌하기 그지없네. 혼사는 없었던 일일세!"

그녀의 눈앞으로 눈물을 흘리던 동생의 모습이 스쳐 지나갔다. 윤희는 돌아서서 가려는 황 판교의 팔을 다급하게 붙잡았다.

"영감, 이건 억울한 누명일 뿐입니다. 그 궁녀도 고문에 의해 마지못해 거짓 자백한 게 분명합니다. 금방 진실이 가려질 터이니, 혼사만큼은……."

"나도 그리 생각하였지. 적어도 의금부 판사를 직접 뵙기 전에는 말일세."

"네?"

"고문 같은 건 전혀 없었다더군. 궁녀의 간통은 곧 죽음인데 강압 없이 실토할 궁녀가 어디 있겠나? 주위에 증인도 한둘이 아니고 증거까지 있다는데 자네야말로 거짓말하지 말게."

"증거라니요? 대체 진실을 이기는 증거란 게 무엇입니까!"

"그것까지 내가 어찌 알겠는가! 진실은 스스로를 난봉꾼이라던 자네의 그 말이란 걸 알겠더군. 아무튼 난 더 이상 자네 볼 일 없네."

윤희는 핑계를 댈 수도 없었고, 돌아서서 가는 황 판교를 잡을 수도 없었다. 이것은 황 판교만의 시선이 아니었다. 이 사건을 보는 모든 이의 시선이었다. 그녀가 절망한 것은 이 때문이었다. 그리고 또 하나 그녀를 절망케 한 것은 황 판교처럼 조보를 읽었을 선준의 부친이었다. 그의 반응이 지금 이 순간에는 그 무엇보다 두려웠다.

퇴진하여 익랑골 집으로 돌아가는 윤희의 다리는 천근만근이었다. 이 무게의 대부분은 선준을 향한 그리움이 원인이었다. 가까스로 집에 도착하여 대문을 두드렸다. 집에 들어가면 바로 쓰러질 것 같았다. 대문이 열리고 순돌이가 변함없이 도깨비 같은 얼굴을 내밀었다. 그런데 표정이 다른 날과 달랐다.

"다녀오셨습니까요, 선비님. 아니, 아씨. 저기, 대감마님께서 기다리고 계십니다요."

"응? 대감마님이라니?"

"북촌의······."

아주 짧은 순간, 윤희는 이대로 어디로든 도망쳐 버리고 싶다는 충동을 느꼈다. 얼마나 화가 났으면 여기까지 오셨겠는가. 지금 상태로는 분노로 무장하고 왔을 정무와 마주하고 앉아 있을 자신이 없었다. 하지만 어쩔 수가 없다. 도망칠 수는 없으니 부딪쳐 볼 수밖에.

"어디에 계시느냐?"

"도련님 방으로 모셨습니다요."

윤희는 마지막 남은 기운까지 끌어 모아 어깨를 폈다. 그리고 표정을 가지런히 하여 안채로 들어갔다. 정무는 창문을 모조리 열어 두고 선준의 방에 앉아 있었다. 그녀는 마당에 선 채로 허리를 숙였다.

"오랜만에 뵙습니다, 합하."

"올라오너라."

짧은 말에서는 그의 감정 상태를 가늠할 수 없었다. 윤희는 마루로 올라가 방으로 들어갔다.

"오래 기다리셨습니까?"

"나도 방금 왔다. 절은 됐으니 그냥 앉아라."

또다시 절 받기를 거부당한 건 안 좋은 예감이다. 그녀는 절을 올릴 힘이 없기도 하였지만, 정무가 무서워 마지못해 그냥 앉았다.

"밥은 먹고 다니는 것이냐? 얼굴 꼴 하고는."

그가 툭 내뱉은 말이 어째서 걱정해 주는 듯한 기분이 드는지 알 수 없었다. 얼마나 의지할 사람이 없으면 자신을 죽이려고 벼르고 있는 사람한테 이런 기분을 다 느끼나 싶어, 윤희는 처량한 자신의 처지에 동정을 느꼈다.

"조보에 실린 기사는 누명입니다."

"괜한 말을 버리는구나. 거기에 대해서는 내가 누구보다 잘 알지 않겠느냐?"

조정의 관원들 중에서 자신의 무고를 믿어 주는 유일한 사람이 자신을 가장 미워하는 사람이라니. 고개를 숙이는 그녀를 물끄러미 쳐다보던 정무는 얼굴에 표정 하나 짓지 않고 말하였다.

"대단하다고 해야겠지. 이런 추문까지 만들어진 걸 보면 네가 사내 행세를 꽤나 잘했다는 증거니까."

윤희는 고개를 숙인 채로 기운 없이 겨우 말하였다.

"그 반대입니다. 제가 사내 행세를 잘해서 이러한 추문이 발생한 것이 아니라, 언제나 이런 소문들이 저를 에워싸고 있기에 사내답게 보였던 겁니다. 제 입으로 '난 사내다.'라고 백번 말하는 것보다는, 주위에서 '저자는 사내다.'라고 한 번 말해 주는 것이 훨씬 신빙성이 있으니까요. 지금껏 제가 사내답지 못한 외모와 행동에도 불구하고 사내로 버틸 수 있었던 것은 여기에서 기인한 바가 큽니다."

"너는 그러한 것을 이용하였느냐?"

그녀는 고개를 들어 정무를 보았다. 여전히 그의 표정에서는 그 어떤 것도 가늠할 수 없었다.

"아닙니다. 단지 거들지 않고 맡겨 두는 것이 낫다고 생각하였을 뿐입니다."

정무는 긴 생각에 잠겼다. 무슨 생각을 어떻게 하는지는 모르겠지만 무언가를 결심하는 듯하였다. 그러잖아도 하룻밤 사이에 바싹 말라 버린 피건만, 그의 침묵은 그나마 남은 피마저 다 말리는 듯하였다. 그가 입을 열었다.

"돌아가는 상황을 보건대, 이번에는 무사히 파직을 당할 수 있겠더구나."

이번에는 윤희가 아무 말도 하지 않았다. 정무가 자신이 던진 말의 뒤를 감정이 실리지 않은 목소리로 이었다.

"이대로 무사히 파직을 당한다면 너를 내 며느리로 들이는 것에 대해 한 번쯤은 재고해 볼 용의가 있다. 어차피 네가 용쓰지 않아도 파직은 불가피하리라 본다만."

윤희의 얼굴에 기쁨이 차오르다 말고 이내 사그라졌다. 그렇게 되면 윤식과 서영은 어떻게 되는 거지? 자신의 행복을 위해 그들의 슬픔은 버려두란 말인가?

"왜 아무 말이 없느냐?"

"한 가지만 여쭤도 되겠습니까?"

정무는 말없이 고개만 한 번 까딱하였다.

"만약에 자신이 행복하게 되는 조건으로 사랑하는 이의 불행이 전

제된다면 합하께서는 어찌시겠습니까?"

항의나 원망이 아니었다. 이상한 상황이지만 지금 현재 자문을 구할 상대가 정무밖에는 없었다. 윤희의 질문에 그는 주저 없이 대답하였다.

"나는 물론 둘 다 행복해질 수 있는 방법을 모색할 것이다. 하나 너에게 그럴 능력이 있으리라 보지 않는다. 둘 중에 하나를 택할 수밖에 없다면, 넌 내 아들만 생각하고 판단하면 될 일이야."

자신과 동생 사이에 선준의 무게가 더해졌다. 그렇다고 그것이 열쇠가 되지는 않았다. 윤희의 가슴을 더욱 짓누르는 것에 불과하였다. 오랫동안 괴로워하던 그녀는 문득 이상한 기색을 알아차렸다. 수상한 정무의 침묵이었다. 그녀의 고민이 끝날 때까지 기다려 주는 것이 아니라, 마치 여기 온 또 다른 용건을 꺼내는 것에 대해 심사숙고하는 듯한 느낌이 들었다.

"하실 말씀이라도?"

그는 입을 굳게 다물었다가, 슬쩍 달싹였다가, 또다시 입을 다물기를 되풀이하였다. 그러다가 결심이 섰는지 주먹을 불끈 쥐고 한마디 하였다.

"벽서 사건."

갑자기 튀어나온 말에 당황하였지만 윤희는 눈을 반짝이며 그의 뒷말을 기다렸다.

"홍벽서가 잡히던 그날, 또 다른 두 건의 벽서 중에 한 건은 내가 시킨 짓이다."

"네? 자, 자, 잠깐, 잠깐만요. 그러니까……, 왜요?"

당황한 나머지 자신의 입에서 무슨 말이 나오는지도 몰랐다. 하지만 정무는 아무렇게나 내뱉은 질문이랄 수도 없는 질문에 낮은 음성으로 대답해 주었다.

"그날, 그렇게 홍벽서가 잡힐 줄 몰랐다. 사헌부에서 홍벽서 수사가 막바지에 접어들었다는 소식을 입수하는 바람에 수사에 혼선을 주고자……."

"그럼 다른 벽서들은……."

"그건 나도 모르는 일이다."

윤희의 머리가 무게를 견디지 못하고 아래로 툭 떨어졌다. 왕과 정무처럼 진짜 홍벽서인 재신이 없는 한양에서, 사헌부의 눈을 따돌리기 위해 홍벽서인 척해야 하는 이유를 가진 자를 찾는 것이 빨랐다. 이조판서! 재신의 부친인 이조판서가 가장 유력하였다. 아니, 이조판서 외에는 없다.

그렇다면 그날 발생한 세 건의 벽서 사건은 왕이 신하를 위해, 아비들이 아들들을 위해 한 일이었단 말인가. 윤희는 기가 막혀 제 머리를 감싸 쥐었다. 내버려뒀으면 자신들 선에서 어렵지 않게 해결할 수 있었을 터이다. 그런데 어른들의 괜한 오지랖이 사건을 더 엉망진창으로 만든 결과를 낳았다. 애들 싸움이 어른 싸움이 된다는 게 딱 이 짝이 아니고 무엇이랴. 하여간 사이 나쁘기로 치면 단연 으뜸인 세 사람이 생각하는 건 어찌나 비슷하신지.

"괜한 일을 하신 것 같습니다."

"진짜 괜한 일은 지금 의금부에서 하고 있지. 예전에 모든 관청이 입을 모아 홍벽서는 성균관 유생 중에 있다고 했던 사실을 모르는 조관이 있더냐? 수사도 성균관 유생이기에 얼렁뚱땅 접을 수 있었다는 것도 다 알고. 한데 난데없이 성균관에는 들어가지도 못하는 서자라니. 사헌부를 바보로 만드는 것도 정도가 있지."

'그러니까요. 왕께서 말도 안 되게 우기는 통에 괜히 사헌부와 청벽서만 더 자극하고 말았다니까요.'라고 하소연하고 싶은 걸 꾹 참고 고개만 크게 끄덕였다.

"그러니 넌 이쯤에서 파직당하고 물러나거라. 너에게는 기회일지도 모른다."

정무의 말은 그녀를 경직시켰다.

"그럴 수는 없습니다. 가랑 형님과 사형들이 돌아오기 전까지는 제가 대신 지키고 있어야 합니다. 혼자 도망칠 수는 없습니다."

"너 혼자 뭘 어쩌겠다는 것이냐?"

"아무것도……, 아무것도 할 수 없을지언정 비울 수는 없습니다. 그건 의리가 아닙니다."

"계집은 지아비와의 의리만 생각하면 돼!"

가슴 한구석에 말뚝 하나가 박혀 들어오는 듯하였다. 윤희가 힘주어 말하였다.

"아마 가지 않았을 겁니다."

"응?"

"가랑 형님과 두 사형은 제가 지키고 버텨 줄 거란 믿음이 없었다면 가지 않았을 겁니다. 그 믿음을 배신할 수 없습니다."

"너는……, 간통 사건을 해결할 자신이 있다는 거냐?"

"그것도 자신은 없습니다."

순식간에 기가 팍 꺾였다. 정무는 자리에서 일어나 옷을 털었다.

"그렇다면 내가 굳이 이래라저래라 할 필요는 없겠구나."

윤희도 그를 따라 자리에서 일어나 다소곳하게 손을 모으고 머리를 조아렸다. 정무가 뒷짐을 진 채로 먼 하늘을 보았다.

"발계가 기각되었다. 따라서 사헌부와 홍문관을 중심으로 홍벽서와 관련한 일체의 사건들을 조정 회의에 의안으로 상정할 움직임을 보이고 있다. 그 전에 네 간통 사건이 먼저 마무리되겠지. 이 모든 게 너희 4인방이 돌아오기 전에 끝날 것 같구나. 네 사건을 해결하지 못한다면, 홍벽서 관련 회의에 너희 4인방은 아무도 참석하지 못한다는 의미야."

그의 시선이 먼 하늘에서 윤희의 얼굴로 돌아왔다. 정무가 의미를 알 수 없는 미소를 담고 말하였다.

"궁금하구나. 네가 과연 무엇을 선택할지. 아무쪼록 겨우 차려진 밥상을 네 손으로 뒤집어엎지 않기를 바라마."

며칠이 흐른 뒤, 두 번째 공함추문이 배달되어 왔다. 윤희는 최대한 시간을 끌기 위해 답변 마감일 당일이 되어서 공함답통을 제출하였다. 그리고 또다시 며칠이 지나 세 번째 공함추문이 배달되었다. 공함추문의 횟수는 세 번까지가 한도였다. 그러니 이번에 죄의 유무가 가려지지 않으면 의금부에 직접 출두해야만 하였다. 그것만큼은 피하고 싶었다. 다른 사건이라면 모를까, 간통 사건의 경우 낯 뜨거운 질의가 쏟아지기 때문에 사내들 틈에서 뻔뻔하게 표정을 유지할 자신이 없었다. 그나마 음담패설을 즐기는 용하 덕에 단련이 되었음에도 그랬다. 이러한 이유로 세 번째 공함답통은 혼신의 힘을 기울여 길고 자세하게 적었다.

하지만 노력이 헛되게도 의금부로부터 소환장이 배달되어 오고 말았다. 상대 쪽에서는 증인까지 갖추고 있는데, 이쪽은 증인이 되어 줄 만한 인간들은 모조리 지방에 사성으로 나가 있는 실정이었다. 이런 상황에서 의금부에 출두하는 건 승산 없는 싸움에 뛰어드는 것과도 같았다. 윤희는 소환장을 물끄러미 들여다보았다. 만약에 소환을 거부하면 유죄로 인정되어 파직을 당하는 선에서 정리가 될 터이다. 그러면 정무의 제안대로 선준의 완전한 아내가 될 수 있다. 그녀는 소환장을 구겨 쥐었다. 선준의 아내라는 것은 다른 건 돌아보지 못하게 만들 만큼 유혹적이었다.

한편에서는 체포된 서자 홍벽서가 한양의 젊은 문장가들 사이에서 영웅으로 떠들썩하게 회자되고 있었다. 이러한 분위기가 만연해지자 자신이 홍벽서라 나서는 이들이 속출하였다. 급기야 진짜 홍벽서와 청벽서가 아닌, 아울러 왕과 정무, 근수도 아닌, 전혀 다른 제3의 벽서들이 등장하기에 이르렀다.

3

"**작은 주인어른,** 대체 언제까지 이 시장 바닥에서 이러고 있어야 합니까요?"

"난 염찰하고 있는 중이네."

"아, 네. 그러십니까요?"

덕구 아범의 입에서 빈정거림이 절로 나왔다. 눈초리는 옆으로 가늘게 찢어지고, 입은 한쪽으로만 올라가 있었다.

"오, 역시! 웬만한 여인들은 내게서 눈을 떼지 못하는구나. 햐! 이 맛이야."

그랬다. 용하는 지금 저잣거리의 한 술집에 앉아 자신을 바라보는 여인들의 시선을 마음껏 즐기는 중이었다. 한양에서는 옆에서 시선을 뺏어 가는 인물이 세 명이나 있었지만, 지금은 홀로 즐기는 재미가 쏠쏠하였다. 게다가 바로 옆에는 보란 듯이 자류마를 매어 놓았으니 보다 쉽게 시선을 모을 수 있었다.

"저기, 생읍에 도착하셨으면 일을 하셔야지요."

"그것보다는 이 고을에서 가장 예쁜 기생을 알아보는 게 제일 시급하네."

"암요, 여부가 있겠습니까요. 에휴!"

덕구 아범의 입에서 한숨이 나왔다. 이런 벼슬아치한테 녹봉 주느라 등골 휘어져 가면서 조세를 바치고 있다고 생각하니 차라리 조세 낼 필요 없던 예전 노비 시절이 그리워질 지경이었다. 그랬다면 지금처럼 본전 생각은 들지 않았을 터이다.

"기생은 쇤네한테 맡겨 두시고 작은 주인어른은 임무부터 완수하십시오. 한시라도 빨리 한양으로 돌아가셔야지요."

"알아내야 할 건 다 파악해 뒀으니 염려 말게."

대체 뭘 파악해 뒀단 말인가. 한양을 떠나 이곳 영광에 내려올 때까지 역참은 무시하고 죄다 색향만 골라서 들르고, 매일 밤 기생들과 한량들, 어떤 때는 장돌뱅이까지 합류시켜 거나하게 잔치하는 데 모든 열정을 쏟아 부은 위인이 아닌가. 낮이라고 일했던가. 밤에는 노느라, 낮에는 조느라 누구보다 바쁜 시간을 보내면서 여기까지 내려왔다. 졸다가 말에서 떨어질 뻔한 위기도 몇 번 있을 정도였다.

"휴! 사내란 자고로 줄을 잘 서야 하는 법인데. 내가 어쩌자고 가랑 선비님 같은 분을 모시지 못하고 이런 분과 이러고 있는지. 아이고, 내 팔자야."

"혼잣말이 너무 크네. 하하하."

"들으시라고 하는 말인뎁쇼."

퉁명스레 대답해 놓고 술을 들이켰다. 용하는 큰 소리로 웃으며 손가락으로 술이 담긴 사발을 휘휘 저은 뒤 단숨에 들이켰다.

"캬! 걸쭉하니, 술맛 좋다. 이렇게 진해서야 이윤이나 제대로 맞출 수 있나 모르겠군."

"혼잣말이 너무 크십니다요."

"자네 들으라고 한 말이니 클 수밖에."

그제야 덕구 아범도 술병을 흔들어 사발에 부어 술의 농도를 유심히 살폈다. 웬만한 고급 주점보다는 못하지만 저잣거리의 가게치고는 술의 농도가 진한 편이었다. 술을 한 모금 입에 머금어 굴려 보았다. 아까 이 마을 장터에 들어서자마자 용하가 소금 가게와 쌀가게부터 들러 시세를 물어보던 게 기억났다. 그 가격대와 비교해 보면 예산 맞추기 힘든 술임에는 분명하였다.

"좋은 주점입니다요. 이러니 손님이 이리 많지. 술에 물 타서 파는 주점이 얼마나 즐비한데요. 쌀농사를 직접 짓는 주점일까요?"

용하는 자신들이 앉은 주점에서 떨어진 또 다른 주점을 보면서 말하였다.

"이 주점의 비리를 캐내려면 가까이 있는 주점을 통하는 게 가장 쉬우이. 알고 있는 걸 가장 쉽게 알려 주지. 안 좋은 일일수록 더 적극적으로 말일세. 언제나 무서운 뒷말을 만들어 내는 건 동종 업을 하고 있는 경쟁자거든. 어물전을 죽이려고 혈안이 되어 있는 건 그 옆의 어물전임을 잊어선 안 되네."

옛날부터 느꼈던 거지만 이 양반은 일을 참 쉽게 하는 경향이 있다. 돈 버는 것도 언제나 다리품 한 번 팔지 않고 앉은자리에서 손

쉽게 해냈다. 그래서인지 지금의 말에서도 믿음직한 구석이 보이는 듯하였다.

"장사치들이 다 그렇죠, 뭐. 눈앞의 자기 이익만 중요하니까요. 높은 양반님네들과는 다릅지요."

"우리도 더했으면 더했지 덜하지는 않다네. 타 당파가 무서운 줄 아는가? 아닐세. 같은 당파에 있을수록 더 피가 튄다네. 노론의 적은 노론이고, 소론의 적도 소론이고, 남인의 적 또한 남인이지. 노론이 가장 많은 규장각을 노론이 가장 미워하는 것도 이러한 이유라네. 규장각으로 인해 노론 내의 권력 판도가 바뀌는 게 두려운 걸세."

"그래서 작은 주인어른은 당파를 가지지 않으십니까?"

용하가 자리에서 일어서면서 대답하였다.

"훗. 아군은 돈으로 매수하면 될 일인데, 굳이 뭐 하러 적을 만들겠는가. 적 한 명은 아군 열 명으로도 막을 수가 없는 법인데."

"4인방 선비님들은 돈으로 매수한 게 아니……."

그는 자리에서 일어나다 말고 용하의 차가운 눈초리에 놀라 딱딱하게 굳었다.

"감히 그들을 같은 줄에 세우다니! 그들은 나의 아군이 아니라, 벗일세. 자네의 전 재산을 털어 한번 사 보게. 그런 벗을 돈으로 살 수 있는지."

덕구 아범은 싱긋이 웃으며 말과 노새 고삐를 쥐고 그의 뒤를 따르다가 문득 생각나 물었다.

"그런데 임무가 수령의 비리가 아니라 주점의 비리를 염찰하는 것이었습니까?"

여기에 대한 답은 새로 옮긴 주점의 여주인 외모에서 대신 들을 수 있었다. 그녀가 간드러지는 눈인사로 반겼다.

"어서 오셔요. 조금 전, 저 앞의 주점으로 들어가시지 않았나요?"

"내가 이 고을은 처음이라 멋모르고 들어갔다네. 원래가 사람 많은 곳이 맛이 있다 하였거든."

"어머! 한데 파리 날리고 있는 이곳으로 왜 옮기셨을까?"

"술맛은 곧 계집 맛이라, 저 멀리서도 주모의 미모가 한눈에 보이지 않겠나. 하여 즉시 이리로 달려온 걸세, 하하하."

덕구 아범은 가게 앞에 말고삐를 매면서 혼자 투덜거렸다.

"믿음직한 구석은 무슨! 동종 업을 하고 있는 경쟁자가 어쩌구 하더니 그새 주모를 봤었군. 쯧!"

용하는 평상을 하나 차지하고 앉아 술부터 주문하였다. 주모는 돈 푼깨나 있어 보이는 손님을 놓칠세라 잽싸게 술상을 마련해 왔다. 용하가 시큰둥하게 와서 앉는 덕구 아범에게 활짝 웃어 보였다.

"좀 웃게. 미인 앞에서 웃지 않는 건 예의가 아닐세."

"우리 마누라가 여자들 있는 데서는 절대로 웃지 말라고 하였습지요."

그의 눈길이 덕구 아범의 얼굴에 여러 번 길을 내다가 뚱하게 혼잣 말을 하였다.

"딱히 염려할 필요가……."

용하는 덕구 아범의 눈총을 뿌리치고 얼른 술 한 모금을 마셨다. 그의 고개가 삐딱하게 돌아갔다.

"술맛이……. 주모 같은 미모를 두고 저곳을 찾는 데는 다 이유가 있었군그래."

덕구 아범도 따라서 한 모금 마셨다. 농도도 조금 전의 주점보다 못했고, 손님이 자주 찾지 않다 보니 제때 다 팔지 못해 팍 삭은 맛이었다.

"어머, 그런 말씀 마세요. 몇 달 전만 해도 우리 가게 술맛이 더 좋았다고요. 요즘같이 쌀값 비쌀 땐 이 가격에는 이 정도 맛밖에는 못 내요."

"그러면 저 집은 뭔가?"

"그야……."

그녀는 갑자기 말을 멈추고 용하를 아래위로 살폈다. 그리고 덕구 아범과 바깥의 자류마를 유심히 보았다.

"왜 말을 하다가 마는가?"

"요즘 항간에 암행어사가 내려온다는 소문이 돌아서 관아에서 어찌나 입단속을 시키는지……."

"오호라! 내가 내려온다는 게 벌써 소문이 났구먼. 역시 사람 발보다 소문 발이 더 빠르다니까."

허걱! 이 양반이 미쳤나? 어쩌자고 그 말을 하나! 덕구 아범이 놀라서 용하를 노려보는데, 갑자기 주모가 허리를 뒤로 젖히고 웃기 시작하였다.

"오호호! 돈만 많은 양반인 줄 알았는데 재미도 있으시네."

그리고 다시 용하의 행색을 훑어본 뒤, 더욱 깔깔거리고 넘어갔다.

"정말 농담 한번 기막히셔. 이런 차림으로 암행어사라니, 깔깔깔. 마패를 보여 줘도 아무도 안 믿겠네."

"그리 보인다면 굳이 말을 중간에 관둘 필요가 없지 않은가."

주모는 치마를 탈탈 털면서 자리에 걸터앉았다. 그리고 신세 한탄을 하듯 하소연을 하였다.

"저쪽 가게가 아전한테 갖다 바치는 뇌물이 좀 많아야죠."

"뇌물까지 갖다 바치는데 무슨 돈으로 술을 만드나?"

"아전한테 뇌물을 갖다 바쳐야 쌀이든 뭐든 싸게 사다 쓸 수 있으니까요."

"그럼 주모도 뇌물을 갖다 바쳤어야지"

주모는 마치 어린애 타이르듯이 용하를 타일렀다.

"뇌물도 연줄이 있어야 하는 거예요. 손님은 돈만 많지 그런 쪽으로는 영 시원찮아 보이네요."

"저 가게는 무슨 연줄이 있기에? 혹시 친지 중에 선원이라도 있는가?"

"어머, 어떻게 아셨어요? 안주인의 바깥양반 되는 사람이 선원인데……."

"그 바깥양반 되는 사람은 현재 집에 못 돌아오고 있겠군."

"어머, 그건 또 어떻게 아셨어요?"

고작 배 타는 사람이 무슨 연줄이 된단 말인가. 그건 그렇고 이 양반은 그걸 어떻게 알았지? 넘겨짚었나? 덕구 아범은 뒷말을 재촉하라는 눈빛을 용하에게 보냈다. 하지만 용하의 질문은 거기서 끝이 났다. 그리고 주모도 갑자기 당황하면서 자리에서 일어났다. 주위를 살피니 관아에서 나온 아전과 포졸들이 가게로 들어오고 있었다. 낯선 사람들이 고을로 흘러들어 왔다는 소식을 듣고 암행어사가 아닌지 살피러 온 듯하였다. 그들이 다가와 용하와 덕구 아범, 그리고 자류마를 번갈아 살피면서 물었다.

"이 고을에 처음 오신 분이시지요?"

용하가 방긋 웃으며 앉은 채로 답하였다.

"그렇소만. 호패라도 꺼내야 하오?"

그러고는 호사스런 접선을 활짝 펴서 살랑거렸다. 금을 조각한 화려한 선추가 접선에 매달려 달랑거렸다. 그들은 다시 한 번 용하를 본 후, 이 작자는 절대로 암행어사일 리는 없다고 판단한 표정으로 편안하게 웃었다.

"아닙니다요. 그럼 즐겁게 노시다가 가십시오."

그들이 가고 나자 덕구 아범이 작은 소리로 물었다.

"조창을 끼고 있는 마을답지 않게 뭔 경계가 이리 삼엄합니까요? 원래가 조창이 있는 곳은 들고나는 사람이 많은데 말입죠."

"그만큼 감출 게 많다는 의미일세. 어서 술 비우게."

용하는 싱글싱글 웃으며 술을 비웠다.

"저 주모한테 뒷말은 마저 듣고……."

"포졸들이 왔다 갔는데 주모라고 수다 떨 기분이 남아 있겠는가? 꽉 잡쳤지. 어차피 더 들을 것도 없고."

주모와 인사하고 주점을 나서면서 덕구 아범이 물었다.

"이 마을 아전들은 만석지기인가 보죠? 왜 그들한테 쌀을 산답니까요?"

"그것보다 기생집부터 빨리 찾게. 이왕이면 고급 관기가 있는 쪽으로."

"아, 네. 어째 그 말이 안 나온다 했습죠."

그는 투덜거리면서 가게마다 들러 수소문을 하기 시작하였다. 용하는 그를 따라다니면서 쓸데없는 질문만 한두 개씩 하는 정도였다. 이 고을에 과부가 많으냐, 그 과부들은 주로 어디 사느냐, 최근에 한꺼번에 과부가 된 경우가 있느냐 하는 것 등이었다. 암행어사라면 열녀를 수소문하는 것 또한 임무이기에 전혀 이상할 것이 없었지만, 용하의 말은 언제나 거기서 딱 멈췄다. 과부에게만 관심 있을 뿐 열녀는 전혀 관심 없다는 게 그의 핑계였다. 때로는 이 마을 사또를 뵈려면 누구를 통해야 하느냐는 멀쩡한 질문도 없지는 않았다. 하지만 그 모습은 누가 봐도 유람 온 한양의 팔자 좋은 갑부일 뿐, 암행어사는 고사하고 벼슬자리 근처도 가 보지 못했을 것처럼 보였다.

마을에서 하룻밤을 자고 난 용하는 아침 댓바람부터 기생을 데리고 바다 구경을 하겠다고 부산을 떨었다. 한양에서는 강 구경은 해도 바다 구경을 해 본 적 없다는 게 그 구실이었다. 그래서 덕구 아범도 어쩔 수 없이 기생 세 명과 장구 악공을 데리고 그를 따라나섰다. 용하는 바다에 가까워지자 색안경으로 눈을 가리고 기생들에게 물었다.

"내가 넘쳐 나는 게 재물뿐이라서 관직도 돈으로 샀으면 싶은데, 이 고을 수령 자리는 얼마 주고 샀을까? 수령이 아전들에게 거둬들일 수 있는 재산만 해도 남는 장사일 듯허이."

기생 하나가 샐쭉하여 대답하였다.

"그런 말씀 마셔요. 우리 고을 사또는 아전한테 뇌물 하나 안 받는 청렴한 분이시니까. 고을 사람 다 붙잡고 물어보셔도 모두 똑같이 대답할걸요."

질문다운 질문은 딱 한 줄뿐이었다. 이 이후로는 잡다한 농담이 전부였는데 거의 대부분이 돈 자랑이었다. 그리고 바닷가에 도착하여 기생들을 거느리고 찾아간 곳은 선착장이었다. 그곳에서 몇 명의 뱃사람에게 상선을 장만하려는데 어디를 찾아가야 하는지, 이 마을에서는 선원 모집은 어떤 식으로 해야 되는지를 물었다. 이렇게 몇 마디만 묻고는 또 돈 자랑으로 넘어갔다.

바닷가 모래사장에 앉아 기생들이 물에서 노닥거리는 모습을 색안경 너머로 감상하고 있던 용하가 갑자기 씨익 웃으며 멀찌감치 앉은 덕구 아범을 쳐다보았다. 그 웃음을 본 덕구 아범의 등골에 오싹한 소름이 돋았다. 또 무슨 작당을 하려는 표정이 분명하였다. 여기에 말리면 골탕 먹는 쪽은 언제나 자신이었다. 그는 못 본 척하고 급히 기생들 쪽으로 눈을 피하였다.

"엇! 저 기생이 게를 잡았……."

"우리 그거 해 보세."

덕구 아범은 이번에는 못 들은 척하면서 부산스럽게 모래를 주먹에 쥐고 장난에 몰두하였다. '그거'라는 말은 일상에서 자주 사용하는 말임에도 이렇게 두렵게 느껴진 건 처음이었다. 여기에 굴하지 않고 용하는 주변을 두리번거리면서 다가와 앉아 귓속말을 하였다.

"그 왜 군졸들이 우르르 뛰어오면서 '암행어사 출두야!' 외치는 거 말일세. 정말 재미있을 것 같지 않은가? 꼭 해 보고 싶으이."

덕구 아범은 성질을 내면서 작은 소리로 외쳤다.

"작은 주인어른 혼자 하십시오! 그 행색으로 한 손에는 금부채, 다른 한 손에는 마패 들고 '암행어사 출두야!' 외쳐 가며 느릿느릿 뛰어오면 정말 볼 만할 겁니다요."

그런데 말하다 말고 그 장면을 상상해 버리고 말았다. 그래서 갑자기 터져 나오는 웃음을 참기 위해 한쪽 팔로 얼굴을 숨겼다.

"하! 그거야말로 암행어사의 백미인데. 그거 해 보고 싶어서 여기까지 참고 내려왔는데."

덕구 아범은 웃음을 참느라 고생하는 와중에도 용하의 말에 동조는 하였다. 군졸들을 거느리고 앞서 뛰어오는 자신의 모습이 제법 그럴듯하였다. 사내로 태어나 그런 것 한 번 해 보는 것도 자랑거리는 되리라. 그래! 저 양반이 꼴은 저래도 암행어사는 맞지 않은가. 암행어사가 떴다는 소문에도 불구하고 이런저런 질문을 해도 아무도 의심하지 않고, 심지어 함께 다니는 자신도 실감은 나지 않더라도 말이다.

"쇤네가 어떻게 하면 됩니까요?"

"우선 숙소에 돌아가자마자 내가 서찰을 하나 써 줌세. 자네는 그걸 가지고 역참으로 가서 역졸들을 협조 받아 오면 되네."

오호! 이제야 뭔가 암행어사를 따라온 기분이 들었다. 그런데 역졸을 부르는 건 염찰을 마치고 관아에 들어갈 때여야 하지 않나? 그러기에는 아직 별다른 염찰은 없었지 않았나? 덕구 아범은 고개를 갸웃거렸지만, 어찌나 아이처럼 신이 나서 지시를 하는지 차마 묻지는 못하였다. 용하의 머릿속에는 오직 출두를 외칠 때 어떻게 하면 가장 멋있게 보일지에 대한 것밖에는 없는 듯하였다.

이윽고 기생들이 물에서 나와 두 사람 곁으로 다가왔다. 이에 자리에서 일어난 용하가 노랫가락에 맞춰 값비싼 접선을 펼쳐 들고 기생한 명과 더불어 덩실덩실 춤을 추기 시작하였다. 마치 모든 임무를 완수한 양 홀가분한 모습이었다. 기생들은 한양 내에서도 유명한 그의 춤 솜씨를 넋을 잃고 구경하였다.

"암행어사 출두야!"
 우렁차게 외쳐 가며 역졸들이 우르르 뛰어왔다. 선두에는 어깨에 제법 힘이 들어간 덕구 아범이 섰다. 이 모습은 용하와 덕구 아범이 상상했던 장면에서 조금도 어긋남이 없었다. 그런데 그 뒤로 마을 사람들이 우르르 따라 몰려왔다. 그동안 암행어사 비슷한 사람도 없었는데 뜬금없이 이게 무슨 난리인가 싶어 몰려든 구경꾼들이었다. 역졸들이 관아를 덮쳤다. 관아에 있던 사람들이 너 나 할 것 없이 우왕좌왕하며 북새통을 이루고, 놀라서 냅다 달아나기부터 하던 아전들이 역졸의 손에 잡혀서 끌려 나오는 것까지도 상상했던 장면에서 크게 다르지 않았다.
 수령과 아전들이 같은 모습으로 마당에 꿇어앉혀졌다. 상황이 말끔히 정돈되고 나서야 용하는 색안경을 낀 채로 뒷짐을 지고 느릿느릿 안으로 들어갔다. 그리고 마당 한가운데에 섰다. 마당에 앉은 사람들이 주변을 두리번거렸다. 마을 사람들도 관아 밖에서 서로 밀쳐 가며 목을 빼고 안을 살폈다. 담장과 나무 위에 올라간 이도 있었다. 이 모든 사람들의 눈이 암행어사 한 번 구경해 보겠다고 바삐 움직였다. 하지만 그들의 눈길은 제일 앞에서 갖은 무게를 잡고 있는 용하에게 찰나의 순간도 머무르지 않고 지나쳤다. 삼지창을 든 역졸이 머리를 긁적거리면서 말하였다.

"왜 암행어사가 안 나오시지?"

옆의 역졸이 덕구 아범을 보면서 물었다.

"암행어사는 언제 오시오?"

덕구 아범은 오그라드는 손가락으로 호화로운 차림새를 한 양반을 가리키면서 기어들어 가는 소리로 말하였다.

"저기, 저분······."

역졸들이 손가락이 가리키는 방향을 보았다. 하지만 용하는 건너뛰고 그 뒤를 볼 뿐이었다.

"도대체 암행어사가 어디 있단 말이오? 코빼기도 안 보이는구먼."

덕구 아범은 사람들의 시선을 의식하여 환하게 웃고 있는 용하를 힐끔 보았다. 웬만하면 저 색안경만이라도 좀 벗었으면 하는 생각이 절로 들었다. 이상하게 쪽팔리는 느낌이 들었다. 그래서 주위의 재촉을 받고서도 손가락을 다시 올리기가 힘들었다.

덕구 아범의 속사정은 아랑곳없이, 용하가 허리춤에서 마패를 꺼내 팔을 높이 치켜들었다. 밤새 열심히 궁리한 끝에 나름대로 가장 멋진 동작을 취한 거였다. 하지만 다들 암행어사를 찾느라 그를 눈여겨보는 이는 아무도 없었다. 때마침 내려온 햇빛에 마패가 휘황찬란하게 반짝거렸다. 문제는 '휘황찬란하게 반짝'거렸다는 데 있었다. 사람들의 시선이 반짝이는 곳으로 일제히 집중되었다. 모두의 표정이 마패를 보고서도 암행어사인지 감을 잡지 못하는 듯하였다. 역졸이 말하였다.

"뭐야, 저 때깔 요란한 양반은? 손에 뭘 들고 있는 거야?"

"마······패 같은데?"

"어이, 이봐. 저렇게 반짝거리는 마패 본 적 있나?"

역졸 한 명이 재빨리 암행어사의 소집 명령서를 꺼냈다. 거기에 찍혀 있는 마패 도장은 진짜 같았다. 고개를 들어 용하가 치켜들고 있는 마패를 다시 살폈다.

"그러게. 차림새도 그렇고, 저거 아무래도 가짜 같은데?"

사람들의 수군거림에 놀란 덕구 아범이 다급하게 소리쳤다.

"그, 그건 내가 양잿물에 문질러서 그렇소!"

사람들의 시선은 덕구 아범마저 의심스런 눈초리로 보기 시작하였다. 당황한 그는 손으로 과장되게 문지르는 시늉까지 하며 힘주어 말을 덧붙였다.

"양잿물에 박박! 아주 박박!"

모두가 왜 그런 번잡스런 짓을 했는지 이해할 수조차 없다는 표정들이었다. 덕구 아범은 입을 꾹 다물고 말았다. 여기서 저 양반이 더러운 건 몸에 지니기 싫어서 그랬다고 말했다간 문제가 더 커지리라. 용하도 암행어사를 경외하는 분위기와는 딴판인 싸늘해진 공기를 감지하고 슬그머니 마패를 아래로 내렸다.

"어? 이건 내가 상상했던 장면과 많이 다른데……."

이와 동시에 꿇어앉아 있던 수령이 자리에서 일어서려고 하였다.

"어허! 앉지 못할까! 어디서 감히 고개를 드는 것이냐!"

용하가 호통을 치며 접선을 꺼내 활짝 펼쳐 얼굴을 가렸다. 암행어사라면 얼굴을 가리는 게 오히려 맞는 행동이었다. 하지만 그가 꺼내든 접선은 그 화려함이 암행어사와는 아주 많은 거리가 있었다. 더군다나 모두가 가짜로 단정하고 노려보고 있는 상황에서는 더욱 그러하였다. 이 접선에 자신감을 얻은 수령이 호령하였다.

"저 가짜 놈들을 당장 잡아 앉혀라!"

이에 수령과 아전을 잡으러 온 역졸들이 즉각 움직여 용하와 덕구 아범을 붙잡았다.

"뭣들 하는 짓이냐! 난 진짜 암행어사란 말이다! 이것 봐라! 마패를 살펴보면 될 것 아니냐!"

강경한 저항에 부딪힌 역졸들은 그제야 긴가민가하면서 팔을 풀었다. 그리고 그가 내민 마패를 앞뒤로 여러 번 뒤집어 가며 꼼꼼하게 살폈다. 역졸이라 하여도 진짜 마패를 구경할 수 있는 기회는 흔치 않았다. 한두 번 보았더라도 그간 그들이 보아 왔던 마패는 거무튀튀한 낡은 것들뿐이었다. 이렇게 갓 찍어 낸 듯 반짝반짝 윤이 나는 마패는 처음 보는 거였다. 마패의 문양은 진짜 같기도 하였지만 육안으로 확실하게 구분한다는 건 무리였다.

어느새 수령은 단상에 올라가 앉은 상태였고, 마을 사람들은 암행어사를 구경하러 왔다는 건 새까맣게 잊어버리고 이 상황을 흥미진진하게 지켜보았다. 용하는 역졸들을 뿌리치고 올라가 수령에게 왕의 친필과 수결, 옥새가 찍힌 봉서를 들이밀었다.

"이걸 보면 감히 가짜라 하지는 못할 것이오!"

수령은 봉서를 이리저리 살피면서 자신 없는 투로 말하였다.

"우리 같은 지방 수령이 어찌 상감마마의 어필을 구분할 수 있겠느냐."

"그게 무슨 말이오! 나는 매일매일 지겹도록 보는 게 어필인데!"

갑갑해서 자신도 모르게 내뱉은 말은 사람들의 의심을 증폭시키는 역할을 하였다. 상감마마의 어필을 매일매일 지겹도록 본다는 건, 이들에게는 옥황상제를 매일 만난다는 것만큼 거짓말 같은 이야기였기 때문이다. 용하는 미치고 팔짝 뛸 것 같아 제 가슴을 두드렸다. 지금 당장 진짜라는 걸 증명할 수 있는 게 아무것도 없다는 사실이 더 미칠 것 같았다. 이때 건물 뒤에 숨어 구경하던 기생 무리에서 말이 새어 나왔다.

"어머, 저분은 우리와 함께 지냈던 분인데?"

수령과 역졸이 소리 나는 곳을 쳐다보았다. 용하가 반갑게 그녀들을 향해 말하였다.

"엇! 잘 나왔네. 내가 어제 바닷가까지 나가서 뭘 했는지 말해 보게."

기생 한 명이 살짝 나와서 말하였다.

"바닷가에서 장삿배 사려고 한다면서 돈 자랑만 하셨어요."

용하와 덕구 아범은 아연실색하였다. 그 뒤를 이어 나온 기생의 말은 더 가관이었다.

"소첩들이 함께 다녀 봤는데, 암행어사? 오호호! 정말 웃겨. 지나가던 개도 웃겠네. 손톱만큼도 의심스런 구석이 없었어요."

"맞아요. 놀기는 또 얼마나 잘 노셨다고요. 그렇게 타고난 한량은 제 평생 처음이었네요. 어떻게 그런 사람이 암행어사를. 에이, 말도 안 돼요."

세 명의 기생은 확실하게 손사래까지 해 주고 웃었다. 궁지에 몰린 용하가 말을 더듬기 시작하였다.

"저기, 그건 순전히 선입견이라니까."

화가 치밀어 오른 덕구 아범이 자신도 모르게 그를 향해 소리를 버럭 질렀다.

"에이 씨! 그러니까 쇤네가 뭐랬습니까요! 암행어사는 누가 봐도 암행어사처럼 보이게 해서 다녀야 된다고 그랬지 않습니까요! 어떻게 그 꼴로 옵니까요, 그 꼴로!"

그런데 갑자기 그도 용하가 진짜 암행어사인지 의심스럽기 시작하였다. 저 양반이 업무에 짓눌려 갑갑해하더니 도망을 쳤을 수도 있지 않은가. 충분히 그러고도 남을 위인이란 건 덕구 아범이 모르지 않았다.

"작은 주인어른, 진짜 암행어사……, 맞으시지요?"

"어허, 이 사람이! 이 상황에서 자네마저 나를 버리는가?"

곰곰이 심사숙고하고 있던 수령이 용하를 향해 말하였다.

"한 가지 증명할 수 있는 방법은 있다."

"무엇이오, 그것이?"

"암행어사라 하면 시문 정도는 거뜬히 지을 수 있을 터."

용하의 숨이 턱 막혔다. 이런 빌어먹을 경우가 다 있다니! 멍청한 수령이라고 파악은 했지만 어떻게 암행어사를 증명하는 데 시문을 들이민단 말인가. 이러니 이 나라에 가짜 암행어사한테 놀아나는 고을이 속출한다지.

"저기, 그것도 선입견인데. 나는 생원시를 거친 사람으로서, 차라리 경문을 외워 보라 하면……."

하지만 덕구 아범은 기대에 가득 찬 눈으로 용하를 바라보았다. 비록 시문을 짓는 건 본 적이 없지만, 아무리 그래도 대과에 급제까지 하신 양반인데 이 상황에서 뭔가는 해 주지 않겠는가. 셀 수도 없을 만큼 많은 돈을 가지고서도 관직을 사지 않고 제 힘으로 급제한 인물이니 뭐가 달라도 다를 것이다.

"어떤 운이 좋을까? 암행어사라 하니 '행'으로 해 봐라."

"그러니까 행이라고 하면……. 음, 행……."

지을 줄은 알지만 잘 짓지는 못하는 탓에 시문이라고 하면 언제나 자신 없는 용하였다. 그러다 보니 갑자기 던져진 운에 당황하여 그마저도 엮어 내지 못하고 더듬거리는 사태가 벌어지고 말았다. 사람들에게 있어서는 가짜임이 증명되는 순간이었다. 덕구 아범은 용하의 더듬거림에 더욱 사색이 되었다. 잠시나마 기대했기 때문에 더 타격이 심했다.

"잠깐만요. 이분이 이윤 계산만큼은 기가 막히게 잘……."

아뿔싸! 말하고 보니 그건 암행어사와는 거리가 더 멀어지는 말이 아닌가.

"더 볼 것도 없다. 가짜다! 잡아라!"

역졸과 포졸들이 연합하여 용하와 덕구 아범을 몇 겹이나 빙빙 둘러쌌다. 두 사람은 그 가운데서 편들어 주는 사람 하나 없이 속수무책으로 서 있기만 하였다.

4

훤칠하게 키가 큰 사내 두 명이 삿갓을 쓴 채로 주막으로 들어왔다. 그들은 잠시 주위를 둘러보더니 평상 하나를 차지하고 앉았다. 날이 저물고 있는 터라 잠자리까지 염두에 두고 자리를 잡은 듯하였다. 두 사람의 대화가 자그마하게 들렸다.

"이 마을이냐?"

"그렇습니다."

"그럼 우리는 오늘 밤까지만 함께 있겠군. 난 내일 날이 밝자마자 출발할 터이니, 넌 그 멍청한 놈 찾아서 잘 해결 봐라."

"사형은 안 만나 보고 가실 겁니까?"

"그럴 시간이 어딨냐?"

주인장이 두 사람 곁으로 다가가 말을 걸었다.

"손님, 무엇을 드릴깝쇼?"

"국밥 두 그릇 주시오."

짧은 말이었지만 한양 말씨에 점잖은 기운이 가득하였다. 삿갓으로 가려진 얼굴이 문득 궁금해진 건 이 목소리 때문이었다. 또 다른 사내가 말하였다.

"염병할! 이렇게 더운데 먹을 게 그것뿐이야?"

비록 거친 말이었지만 사람을 주눅 들게 만드는 기운이 가득하였다. 이 또한 얼굴을 궁금하게 만든 원인이었다.

"사형, 더울 때일수록 끓인 국밥을 먹어야 배탈이 없습니다."

사람이 어쩌면 이리도 품위 있게 말할 수 있단 말인가. 주인장은 절로 고개가 조아려졌다.

"잠시만 기다려 주십시오. 여기는 우물이 깊어 물이 시원합니다요. 그거라도 먼저 대령합지요."

"그래 주겠소? 고맙소."

이 한마디가 주인장의 머리털을 쭈뼛 세웠다. 오랫동안 장사를 하면서 별별 사람을 다 만나 왔다. 그런데 삿갓으로 얼굴을 가린 이 사람들은 예사롭지가 않았다. 주인장은 먼저 온 손님들은 안중에도 없이 부리나케 움직여 물을 가져다 바쳤다. 그리고 밥상을 푸짐하게 차려서 가지고 나왔다. 거친 말투의 사내부터 삿갓을 벗었다.

"으, 덥다. 삿갓을 벗으니 그나마 낫군."

무사 같은 느낌이 강한 미남자였다. 뒤이어 점잖은 말투의 사내도 삿갓을 벗었다. 그 얼굴을 보는 순간, 주인장은 온몸이 마비가 된 듯 그 자리에 우두커니 설 수밖에 없었다. 주막에 삼삼오오 모여 있던 사람들의 시선도 온통 그에게 집중되었다. 잘생겼다. 이 한마디로 표현

할 수 있는 외모가 아니었다. 주인장은 그 자리에서 무릎을 꿇고 앉아 머리를 숙였다.

"엇! 주인장, 갑자기 왜……."

"암행어사시지요? 이렇게 우리 마을에 와 주시다니, 영광입니다요."

거친 말투의 사내가 웃음을 터뜨리며 말하였다.

"하하하! 가랑, 또다. 이야, 어떻게 들르는 마을마다 이 소동이냐. 어이, 주인장. 우리는 암행어사 따위가 아니다."

"암요, 암행어사가 암행어사라 말씀하실 턱이 없지요. 하지만 암행어사가 내려온다는 소문이 이미 파다하였습니다요."

"아니라고 했잖아!"

고함 소리에 움찔하였지만 주인장은 급기야 눈물까지 흘렸다.

"아이고, 어찌나 살기가 팍팍한지. 시장에 가면 비싸지 않은 물건이 없습니다요. 아전한테 뇌물을 대지 못하면 장사는 꿈도 못 꾸고요. 긁어 가는 세금은 또 어찌나 많은지. 상감마마께오서 우리 마을을 버리지 않고 이리 훌륭한 암행어사를 보내 주시다니, 죽어도 여한이 없습니다요."

암행어사도 아니고 더군다나 한 일은 아무것도 없는데, 얼굴 한 번 보여 주고 훌륭한 암행어사가 되어 버린 선준이었다. 여기까지 내려오면서 들르는 마을마다 매번 벌어졌던 소동이라 재신과 선준은 이제 놀랍지도 않았다. 어느새 다른 손님들도 선준 앞으로 몰려와 허리를 숙이거나 무릎을 꿇었고, 가게를 지나가던 사람들도 걸음을 멈추고 담에 붙어 섰다.

"주인장, 미안하게도 난 암행어사가 아니오. 낯 뜨거우니 모두들 이러지 마시오."

"하지만 분명 암행어사가 내려오신다고……. 그러잖아도 오늘 낮에 가짜 암행어사 때문에 마을 분위기가 얼마나 뒤숭숭했는데요."

"가짜 암행어사라니?"

"역졸까지 불러다 관아를 발칵 뒤집어 놓은 사기꾼이 하나 있었습죠. 그런데 머리끝부터 발끝까지 돈으로 칠갑을 하고선 자기가 암행어사라 하니……."

"여림, 이 자식!"

재신이 성질을 내면서 숟가락을 탁 내려놓았다. 더 들을 필요도 없이 어떻게 된 상황인지 눈에 훤히 보이는 듯하였다. 선준이 당황하여 주인장에게 물었다.

"그 가짜 암행어사는 지금 어떻게 되었소?"

"감옥에 가둬 뒀다고 들었습니다요. 그리 물어보시는 걸 보니 암행어사가 확실하구먼. 맞지요?"

"아니오."

선준이 민망한 듯 웃어 보이자, 그는 고개를 갸웃거리며 다른 손님들과 함께 흩어졌다. 마지막까지 포기하지 못하는 중얼거림이 들렸다.

"암행어사 맞는데……."

암행어사가 맞기는 하였다. 단지 선준이 아니라 아무도 의심하지 않는 그 앞의 재신이라서 그렇지만. 사람들은 멀어지기는 했지만 여전히 그들에게서 의심의 시선을 돌리지는 않았다. 선준이 작은 소리로 말하였다.

"당장 여림 사형께 갑시다."

급하게 일어나려는 그와는 반대로 재신은 평소의 성격과는 달리 느긋하게 숟가락을 다시 들었다.

"이봐, 그리 급할 거 없잖아? 이거 다 먹고 가도 늦지 않아."

그리고 한 숟가락 떠먹고 난 뒤 좋아 죽겠다는 듯이 웃었다.

"으흐흐, 그놈이 지금 있는 곳이 다른 데도 아니고 바로 감옥이라고. 가랑, 오래 있도록 내버려두자. 절대로 우리가 나서서 꺼내 주지는 말자."

"알고서 그냥 둘 수는 없습니다."

"우린 여럼이라는 말은 들은 적이 없다. 돈 칠갑한 가짜 암행어사라고만 들었지. 그간 그 녀석한테 당해 왔던 걸 떠올려 봐라. 꺼내 주고 싶냐?"

잠깐 동안 예전 일부터 시작해서 많은 사건들을 회상한 선준은 군말 없이 숟가락을 들었다.

"이래서 쇤네가 안 오겠다고 안 오겠다고 그렇게 사정했건만, 기어이 끌고 오시더니. 작은 주인어른 때문에 이게 무슨 꼴입니까요! 어이구, 내 팔자야."

감옥에 갇히고서부터 지금까지 계속되는 덕구 아범의 쉴 새 없는 넋두리에 용하의 귀에 딱지가 앉을 지경이었다.

"이 모두가 내가 암행을 너무 잘한 탓일세."

"곧 죽어도 잘하셨다지, 곧 죽어도. 그게 암행을 잘한 겁니까요? 평소 하던 행실 그대로 한 것밖에 더 있습니까!"

용하는 접선을 펼쳐 드는 버릇대로 몸을 더듬거리다가, 감옥에 들어오기 전에 압수당한 걸 떠올렸다. 그래서 괜히 감옥 안을 서성거리는 것으로 부채질을 대신하였다.

"정신 사납게. 좀 앉으십시오."

"더러워서 엉덩이를 댈 수가 없으이."

투정 부리는 듯한 말투였지만 그 속에서 당혹감이 느껴졌다. 그러고 보니 감옥에 들어오고부터 계속 서 있었던 것 같았다. 여기 들어온 지 한참 지났으니 다리가 아플 만도 하건만.

"정 그러시면 쇤네 어깨에라도 걸터앉으시던가요."

"자네도 그다지 깨끗한 건……."

"에잇! 그럼 관두십시오."

"아, 아니, 앉겠네. 앉게 해 주게."

용하는 그의 어깨를 손바닥으로 툭툭 쳐서 먼지를 털어 냈다. 그러고도 마음에 차지 않는지 입으로 불기도 하고 다시 여러 번 털고서야 엉덩이를 슬쩍 걸쳤다. 어깨를 터는 사이 덕구 아범은 몇 번이나 그를 바닥에 팽개치고 싶은 걸 참았다.

"고맙네."

"이제 우리는 어찌 되는 겁니까?"

"곧 나갈걸세. 수령이 관찰사께 진위 여부를 알아본다고 했으니 곧 판가름 나겠지. 예전에 여기 관찰사께 성의 표시를 한 적 있다네."

"여기 관찰사는 어디에 있는데요?"

"……전주."

"네? 여기 영광에서 거기 전주까지 어느 세월에 왔다 갔다 한답니까. 아이고!"

그런데 이때 감옥 밖에서 귀에 익은 목소리가 들렸다.

"덕구 아범이 참 고생이 많다."

빈정거리는 듯한 이 목소리는? 덕구 아범은 너무나도 반가운 나머지 제 어깨에 누구 엉덩이를 올려 두었는지 생각할 겨를도 없이 벌떡 일어섰다. 이 때문에 아직 일어설 준비조차 못 하고 있던 용하가 더러워서 엉덩이도 대기 싫다던 바닥에 얼굴부터 발까지 온몸 전체가 납작하게 엎어지는 불상사가 벌어지고 말았다. 벌떡 일어섰지만 이미 늦었다. 다쳐서가 아니라 더러워진 손과 옷으로 인해 비명이 터져 나왔다.

"으아아악!"

하지만 덕구 아범의 안중에는 감옥 건너편의 두 사람밖에 없었다. 선준이 시원스런 눈웃음으로 인사를 하였다.

"걸오 선비님! 오, 가랑 선비님까지? 으흐흑! 이렇게 뵙다니. 쉰네가 선비님들을 도와드려야 한다고 안 오겠다고 그리 말씀드렸는데도, 흑흑."

"따라온 게 아니냐?"

"물론입지요. 심지어 끌려왔습니다요. 강제로!"

용하를 노려보는 재신의 눈이 매서웠다. 용하가 가슴을 쓸어내리며 장난기 가득한 웃음을 보였다.

"이렇게 감옥에 들어 있기 천만다행일세. 아니었다면 벌써 걸오 주먹에 나가떨어졌을 터인데."

재신이 차갑게 웃으며 선준의 어깨를 잡아끌었다.

"그래, 다행인 김에 계속 거기 있어라. 가자, 가랑. 저놈 저러는 데는 이만한 약도 없다."

선준이 웃으며 끌려가는 척하였다. 그러자 덕구 아범이 새파랗게 질려서 말을 더듬었다.

"어……, 어? 전 재산을 털어도 살 수 없다는 벗들이 작은 주인어른을 감옥에 그냥 놔두고 가시는뎁쇼?"

"이보게, 걸오! 자, 장난이 너무 심하네."

재신이 용하에게 들리게끔 선준에게 말하였다.

"저 자식은 감옥지기를 꾀어서 땅을 파게 만들 수도 있는 놈이다. 만약에 그러지 못한다면 저놈이야말로 가짜 여림이란 얘기지. 우린 신경 쓸 필요 없어!"

그의 말에서 진심이 느껴졌다. 동시에 절대로 감옥에서 꺼내 주지 않겠다는 의지도 보였다.

"날 과대평가하면 아니 되네. 돌아오게들! 엉? 그런데 우리 대물 도령은?"

"대물은 한양에. 그럼 간다."

"자네들 미쳤는가! 자네들도 상감마마의 어명으로 어쩔 수 없이 내려왔을 테지만, 어떻게 대물 혼자 한양에 두고 올 수가 있는가! 그사이 같은 울타리 안에 있는 다른 짐승들한테 뜯어 먹히고 말 거라고!"

용하의 비명에 가까운 고함에 재신과 선준은 돌아보았다. 이번만큼은 용하의 꾐에 빠지지 않겠다고 다짐했기 때문에 우선 경계부터 하였다. 하지만 그는 진심으로 화가 나 있었다. 그리고 불안한 듯 감옥 안을 정신없이 서성거렸다. 그의 걸음이 불현듯 떠오른 생각을 잡아챘는지 딱 멈췄다.

"관아에 들어가서 조보를 빌려 오게. 최대한 최근 것까지 몽땅!"

"너, 이번에도 수작 부리는 거면······."

"이 감옥 안에서 평생 살라고 해도 그렇게 하겠네."

윤희와 관련된 일이라 선준의 다리가 먼저 달려 나갔다. 용하의 사색이 된 얼굴이 고스란히 그에게로 옮겨 와 있었다. 선준은 이미 신분을 밝히고 용하의 면회를 얻어 냈기에 조보도 어렵지 않게 빌려서 감옥으로 돌아왔다. 물론 감옥 밖의 관아는 현재 벌컥 뒤집힌 상태였다.

"우리가 떠나올 때부터 가장 최근 것까지 가져왔습니다."

용하는 세 등분으로 나눠 한 뭉치씩 주었다. 그러는 동안 재신은 감옥지기에게 눈 한 번 부라리고 횃불을 가져와 들고 있게 하였다.

"김윤식을 찾아보게."

용하의 지시에 따라 각자 한 등분씩을 받아 들었다. 그런데 분배 직후 곧바로 용하가 말하였다.

"찾았네, 김윤식."

"야! 어떻게 그렇게 금세 찾아? 너, 수작 부리는 거 맞지?"

"제일 마지막 장에 있었으니까."

그가 내미는 종이를 보았다. 그의 말은 수작이 아니었다. 그곳에는 의금부에서 규장각 대교 김윤식이 궁녀와 간통한 사실을 적발하였다는 내용과 주상의 윤허로 심문이 결정되었다는 내용이 있었다. 그것이 전부였다. 선준의 다리가 힘을 잃고 털썩 주저앉았다. 재신의 다급한 고함 소리가 아득하게 들렸다.

"그 뒤는! 다른 내용은!"

"없네. 이게 가장 최근 거네. 여기까지 조보가 내려오려면 시간이 걸린단 말일세. 날짜가······, 지금으로부터 열흘가량 전일세."

"벌써 열흘이나 지났단 말이야? 젠장! 그러니까 내가 파직을 당하더라도 안 내려온다고 했잖아!"

넋을 잃고 주저앉아 있던 선준의 눈이 무의식중에 또 다른 글자를 읽었다. 마치 경기를 하듯 자세를 고쳐 잡는 그를 보고 재신과 용하, 그리고 덕구 아범도 덩달아 놀랐다.

"뭐, 뭔가? 대물 도령 기사가 또 있는가?"

"홍벽서가……, 체포되었다는데요?"

"뭐라고!"

재신이 그의 손에서 종이를 낚아채 갔다.

"염병할! 대체 어떻게 돌아가는 거야?"

"나도 보여 주게, 어서!"

종이는 용하의 손으로 넘어왔다. 동시에 감옥지기가 든 횃불 또한 순순히 용하 쪽에 가까워졌다.

"서자라고? 이런 얼토당토않은 기사를 믿는 사람이 있는가? 혹시 이자가 청벽서?"

"아! 넌 모르겠군. 청벽서는 사헌부 감찰이었다. 강정주라고……."

"강정주? 사헌부의 강정주라면……. 뭐? 그 소론 강정주?"

"아는 놈이냐?"

"알다마다. 오, 이런! 그자는 안 돼."

급격히 나빠진 용하의 안색이 어두움 속에서도 확연히 보였다.

"왜?"

"강정주는 상감마마께오서 특별히 아끼는 인재란 말일세. 강직한 성품 때문에 상감마마께오서 믿고 사헌부에 오래도록 두시고 있다네."

"초계문신이라 미루어 짐작은 하고 있었습니다만, 그것이 왜 안 되는 것입니까?"

"그자는 태도도 불량하지 않고, 사치하지도 않고, 더군다나 노론도 아닐세. 하여 만약에 문제가 발생한다면, 그래서 상감마마께오서 반드시 어느 한쪽의 손만 잡아야 하는 경우가 생긴다면 상감마마께오서 잡으시는 손이 우리가 아닐 수도 있네."

감옥 안에 정적이 찾아왔다. 그 정적을 깨듯 재신이 감정 없는 농담을 하였다.

"하긴 어떤 임금이 이 꼴을 하고 암행어사로 내려오는 놈 손을 잡아 주겠냐?"

다시 정적이 찾아왔다. 이번에는 덕구 아범이 손바닥을 비벼 가며 참았던 말을 어렵게 꺼냈다.

"저기, 선비님들. 심각한 말씀 중에 대단히 죄송하지만, 저희를 그만 감옥에서 나가게 해 주시면⋯⋯. 대화는 나가서 하는 편이⋯⋯. 작은 주인어른을 정히 용서하기 힘드시다면 쉰네 혼자만이라도 어떻게⋯⋯."

선준과 재신은 서로를 쳐다보았다. 그동안 당해 왔던 걸 갚을 기회라며 자신들 손으로 꺼내 주지는 말자고 몇 번이나 맹세했던 게 바로 얼마 전이었다. 하지만 지금 현재로서는 곧바로 한양으로 올라갈 여건이 되는 건 용하밖에 없었다.

"여림 사형, 염찰은 끝내고 역졸을 부르신 거 맞지요?"

"물론일세. 오늘 밤에 일을 마무리하고 내일 날이 밝는 즉시 한양으로 돌아갈 수도 있네."

결국 용하를 감옥에 가둬 두기로 한 결심은 하룻밤을 넘기지 못하고 완전히 무너졌다.

"열흘이나 지난 기사다. 지금 올라간다 해도 이미 상황은 끝났을 거다."

"내가 떠나올 때의 그 모습이 마지막은 아니어야 할 터인데……."

재신과 용하의 눈이 선준을 향하였다. 선준이 그들의 눈빛에 대답하였다.

"대물은 잘 헤쳐 나가고 있으리라 믿어 의심치 않습니다. 단지……."

'힘들어하고 있을 그 사람의 곁에 함께 있어 주지 못하는 것이 괴로울 뿐입니다.'라고 소리 내어 말하지 못하는 대신에 고개를 숙이고 눈을 감았다. 윤희의 웃는 얼굴을 떠올렸다. 그녀를 떠올리니 이내 눈이 부셨다. 그저 머릿속에 떠올렸을 뿐인데도 부신 눈을 뜰 수가 없었다. 용하가 물었다.

"내 임무야 그렇다손 치더라도, 가랑과 걸오는 여기 무슨 임무로 내려왔는가?"

"난 이 마을은 지나가는 것뿐이다. 좀 더 아래 지방에 볼일이 있어서."

"가랑 자네는?"

"저는 암행을 내려온 게 아닙니다. 재임 중인 군수에게 죄가 있건 없건 이곳 군수는 바뀔 터이니, 새 군수가 오기 전까지 여기 영광을 정상화시키라는 어명입니다."

"뭐? 허! 가랑은 한양에 오랫동안 못 돌아가겠군."

용하가 던진 말에 선준과 재신이 동시에 집중하였다.

"이 고을은 수령이 멍청해서 제대로 돌아가는 게 없네. 처리한 재판

들 중에 억울한 백성 가려내는 것도 만만치 않은 작업일걸세. 대부분을 새로 점검해야 할 터이니. 또한 상귀翔貴가 백성들 어깨를 짓누르고 있고, 가하금加下金도 엄청날걸세."

횃불을 든 감옥지기의 손이 바들바들 떨리기 시작하였다. 앞에 나누던 대화는 전혀 알아듣지 못했지만 지금의 대화는 대충 귀에 들어왔다.

"확인해 봤냐?"

"확인해야만 아는가? 내 장담컨대 족히 대여섯 달 전부터는 하기조차 거의 기입이 되어 있지 않을걸세. 지금부터 뒤져 보면 증명이 될 테지. 또한 내가 기존의 아전들을 죄다 쓸어버릴 예정이라, 그 뒷수습도 자네의 몫일세."

또다시 횃불이 파르르 떨렸다. 행색은 요상해도 말하는 건 암행어사가 틀림없었다. 그것도 평범한 암행어사가 아니었다. 그렇다면 진짜 암행어사를 감옥에 가뒀단 말인가?

"여림 사형이시니 어련히 맞겠습니까. 그 말씀대로라면 다음 군수로 인수인계하는 것만도 시간이 걸리겠군요."

심각한 세 사람의 다리 밑에서는 지쳐서 주저앉은 덕구 아범의 중얼거림이 끊임없이 계속 이어지고 있었다.

"선비님들, 제발 감옥부터 나가고 나서 대화하시라니까요. 힘들고 배고프다고요. 으흐흑!"

고개를 숙이고 퇴진을 고하는 윤희에게 인욱이 웃으며 말하였다.

상귀(翔貴) 하늘 높은 줄 모르고 치솟는 물가.
가하금(加下金) 예산을 초과하여 낭비한 금액.

"마지막 인사로군."

윤희가 고개를 들었다.

"아직은 모릅니다."

"아무튼 그동안 수고 많았네. 내일 의금부에서 결정이 나면 자네가 그리도 원하던 사임이 이뤄지겠군. 안 그런가?"

불쾌하였다. 뼛속에서부터 그러한 느낌이 강렬하게 올라왔다. 인욱과 이 간통 사건은 아무런 관련이 없을 것 같은데, 그의 기쁜 웃음이 윤희를 자극하였다.

"물론 소인이 사임을 청하기는 하였으나, 이런 식의 불명예스러운 파직을 원한 건 아니었습니다. 이만 가 보겠습니다."

윤희는 돌아보지도 않고 이문원을 나왔다. 그동안 업무에 발목 잡혀 아무것도 하지 못한 탓에 마음이 조급하였다. 증인이 될 만한, 자신의 편에 서 줄 만한 사람을 아직 찾지 못하였다. 한양에 없는 세 남자 외에는 그러한 사람을 떠올릴 수조차 없었다. 이것이 현재로서는 가장 급선무의 일이었다. 의금부에서 확보하고 있는 증인과 증거에 맞설 수 있는 그 누군가를 과연 오늘 중으로 한양 내에서 찾아낼 수 있을지가 미지수였다. 마치 보이지 않는 어떤 존재가 그녀를 궁지에 몰고자 일부러 업무에서 손을 떼지 못하게 만든 것 같았지만 그저 짐작에 불과할 뿐이었다.

조급한 마음을 애써 달래 가며 궐을 나섰을 때였다. 한 덩어리의 무리가 지나가는 것이 보였다. 그 무리를 통해 윤희는 '누군가'를 떠올렸다.

"찾았다!"

어쩌면 그 '누군가'는 한양에 없는 세 남자보다 더 좋은 증인이 될지도 모른다는 확신이 윤희로 하여금 그 무리를 향해 달려가게 만들었다. 그리고 그 무리에게서 '누군가'에게 연락을 넣을 수 있는 방법을 수소문하였다.

밤이 깊어 갔다. 오늘따라 달은 또 가까웠다. 잠을 이룰 수 없었던 윤희는 괜히 밝은 달빛을 원망하며 창밖을 보았다. '누군가'에게 가까스로 연락은 넣었다. 하지만 그에 대한 답변은 듣지 못하였다. 그것은 거절과도 같은 것이었다. 쉽게 만날 수 없는 사람이기에 더 이상 어찌해 볼 도리도 없었다. 윤희는 잔뜩 웅크린 채로 자신의 무릎을 끌어안았다. 차라리 거절을 당한 게 다행인지도 몰랐다. '누군가'는 세 남자보다 더 좋은 증인이기도 하였지만, 한편으로는 그동안 윤희가 사내로 지낼 수 있었던 터전마저 흔들 수 있는 양날의 검과도 같은 인물이었기 때문이다.

"가랑 형님······."

이러한 상황에서 그 사람 얼굴만 떠오르는 것이 당혹스러워 부질없이 한 번 불러 보았다. 보고 싶었다. 그가 어디로 갔는지를 알면 이대로 달려가서 품으로 뛰어들 수도 있으련만. 얼굴만 볼 수 있어도 지금의 고통스런 마음이 사라져 버리련만.

"파직을 당하지 않으려고 발버둥치는 지금의 제가 미우시겠지요? 나중에 알게 되면 원망하시겠지요?"

자리에서 일어섰다. 잠깐 바람이라도 쏘이면 잠들 수 있으리라.

마루의 나뭇결이 발바닥에 느껴졌다. 바람은 한두 점밖에 불어오지 않았다. 하지만 달빛이 찬 기운을 보내서인지 시원한 공기가 더위 곳곳에 배어 있었다. 어느덧 또 한 계절이 지나려 하고 있었다. 윤희는 주인이 비운 방을 바라보았다. 그 방의 문을 열었다. 서늘한 바람이 심장을 지나갔다. 그가 있을 때는 가득 차 있던 방이 사람 한 명만 빠져나갔을 뿐인데 아무것도 없는 듯하였다. 선준이 앉았던 자리에 앉았다. 그의 손때가 묻은 책을 펼쳐도 그의 온기는 찾을 수가 없었다.

문득 수상한 글자를 발견하였다. 책에서가 아니었다. 방바닥에 또렷이 쓰여 있는 선준의 단정한 필체였다. 고개를 비틀어 글자를 읽었다.

그대가 용이 되고자 한다면 나는 기꺼이 그대가 헤엄쳐 놀 수 있는 물이 되겠소. 그러니 그대의 바람이 곧 나의 바람이오.

윤희는 엉금엉금 기어 글자로 다가갔다. 글자를 잡으려 손을 뻗었다. 그런데 그 글자는 그녀의 손등으로 옮겨 왔다. 고개를 들어 창을 보았다. 바닥에 써 놓은 글이 아니었다. 창호지에 덧대어 뒤집어 붙인 그의 편지였다. 그 글자들이 달빛을 받아 방바닥에 완전한 글자가 되어 있었다. 선준은 알고 있었다. 힘겨운 일이 생기면 이 방에 잠시나마 기대려고 찾아올 자신의 아내를.

"쪽지 하나 남기지 않고 가서 서운하였는데……. 외로울 틈을 주지 않네요."

눈에서 흘러넘치는 눈물을 감당할 수가 없었다. 달빛이 그녀의 얼굴에, 몸에 짙은 글자를 새겨 넣었다. 문신처럼 깊게 그의 마음을 새겼다.

"아랑, 당신의 사랑이 저를 자유롭게 합니다. 그렇기에 당신의 사랑 안에 있는 한, 저는 그 누구보다 행복합니다. 알고 계신가요? 당신이 제게 세상을 주었음을……."

윤희는 기웃이 팔을 베고 누워 깊은 잠에 빠져들었다. 잠든 그녀의 몸 위로 그의 글자가 올라가, 마치 물이 되어 감싸듯 그녀의 몸을 안았다. 수심이 깊어 일렁이는 물살조차 없는 물속에서 윤희는 모든 힘겨움을 빼앗긴 채 편안한 단꿈을 꾸었다.

척!
선준의 접선이 펼쳐져 윤희의 얼굴을 가렸다. 그의 방에서 빌려 온 접선이었다. 의금부 도사 이경배가 다가와 지적하였다.
"부채는 거두어 주시오."
"아직 소인이 죄인이라 가려진 바 없으니, 최소한 얼굴을 지킬 권리는 있습니다. 유죄가 확정되면 얼마든지 거두지요."
단호한 태도에 눌린 경배는 잠시 머뭇거리다가 어쩔 수 없이 물러났다. 윤희는 가까스로 두려움에 떨고 있는 표정을 가릴 수 있었을 뿐만 아니라, 용기를 얻을 수 있는 선준의 물건을 부적으로 확보하였다. 의금부에는 소속 관원들 외에도 여러 사람들이 참관인 또는 구경꾼으로 모여 있었다. 이중에는 왕이 보낸 눈도 있었고, 정무가 보낸 눈도 있었다. 윤희는 사람들 사이를 두리번거렸다. 증인을 부탁했던 사람은 보이지 않았다. 역시 무리였나? 부탁을 한 것부터가 뻔뻔하기 이를 데가 없기는 하였다. 그녀의 고개가 희망을 잃고 떨어졌.
이 사건을 담당한 도사 경배가 단상 아래에 섰다. 그 아래에 아감 상궁이 허리에 패를 차고 섰다. 그리고 죄인인 궁녀 금난은 끌려와서 마당에 꿇어앉혀졌다. 금난이 윤희를 힐끔 보았다. 하지만 표정 하나 보이지 않고 땅으로 눈을 돌렸다. 그녀의 모습을 본 윤희는 깜짝 놀랐다. 지나치게 핼쑥해져 그날 밤에 본 여자와 동일한 인물 같지가 않았다. 흐릿한 눈동자는 살아 있는 사람의 것이라고 생각할 수조차 없었다. 신체에 폭력을 가한 흔적은 없었다. 그런데 어떻게 인간이 저 상태일 수가 있단 말인가. 공함추문을 받을 때만 해도 미워하고 원망했던 여인이었는데, 지금의 모습을 보니 그런 마음을 유지할 수가 없었다. 어떻게 된 일이냐며 항의를 하기 위해 아감 상궁을 쳐다보았다. 하지만 가슴에서 올라오는 말을 꾹 눌러야 했다. 심문이 시작되기도 전에 틀어질 만한 일은 삼가는 게 현재로선 중요했다.

공함추문에 기재되어 있던 증인이 들어왔다. 궁녀 세 명과 검서관 두 명이었다. 윤희는 두 검서관을 노려보았다. 언제나 얼굴 맞대고 지낸 규장각의 동료들이 누명을 씌우는 데 일조를 하고 있다는 사실이 다른 무엇보다 분노케 만들었다. 판사가 들어와 단상에 앉았다. 결국 윤희 쪽은 증인도 없이 추문이 시작되었다.

죄인 두 사람이 처음 만나던 날부터 양쪽의 말이 갈라졌다. 사라졌던 공복이 증거로 제시되었을 때는 윤희도 기함하여 넘어갈 뻔하였다. 공복에 관해 증인이 되어 줄 만한 사람이 모두 사성으로 나가 있으니 추문을 연기해 달라는 청을 하였지만 그 즉각 거부당하였다. 금난은 서로 사랑했던 순간들을 이야기하였다. 어찌나 절절한 사랑인지 듣는 이들 모두 감동할 지경이었다. 증인으로 나온 궁녀들은 금난의 거짓말을 사실로 뒷받침해 주는 역할을 하였다. 하지만 윤희로서는 이 모든 것을 거짓말이라고 말할 수밖에 없었다. 그것이 사실이었기 때문이다. 하지만 진실을 모르는 사람들의 눈에는 혼자 살겠다고 사랑하는 여인까지 내팽개치는 파렴치한으로 보일 뿐이었다.

왕의 눈으로 참석한 이가 상황을 비관하여 고개를 가로저었다. 그리고 정무의 눈으로 참석한 이는 이로써 골칫덩어리가 사라지게 되었다며 고개를 끄덕였다. 윤희가 손도 쓸 수 없는 상황으로 치닫는 만큼 태양은 점점 하늘 위로 올라갔다.

삐거덕! 대문이 열리는 소리가 들렸다. 그 순간 추문을 하고 있던 마당 전체로 짙은 꽃향기가 퍼져 들어왔다. 소리가 아닌 향기에 이끌려 모든 사람들의 시선이 대문으로 들어오는 사람에게로 향하였다. 땅에 끌리는 새빨간 치마, 그 위로 짧아서 겨드랑이가 보일 듯 말 듯 한 새하얀 저고리, 붉은 꽃이 그려진 전모, 그 아래의 짙은 화장이 사람들의 시선을 놓아주지 않았다. 치맛자락을 끌어당긴 손가락 모양조차 오만하지 않은 구석이 없었다. 마당에 있던 어떤 이가 탄복하여 말하였다.

"초, 초선이다!"

이에 마당 안 전체가 술렁거렸다.

"초선이라고? 그 말로만 듣던 최고의 기생, 초선?"

"오오! 초선일 이리 직접 보게 될 줄이야."

"역시 대물 도령일세. 천하의 초선이가 이 의금부 마당에 설 줄 누가 알았겠나. 시시하게 끝날 줄 알았는데, 이거 재미있는 싸움이 되겠는걸."

5

"와 줘서 고맙소."

윤희 앞을 지나가던 초선의 발걸음이 잠시 멈췄다. 그녀의 입가에 싸늘한 미소가 잡혔다.

"이 소첩이 도련님을 도와드리러 왔다고 여기시나요? 도련님께는 원한이 더 깊다는 걸 잊으셨나 보네요."

"초선은 내가 아는 가장 영리한 여자요. 부탁하오."

"도련님 출세에 있어서 지금이 위기이신데……. 소첩이 도와드린다면 그 대가는 무엇이어요?"

"대가는 없소."

딱 잘라 대답하자 초선은 어이가 없는지 피식 웃었다.

"참으로 뻔뻔하기도 하시지. 그럼 가랑 선비님을 제게 주실 수 있으신가요?"

윤희는 얼굴을 가렸던 접선을 걷어 내고 여유 있는 눈웃음으로 말하였다.

"그대가 왜 그런 말을 하는지 모르는 바는 아니오. 하나 여인의 마음이 자신의 것이듯 사내의 마음 또한 스스로의 것이니, 기껏 벗에 불과한 내가 그를 그대에게 준다, 주지 않는다는 약속은 할 수가 없는 성질의 문제요."

"여인의 마음도 사내의 마음과 같이 스스로의 것이라……."

초선은 말끝을 흐리며 확답은 하지 않고 그대로 지나갔다. 윤희가 긴 한숨을 내쉬었다. 자고로 미인계를 당할 싸움은 없다고 하였다. 그에 있어서 가장 탁월한 패가 초선이었다. 비록 윤희가 부탁한 사항은 몇 가지 되지 않았지만, 상황에 따라 얼마든지 대처할 수 있는 능력을 갖춘 여자였다. 그러니 나머지는 초선이 어떻게 마음을 먹느냐에 달렸다.

윤희가 노린 미인계의 효과는 바로 드러났다. 초선이 마땅히 앉을 자리가 없어 두리번거리자 어디서 나타났는지 돗자리가 깔렸다. 판사부터 도사, 참관인에 이르기까지 사내라면 초선을 의식하지 않는 이가 없었다. 게다가 화려한 미모에 있어서는 웬만한 기생도 흉내 내기 힘든 초선이 아닌가. 그렇기에 같은 여인들은 그녀가 가만히 앉아 있는 것만으로도 주눅이 들었다. 특히 이곳에 있는 여인들은 윤희를 제외하면 모두가 궁녀였기에 그 파급 효과는 엄청났다. 금난의 표정은 가여울 지경이었다. 윤희의 기대에 부응하듯 초선은 금난과 눈이 마주치자 특유의 오만한 미소를 보이는 것으로 종지부를 찍었다.

다시 추문은 시작되었다. 하지만 초선이 등장하기 바로 직전까지만 해도 사랑하던 사이라고 우기던 금난의 기세가 갑자기 꺾였다. 초선이 한 일은 아무것도 없었다. 그저 앉아만 있은 것이 전부였음에도 마당의 분위기는 확연히 바뀌고 있었다. 판사가 검서관들에게 물었다.

"그러니까 두 사람이 상압하는 장면을 보았다는 것이냐?"

"그렇습니다."

"언제 어디서였느냐?"

"그날이 보름이었습니다. 달이 밝다며 김윤식 대교와 인사했던 게 기억나니까요. 그리고 장소는 열고관이었고요."

검서관의 말은 미리 추문하여 받아 둔 금난과 궁녀들의 말과 일치한다고 경배가 거들었다. 판사의 질문은 금난에게로 이어졌다.

"상압을 한 것은 그날이 처음이 아니었다고?"

"그, 그렇습니다. 저희는 줄곧……."

판사의 눈은 증인으로 나와 있는 궁녀들에게로 옮겨 갔다.

"여기에 대해서는 너희도 매번 들어 왔다고?"

"그렇습니다."

두 사람의 관계에 대해 실속 없는 문답이 계속되자 초선이 과장되게 하품을 하면서 증인으로서 발언을 신청하였다.

"그러니까 여기 김윤식 도련님과 저기 궁녀가 상압을 하였던 것이지요? 한데 왜 이리 점잖은 질문들만으로 시간을 낭비하세요? 두 사람이 어떻게 만나서 무슨 이야기를 나눴는지는 중요한 문제가 아닌 듯한데……."

초선이 검서관들과 궁녀들, 그리고 금난을 보면서 말을 이었다.

"이리 질질 끄시지 말고 저 궁녀에게 도련님의 물건이 어떻게 생겼는지를 물어보셔요."

 접선으로 가린 윤희의 입술이 웃었다. 이 질문은 여차하다가는 몸수색으로 갈 가능성이 높다는 문제가 있었지만 시비를 가릴 수 있는 유일한 것이기도 하였다. 그래서 이 질문으로 인한 사태에 대해서는 초선에게 전적으로 맡기는 방법을 택하였다. 윤희의 예상대로 금난이 크게 당황하는 것이 보였다. 금난이 자신에게 스스로 건 최면에 금이 가기 시작하는 순간이기도 하였다.

 "상압을 한 것이 사실이라면 응당 보았을 터. 죄인은 여기에 대해 말해 보라."

 "그, 그게……, 대물이라는 별호답게……, 커, 커, 컸습니다."

 윤희의 눈동자가 자신도 모르게 저절로 하늘로 향하였다. 세상에 존재하지도 않는 물건을 가지고 그 크기에 관해 논하고 있으니 참으로 기가 막힐 따름이었다. 그런데 이때 콧소리 섞인 초선의 웃음소리가 마당 가득히 메워졌다. 판사가 그녀의 웃음을 지적하였다.

 "정숙하라!"

 "오호호! 하지만 정말 웃긴걸요. 왜 다들 웃지 않으실까?"

 "뭐가 그리도 우습다는 말이냐?"

 "본디 물건의 크기라는 것은 상대적인 것이 아닌가요. 이 천한 몸은 이 사내, 저 사내의 물건을 보아 왔으니 김 대교님의 물건이 크다는 걸 알아볼 수 있다손 치더라도, 어려서 궁으로 들어가 사내란 건 모르고 자랐을 궁녀가 물건의 크기를 가늠한다는 건 정말 웃기는 일이 아니고 무엇이겠어요. 열녀문을 하사받은 과부가 성이 다른 자식을 수두룩하게 낳은 것과 진배없는 일이지요."

아감 상궁의 안색이 굳어졌다. 그리고 사람들의 웅성거림이 점점 커져 갔다. 초선이 다시 한 번 크게 웃으며 뒷말을 붙였다.

"저 궁녀에게 어떤 사내와 비교하여 크다는 건지 제대로 물어봐 주시겠어요? 설혹 보았다는 것이 내시의 것은 아닌지? 그에 비하면 크지 않은 사내란 건 또 없으니 궁녀의 말을 입증하기는 불가능할 터이고……."

역시 초선이다. 윤희가 생각지도 못한 것까지 짚어 냈다. 이것은 굳이 몸을 수색하지 않고도 판가름이 가능한 수준이었다. 아니, 몸을 수색해 봤자 소득이 없다는 걸 피력한 말이었다. 금난은 더 이상 말을 할 수가 없었다. 초선이란 기생은 대물 도령과 정분이 났었던 사이라는 걸 모르는 사람은 없었다. 금난도 예외는 아니었다. 그러니 대물 도령의 물건에 관해 초선보다 잘 아는 여인도 없다는 전제가 깔리는 건 어찌 보면 당연한 일이었다. 초선은 머뭇거리는 금난을 향해 오만한 눈썹을 치켜뜨고 말하였다.

"자세히 설명하라 하면 누구라도 쉽게 말할 수 없겠지요. 하니 간단히 선택할 수 있는 질문을 하는 것도 좋겠네요. 사내의 물건은 여러 가지가 있지만 크게 갑과 탈, 이 두 가지로 분류를 하지요. 김 도련님의 것은 어디에 해당하는지 저 궁녀에게 물어보셔요. 이 정도는 답할 수 있을 거여요."

여기에 대한 부분은 들어 본 적이 없었다. 윤희는 초선에게 이런 세세한 부분까지 신경 써 줘서 고맙다는 눈인사를 전하였다. 초선은 이까짓 것은 아무것도 아니라는 듯 눈썹을 살짝 치켜며 오만한 눈짓을 보인 뒤, 손짓으로 도사를 불렀다. 경배는 떨리는 걸음으로 겨우 그녀의 곁으로 다가가 귓속말을 들었다. 그러잖아도 초선의 입술이 귀 가까이에서 소곤거려 얼굴이 달아오르는데, 갑과 탈에 대해 각각 설명을 듣자니 얼굴색은 더욱더 붉어졌다. 그 얼굴 그대로 금난에게로 건너가 설명을 옮겼다. 반반의 확률이 주어졌다. 이것은 윤희에게 있어서는 반이나 확률을 준 것이지만, 금난에게 있어서는 반밖에 되지 않는 확률이었다. 만약에 금난이 여기서도 거짓말로 대답을 한다면 윤희의 몸은 수색이 불가피하였다.

금난은 대답할 수가 없었다. 자신의 거짓말로 만든 자신만의 환상은 입증이 가능한 인물과 대치되어 있는 상황에서는 옴짝달싹할 수가 없었다. 옴짝달싹하지 못할수록 환상은 그만큼 무너져 내렸다.

"어서 말하라!"

판사의 고함 소리가 금난을 소스라치게 놀라게 하였다.

"그, 그런 건 모릅니다."

"어째서 모른다는 것이냐?"

"보지는 않았기에……."

"조금 전에 컸다는 말을 하지 않았느냐! 그런데 지금에 와서 보지 않았다니!"

새파랗게 질린 금난을 보던 초선은 잠시 윤희와 눈짓을 주고받은 뒤, 그 눈길을 검서관들에게로 돌렸다. 그들은 초선의 오만한 눈웃음과 마주치자 어쩔 줄을 모르고 갈팡질팡하였다. 초선은 그들에게서 눈을 떼지 않고 말하였다.

"여기 많은 분들은 다들 아시겠지만, 상압을 함에 있어 그 자세가 한 가지만 있는 것이 아닌지라……. 한데 사내에 따라서는 그 취향이 독특하여 유독 이상한 자세만 즐기려는 이도 있지요."

뭐, 뭐라고? 접선을 잡은 윤희의 손이 진땀을 쫓기 위해 바쁘게 움직였다. 이건 예상치도 못한 말이었다. 초선의 말에서는 딱히 김윤식을 지칭한 것은 없었다. 하지만 말이 풍기는 의도는 마치 '취향이 독특하여 유독 이상한 자세만 즐기는 사내'가 김윤식을 말하는 듯하였다. 윤희는 접선을 가져온 게 천만다행이라고 생각하며 붉어진 얼굴을 가리면서 또다시 하늘을 보았다.

"증인으로 나와 계신 검서관 두 분과 죄인으로 나와 있는 궁녀 한 명에게 각각 열고관에서 두 사람이 어떠한 자세로 있었는지를 물어보셔요. 세 사람 모두 같은 자세를 말한다면 입증이 되지 않겠어요?"

이건 윤희가 지시한 질문이었다. 하지만 초선이 앞서 말한 것은 큰 효과가 있었다. 세 사람 모두 다른 건 덮어 두고 오직 '이상한 자세'에만 골몰하였기 때문이다. 여기에 지나치게 집착하다 보니 그들 모두 어떠한 대답도 찾을 수가 없었다. 아감 상궁이 금난 앞으로 다가가 귀를 내밀었다. 하지만 금난의 입은 단 한 차례도 움직이지 못하였다. 경배는 검서관 중 한 명을 따로 떼어 귀를 내밀었다. 하지만 그 입도 움직임은 없었다.

"어찌 된 것이냐! 어떤 자세였는지만 말하면 되지를 않느냐!"

판사의 벼락과도 같은 고함 소리에 놀란 검서관이 그만 말을 쏟아 버리고 말았다.

"저희가 본 건 상압하던 장면이 아니라 저 궁녀가 열고관에서 나오는 장면이었습니다. 그 이후에 김윤식 대교도 열고관에서 나왔기 때문에……."

"뭐라고? 이전 추문에서는 상압하던 장면을 보았다고 진술하지 않았느냐!"

다른 검서관도 말을 쏟아 내렸다.

"하지만 저 궁녀의 옷고름이 풀어헤쳐진 상태였기 때문에 분명 상압을 한 것은 확실합니다."

"난 지금 이전 추문 때와 지금의 진술이 왜 달라졌느냐에 대한 질문을 하고 있다! 그때는 몇 차례에 걸쳐 물어도 똑같이 추측한 것이 아니라고 말하지 않았느냐!"

윤희가 한두 발짝 앞으로 내딛었다. 그리고 여전히 접선으로 얼굴을 가린 채로 말하였다.

"판사께서 말씀 중에 죄송하지만, 한 가지 더 말씀드릴 게 있습니다."

"뭔가?"

"그날, 열고관에 가던 중간에 검서관 네 명과 마주쳤다는 건 이미 입증이 되었지요? 그들은 잠시 검서청에 들렀다가 곧 다시 열고관으로 돌아올 것이라고 말하였습니다."

윤희의 추궁에 그들은 슬그머니 발을 뺐다.

"그 말은 기억이 잘 안 나는데……."

"기억은 잘 나지 않아도 상식은 알 거라고 생각합니다. 저는 그때 열고관에 들어갔습니다. 그곳 문이 잠기지 않았으니까요. 잠시 열고관을 비운 게 아니라면 그곳 문을 잠가야 하는 게 검서관들의 임무가 아닙니까?"

검서관들의 얼굴이 새파랗게 변하였다. 윤희는 그들의 안색에서 기운을 얻어 접선을 접고 얼굴을 드러냈다.

"금방 돌아올 검서관이 있는 걸 알면서도 그곳에서 궁녀와 상압을 벌일 만큼 저는 어리석지 않습니다."

초선의 콧소리 섞인 웃음이 잔잔하게 깔렸다. 그녀는 긴 웃음 뒤에 간드러지는 목소리로 말하였다.

"아무렴요. 금세 김빠져 버리는 다른 사내들과는 다를 터이니. 다른 분들은 모두 금세 끝내시나 봐요? 오호호."

사람들의 시선이 초선에게로 몰렸다. 그녀는 더욱 간드러지는 목소리로 말을 이었다.

"한데 금세 끝낼 수 있는 사내라면, 그래야만 하는 상황이라면 다들 옷고름에 손을 대시나요? 옷고름을 풀다니, 참 순진한 궁녀네요. 아직 사내의 손을 탄 적 없지요?"

초선의 매서운 말이 금난을 덮쳤다. 증인으로 나와 있는 궁녀들이 저들끼리 어리둥절한 눈빛을 주고받으며 금난을 보았다. 금난은 그녀들이 자신을 비웃는 것만 같았다. 이곳에 없는 다른 동무들도 자신을 향해 거짓말쟁이라며 손가락질을 하는 것만 같았다.

"아니에요! 우리는, 김 대교님과 저는……. 대교님! 왜 모르는 척하세요? 왜 소녀를 모르는 사람 쳐다보듯 하세요? 저를 보셨잖아요. 제 손을 어루만져 주셨잖아요. 그런데 그 기생은 뭐예요? 대체 제게 왜 이러세요!"

어째서인가? 어째서 거짓말을 하는 그녀의 눈이 더 진실해 보이는 것인가? 어째서 한낱 허구에 불과한 세계에 매달려 하나밖에 없는 목숨을 버리려 드는가.

"나는 모르겠소. 나인이야말로 왜 이러는 것인지. 내가 열고관에서 그대를 내친 것이 그리도 원망스러웠소? 목숨과 맞바꿀 만큼? 그 어떤 신분을 막론하고 이런 식으로 버려도 될 만큼 하찮은 목숨이란 건 없는데……."

목에 눈물이 감겨 왔다. 그녀의 눈에 보이는 허구의 진실이 가여워 참을 수가 없었다. 그녀의 목숨이 아까워 참을 수가 없었다.

"왜 자신의 목숨을 귀하게 여기지 않는 것이오."

"귀하게 여길 이유가 없어요. 그 어떤 누구의 사랑도 받지 못하고 이렇게 평생을 살다가 죽어 가야 하는 목숨이 귀할 이유가 없잖아요. 차라리 죽게 해 주세요. 대교님과 사랑하다 처형을 당했다고 해 주세요. 그 거짓이 소녀의 실제 삶보다 더 행복합니다. 제발, 이 거짓에서 깨지 않고 죽게 해 주세요."

이제껏 금난을 시샘하던 동무들이 지금만큼은 그녀와 같은 마음이 되어 울었다. 아감 상궁도 같은 궁녀이기에 볼을 타고 내려오는 눈물을 감추기 힘들었다. 윤희도 이들과 같은 여자이기에 붉어진 눈시울을 펼친 접선으로 감추었다. 하지만 초선은 같은 여자임에도 불구하고 이들의 슬픔에 동화되지 않았다. 그저 마뜩찮은 표정으로 혀만 끌끌 찰 뿐이었다.

"쯧쯧, 명색이 의금부라는 곳이 미친년을 데려다가 그 말을 곧이곧대로 믿다니, 참으로 개탄스러운 일이 아닐 수 없네요."

"초선, 쉽지 않은 일을 부탁하였소. 미안하오."

초선은 가체와 전모가 쏟아지지 않게 손끝으로 짚으며 고개만 까딱하였다. 여전히 오만한 미소는 놓지 않았다. 윤희는 의금부 쪽을 쳐다보았다. 그곳에 두고 나온 금난이 앞으로 어떻게 될지 걱정이 되어서였다. 검서관 둘은 비록 서자이지만 아비가 다들 노론에다가 한자리는 하는 벼슬아치라 무사히 넘어갈 수 있을 것이다. 하지만 금난은 이러한 소동에 이르게 한 죄에서 벗어날 수 없으리라. 경배의 귀띔으로는 목숨은 건사할 수 있을 것 같다고 하였다. 그나마 다행이라고 생각하고 싶었다.

"그리도 그 계집이 애달프셔요? 어머, 질투 나려고 그러네."

싱긋이 웃으며 윤희는 초선에게로 눈을 되돌렸다.

"애달프오. 비록 나와는 상관없는 여인이라 할지라도 말이오."

치맛자락을 잡아당겨 겨드랑이에 끼운 초선은 긴 치맛자락을 용케도 밟지 않고 걸으면서 말하였다.

"참으로 마음 약한 양반이시라니까. 이러니 이 초선이 어찌 사모하는 마음을 내려놓을 수 있겠어요. 뭐, 글줄깨나 읽었다 하는 사내들은 정신과 육신 중에 중한 것은 단연 정신이라 떠들면서도, 계집에게 바라는 정절은 정신보다 육신이니, 도련님도 소첩이 가진 마음의 정절쯤은 그저 하찮게만 여기실 테지만요."

"내가 정말로 하찮게 여긴다고 생각했다면 과연 그대가 이렇게 와주었겠소?"

초선이 소리 내어 웃었다. 그 웃음에는 콧소리가 전혀 섞여 있지 않았다.

"하찮은 풀도 봄볕 따뜻한 줄은 안다 하였어요. 하니 하찮은 소첩이 도련님의 그 따스한 마음을 모른다고는 못 하지요."

두 사람은 초선의 하인과 당나귀가 있는 곳에 다다라 걸음을 멈추었다.

"고마웠소. 언젠가는 이 은혜를 갚겠소."

"은혜라……. 사내의 돈을 벌어먹고 살기는 하였으나 사내의 덕은 본 적 없는 팔자랍니다. 도련님께서 굳이 은혜를 갚겠다고 하시니 말씀드리지요. 그 값은 이미 받았어요."

"어떤 값?"

어리둥절한 윤희에게 초선은 하인의 등을 밟고 올라가 당나귀에 올라탄 뒤에 말하였다.

"저번 언젠가 모란각에 들르셨다고 들었어요. 초선과의 의리를 지키느라 그 어리고 어여쁜 기녀들을 모두 마다하셨다지요?"

"아, 그때는……."

"이유야 어찌 되었든 도련님의 그 행동으로 올라간 것은 도련님의 가치가 아니라, 바로 초선의 가치이니 이만한 도움은 당연하여요. 만약에 그렇게까지 기녀들을 뿌리쳐 놓고 궁녀와 간통한 사실이 입증되었다면, 소첩은 물론이거니와 모란각 모두가 우습게 될 뻔하였지요."

"그건 당연한 것이니 은혜를 갚았다고 할 수 없소."

"정히 따지고 싶으시다면 비록 얕았을지언정, 지나갔을지언정 한때 제 마음에 머물러 주신 선비님에 대한 작은 의리라고 해 두시던가요."

윤희는 환하게 웃고 말았다. 역시 초선이란 생각이 절로 들었다. 초선은 그렇게 마음의 부담까지 덜어 주고 멀어져 갔다. 멀어진 그녀가 입가에 손을 모으고 소리쳤다.

"도련님, 바람났다는 소문만 들려 봐요. 바로 달려가서 도련님 물건을 확 잘라 버릴 테니까."

"나도 장가는 가야 하오!"

"본처는 봐 드려요!"

윤희는 알았다는 의미로 손을 들어 까딱하였다. 어차피 잘릴 물건도 없으니 무슨 약속인들 못 하겠는가. 하지만 언젠가는 초선을 벗으로 반드시 되찾겠노라는 맹세를 마음속 깊이 하였다.

이날 이후부터 김윤식에게는 대물이라는 별호 위에, 변강쇠라는 소문까지 합세되어 장안에 퍼져 나갔다. 덕분에 장안 여인들 사이에서 더욱 높은 인기를 호가하게 되었음은 물론이다. 특히 그 인기라는 것이 부실한 남편으로 인해 한숨이 깊은 여인들에게 몰리는 경향이 두드러졌다.

"여기까지 어인 일이시옵니까?"

윤희는 왕 앞에 공손히 손을 모으고 허리를 숙였다.

"너야말로 입번으로 수고가 많도다. 그간 마음고생이 심하였을 터인데 며칠 쉬지 그러하였느냐?"

누군들 쉬고 싶지 않았겠는가. 윤희는 대답은 하지 않고 고개를 돌려 책상 위에 쌓인 일감들을 보란 듯이 쳐다보았다. 왕은 그녀의 마음을 헤아리지 못한 채 마치 윤희의 맞은편 걸상이 자신의 자리인 양 앉았다. 윤희는 자리에 선 채로 다시 물었다.

"어인 일로 납시었사옵니까?"

"대물, 네가 변강쇠라 들었다. 하여 그 비법 좀 얻어 들을 수 있을까

하여 왔느니."

순간 주위를 에워싸고 있던 모든 수행관들의 귀가 쫑긋 섰다. 심지어 그 비법이 불필요할 것 같은 내관들조차 있는 힘껏 귀를 세웠다.

"에?"

짧은 음절만 내뱉은 그녀는 눈이 튀어나오려는 것을 겨우 추슬렀다. 왕이 변강쇠가 되어 여색을 즐겨만 준다면 이 종묘사직이 튼튼해지는 것은 당연하거니와 지금처럼 일감이 팍팍 쌓이는 것은 나아질 터이다. 하지만 자신이 변강쇠가 되는 비법을 정말로 알고 있다면 선준이 단연코 먼저다. 잠자코 선 그녀에게 오늘따라 주위의 재촉이 심하였다.

"김윤식 대교, 뭐 하시오. 어서 상감마마의 하문에 답하지 않고!"

"네? 아, 저……."

왕이 웃으며 손가락으로 앉으라는 지시를 하면서 말하였다.

"거참, 수수께끼 같은 놈이로다. 너같이 곱상하게 생긴 녀석이 변강쇠라니, 역시 사람은 겉만 보고 판단할 게 아니야."

윤희가 걸상을 빼내어 최대한 멀찌감치 거리를 두고 앉았다. 그리고 얼굴을 감추느라 고개를 푹 숙였다. 그 모습을 웃는 입매로 오랫동안 보고 있던 왕이 낮은 소리로 속삭였다.

"돌아와 주었구나."

버렸는데, 버릴 수밖에 없어 안타까웠는데 살아 돌아와 줘서 고맙구나.

"나에게 부탁하고픈 것이 있다면 해 보라. 한 가지쯤은 들어주겠노라."

부탁? 감히 왕을 상대로 부탁을 하라고? 천운을 만난 듯 얼굴이 환해진 윤희는 잠시 머뭇거리다가 결심을 하고 고개를 들었다.

"아뢰옵기 송구하오나, 사임을 하고 싶사옵니다."

아주 잠깐 왕의 동작이 얼었다. 맥박조차 멈춘 듯하였다. 다시 돌아온 신하가 반가워 한달음에 뛰어왔더니 고작 청하는 것이 사임이라니.

"사임?"

"네. 물론 지금은 곤란하오니 사성으로 나가 있는 규장각 관원들이 돌아오면 그리하도록 윤허하……."

말이 채 끝나기도 전에 짜증 가득한 왕의 불호령이 그녀의 머리 위로 떨어졌다.

"무엄한지고! 고작 당하관에 불과한 주제에 사임을 어찌 임금에게 바로 고한단 말이냐! 그따위는 네 상관에게 물어라!"

"하, 하오나 사임 원서를 여러 번 올려도 그때마다 거절을 당하는지라……."

"그만! 그딴 건 집어치우고 다른 걸 부탁하라!"

역시 언제나 제멋대로인 이 임금의 반응을 예측한다는 건 정말 어려운 일이 아닐 수 없다. 저번에 술 취해서 이곳에 왔을 때처럼, 말끝마다 죄다 트집 잡아 호통으로 몰아붙이기 위해 부탁이라는 함정을 던진 건 아닌지 의심스럽기까지 하였다. 결국 마음이 상한 그녀가 선택한 건 간신질이었다.

"상감마마의 크신 성택으로 말미암아 그 어떤 것도 불편한 것이 없사옵니다."

"어허! 사양하지 말고 말해 보라니까. 어서!"

이번에는 소원을 말하지 않는다고 호통이었다.

"저기, 그렇다면 외……관직……."

그녀가 말을 끝맺기도 전에 또다시 왕의 호통이 떨어졌다.

"뭐라고!"

우씨! 이럴 줄 알았어. 어차피 전부 거절할 소원은 왜 말하라는 거냐고! 왕의 분노 어린 눈빛에 당황한 윤희는 급하게 눈동자를 굴렸다. 순간 그녀의 눈에 열고관에서 가져다 놓은 서책이 잡혔다. 그거라도 얼른 갖다 붙였다.

"그, 그게 아니옵고, 열고관! 열고관 서책 정리를 조금 연기해 주시면 아니 되올지……."

"그거라면 좋다. 그런데 그건 내가 얼마간의 기간을 주었느냐?"

상냥해진 왕의 목소리와 반대로, 윤희는 이미 삐치고 난 후라 목소리가 퉁명스러워졌다.

"넉 달이옵니다."

"넉 달? 어차피 그때 입에서 나오는 대로 했던 말이라 기억도 못 하고 있었느니. 좋다! 두 달의 기간을 더 주마."

윤희의 턱이 기가 막힌 나머지 저절로 떨어졌다. 4인방 모두 그 일로 인해 얼마나 똥줄 빠지게 고생하는데, 나오는 대로 했던 말이라니. 기억을 못한다니. 설마 지금 제시한 두 달이란 기간도 나오는 대로 말하는 거라 나중에 기억 못 하는 건 아니겠지? 이런 말들을 재신이 듣게 되면 반응이 어떨지 자못 궁금하기 짝이 없었다.

"상감마마의 하해와 같은 성택에 몸 둘 바를 모르겠사옵니다. 성은

이 망극하옵니다."

진심이라고는 조금도 없는 인사였지만 왕은 그녀의 속을 아는지 모르는지 흐뭇하게 웃었다.

"언젠가는 사임보다 좋은 방법이 나타날 테지. 또 다른 부탁할 것은 없느냐?"

뭐든지 다 해 주고픈 왕의 심정과는 달리, 윤희는 어차피 청하는 것마다 트집 잡힐 거라 생각하여 더 이상 아무 말도 하고 싶지 않은 심정이었다. 그렇다고 계속 삐쳐서 앉아 있을 수는 없었다. 왕에게 긴히 해야 할 말이 남아 있었다. 또 트집 잡힐 것 같아 두려웠지만 이 기회를 놓치면 안 될 것 같았다

"상감마마."

"오, 그래. 말해 보아라."

"일을 엉망으로 만드셨사옵니다. 소신들이 아직 너무 젊어 그러셨사옵니까?"

왕이 갑자기 손을 번쩍 들었다. 깜짝 놀란 윤희는 움찔하여 입을 다물었다. 왕의 표정이 조금 전과는 사뭇 달랐다. 왕의 손끝이 움직였다. 주위에 있는 이들에게 물러나라는 손짓이었다. 갑작스런 신호에 어리둥절한 수행관들은 서로 눈치를 볼 뿐 물러나지는 않았다.

"모두 물러나 있도록!"

왕은 기어이 주위를 뿌리치고 여기에 대해 알고 있는 내관과 수행관 두 명만 남겼다.

"김윤식, 너는 무얼 알고 있느냐?"

"아뢰옵기 송구하오나, 상감마마의 실수를 알고 있사옵니다."

"나의 실수라……."

"소신들을 조금만 더 믿어 주셨더라면 일이 이 지경에 이르지는 않았을 것이옵니다."

왕은 오래도록 침묵하였다. 움직임도 없었다. 어두운 밤을 배경으로 그린 그림처럼 미동도 없이 앉아만 있었다.

"한 가지만 도와주시옵소서."

"모레 소대 때다. 믿어 준다 하여 달라질 게 무어냐? 아무도 없이 너 혼자인데."

깊은 한숨을 내쉰 왕은 괴로운 듯 이마를 괴었다.

"그렇기에 도와주셔야 하옵니다. 이곳의 각신들이 돌아올 때까지 시간을 벌어야 하옵기에."

왕의 입가에 허탈한 미소가 번졌다.

"시간을 번다고? 어떻게?"

"조정 회의가 열리면 '홍벽서는 누구인가?'에 논쟁의 초점이 맞춰질 것이옵니다. 논점을 바꿔 주시옵소서."

이마를 괴고 있던 손이 떨어졌다. 그의 눈이 허탈함을 버리고 윤희를 쳐다보았다.

"논점을 '홍벽서에게 어떤 죄가 있는가?' 하는 문제로 바꾸는 게 이번 회의의 관건이옵니다. 아울러 청벽서 등과 같은 다른 벽서들도 반드시 함께 묶으셔야 하옵니다. 이것이 성공하면 이 논쟁만으로도 시간은 충분히 끌 수 있을 것이라 사료되옵니다."

왕이 자리에서 벌떡 일어서는 바람에 윤희도 덩달아 일어섰다. 왕은 책상을 둘러 윤희 곁으로 다가가 섰다. 그리고 귓속말처럼 속삭였다.

"방법은?"

'딱히 무슨 방법이 필요하겠사옵니까? 더 바랄 것도 없이 딱 평소대로만 하시옵소서. 달변과 독설, 궤변에 있어서만큼은 일당백이 아니시옵니까.'라고 말해 주고 싶었지만 상대가 왕인지라 차마 그렇게는 할 수 없었다.

"상감마마이시라면 안 될 일이 없사옵니다. 논점만 바뀌면 뒤로 물러나 계시는 게 가장 중요하옵니다."

"너는……, 정말이지 고약한 놈이로다."

왕의 손이 잠시 윤희의 어깨 근처에서 방황했지만, 자신의 신하가 또다시 놀라서 움찔할까 염려되어 결국 토닥여 주지 못하고 아래로 내려왔다.

"왜 그 녀석들이 순순히 한양을 떠났는지 알겠구나. 이렇게 믿는 구석이 있었던 게지."

"송구하옵니다."

"몸은 아껴 가면서 일하거라. 너 또한……, 나의 신하이니."

이조에서 나오던 근수는 갑자기 앞으로 뛰어든 젊은 관원으로 인해 깜짝 놀라서 걸음을 멈추었다. 옆에서 따르고 있던 관원과 서리들이 그를 막아섰다.

"이런 무례한 자를 보았나! 감히 누구 앞을 막는단 말이냐!"

"이판 대감께 드릴 말씀이 있어 부득이하게 무례를 저질렀습니다. 소인은 규장각……."

"잠깐! 너는?"

근수가 윤희를 알아보고 주위 사람을 옆으로 물러나게 하였다.

"소인은 규장각 대교 김윤식입니다. 계속 명자를 넣고 기다렸는데 소식이 없어서……."

근수는 명자를 건네받은 적이 없었기에 옆의 관원들을 노려보았다. 하지만 아랫사람들의 잘못도 아니었다. 면회를 신청하는 관원들이 워낙 많기 때문에 대부분을 걸러 내지 못하면 감당이 되지 않았다.

"중간에 누락이 된 듯하네. 그러잖아도 궁녀와의 간통 누명을 벗었단 소식을 듣고 자네를 한 번 만났음 하였네."

사람들의 눈이 모두 놀라서 동그래졌다. 이 계집애같이 생긴 놈이 그 유명한 대물, 변강쇠라고? 모두가 변강쇠가 되는 비법을 듣고자 한 번 만나고 싶어 하는 인물이 아닌가. 그렇다면 이판도? 근수는 사람들의 눈초리가 이상하여 어리둥절하였지만, 급히 윤희를 데리고 다시 이조 안으로 들어갔다. 그리고 자신의 방으로 들어가 귀를 세우는 사람들을 물리치고 단둘이 되었다.

"이상하군. 다들 무슨 낌새를 챘나? 왜 평소와 다르게 이쪽에 신경을 곤두세우지?"

고개를 갸웃거리는 근수에게 윤희는 허리를 숙여 인사하였다.

"갑자기 찾아와서 죄송합니다. 하지만 소인이 여기까지 온 이유는 아실 거라 생각합니다."

"우선 앉게."

근수는 자신이 먼저 걸상에 털썩 앉았다. 그리고 윤희가 자리에 앉고서도 오랫동안 고심을 하였다. 무슨 말을 어떤 식으로 먼저 꺼내야 할지 감이 잡히지 않는 듯하였다. 윤희는 눈치를 살피다가 먼저 말을 꺼냈다.

"내일 소대에 이판 대감께서도 들어가십니까?"

"음, 그렇다네. 사안이 사안인지라……."

안쪽과 바깥쪽의 사이에서 적당한 간격을 두고 있는 눈치였다. 그래서 보다 용기를 내어 말을 던졌다.

"이판 대감께서 직접 밤길을 다니시지는 않았을 터이고, 아랫사람을 시킨 것입니까?"

"응?"

처음에는 무슨 말인지 알아듣지 못하던 근수는 침묵의 시간이 한참 지나서야 뜻을 알아차리고 몸을 경직시켰다.

"넌 뭐냐?"

조금 전의 말투는 온데간데없이 마치 재신의 말투를 그대로 베껴 놓은 듯하였다. 워낙 익숙해진 말투라서 그다지 무섭거나 하지는 않았다. 삐딱하게 앉은 자세까지 닮아 정겨운 느낌마저 들었다.

"소인은 홍벽서의 동료입니다. 뜻하지는 않았지만."

"아니, 어떻게 그걸 알고 있느냐는 말이다."

"말씀드리기 전까지는 소인의 짐작이었고, 말씀드린 지금은 확신입니다."

근수의 눈에 경계하는 빛이 역력하였다. 윤희는 이에 굴하지 않고 꿋꿋하게 말하였다.

"홍벽서의 동료로서 한 가지 부탁이 있어 찾아왔습니다."

그리고 왕에게 했던 부탁 그대로 근수에게도 말하였다. 그는 듣는 도중에는 별다른 대답 없이 잠자코 있다가, 마지막까지 다 듣고 난 뒤에는 뜬금없이 다음과 같은 말을 남겼다.

"내 명자가 다 되어 가는데, 네 동료가 돌아오고 한가해지거든 한 번 더 부탁하지. 사례는 두둑이 하마."

윤희는 대문을 열어 주는 순돌이의 소매를 다짜고짜 잡아당겼다.
"순돌아 급하다. 어서 따라오너라."
그는 얼떨결에 따라나서면서 물었다.
"다급한 일입니까요?"
"그래."
순돌이는 뒤를 줄레줄레 따라가기는 하였지만, 집과 윤희를 번갈아 보면서 안절부절못하였다.
"하지만 저기 지금……. 그런데 어디로 가시는데요?"
"북촌. 나 혼자는 못 들어가니까 네가 함께 말씀 좀 넣어 줘."
"잠깐만요, 선비님."
걸음을 멈춘 그는 손가락으로 집을 가리키면서 말하였다.
"북촌 대감마님이시라면 지금 집에 또 와 계시는데요?"
그의 말이 채 끝나기도 전에 윤희는 환하게 밝아진 얼굴로 즉시 발걸음을 돌렸다. 그리고 집 안으로 뛰어 들어가 정무를 찾았다. 창문이 열려진 선준의 방에는 아무도 없었다. 두리번거리던 윤희의 귀에 정무의 목소리가 엉뚱한 곳에서 들려왔다.
"왔느냐?"
소리 나는 곳은 그녀의 방이었다. 창문으로 정무를 확인한 윤희는 반가운 나머지 해맑게 웃으며 방으로 쪼르르 들어가 인사하였다.

"오셨습니까? 그러잖아도 북촌으로 가 뵈려던 참이었습니다."

정무는 연방 방글거리며 반가워하는 그녀를 물끄러미 쳐다보다가 퉁명스럽게 말하였다.

"주인 없는 방에 허락도 없이 들어왔다. 한데 너는 어디를 다니느라 이리 늦었느냐? 퇴진한 걸 확인하고 왔는데."

퉁명스럽기는 하였지만 분명 타박은 아니었다.

"내일 소대 때 있을 회의 때문에 잠깐 만날 사람이 있었습니다."

윤희의 대답을 들으면서 정무는 서안 위에 놓여 있던 서책을 덮었다. 그녀를 기다리는 동안 잠깐 들춰 봤던 모양이었다.

"너도 오경만 들여다보느냐?"

"아닙니다. 전 사서도 좋아합니다."

"왜?"

"사서는 꼭 가랑 형님의 목소리 같아서요."

갑자기 정무가 큰 소리로 웃음을 터뜨렸다. 윤희는 처음에는 어리둥절하였지만 차차 신기한 기분이 들었다. 정무의 웃는 모습은 처음이었기 때문이다. 그 모습만큼은 선준과 빼다 박았다. 정무가 급하게 웃음을 그치고 정색하였다. 자신도 모르게 웃어 버린 게 당황스러운 듯하였다.

"흠흠! 내 제의를 뿌리쳤더군. 겨우 내 며느리가 될 수 있었는데."

"어쩔 수 없었습니다."

풀이 죽어 고개를 숙인 윤희에게 정무는 감정이 섞이지 않은 투로 말하였다.

"칭찬은 해 주마. 그 난관에서 벗어날 줄은 몰랐는데, 다시 봤다."

정무의 표정은 굳어 있는데 윤희 눈에는 이상하게 웃고 있는 것처럼 보였다.

"가, 감사합니다."

"그래, 내일은 어떻게 할 참이냐?"

"그것 때문에 부탁이 있어서 뵙고자 하였습니다. 합하께서도 내일 소대에 들어가시지요?"

정무가 가만히 고개를 끄덕였다. 그리고 그녀의 입에서 나오는 부탁을 굳은 표정으로 들었다.

다음 날, 윤희는 소대가 있는 시각보다 앞서서 승정원으로 갔다. 그곳에서 한 사람을 기다렸다. 소대에 들어가는 조관들이 한 명씩 선정전으로 들어가기 시작하였다. 승지들을 선두로 하여 육조판서들, 삼정승이 입장을 하였다. 의금부에서는 판사의 모습만 보였다. 근수는 스쳐 지나가면서 눈빛으로만 알은체를 하였고, 정무는 찬바람이 일 정도로 무시하고 지나갔다. 규장각의 각신들도 들어갔다. 인욱은 윤희가 누명을 벗은 시점부터 험악해진 인상을 계속 유지하고 있었다. 홍문관 관원들도 간혹 보였고, 사헌부 관원들도 나타났다.

윤희는 그중에 한 명을 포착하였다. 사헌부 관원이자 청벽서인 강정주였다. 그를 향해 다가간 윤희는 상냥하게 인사를 하면서 동시에 쪽지 하나를 슬쩍 건네고 멀어졌다. 정주의 이마에 기분 나쁜 주름이 잔뜩 잡혔다. 예상치도 못한 일이라 제 손에 들어온 종이의 정체를 파악하기 어려웠다. 잠시 망설이던 그는 종이를 펼쳐서 글을 읽었다. 쪽지의 주인과는 다르게 내용은 조금도 상냥한 구석이 없었다.

  홍벽서에게 죄가 있다면 청벽서에게도 죄가 있으니, 너는 우리와 괘를 함께한다.

등에 소름이 돋았다. 정주는 급히 종이를 구겨 쥐고 행여 누가 보았을세라 주위를 살폈다. 그리고 구겨진 채로 주먹 안에 들어 있는 종이를 쳐다보면서 혼잣말로 중얼거렸다.

"알아차렸다는 건가? 그렇다면 이건 무슨 목적이지? 협박인가?"

6

'저 어른들이 사이 나쁜 거 맞나?'

윤희는 입이 떡 벌어지는 걸 감출 수가 없었다. 왕과 정무, 근수가 주고받는 대화가 딱딱 맞아떨어졌다. 사전에 미리 입을 맞추었다고 해도 이렇게 죽이 잘 맞기는 힘들 것 같았다. 하지만 이들과 함께 윤희의 작전을 가장 열심히 뒷받침해 주고 있는 이가 있었으니, 그는 바로 계획에도 없던 인욱이었다. 청벽서를 향해 있던 그의 분노가 홍벽서와 청벽서, 그리고 또 다른 벽서들까지 하나로 묶는 데 일등 공신의 역할을 하였다. 더 나아가 홍벽서보다 아직 검거되지 않은 청벽서 쪽에 사람들의 관심을 이끌어 내는 데 성공하였다. 손 안 대고 코 푼다는 게 바로 이런 것일 터이다.

논쟁의 흐름이 이렇게 되자 정주의 입은 봉쇄를 당한 거나 마찬가지였다. 만약에 자신의 정체를 들켰다는 걸 미리 알았더라면 어느 정도 대비를 하고 왔을 테지만, 선정전에 들어오기 직전에 뒤통수를 얻어맞은 셈이었기에 그 어떤 조치도 취할 수가 없었다. 무엇보다 가장 큰 패착은 김윤식이라는 관원을 계산에 넣어 두지 않았던 점이었다. 회의 내내 정주는 윤희를 노려보았다. 하지만 돌아오는 건 마치 동료에게 보내는 듯한 친근한 미소였다.

윤희는 규장각 대교로서 왕의 말을 기록하기 위해 소대에 들어온 것이라 발언권은 없었지만, 그런 와중에도 왕과 눈빛을 맞추랴, 정무 눈치를 보랴, 근수에게 눈짓하랴, 정주로부터 눈총을 받으랴 홀로 분주하였다. 하지만 다른 이들 눈에는 그저 성실하게 기록하는 걸로만 보일 뿐이었다. 왕이 그런 윤희의 모습을 주시하였다. 왕의 시선이 한곳에서 떨어지지 않자, 조관들의 시선도 따라서 존재감 없던 구석에 고정되었다. 왕의 눈길을 따라 시선을 옮기던 정무는 근육이 경련을 일으키듯 꿈틀하였고, 근수는 지레 뜨끔하였다. 청벽서 또한 불안한 듯 눈동자가 흔들렸다.

갑자기 찾아온 조용한 공기가 의아하여 붓을 쉬고 고개를 들던 윤희는 자신에게로 모여 있는 수많은 눈동자에 화들짝 놀랐다. 몇 번 눈을 깜박거려도 갖가지 이유를 담은 시선들은 떠나지 않았다. 당황하여 붓을 내려놓았다가, 다시 들었다가, 종이를 세워 얼굴을 숨겼다가, 다시 빠끔히 고개를 디밀다가, 땀 한 번 닦고 싱긋이 웃어 보였다가, 정색을 하고 당장이라도 필기할 준비 태세를 취하였지만 눈동자들을 떨치기에는 역부족이었다.

윤희는 눈동자들을 자신에게로 모은 왕의 눈을 쳐다보면서 오직 눈빛으로 '왜 이러시옵니까?'라고 물었다. 하지만 왕은 전혀 알아듣지 못한 것처럼 천연덕스럽게 말하였다.

"거기, 이름이 어찌 되더라?"

에? 지금 회의 내용은 서로 모르는 척하기로 했다지만, 이름까지 모르는 척하는 건 너무 티가 나지 않나? 왕도 자신의 과함을 깨닫고 얼른 말을 바꾸었다.

"김윤식 대교였지? 흠! 자네 생각은 어떤가?"

"네? 저……, 아뢰옵기 송구하오나 무엇을 하문하시는지 소신은 잘……."

하여간 이상하게 긴장 한 번 하지 않고 잘 지나간다 싶더라니. 저 임금 성격상 이대로 끝내기에는 너무 심심했을 거다.

"젊은 관원의 의견도 듣고 싶어서 말이야. 홍벽서와 청벽서, 그 외의 다른 벽서들에 대해 어떻게 생각하는가?"

젊은 관원이라면 홍문관과 사헌부에서 들어온 관원들도 많았다. 이건 일부러 골탕 먹이려는 게 분명하였다. 윤희를 고깝게 여긴 인욱이 발끈하였다.

"김 대교는 윤언을 기록하기 위해 들어왔사옵니다. 그에게 발언을 허락하는 것은 있을 수 없는 일이옵니다."

어쩌면 이리도 고마우신지 모르겠다. 자신의 이런 태도가 오히려 도와주는 거라는 걸 모르니 다행이 아닐 수 없다. 그런데 어처구니가 없게도 정무가 싱긋이 웃으며 거들었다.

"소대에 들어온 관원이니 의견 정도는 물을 수도 있지 않겠사옵니까? 소신도 들어봄직 하다고 사료되옵니다."

그녀의 눈이 튀어나오다 못해 족히 10리는 날아간 듯하였다. 정무의 지지로 말미암아 왕은 독촉에 무게를 실을 수 있었다.

"김 대교, 말해 보게."

윤희는 잔뜩 긴장하여 허리를 숙여 결국 입에서 나오는 대로 말하고 말았다.

"소신은 일련의 사건들에 대해 잘 모르옵니다. 하여 많은 분들의 의견을 귀담아 듣는 것조차 능력에 부치옵니다. 특히 소신이 잘 모르겠는 건 어떻게 홍벽서와 청벽서, 그리고 다른 벽서들을 나눠 말씀하시는가 하는 점이옵니다. 단지 벽서를 붙였을 뿐 모두가 익명이요, 더군다나 필체도 남아 있는 것이 없는데, 어떤 것이 홍벽서의 글이고 어떤 것이 청벽서의 글인지 어떻게 구분한 것이옵니까? 확실한 증거도 없이 오직 세간에서 호사가들이 떠드는 입에만 기댄 것이 아니옵니까?"

의금부 판사와 사헌부 관원들 사이에서 와자지껄한 웅성거림이 퍼져 나갔다. 사헌부 감찰 김정천이 붉으락푸르락하는 얼굴로 말하였다.

"그것은 시체를 보고 판단한 것이옵니다!"

"시체라는 것은 언제든 바뀔 수도 있는 것이옵니다! 수많은 시문들을 섞어 가려 보라 해 보시옵소서. 과연 모든 이가 모두 똑같이 구분할 수 있으리라 보시옵니까? 시체만으로는 결단코 증거가 되지 않사옵니다. 어쩌면 홍벽서의 것이라 했던 것이 청벽서의 것일 수도 있고, 청벽서의 것이라 했던 것이 홍벽서의 것일 수도 있지 않겠사옵니까?"

윤희의 발언은 수사의 기본부터 뒤흔든 것이었다. 아울러 정주는 쪽지의 의도도 알아차렸다.

'홍벽서가 죽으면 청벽서도 죽으니 살고 싶으면 홍벽서를 살리라는

것이었나? 김윤식, 이런 물귀신 같은 놈!'

회의는 새로운 문제를 안고 계속되었다. 윤희는 한숨 돌리고 속으로 되뇌었다.

'논쟁을 망치기 위해서는 물어라, 물어라, 묻고 또 물어라.'

이후로도 왕은 한 번씩 윤희에게 질문을 하였다. 그럴 때마다 윤희는 물음으로 대답하였다. 한번은 다른 벽서도 익명이었다는 건 홍벽서를 사칭했다고 봐도 되느냐고 물었고, 사칭한 죄에 대해서도 물었다. 애초에 홍벽서도 익명이었는데 사칭한 것으로 볼 수 있느냐며 역으로 묻기도 하였다. 벽서를 붙인 죄인들을 모조리 잡아 놓고 다시 회의하자는 의견에는 죄에 대해 논하는 것이 먼저가 되어야 하지 않느냐고 물었다. 사람을 먼저 잡아들이고 죄를 논하는 것은 사람에 맞춰 죄를 만드는 것이 아니냐고 물었다. 그녀가 던지는 모든 의문은 회의 내내 혼란을 주다가 시간을 끄는 데 큰 도움이 되었다. 그리고 회의가 마무리되었을 때는 계획했던 대로 '벽서의 죄는 무엇인가?'에 대한 고민만 남겨 두었다.

조정의 사정이 이렇게 돌아가고 있는 동안 장안에서는 각종 벽서들이 난무하였다. 그러다 보니 이제는 벽서가 마치 소단 백전騷壇白戰을 방불케 하는 사태로 악화되었다. 여기에는 진짜 홍벽서를 경외하여 흉내를 내고자 하는 자도 있었고, 조정을 비판하고자 하는 순수한 선각자도 있었고, 오로지 제 문장력을 뽐내고 싶어 하는 자도 있었다.

소단 백전(騷壇白戰) 시인들이 글재주를 겨루는 싸움.

대문을 들어서던 윤희는 평소와 다른 기운에 얼굴이 밝아졌다. 그녀의 예감대로 사랑채에서 반가운 얼굴이 고개를 쑥 내밀었다.

"오, 대물 도령!"

"여림 사형!"

"우리 대물 도령, 왜 이제야 퇴진하는가? 얼마나 보고 싶었는데."

용하가 두 팔을 활짝 펼치고 버선발로 마당에 내려섰다. 그런데 그를 보는 순간, 윤희는 눈물이 핑 도는 걸 참을 수가 없었다. 그동안 쌓였던 서러움이 북받쳐 올라온 듯하였다. 용하가 장난기 어린 눈웃음으로 인사를 건넸다.

"억울한 일을 당하였다는 소식은 들었네."

"그러니까 그게요……, 의금부에서 저보고 간통했다고……."

울먹이는 그녀에게 용하는 이미 모든 것을 다 알고 있다는 듯이 고개를 끄덕였다. 윤희는 씩씩하게 목소리를 가다듬고 물었다.

"언제 도착하신 겁니까?"

"좀 되었네. 이제 막 목욕하고 나와서 수계를 정리하고 있던 참이었네."

"가랑 형님과 걸오 사형도 지금……."

"아! 알고 있네. 영광에서 만났거든."

"네? 정말요? 두 분 사형들은 건강하던가요, 어떻던가요?"

용하의 대답을 듣기도 전에, 대문을 들어오던 덕구 아범이 윤희를 발견하고 호들갑이라고 해도 좋을 만큼 반갑게 달려왔다.

"아이고, 대물 선비님! 진짜 반갑습니다요. 큰일을 무사히 넘기셨다고요? 우리는 행여 선비님 얼굴을 두 번 다시 못 뵈면 어쩌나 해서 눈썹 휘날리게 올라왔습지요."

"반갑네. 덕구 아범도 고생 많았지?"

"아무렴요. 쇤네가 그간 얼마나 고생을 했는지 말로 풀어내자면 석 달 열흘을 쉬지 않고 말해도 끝이 나지 않……."

용하가 그의 유난을 자르고 들어왔다.

"그만 떠들고 가세. 준비해 오란 건 가져왔는가?"

"네, 조심해서 가져왔습니다요."

윤희가 실망한 눈을 감추지 않고 물었다.

"여림 사형, 어디 가시게요?"

"급하게 들를 곳이 있어서 말일세. 내 빨리 다녀옴세."

윤희는 신발을 챙겨 신고 서둘러 나가는 용하의 뒷모습에서 서운한 눈을 떼지 못하였다. 억울했던 사연들을 하소연하고, 더불어 선준과 재신의 안부도 듣고 싶었기에 돌아보지도 않고 나가 버리는 그의 뒷모습이 못내 아쉬웠다.

"쳇! 한양에 돌아오자마자 또 기생집 가시는 거겠지. 여림 사형을 누가 말려."

용하는 값으로 환산하기조차 어려운 최고급 벼루를 방바닥에 내려놓고 보자기를 풀었다. 그리고 그것이 보이게끔 하여 조심스럽게 앞으로 밀었다.

"오랜만에 다시 뵙는데 빈손으로 올 수 없어서요. 약소하게나마 선물입니다, 각감."

"아니, 뭘 이런 걸 다. 그래, 사성으로 나갔던 일은 잘 마쳤는가?"

인욱은 벼루에 정신이 팔려 건성으로 인사를 건넸다. 용하는 눈을 가늘게 뜨고 웃으며 대답하였다.

"걱정해 주신 덕분에 무사히 다녀왔습니다."

하지만 그의 입술은 웃고 있지 않았다. 말 중간에 잠시 침묵을 빌려 왔던 그는 적당한 쉼을 가진 후에 다시 말하였다.

"소인들이 한양을 비운 사이에 각감께서는 아주 재미있는 장난을 즐기셨더군요."

인욱은 영문을 모르겠다는 표정으로 용하를 쳐다보았다. 언제나 미소를 잃지 않던 용하의 입술이 차갑게 열렸다.

"궁녀 중에 한덕만 나인과 장하금 나인을 잘 아실 테지요?"

"뭐, 뭐?"

"아! 장하금 나인은 아감 상궁이 되었던가요? 이번 간통 사건을 진두지휘하였다던데."

새파랗게 질린 인욱은 정신을 차리기 위해 주먹을 꽉 쥐었다. 하지만 주먹은 분노로 인해 바들바들 떨렸다.

"내, 내가 그따위 년들을 알 리가 없지 않은가!"

용하의 입술이 미소 없이 웃었다.

"소인은 두 번 여쭙지 않습니다."

"나도 두 번 답하지 않아!"

"두 번 여쭙지는 않아도 덧붙여 여쭙기는 하지요. 각감 댁에 업둥이처럼 들어온 서자가 몇 살이었더라? 그 서자의 어미에 대해서 소인이 어디까지 알고 있을까요?"

"뭐, 뭐라고? 있지도 않은 일을 가지고 날 협박이라도 해 볼 심산인가?"

 최대한 아무렇지 않게 말하려고 하였으나, 표정 하나 변하지 않는 용하와는 달리 그의 얼굴에는 경련이 일고 있었다.

 "있지도 않은 일이라……. 훗! 소인은 뚜렷한 증거도 없이 이리 쉽게 입을 열 만큼 무모하지 않습니다. 확인해 보고 싶으시다면 소인의 목을 한 번 쳐 보시든가요. 그러면 오늘은 말씀드리지 않은 보다 많은 사실도 더불어 듣게 되실 겁니다."

 인욱이 화를 참지 못하고 벼루를 잡았다. 하지만 벼루의 진가를 아는 그로서는 쉽게 던져 버릴 수가 없었다.

 "각감께서는 그 벼루를 던져서 깨 버릴 만한 그릇은 못 되지요. 하여 소인이 대신 손을 써 드리겠습니다."

 이렇게 말한 용하는 한 치의 망설임도 없이 벼루를 잡아 마당으로 던져 버렸다. 벼루가 산산조각이 되어 나뒹구는 소리가 인욱의 사지를 뒤틀었다. 용하는 접선을 펼쳐 신선이라도 된 듯 평화롭게 부채질을 하였다.

 인욱은 한참을 멍하니 그의 차가운 미소를 보았다. 웃고는 있는데 웃음기는 전혀 찾을 수가 없었다. 이자의 표정이 원래 이랬었나? 헷갈렸다. 그동안 헤픈 웃음을 실실거리면서 다니는 당하관쯤으로만 여겼는데, 그동안 봐 왔다고 생각했던 미소는 전혀 기억이 나지 않았다. 이전에도, 그리고 지금도 웃음기 없는 웃음으로 자신을 쳐다보고 있었던 것 같았다. 단 한 번도 그는 웃은 적이 없었던 것 같았다.

 "대체 그 이야기를 왜 꺼내는가?"

 "단지 소인이 알고 있는 것이 무엇인지를 알려 드리면, 앞으로 각감께서 어떤 행동을 취하기에 앞서 참고가 되실 듯해서요."

목이 막혔다. 온몸이 바들바들 떨려 말을 할 수조차 없었다. 용하는 여전히 똑같은 표정으로 말하였다.

"소인도 조심을 하셨어야지요. 가량과 걸오는 옳지 않은 일과는 타협하지 않지만, 소인은 반드시 옳은 일과만 타협하는 것은 아니라서요."

"말을 돌리지 말고 원하는 것을 말하게."

"김윤식을 건드리지 마십시오. 앞으로도 영원히. 앞으로 또다시 김윤식을 건드릴 거라면 목숨 따위가 아니라, 명예를 내놓을 각오로 하십시오."

천천히 부채질을 하면서 자리에서 일어서는 용하에게 인욱은 다급하게 물었다.

"그것뿐인가?"

"현재로서는 그렇습니다. 나머지는 소인의 머릿속에 넣어 두는 편이 훗날 보다 효용 가치가 있다고 생각됩니다만……."

용하가 허리를 숙여 제 품속에 있는 작은 주머니를 꺼내 인욱 앞에 놓았다. 그리고 허리를 숙인 채로 말하였다.

"뇌물입니다. 지금까지 소인에게서 받아 오신 뇌물처럼 이것도 넣어 두셔야 할 겁니다. 뇌물을 물리칠 권한은 처음 뇌물을 받아 넣으신 그날부터 상실하셨습니다. 소인이 한낱 보다 높은 관직 하나 얻어 보겠다고 바치는 뇌물이 아니라는 걸 지금부터라도 염두에 두시기를……."

허리를 들고 뒤돌아섰다. 그리고 방문을 나가기 직전, 고개만 돌려 마지막 말을 남겼다.

"이 조정은 뇌물을 거절하는 인물이 손에 꼽을 만큼 적더군요."

용하는 부채질을 하면서 여유 있는 걸음으로 인욱의 집에서 사라졌다. 그때까지 인욱은 두려움과 분노로 온몸을 사시나무 떨듯 하였지만 움직일 수는 없었다.

대문 밖에서 말고삐를 잡고 기다리고 있던 덕구 아범이 용하가 나오자 반갑게 맞았다.

"잘 해결 보셨습니까요?"

"내가 누군가. 세상에 약점 없는 자는 없지. 백번 잘해도 한 번의 잘못은 있는 법. 싸움은 바로 이 한 번의 약점만 치면 이긴다네. 그런데 으……."

용하가 두 주먹을 불끈 쥐고 신음을 참자 덕구 아범의 눈이 놀라서 동그래졌다.

"잘 해결됐다면서 갑자기 왜 그러십니까요?"

"벼루가……, 너무 아까워서."

"에? 벼루라니요? 지금 가지고 들어가신 그 벼루?"

"그렇다네. 내가 던져서 깨 버렸으이."

사색이 된 덕구 아범이 뒷목을 잡고 털썩 주저앉았다.

"헉! 그, 그게 어떤 건데. 쉰네가 훔쳐다 팔면 평생 놀고먹을 수도 있는 건데. 미친 양반이란 건 익히 알고 있었지만, 이 정도일 줄이야. 아이고, 아이고 아까워."

"음……, 벼루까지 깬 건 조금 과했나?"

고개를 몇 번 갸웃거리던 용하는 이내 다 털어 버리고 크게 웃었다.

"하하하. 어차피 끝난 일일세. 자네도 엄살 그만 떨고 일어나게."

그리고 얼굴에서 웃음을 싹 지운 뒤, 접선을 펼쳐 입술을 가리고 다시 말하였다.

"그간 한양에서 있었던 모든 일들을 긁어 오게. 동원할 수 있는 인력은 최대한 동원해서라도 가랑과 걸오가 돌아오기 전까지 모을 수 있는 모든 정보, 모을 수 없는 정보까지 죄다 모아야 하네. 지금 당장 움직이게!"

덕구 아범은 투덜거리면서 말고삐를 용하에게 넘겼다. 그리고 벼루가 아깝다는 둥, 쉴 틈을 안 준다는 둥 중얼중얼하면서도 누구보다 날래게 뛰어갔다.

수계를 넘기던 왕의 손이 잠깐 멈추었다. 손이 멈춘 대신 눈동자가 움직였다. 왕은 머리를 조아리고 앉은 용하를 수계 너머로 뚫어지게 보았다.

"역참을 거쳐서 가지 않았군."

"네, 그러하옵니다."

"왜 이 고을들을 거쳤느냐?"

"그곳들이 색향으로 이름이 높았기 때문이옵니다."

승지들 사이에서 질타하는 웅성거림이 퍼져 나갔다. 암행어사로 나간 자가 색향을 골라서 다녀온 주제에 목소리까지 당당하니 어처구니가 없었다.

"이유는?"

"본디 색향일수록 사내가 몰려 있고, 사내가 몰릴수록 돈이 몰려 있고, 돈이 몰려 있다는 건 물건도 모여 있다는 뜻이옵니다. 만약에 조운선이 진짜 풍랑을 만나 난파를 당하는 바람에 조세가 모두 바다에 빠졌다면 물건도 가라앉아야 하옵고, 만약에 그것이 거짓이라면 물건이 시장에 풀렸을 터, 그 흔적을 좇기에는 색향만 한 곳이 없기 때문이옵니다."

승지들 사이에서 이번에는 감탄 어린 웅성거림이 퍼져 나갔다. 왕은 싱긋이 웃으며 수계로 다시 눈을 떨어뜨렸다. 왕의 중얼거림이 입 안에서만 맴돌았다.

"여림에게 색향이라……. 닭이 먼저냐 달걀이 먼저냐를 논하는 게 빠르지."

왕은 수계를 마지막까지 다 읽고 난 뒤에 용하를 보며 웃었다.

"너는 결국 내 봉서를 읽는 순간부터 아전과 선원이 짜고 조세를 빼돌린 뒤에 조운선이 난파된 것처럼 꾸몄다는 걸 간파했었군. 아울러 앞서 해적에게 약탈되었다는 것도 거짓임을 알고 있었고."

"같은 시기에 해적에 약탈되었거나 풍랑으로 난파된 배가 법성포 조운선을 제외하고는 없었다는 소문을 들었기에 충분히 의심해 볼 여지가 있었사옵니다."

"수고 많았도다. 물러가라."

용하가 일어나 뒷걸음질을 시작하려는데, 갑자기 왕이 목소리를 경직시켜 말하였다.

"구용하 대교! 네가 가진 능력에서 극히 일부만 사용하고 있다는 걸 내가 모르리라 생각하지 마라."

"소신을 그리 높이 평가해 주시니 기뻐서 몸 둘 바를 모르겠사옵니다. 성은이 망극하옵니다."

 용하가 물러나고 난 후에 왕은 다시 수계를 펼쳐 읽었다. 입가에 미소가 떠나지를 않았다. 기대는 했었지만 역시 보통이 아니었다. 영광을 살핀 안목도 그렇고, 이렇게 짧은 기간 동안 이 정도나 민생을 파악하고 수계를 올린 암행어사는 일찍이 본 적이 없었다. 게다가 조운선 사건까지 깔끔하게 마무리하였다. 암행어사에 가장 어울리지 않는 용하가 의외로 암행어사로서 가장 탁월한 재능을 가지고 있다니, 웃지 않을 수가 없었다.

 "그나저나 이 보고대로라면 지금쯤 이선준의 고생이 이만저만이 아니겠군. 빨리 한양에 돌아와야 할 터인데, 이 일을 어쩌나……."

 선정전을 나선 용하는 왕의 마지막 말이 마음에 걸려 잠시 걸음을 멈추고 돌아보았다. 그리고 콧잔등을 긁적거리면서 반성이라고는 손톱만큼도 찾을 수 없는 투로 중얼거렸다.

 "놀면서 다녀온 게 너무 티가 났나? 아무래도 눈치를 채신 것 같은데……. 들키지 않도록 좀 더 조심해야겠군."

 여러 날이 흐른 저녁 무렵, 용하는 선정전에서 업무를 마치고 나오다가 껄렁껄렁한 태도로 상서원을 걸어 나오는 재신을 발견하였다.

 "앗! 걸오? 우리 걸오 맞는가?"

 반가워 어쩔 줄을 모르는 용하와는 다르게 재신은 바로 어제도 만났던 것처럼 평범하게 대꾸하였다.

 "그럼 도깨비겠나?"

 "언제 돌아왔는가?"

"오전에."

"여기 상서원에는 왜? 무슨 일로?"

용하가 자꾸 말을 시키자 재신은 성질을 참지 못하고 소리 질렀다.

"암행어사로 나갔다 왔는데, 승정원에 수계 넣고 상서원에 들러 마패 반납하는 건 당연하잖아!"

"그, 그렇지. 오오! 간만에 들으니 자네 고함 소리도 노랫소리 같으이."

"미친놈. 그건 그렇고 대물이 무죄로 풀려난 건 아는데, 사건의 자초지종은 어떻게 된 거였냐?"

"자네도 그러이. 어찌 돌아와서 처음 물어보는 게 벽서가 아니라 간통 사건인가?"

두 사람은 이문원으로 걸어가면서 이야기를 나누었다. 용하는 간통 사건의 대부분을 자세하게 말했지만 그중에 인욱이 관련되었던 부분은 거론하지 않았다. 대신 증인으로 나섰던 검서관 두 명에 대해서는 가감 없이 말해 주었다.

그런데 하필, 이문원에 들어서던 재신의 눈에 증인이었던 검서관 두 명이 잡히고 말았다. 여러 검서관, 사자관과 함께 마당에 모여 퇴진을 준비하려던 참이었다.

"자, 잠……."

용하가 재신을 향해 다급히 외치는 순간이었다. 이 소리와 함께 그들은 재신을 알아볼 틈도 없이 바닥에 뒹굴었다. 한 놈은 순식간에 날아온 다리에 배를 걷어차여 몸이 디귿 자로 말렸다가 뒤로 나가떨어졌고, 또 다른 놈은 목으로 날아온 다리에 맞아 온몸이 빙그르르 돌면서 바닥에 떨어져 굴렀다. 뒤에 맞은 놈은 기절해 있었다. 하지만 맞아서 한 기절이 아니라 목을 걷어차이기도 전에 놀라서 먼저 기절한 것이었다.

"……깐만 참으라고 말하려고 그랬는데……."

용하의 말이 조용히 사라졌다. 재신이 양손을 허리에 올린 채 미처 기절하지 못한 놈의 목덜미를 한 발로 밟고 서서 말하였다.

"입 안에 있는 살덩어리는 말이다, 함부로 굴리는 것이 아니다."

마당에 모여 있던 모든 사람이 새파랗게 질린 채로 재신을 쳐다보았다. 그들 중에는 놀라서 오줌을 지릴 뻔한 이도 있었지만, 소문으로만 들었던 싸움꾼 재신을 처음 보았기에 감격한 이도 있었다. 단지 서운한 부분이 있다면 싸움이란 건 주고받는 게 있어야 하는데, 한 번씩만 주고는 받는 것 없이 끝이 났다는 점이었다. 사자관 대다수는 앞으로 그의 문서는 보다 신중히, 보다 최선을 다해 필사를 하리라 다시금 마음을 다잡았다.

재신은 아무 일도 없었던 것처럼 계단을 올랐다. 그런데 마루에 서 있던 인욱과 딱 맞닥뜨리고 말았다. 재신의 눈동자가 땅에 뒹굴고 있는 검서관 둘을 훑고 다시 인욱의 눈동자로 돌아왔다.

"각감, 혹시 저 녀석들이 왜 저러고 있는지 아십니까?"

재신의 눈동자와 말에 놀란 인욱은 자신도 모르게 처음부터 그 자리에 있었던 것조차 잊고 더듬더듬 말하였다.

"응? 그, 글쎄, 왜 저러고들 있나? 난 아무것도 못 봤네, 아무것도."

"다녀왔습니다."

재신은 건성으로 인사한 뒤 쌩하니 당하관 방으로 들어갔다. 윤희의 반가운 환대를 받고서야 비로소 환하게 웃는 그를 보면서 인욱은 마른침을 삼켰다. 거짓 증인을 선 것만으로도 저 정도인데, 만약에 뒤에서 자신이 공작을 한 걸 알면 재신의 발길질은 한 번으로 끝나지는 않으리라. 어쩌면 늑골 서너 개는 내놓아야 할지도 모른다. 아니, 살려 둘지조차 의문이다. 뒤이어 들어가는 용하와 또 눈이 마주쳤다. 용하의 웃음기 없는 웃음에 뜨끔한 인욱은 얼른 자신의 방으로 몸을 피하였다. 그리고 곰곰이 생각에 빠졌다. 선준이 떠올랐다. 그가 돌아온 뒤를 생각해 보았다. 분명 화를 낼 텐데, 얌전한 사람이 화가 나면 더 무서운데, 그의 보복은 어떤 방식일지 감조차 잡히지 않았다. 선준과 재신, 용하가 번갈아 지나갔다. 인욱은 후들거리는 손을 겨우 움직여 종이를 꺼내 펼쳤다. 그리고 왕에게 이관을 청하는 긴 글을 눈물로 적어 내려가기 시작하였다.

궐내에서 행해진 재신의 폭력 사건은 당장 문제가 되었다. 비록 인욱은 보지 못했다고 했지만 직접 목격한 다른 이들도 많았고, 얻어맞은 검서관들의 아비가 벼슬아치들이라 발을 뺄 수가 없었다. 결국 재신은 한양에 돌아오자마자 사헌부와 사간원으로부터 근신 처분을 받게 되었다.

이즈음 먼 남쪽 지방에서부터 『홍길동전』에 버금가는 통쾌한 이야기가 한양까지 올라왔다. 어느 고을에 국고는 잔치와 사치로 탕갈하고, 백성들 재산은 누명을 씌우고 협박하여 제 주머니로 쓸어 담고, 여인들은 겁탈하여 제 첩으로 만들던 탐관오리가 있었다. 어느 날 허리에 마패를 찬 암행어사가 나타나 홍길동처럼 뛰어난 무술로 혼자서 수백 명에 이르는 수령과 아전, 군졸들을 때려눕히고 혼내 준 뒤에 홀연히 사라졌는데, 백성들은 그 암행어사에 감동하여 손에 손을 잡고 거리로 뛰어나와 만세를 불렀다는 이야기였다.

한편 이 이야기에 등장하는 고을과 똑같은 이름의 고을에서는 실제로 암행어사가 나타나, 역졸도 부르지 않고 혼자서 비리로 얼룩진 수령과 아전들을 적발하여 관찰사 쪽으로 이송시킨 일이 있었다. 문제는 이송되던 수령과 아전들 모두 만신창이였는데, 늑골이 부러진 자도 있었고, 통통 부어서 얼굴을 알아보지 못할 지경인 자도 있었고, 또 어떤 자는 온몸에 피멍이 든 자도 있었다. 이들 모두 입을 모아 암행어사를 피해 달아나다가 실수로 말에서 떨어졌다고도 하고, 실수로 담장에서 떨어졌다고도 하고, 오로지 실수로 제 발에 걸려 넘어진 거라 우겼다고도 하였다.

그리고 '실수로' 만신창이가 된 비리 수령과 아전들을 이송시킨 암행어사는 다름 아닌 재신이었다.

第九章

홍점화

1

사랑채 마당을 가로질러 한 발짝 한 발짝 조심스럽게 까치발을 옮기던 다운이 작은 인기척에 놀라 얼음이 된 듯 동작을 멈추었다. 인기척이 잠잠해졌다. 그녀는 다시금 까치발로 걸어 낭군의 방으로 올라갔다. 언제나 비어 있던 이곳이 오늘은 주인을 되찾았다. 재신은 이불도 없이 목침만 덜렁 베고 낮잠을 자고 있었다. 다운은 잠든 얼굴을 내려다보며 한참을 헤죽헤죽 웃었다. '근신'이란 건 참 멋진 말인 것 같았다. 그 덕분에 이렇게 집에 머물게 되었기에, 만날 근신을 당하게 해 달라고 장독대에 정화수 떠 놓고 빌고 싶은 심정이었다. 그리고 재신의 얼굴을 들여다보는 것만으로도 행복한 나머지 왜 이곳에 왔는지조차 새까맣게 잊었다.

갑자기 하품이 나왔다. 그의 잠이 전염된 듯하였다. 다운은 행여나 그가 깰세라 조심스럽게 움직여 새우 모양으로 옆에 누웠다. 그의 숨소리가 가까이에서 들렸다. 그가 숨을 내쉴 때마다 그의 숨이 제 얼굴에 닿았다. 다운의 입술이 커다란 초승달이 되어 길게 걸렸다. 그의 숨소리를 따라 자신의 숨도 맞춰 보았다. 그가 숨을 들이쉬면 그녀도 숨을 들이쉬고, 그가 숨을 내쉬면 그녀도 숨을 내쉬었다. 숨이 가빠 왔다. 그래서 한꺼번에 숨을 훅 토해 냈다. 자신의 숨이 그의 얼굴을 덮쳤나 했는데, 바로 이어 그가 내뱉은 숨이 다운의 코와 입으로 스윽 들어왔다. 이번에는 그가 숨을 들이쉬면 다운은 내쉬고, 그가 숨을 내쉬면 그녀는 들이쉬었다. 그의 숨을 가질 수 있는 것만으로도 가슴이 콩닥거렸다. 그러다가 다운도 그의 숨소리를 따라 차츰 잠으로 빠져 들어 갔다.

재신이 모처럼 즐긴 단잠에서 깨어났다. 양쪽 눈을 번갈아 깜빡거리며 눈부신 빛에 적응시켰다. 그런데 옆구리 쪽에서 뜨끈뜨끈한 무언가가 느껴졌다. 어쩐지 팔도 감각이 없는 듯하였다. 눈을 게슴츠레 뜨고 고개를 돌려 보니 웬 여자가 제 팔을 베고 잠들어 있는 것이 아닌가. 순간 이곳이 어딘지 분간이 되지 않았기에 옆에 누운 여자도 분간이 되지 않았다. 그는 사정없이 팔을 빼고 벌떡 일어났다. 때문에 고이 자던 다운의 머리는 방바닥을 쾅 때렸고, 재신의 고함 소리는 그녀의 귀를 때렸다.

"너 뭐야!"

엉겁결에 잠에서 깨어난 다운은 잠에 절반쯤 취한 채로 몸을 일으켜 앉았다. 눈을 비비고 앉은 다운을 보고 재신은 비로소 이곳이 어딘지, 이 여자가 누군지 알아차렸다.

"야, 반 토막! 네가 왜 여기 있냐?"

"웅, 그러니까……, 제가 왜 여기 있나요?"

도리어 되물어 오는 그녀에게 재신은 한쪽 입술을 일그러뜨렸다.

"너도 어머니 닮아 가냐? 고부간이 천생연분이다. 그리고 너, 누가 이 방에 함부로 들어오랬냐?"

"칫! 서방님이 아니 계실 땐 만날, 만날 들어왔어요, 뭐."

"뭐? 왜?"

쩌렁쩌렁한 재신의 고함이 덮치자 그제야 다운은 잠에서 완전히 깨어났다. 정신을 차린 그녀의 목소리는 기어들어 가듯 아주 작은 소리를 내었다.

"처, 청소하러……."

"야, 누가 조막만 한 너한테 청소를 시켜? 깔린 하녀들을 놔두고."

"소, 소첩이, 하, 하고 싶어서……."

"말 좀 더듬지 마라. 짜증난다."

"하지만 서방님이 자꾸 화를 내시잖아요. 무서우니까 말을 더듬죠. 그리고……."

재신은 더 이상 대꾸조차 귀찮은 듯 고개를 돌리고 앉았다. 다운은 그 앞에 벌 서는 아이처럼 무릎을 꿇고 앉아 손가락을 모으고 꼬물거렸다. 오른손 엄지가 왼손 검지를 만지고, 오른손 검지가 왼손 엄지를 만지고, 다시 왼손 엄지가 오른손 검지를 만지고, 왼손 검지가 오른손 엄지를 만졌다. 그러다가 배 쪽의 치마를 두 손으로 꼬옥 모아 쥐고 고개를 숙인 채 기어들어 가는 소리로 말하였다.

"그리고……, 소첩도 이제는 서방님의 방에 들어와도 되어요."

"흥! 내 허락도 없이?"

"서방님 허락은 없어도 어머님이 허락하셨……."

"이, 반 토막 주제에!"

"그렇지만 소첩이 이제는 워, 워, 워, 월……."

재신의 입이 다시 한쪽으로 비틀어졌다.

"개 짖는 소리 흉내 내냐, 아니면 아직 말도 제대로 못 배운 거냐? 하긴 또 모르지, 똥 기저귀도 아직 못 뗐을지."

"……월경합니다!"

큰 소리로 외쳐 놓고 다운은 풀이 푹 죽어 고개를 숙이고 말았다. 그동안 기다리면서 줄곧 자랑하고픈 말이었는데, 비아냥거림으로 인해 급하게 꺼낸 게 못내 아쉬웠다. 재신은 무슨 말인지 알아듣지 못해 인상이 찌푸려졌다가 이내 얼굴이 시뻘겋게 달아올랐다. 그는 제 머리를 쥐어뜯듯이 감싸 쥐고 고개를 푹 숙였다.

"야! 그럼, 너 여태……. 아! 그래서 어머니가 그때……. 으아, 미치겠다. 아버지, 어머니, 조상님. 이런 어린애를 데려다가 대도 못 잇는다고 구박하시면 벌 받으십니다."

"대 못 잇는다고 구박하신 적 없는데요."

다운의 대답에도 불구하고 재신은 숙인 고개를 들지 않았다. 그리고 갑자기 심각하게 침묵하였다. 다운이 다시 제 손가락을 만지작거리기 시작하였다. 칭찬받고 싶었는데, 그럴 수 있으리라 생각했는데, 오히려 그를 실망시킨 것 같아 속상하였다. 그러기를 한참 뒤, 재신이 고개를 숙인 상태로 차갑게 말하였다.

"반 토막! 너 벽에 가서 붙어 서라."

"어느 벽이요?"

"아무 데나!"

다운이 적당한 벽을 찾아 붙어 설 동안, 재신은 서안 위에 흐트러져 있는 붓 하나를 잡아 먹물을 찍었다. 그리고 벽에 붙어 선 다운에게로 가서 대충 눈가늠을 하였다.

"저기, 키를 재시려고요?"

재신은 묵묵부답으로 그녀의 머리꼭대기에서 한 뼘 정도 위에 선을 그었다. 그리고 정수리를 잡고 휙 돌려세워 그어 놓은 선을 보여 주었다.

"이거 보이냐?"

"네."

"네 키가 이만해질 때까지는 내 옆에 오지도 마라. 아까처럼 네 멋대로 팔 베고 누웠다가는 가만 안 둬."

선을 보고 있던 다운의 고개가 밑으로 툭 떨어졌다. 그리고 얼마 지나지 않아 그녀의 양쪽 어깨가 들썩거리기 시작하였다. 간간이 훌쩍거리는 소리도 들렸다.

"뭐야? 또 우는 거냐?"

"그치만……."

급기야 작은 몸을 웅크리고 앉아 펑펑 울었다. 어찌나 서럽게 우는지 재신은 화를 내지 못하였다. 오히려 안절부절못하고 눈치를 살피는 꼴이 되었다. 선을 너무 높이 그은 것 같기도 해서 후회가 되었지만 남아일언중천금인데 이제 와서 무를 수는 없지 않은가.

"왜 우냐?"

"그게……, 엉엉."

"어이, 반 토막. 이건 너를 위한 거야. 나 같은 놈한테도 좁쌀만큼의 인격이란 건 있다고. 울지 마라니까. 어휴! 정말 아무것도 모르는 어린애로구나."

"바, 훌쩍. 바, 발……."

"울든가 말하든가 둘 중에 하나만 해라. 뭔 말인지 못 알아듣겠다."

"발뒤꿈치를 세우고 쟀단 말이어요! 우왕!"

어이가 없어 입이 떡 벌어졌던 재신이었지만 어느 틈엔가 입가에 웃음이 삐질삐질 새어 나왔다. 그러다가 결국 웃느라 배를 잡고 뒤로 넘어가는 지경에 이르렀다. 아내는 서럽게 대성통곡을 하는데, 그 옆에서 남편이란 자는 포복절도를 하는 희한한 모양새였다. 재신은 한참 동안 웃다가 겨우 웃음을 다스리고 말하였다.

"큭. 그럼 나중에 잴 때도 발뒤꿈치 들고 재라."

다운이 울던 것도 잊고 눈이 똥그래져서 고개를 들었다.

"훌쩍! 그래도 되어요?"

"지겨운 네 우는 소리 듣는 것보다는 낫겠다."

다운은 여전히 눈에 눈물이 맺힌 채로 입을 삐죽거리면서 말하였다.

"오랜만에 집에 돌아오셔서는 지겹대. 소첩은 서방님 화내시는 거 엄청 엄청 무서워도 지겨울 정도로 들어 봤으면 좋겠는걸요."

다운은 멍하니 그어져 있는 선을 올려다보았다. 언제 저만큼 커서 아내 대접을 받을 수 있을까 암담하였다. 한숨이 절로 나왔다. 그 순간 자리에서 발딱 일어났다. 황씨가 마당을 가로질러 느릿느릿 걸어오고 있었기 때문이다.

"둘 다 왜 여직 안 오누?"

"아, 맞다! 서방님 모시러 왔었는데. 어떡해, 점심."

다운은 재빨리 신을 신고 안채로 달려가면서 황씨에게 말하였다.

"어머님, 제가 다시 점심상 봐 놓을게요."

황씨는 허둥지둥 달려가는 뒤통수를 보며 싱긋이 웃었다. 재신이 신을 신고 내려와 황씨 앞에 제 팔을 내밀었다.

"좀 더 빨리 부르러 오시지 않고요."

황씨는 아들의 팔을 지팡이 삼아 잡으면서 대답하였다.

"단둘이만 있으니 그저 좋아서 안 오나 보다, 그랬지."

"그럴 리가 없지 않습니까! 우리는 정다워 봤자 부부지간이 아니라 부녀지간으로 보일 뿐이라고요."

재신은 편안하게 웃기만 하는 모친을 보다가 안채로 걸음을 옮겼다. 그녀의 속도에 맞추느라 걷는 거라고 볼 수 없는 정도로 천천히 걸었다.

"그런데 재신아, 넌 왜 오늘 집에 있누?"

"아침에도 근신당했다고 말씀드렸습니다."

"음······, 그래. 그랬었니?"

"저기, 어머니. 반 토막 말입니다."

"응? 반 토막?"

"아! 아니요, 다운이요."

"그럴 땐 '제 처요.'라고 말해야지. 그게 그렇게 쑥스러우냐? 녀석도 참! 숫기 없기는······."

"수, 숫기? 이 문재신이 숫기가 없다고요? 어머니······."

재신이 이를 한 번 으드득 간 후에 겨우 화를 가라앉히고 말하였다.

"숫기 없는 게 아니라 처 같지가 않아서 그렇죠. 아무튼 그 애더러 제 방에 출입해도 된다고 하셨다면서요? 소자 생각에는 아직 한참 어린애입니다."

황씨는 걸음을 멈추고 아들을 보았다. 그리고 먼 곳을 여행이라도 하듯 멍한 표정을 하다가 입을 열었다.

"그래. 나이는 성년을 지났으나, 몸까지 완전히 성년이 되었다고는 할 수 없지. 네 말이 맞다. 그 정도도 지키지 않으면 짐승이지, 사람이 아니야. 내 아들 장하구나. 그래, 그렇게 아껴 주어라. 아내를 아껴 줄 수 있는 건 지아비뿐이란다. 아무도 소용없어."

"소자가 사람이라서거나 장해서가 아니라, 걔가 지나치게 꼬마라서 그렇거든요."

황씨는 느릿한 미소를 짓더니 아들의 팔에서 손을 떼었다. 그리고 천천히 화단으로 걸어가 알록달록한 꽃들을 내려다보았다. 그녀는 옆에 아들이 있는지, 지금 어디로 가던 중인지조차 잊어버린 듯 오랜 시간을 그러고 있었다. 재신은 순간 심장이 덜컹 내려앉았다. 모친의 병세가 심해진 것 같아 걱정이 되었다. 급한 마음이 그녀의 어깨를 잡게 하였다.

"어머니!"

황씨는 천천히, 아주 천천히 놀라면서 아들을 돌아보았다. 돌아보는 사이 재신의 급한 속은 여러 번 터졌다.

"어머니, 소자를 알아보시겠습니까?"

"재신아, 옛날에 네가 꽃들을 보고 했던 말을 기억하느냐?"

동문서답을 한다는 건 모친이 정상이라는 뜻이기에 재신은 어깨가 땅에 닿을 만큼 마음을 놓았다. 그래서 황씨의 뜬금없는 말도 미소로 들을 수 있었다.

"무슨 말이요?"

"네가 어렸을 때 그랬지. 꽃이 피는 걸 보고 싶어 하루 종일 기다렸는데, 잠깐 자고 일어나 보니 다 피어 있어서 억울하다고."

"소자가 그랬던가요? 어머니 기억은 날로 좋아지십니다."

"여인도 그런 꽃들과 같단다."

 황씨는 다시 아들의 팔을 잡고 안채로 천천히 걸었다. 그러면서 그녀의 걸음 속도처럼 말도 천천히 하였다.

"여인이란 건 말이다, 참으로 신기한 존재란다. 하루가 다르게 변화해 가거든. 꽃처럼 눈 깜박할 사이야, 꼬마에서 여인이 되기까지는."

 안채로 들어갔다. 국수가 모두 퍼져 버린 탓에 다시 국수를 삶아 내는 하녀들 틈에서 작은 몸을 이리저리 옮겨 다니고 있는 다운이 보였다. 그녀가 재신을 발견하고 방긋 웃었다. 재신은 비로소 모친의 말씀을 이해하였다. 달라져 있었다. 처음 이 집에 시집올 때의 모습은 거의 찾아볼 수 없었다. 생김새가 달라진 건 아니었다. 어디가 달라졌다고 콕 집을 수는 없어도 분명 많이 달라진 것 같았다. 어린애라고 부르기에는 무리가 있을 정도였다. 고작 몇 달을 못 봤을 뿐인데, 신기하였다. 꽃보다 더 신기하였다. 재신은 그녀의 미소에 답하기가 어쩐지 민망하여 굳어진 얼굴로 고개를 획 돌리고 안방으로 들어갔다.

 황 판교 집 앞에는 윤희가 남긴 발자국들로 가득하였다. 서영과의 혼인은 정무의 파격적인 제의와 맞바꾼 것이기에 반드시 성사시키고야 말겠다는 의지로 만들어진 발자국이었다. 분명히 집 안에 있는데, 하인들이 계속해서 출타 중이란 말만 돌려준 덕분이기도 하였다. 다시 대문이 열렸다.

"언제까지 그러고 계실 거냐고 물으십니다요."

하인의 퉁명스런 물음에 윤희는 반갑게 대답하였다.

"출타하신 분이 그리 물으시던가?"

"네."

"만나 주실 때까지 이러고 있을 거라고 말씀드려 주게."

"그러면 들어오시랍니다."

윤희는 긴 한숨을 내뱉고 안으로 들어갔다. 한 고비는 넘긴 셈이었다. 그렇다고 황 판교가 예전처럼 반갑게 맞아 준 것은 아니었다. 윤희가 인사를 올리고 자리에 앉을 때까지도 몸을 반쯤 돌리고 앉아 언짢은 헛기침만 연거푸 쏟아 낼 뿐이었다.

"소생은 이미 누명을 벗었습니다. 그러니 노여움을 풀어 주십시오."

"아니 땐 굴뚝에서 연기 나는가? 그간 자네의 여자 버릇이 그러하니 추문도 따라서 발생하는 것 아닌가. 그런 자네한테 내 딸은 절대 안 될 말일세."

윤희는 머리를 조아렸다. 의금부에서는 무죄가 확정되었지만 사람들의 시선도 그런 것은 아니었다. 아니 땐 굴뚝에서 연기 나지 않듯 숨겨진 무언가가 있을 거라는 게 지배적인 생각이었다. 이러한 생각에는 김윤식이 왕의 총애를 받는 각신이라는 데서 오는 불신이 영향을 미쳤다. 황 판교도 마찬가지였다.

"믿어 주십시오. 소생은 대감께서 생각하시는 그런 사내가 아닙니다."

"난봉꾼이라는 건 자네 입으로 한 말일세."

"그것이야말로 사연이 있어서 했던 거짓말입니다."

"네, 잘 알고 있어요."

갑자기 끼어든 서영의 목소리에 윤희와 황 판교는 동시에 소리 나는 곳을 보았다. 그녀는 다소곳하게 인사를 하면서 방으로 들어와 앉았다. 얼굴이 많이 수척해져 있었다.

"결례인 줄 알지만 도련님께서 이런 대접을 받을 이유가 없는 듯하여 부득이 발을 들였어요. 아버지, 도련님이 난봉꾼이 아니시라는 건 소녀가 더 잘 알아요. 허물이 있다면 소녀에게 더 큰 허물이 있으니 그러한 말씀은 삼가 주셔요."

또박또박 힘주어 말하는 서영에게 황 판교의 분노가 날아갔다.

"너한테 무슨 허물이 있단 말이냐!"

하지만 그녀의 목소리는 여전히 똑같은 모양을 하였다.

"도련님은 소녀의 허물을 덮어 주기 위해 청혼해 주시는 거예요. 그렇기에 이 청혼은 받아들여서는 아니 되어요."

황 판교는 분노로 치뜬 눈을 윤희에게로 몰았다.

"자네! 대체 우리 서영이한테 무슨 짓을 한 건가!"

"소녀에게 무슨 짓을 한 분은 이 도련님이 아니어요. 아버지, 제발 더 이상 부끄럽게 만들지 말아 주셔요."

"뭐? 서영아, 너 대체 무슨 말을 하는 것이냐?"

분노와 당혹감으로 어쩔 줄을 모르는 황 판교와, 부모 앞에 죄책감으로 고개를 숙이고 만 서영 사이에서 윤희는 일부러 깊은 한숨을 내쉬어 두 사람의 시선을 모았다.

"황 낭자와 소생은 스치듯 만났으나 서로를 생각하는 마음이 깊어 혼인을 하고자 하는 것입니다. 영감, 여기에 다른 이유가 필요합니까?"

황 판교는 재빨리 분위기를 읽었다. 제 딸의 이해 못 할 행동과 말만으로도 어느 쪽이 더 불리한지를 충분히 느낄 수 있었다. 그의 망설임을 눈치 챈 윤희는 때를 놓칠세라 얼른 품에서 청혼서를 꺼내어 앞으로 밀었다.

"청혼서입니다. 받아 주십시오."

황 판교는 어떠한 행동도 취하지 못하고 물끄러미 봉투만 보고 있을 뿐이었다.

"아버지 받으시면 아니 되어요."

서영의 말이 오히려 그의 손으로 하여금 봉투를 집게 하였다. 한동안 정상이 아니었던 딸의 모습도 그의 손을 거들었다. 여자한테 허물은 죽음과도 같은 것이다. 더욱이 양반가의 처자일수록 그 잣대는 더 잔혹하였다. 그러니 딸의 말이 사실이라면 김윤식은 생명의 은인과 다를 게 없었다. 김윤식이 난봉꾼에 초선과 같은 기생을 수십 명 거느린다고 해도 사내이기에 허물까지는 되지 않는 게 어쩔 수 없는 현실이었다.

"영감, 소생은 결코 영애 외의 여자는 없습니다. 맹세합니다."

초선과의 관계가 마음에 걸렸지만 황 판교는 다른 말은 할 수 없었다.

"그래, 믿겠네. 그러니 조금 전에 말한, 내 딸에게 허물이 있어서가 아니라 서로가 깊이 사랑하여 혼인하는 것도 사실이겠지?"

"물론입니다! 그 외에 다른 이야기는 단 한 줄도 없습니다. 김윤식이란 이름을 걸고 맹세합니다."

윤희는 유독 '김윤식'에 힘을 주어 말하였다. 그 이름의 주인에게 있어서만큼은 이 모든 것이 진실이었기 때문이다.

"아니 되어요, 아버지. 이분께 너무 염치없는 짓이어요."

"어허! 남자들끼리 나누는 대화에 계집이 뭔 말이 그리 많아!"

남자들끼리라는 말이 부끄러워 윤희는 슬쩍 고개를 숙였다가 다시 들었다.

"영감, 잠시만이라도 영애와 대화를 나눌 수 있도록 허락해 주십시오."

"그건 곤란하네. 자네를 못 믿어서 그러는 게 아니고……."

"영애께서 허물이 있다고 생각하시는 게 오해라는 말을 전하고 싶어서입니다."

황 판교는 눈물조차 흘리지 못하고 앉은 딸을 쳐다보았다. 나쁜 시력 때문에 뚜렷하게 보이지는 않았지만, 괴로움에 지친 어깨는 달래 줄 필요가 있었다. 그것은 아무리 봐도 자신의 역할은 아니었다. 그는 봉투를 챙겨 넣으며 말없이 자리에서 일어나 방을 나갔다.

근처에서 사람의 기척이 사라지고 난 후에도 두 사람은 한동안 어떤 말도 없이 있었다. 그러다가 서영이 먼저 말하라는 듯 무거운 고갯짓을 하고서야 윤희가 준비해 둔 말을 꺼냈다.

"한 가지 분명하게 알아 두고 싶은 것이 있습니다. 황 낭자는 그자와 언제 만나신 겁니까?"

"예전, 동고놀이 때였어요."

윤희는 자신이 추측한 것이 확실해지자 안심하였다. 그런 만큼 이 혼인은 놓쳐서는 안 되었다.

"황 낭자께는 그 어떤 허물도 없습니다."

서영은 감정을 싣지 않으려고 노력하면서 차분하게 대답하였다.

"소녀가 만난 분은 도련님이 아니어요. 이 마음은 속일 수가 없어요. 비록 그분이 도련님을 사칭했던 거라고 해도……."

"그 사람이 사기꾼이라고 생각하십니까?"

"차라리 사기꾼이라고 생각할 수 있다면 괴롭지 않겠어요."

"고맙습니다. 그렇게 믿어 주셔서. 그 믿음이 있다면 소생과 혼인해 주십시오. 간곡히 청하는 것입니다."

서영의 놀란 눈이 윤희의 얼굴에 정면으로 부딪혔다.

"이해할 수 없네요. 어째서 그런 말씀을 하시는 건가요? 혹시 그분을 아시나요? 그렇군요! 알고 계시는군요."

"그를 만나고 싶으십니까?"

그녀의 몸이 자신도 모르게 윤희 쪽으로 성큼 밀려왔다.

"네, 만나고 싶어요! 만나게 해 주세요."

"그는 소생을 사칭한 사기꾼일 수도 있습니다."

"사기꾼이어도 상관없고, 살인자여도 상관없어요. 노비여도 상관없고, 백정이어도 상관없어요. 만날 수만 있다면, 단 한 번만이라도 좋으니 만날 수만 있다면……."

"그를 다시 만날 수 있는 방법은 소생과 혼인하는 것뿐입니다."

서영의 아름다운 얼굴이 일그러졌다. 일그러졌어도 아름다운 건 변하지 않았다. 그것은 독한 마음으로 인해 생긴 것이 아니라, 사랑하는 마음으로 인해 생긴 것이기에 아름다울 수밖에 없었다. 윤희가 그녀를 향해 웃어 주었다. 웃는 눈매와 입매가 윤식과 닮았다.

"두 분의 필체가 서로 닮아 있었어요. 혹여 동문수학한 사이인가요? 아니, 생긴 것도 닮았어요. 가까운 친지인가요? 아니면……."

"혼인만 하면 모든 것을 알게 되실 겁니다. 지금 이 자리에서 말하지 못하는 것까지 모두. 왜 지금은 아무 말도 못 하는지도. 반대로, 저와 혼인을 못 하면 영영 그를 볼 수 없을 겁니다. 그와 관계된 아무것도 알 수 없을 것이고요. 왜 소생이 지금 이런 제안을 하는지조차."

"하지만 이런 마음을 가지고 어떻게 도련님과 혼인을……."

"그자와 소생과 낭자, 이 세 사람 모두를 위한 길입니다. 소생을 믿어 주십시오."

망연자실하여 가로로 고개를 젓는 서영을 두고 윤희는 일어섰다. 그리고 마지막으로 허리 숙여 간곡하게 말하였다.

"부탁드리겠습니다."

윤희는 방을 나갔다. 방 밖에서는 황 판교가 유모를 불러다 어떤 일이 있었는지 닦달하고 있었다. 하지만 유모는 땅에 웅크리고 앉은 채 무겁게 입을 다물고 있었다.

"황 판교 영감."

윤희가 부르자 그는 목에 핏대가 선 채로 돌아보았다. 온통 분노로 덮여 있었지만, 윤희 앞에서는 애써 가라앉히고 목소리도 아래로 끌어내렸다.

"대화는 다 끝났는가?"

"네. 김윤식이란 이름을 걸고 다시 말씀드리자면, 소생은 결코 황 낭자 외의 다른 여인은 없습니다. 날조된 그 추문만 아니었다면 소생을 사위로 삼고 싶어 하지 않으셨습니까? 그러니 노여움을 풀어 주십시오."

"그래, 믿어야지. 믿고말고."

하지만 얼굴은 대답과는 다르게 떫은 감이라도 씹은 표정이었다.

"그럼 허혼서를 기다리겠습니다. 익랑골 집으로 보내 주십시오."

황 판교는 인사하고 나가는 윤희 뒤를 따라 나가서 배웅을 하였다. 묻고 싶은 말이 목에 걸려 있었지만 입 밖으로 꺼낼 수가 없었다. 딸을 시집보내는 아비의 입장에서는 궁녀와의 추문보다 초선과의 소문이 더 마음에 걸렸기 때문이었다. 더욱이 의금부에 직접 나타나 증언했다는 내용들은 더 그러하였다. 결국 황 판교는 묻지 못하고 보낸 뒷모습만 보다가 한숨을 내쉬며 스스로를 달래야 했다. 초선은 이제 궐의 기녀이니 더 이상의 인연은 힘들 것이다. 그리고 못생긴 사내보다는 아름다운 김윤식이 나을 것이고, 잠자리 부실한 사내보다는 대물에다가 변강쇠라는 김윤식이 낫지 않겠는가.

"그래, 좋은 점만 생각하자. 힘세고 오래 간다는데, 휴! 그 소문 듣고 다시 보니 참 사내답기는 하군."

책상에 앉아 업무를 보고 있는 윤희와 재신 앞에 용하가 다가가 쾅 소리가 날 정도로 손바닥으로 책상을 내려쳤다. 깜짝 놀란 재신이 성질을 내었다.

"야! 이게 뭐 하는 짓이야!"

"큰일 났네."

"큰일이 언제 하루 이틀 거르는 것 봤냐? 매번 그렇지. 이번에는 또 무슨 일이냐?"

"걸오 자네는 근신당하는 동안 꼼짝하지 않았지?"

"당연하지. 상감마마께오서 감시병들까지 붙여 놨었는데. 특히 밤에는 뭔 감시를 그리 심하게 하던지."

윤희가 퉁명스럽게 끼어들었다.

"상감마마께오서 홍벽서의 정체를 아시는 게 맞다니까요."

윤희가 퉁명스럽게 말한 데는 이유가 있었다. 기분이 잔뜩 상한 상태였기 때문이다. 용하가 복귀했을 때 그간 혼자서 고생했으니 재신이 오면 쉬게 해 주마고 약속해 놓고서는, 재신이 오자마자 근신을 당하는 바람에 계속 일했다. 그리고 근신에서 풀려나면 쉬게 해 주마고 철석같이 약속해 놓고서는, 근신에서 풀려난 지금도 책상 위를 보면 윤희 쪽에 일을 더 밀어 놓았다. 그런데 또 큰일이 났다며 호들갑스럽게 뛰어온 용하를 보니 기분이 떨어지는 건 어쩔 수가 없었다. 재신이 웃으며 빈정거렸다.

"대물, 너 입 무지하게 나왔다?"

"제 입은요, 약속 지키지 않는 사람들과 함께 있으면 마구 자라거든요. 사형들이 안 계시는 동안 내내 입번했는데, 어제 또 입번시키시고. 우씨!"

"우리도 함께하지 않았는가?"

그러면 뭐 하는가. 두 사람은 소유재에서 푹 잤지만, 그녀는 당하관 방에서 책상에 엎으려 잠깐 눈 붙인 게 고작이 아닌가. 윤희의 입이 억울함까지 더해져 한층 앞으로 자랐다.

"규장각 쪽으로 다시 일을 밀어 넣으니 어쩔 수 없으이. 가랑이 복귀할 때까지만 참게."

"열고관 업무를 두 달씩이나 연기해 줘도 고맙다는 말 한마디 못 듣고, 에휴! 큰일이라는 건 뭡니까?"

"벽서가 점점 심해져 가고 있다네."

"심해져 가다니? 벽서 붙이는 놈들 숫자가 점점 불어나고 있는 건 이미 알고 있었잖아."

"사람이 불어날수록 수준도 저급해져 갈 수밖에. 비판에서 비난으로, 그리고 비아냥거림으로 변질되더니 결국 욕설이 적힌 벽서까지 등장하기에 이르렀네."

재신이 주먹으로 책상을 사정없이 쾅 때렸다. 윤희는 한동안 혼자서 조용한 시간을 가져 온 탓에 용하의 말보다 오히려 그 소리에 깜짝 놀랐다.

"젠장! 정당한 비판까지 욕설에 파묻히겠군."

재신의 이 가는 소리에 윤희도 한숨을 푹 내쉬며 말하였다.

"정말 큰일이네요. 욕설은 비판의 목을 벨 수 있는 빌미를 제공해 줄 위험이 큰데."

"더 큰 문제가 바로 그걸세. 그 욕설들 때문에 결국 홍벽서와 청벽서 체포에 박차를 가하게 생겼으니. 조만간 논쟁이 그쪽으로 가닥이 날 성싶네. 벽서를 붙이는 이들은 우선 무조건 잡아들이는 쪽으로 말일세."

"그런 식으로 하면 전옥서典獄署가 만원이 될 텐데요. 그들을 다 잡아들여서 어떻게 감당을 하려고요?"

"그렇다고 또 이대로 둘 수도 없는 노릇이니."

세 사람은 동시에 고개를 저었다. 어차피 지금도 순라군에게 잡혀 경수소警守所로 넘겨지는 이들이 끊임이 없었다. 잡힌 이들 모두 자신이 홍벽서라 주장하였지만 분명하지 않아 처벌이 미뤄지고 있는 실정이었다. 하지만 통행금지를 어긴 건 죄가 확실하니 그 부분에 대해서는 처벌이 내려졌다.

"논쟁이 마무리되기 전에 가랑이 돌아오면 얼마나 좋겠는가."

용하가 한숨을 쉬며 고개를 저었다. 누구보다 선준이 있는 영광 사정을 잘 아는 그가 아닌가. 그러니 무리라는 것도 그가 가장 잘 알았다.

"이 소단 백전 사태가 그 녀석이 돌아온다고 잠잠해지겠냐?"

"하긴 가랑이라고 무슨 수가 있겠는가. 신출귀몰한 도둑은 잡을 수 있어도 시상으로 미쳐 날뛰는 문장가는 잡기 힘들지. 대물 덕분에 청벽서만 불쌍하게 된 듯허이. 홍벽서의 정체를 밝히고 싶어도 입도 뻥끗 못 하게 되었으니."

용하와 재신이 윤희를 보고 웃었다. 그녀도 목을 빳빳하게 하고 웃었다. 제3의 벽서만 등장하지 않았어도 청벽서의 계획대로 흐르는 데 손쓸 엄두를 못 냈을 것이다. 규장각 각신인 홍벽서와 그 공범들을 체포하여 세간의 이목을 집중시킨 뒤, 규장각의 존재에 대한 논쟁을 일으켜 철폐 분위기를 조성해 나갔다면 말이다. 그런데 뜻하지 않게 여러 벽서들이 나붙게 되는 바람에 장안의 문장가들도 너 나 할 것 없이 홍벽서이고 싶어 안달이 나는 사태가 벌어졌다. 지금 분위기는 벽서의 내용에는 아무도 귀를 기울이지 않았다. 청벽서의 벽서 내용도 여러 벽서들 틈에 끼어 희석이 되어 버렸다. 관심이라고는 오직 새로 붙은 글이 어떤 수준인가 하는 것이었다. 그것은 자신의 글, 또는 이전의 글 비교로 이어졌다. 더구나 윤희의 노력으로 인해 청벽서의 의도와는 정반대로 홍벽서와 청벽서는 한배를 탄 처지로 변질되어 있었다.

바깥에서 주시동이 시각을 외치는 소리가 들렸다. 그러자 재신이 냅다 성질을 부리면서 말하였다.

"에잇! 대물, 나 대신 경연 들어가라."

예상치도 못한 전개에 윤희가 펄쩍 뛰었다.

"에? 갑자기 불똥이 왜 저한테 튑니까!"

"그럼 이 더러운 기분으로 내가 들어가야 되겠냐?"

도와 달라는 그녀의 눈빛이 옆의 용하에게 다다르기도 전에 그는 한술 더 떠서 거들었다.

"그래 주게나. 이런 걸오를 들여보낼 수는 없지 않은가."

그건 맞다. 또 욱하는 성질 도져 근신당하기라도 하면 힘들어지는 건 재신이 아니다. 윤희는 재신의 투덜거림에는 절반도 미치지 않는 수준으로 삐죽거리면서 자리에서 일어났다.

"사형들 정말……. 만날 저만 부려 먹고."

그러면서 필기를 위한 지필묵을 주섬주섬 챙겼다.

"여림 사형, 제가 잠시 자리 비우는 대신 걸오 사형 감시 단단히 하십시오."

"걱정 말게. 측간까지 따라다닐 터이니."

"이제는 말썽 안 부린다니까!"

"믿을 수가 없습니다. 한눈판 사이에 또 벽서 들고 소단 백전에 뛰어들지도 모르니까."

재신의 인상이 협박이라도 하듯 험악하게 찌푸려졌다. 하지만 그러고 싶은 걸 억지로 참고 있는 건 사실이기에 반박은 하지 못하였다. 이 싸움에 홍벽서와 청벽서까지 뛰어들면 사태는 불 보듯 뻔하였다. 그러잖아도 지금의 흐름대로라면 가장 위험한 건 이 둘이었다.

윤희가 눈에 힘을 주어 도리어 재신을 협박한 뒤에 가장 두려워하는 업무를 하기 위해 이문원을 뛰어나갔다. 그녀가 사라지자 용하와 재신은 만족스런 표정으로 팔을 들어 손뼉을 마주쳤다.

"저 녀석 부려 먹으니까 너무 편한걸. 우리는 쉬엄쉬엄 하자고."

"그럼! 가랑이 있으면 엄두도 못 내네. 없을 때 실컷 부려 먹으세."

"그런데 대물 저 녀석, 고따위 표정으로 감히 나를 협박해? 어처구니가 없어서."

"어처구니가 없다고 하면서 고따위 표정에 꼼짝 못하는 놈이 누구시더라?"

"뭐라고!"

용하는 실눈으로 웃으며 자신의 자리에 있는 두루마리 중에 하나를 윤희 쪽으로 슬쩍 밀었다.

경연이기에 선정전에는 규장각 당상관은 물론이고 홍문관 관원들이 모두 들어와 있었다. 왕은 예상치 않게 들어와 있는 윤희를 보고 친근한 신하를 대하듯 싱긋이 웃었다. 그리고 갑자기 무언가 재미난 거라도 떠오른 표정으로 홍문관 관원들을 둘러보면서 말하였다.

"이건 사담인데, 오늘 전주 관찰사로부터 청원서가 한 장 도착하였느니."

인욱이 고개 숙여 으레 하듯 추임새와 같은 물음을 넣었다.

"어떠한 내용이었사옵니까?"

"영광의 백성들이 전주까지 떼 지어 몰려와 지금 임시로 부임해 있는 어사를 자기네 수령으로 눌러앉게 해 달라며 농성을 하였다더군. 전주 관찰사도 간곡히 청하고……."

대수롭지 않게 들으며 필기 준비를 하던 윤희의 손이 '영광'에서 멈추었다. 용하가 다녀왔다던 그 고을이었다. 그렇다는 건 지금 현재 선준이 있는 곳이다. 윤희는 눈이 똥그래져 왕을 쳐다보았다. 하지만 왕은 이쪽으로는 눈길도 주지 않고 계속 말하였다.

"……나는 백성의 마음을 헤아려 주어야 하는 위치에 있으니 흘려 들을 수가 없도다."

네? 그래서요? 그래서 어떻게 하시겠다는 뜻이옵니까! 윤희가 아무리 외쳐도 속에서만 맴도는 말이라 아무도 듣지 못하였다. 하지만 왕은 마음으로 충분히 들었음에도, 음흉하게 웃기만 하고 뒷말은 하지 않은 채 경연을 시작하였다.

2

윤희는 열고관 창 너머로 붉은 노을을 바라보았다. 그녀 주위에 있는 책장은 이제 제법 서책들이 채워져 도서고다운 맵시가 났다. 아직 책장에 꽂히지 못하고 한쪽 벽에 쌓여 있는 것들이 많았지만 목패 사이가 비어 있는 곳은 거의 없었다. 여기에 지대한 역할을 한 건 선준과 윤희였다. 용하와 재신은 그전에는 그나마 노력하더니, 암행어사로 나갔다가 온 이후로는 단 한 권도 끝내지 못하였다. 아마도 두 달이라는 기간이 연장된 이유도 있었지만, 선준이라는 감시관이 없어 해이해진 것이 더 큰 이유인 듯하였다.

윤희는 코끝이 시큰해져 한 번 훌쩍여 보았다. 바람이 선선해서 그런지 마음이 시렸다. 괜히 씩씩한 척하면서 책장에 들어올 차례를 기다리고 있는 서책 서너 권을 집어 들었다. 눈물 한 방울이 툭 제멋대로 떨어졌다.

"에잇! 너무 그립잖아. 대체 언제 돌아오는 거야?"

또 한 방울 떨어졌다. 그녀는 급히 구석에 얼굴을 숨겼다. 그런데 한 방울이 두 방울이 되더니 두 방울 이후부터는 줄기로 바뀌었다. 손수건을 꺼내어 눈물을 닦았다. 땀을 닦기 위해 가지고 다니던 것이 어느샌가 눈물을 닦는 것으로 용도가 변하였다. 윤희는 눈물만 닦아 내고 열고관을 나갔다. 울고 앉아 있을 여유가 없었다. 덜 마른 눈물은 이문원으로 돌아가는 동안 말리면 된다.

이문원으로 들어서는 윤희의 얼굴은 평소처럼 쌩쌩하게 바뀌어 있었다. 그런데 당하관 방에 발을 들이기도 전에 용하가 대뜸 던진 말이 힘겹게 잡고 있던 그녀의 표정을 무너뜨리고 말았다.

"대물! 못 만났는가? 가랑이 돌아왔다네."

순간 심장이 떨어지고 정신이 아득해졌다. 얼굴에서는 넋이 빠져나갔는데 입은 저절로 움직였다.

"에이, 또 농담하시는 거죠? 아무리 빨라도 올해 안으로는 돌아오기 힘들다고……."

"조금 전에 여기에 얼굴만 비치고 수계 올리러 승정원으로 갔다니까. 정말일세."

윤희가 서책을 내려놓는 것도 잊고 손에 든 채로 선준이 갔다는 곳으로 달리기 시작하였다. 승정원으로 뛰어 들어가 주위를 두리번거렸지만 그의 모습은 보이지 않았다. 곧바로 마패를 반납해야 하는 상서원으로 뛰었다. 그곳에도 없었다. 그녀의 애타는 발길은 다시 이문원으로 향하였다. 그리고 안으로 뛰어 들어가면서 외치다시피 물었다.

"정말 온 거 맞습니까? 없던데요."

재신이 머리를 긁적거렸다.

"어, 그새 어디 갔지? 여기는 안 왔는데."

용하도 의아해하며 그녀가 아닌 재신에게 물었다.

"대물은 열고관에 갔다고 말한 것 때문인가?"

"네? 열고관이요?"

"아, 자네가 어디 있는지 묻기에, 아무래도 승정원에서 바로 그쪽으로 갔……."

용하가 말을 마치기도 전에 윤희는 이미 이문원에서 사라지고 없었다. 전속력으로 달려간 열고관에서 다시 선준을 찾아 헤매었다. 그런데 그곳에서도 그의 모습은 보이지 않았다.

"가랑 형님!"

불러 놓고 잠시 뜸을 들이며 귀를 기울여도 대답은 돌아오지 않았다. 그사이 길이 어긋난 건가? 윤희는 또다시 열고관을 뒤로하고 이문원으로 달렸다. 그곳에도 여전히 선준은 없었다. 그녀가 숨이 차오르는 것을 겨우 참고 물었다.

"열……고관에도, 없던……데요? 헉헉!"

"아! 방금 여기 왔었다가 자네가 다시 열고관에 갔다고 말해 주니까 바로 사라졌다네."

윤희의 눈이 일그러졌다. 갑자기 용하와 재신이 의심스러웠다.

"혹시 장난치시는 겁니까? 그러면 정말 나쁩니다. 이런 장난은 정말……."

"그래, 장난쳤다."

재신이 짜증스럽게 대답하자, 용하의 놀란 눈이 그에게 붙었다.

"아니, 걸오 자네 왜……."

재신은 화가 나서 파르르 떠는 윤희에게서 서책을 빼앗고, 팔을 잡아 걸상에 던지다시피 앉혔다.

"그러니까 얌전하게 엉덩이 붙이고 앉아서 일해!"

용하의 놀란 눈이 그의 말에 비로소 장난스런 미소로 바뀌었다.

"사형들 정말 너무하십니다!"

"사내자식들끼리 찾아 헤매는 게 더 너무한 거다, 인마!"

실수를 깨달았다. 선준이 너무 보고 싶은 나머지 다른 사람들의 시선은 전혀 고려하지 않았다. 사내끼리는 찾아 헤매면 안 되는 거였다. 윤희가 입술을 깨물고 책상 앞에 걸상을 당겨 앉으려던 순간이었다. 노을이 사라지고 어둠이 덮여 오는 이문원 창밖에 키 큰 사내의 형체가 나타났다. 그것은 곧장 불빛이 있는 당하관 방으로 뛰어 들어왔다.

"열고관 쪽에도 대물 도령은 없……."

말도 멈추고 동작도 멈추었다. 윤희는 자신도 모르게 자리에서 스윽 일어섰다.

"다녀왔소."

모습이 보이지 않았다. 어두워서도 아니고 촛불이 일렁거려서도 아니었다. 눈에 고인 눈물 때문이었다. 선준이라는 걸 확신한 건 목소리 덕분이었다. 윤희는 옆의 두 사형을 의식하여 고개만 끄덕였다. 목소리가 울음을 머금고 있어 말을 할 수가 없었다. 잘 다녀왔느냐는 간단한 인사조차 할 수가 없었다. 용하가 웃음 띤 목소리로 말하였다.

"수계만 올리러 왔다고 하였으니, 바로 집으로 갈 건가?"

"네? 아, 네. 그러고 싶은데……."

선준은 잠자코 선 윤희의 일정을 살피느라 말끝을 흐렸다.

"그럼 자세한 이야기는 내일 하도록 하고 오늘 밤은 집에서 여독을 풀게나. 의논할 것도 있고 해서 우리도 함께 퇴진하고 싶지만 업무가 밀려서 그건 힘들다네. 아! 대물은 데리고 가게. 자네가 돌아오면 쉬게 해 주마고 했던 약속이 있어서."

"그래, 입번은 우리가 서 줄 테니까 둘은 들어가서 쉬어라. 약속은 약속이니."

그녀는 겨우 감정을 추슬러 아무렇지 않은 것처럼 재신의 말에 대꾸하였다.

"누가 들으면 굉장히 인심이 후한 줄 알겠습니다. 원래가 오늘 입번은 제가 아니었다고요."

그러고는 행여 두 사형의 마음이 바뀔세라 서둘러 채비를 마치고 당하관 방을 나섰다.

"내일 아침에 뵙겠습니다."

선준이 눈웃음과 함께 인사하고 윤희의 뒤를 따라 나갔다.

이문원 앞의 어두워진 공기 속에 윤희는 멈춰 섰다. 뒤따라 나온 선준이 다가와 옆에 서는 것이 느껴졌다. 이윽고 그의 과묵한 손끝이 그녀의 손끝에 닿았다. 이제 사형들도 없는데 여전히 입이 열리지 않았다. 어떻게 된 영문인지 마주 보는 것도 할 수가 없었다. 하지만 그의 따뜻한 손끝이 그녀의 눈에서 눈물은 열리게 하였다. 다른 관원들이 보였다. 어두워져서 가까이 와야 분간할 수 있었지만, 겨우 닿았던 서로의 손끝은 멀어질 수밖에 없었다.

두 사람은 아무 말 없이 나란히 걸었다. 궐에서 익랑골까지 가는 길은 번화가인데다가 각 관청의 퇴진 시각과 겹쳐 사람이 드문 곳이 없었다. 그래서 선준은 앞만 보고 걸었고, 윤희는 눈물을 보이지 않으려고 땅만 보고 걸었다. 그나마 어두워서 다행이었다. 그렇지 않았다면 관복 입은 관원이 눈물 흘리며 걸어가는 요상한 광경을 구경시킬 뻔하였다.

안채로 들어서는 순간, 선준은 더 이상의 방해는 허락하지 않겠다는 듯 안채 문을 닫아걸었다. 아주 긴 시간을 걷고 수많은 장애물을 넘어 겨우 이 자리에 당도한 기분이었다. 그제야 윤희는 고개를 들어 선준을 보았다. 달빛에 그가 보였다. 변함없이 사랑을 담은 눈빛으로 응시하고 있는 그가 보였다.

"왜 이렇게 수척해져서 오신 겁니까?"

울먹이는 목소리로 꺼낸 그녀의 첫 인사에 선준도 속상한 듯이 말하였다.

"나는 먼 길을 다녀왔으니 수척해지는 건 당연한데, 그러는 당신이야말로 왜 이렇게 야위었소?"

"귀형이 계시지 않는 동안 제가 새로운 감투를 하나 썼거든요."

"어떤 감투?"

"변강쇠라는 감투요."

그동안 힘들고 괴로웠던 일을 그에게 모조리 고자질하고 싶었는데, 이렇게 마주 보고 있으니 모든 것이 부질없게 느껴졌다. 이제껏 힘들었던 일은 하나도 없었던 것 같았다. 억울했던 일도 없었던 것 같았다. 아무 일도 없었던 것 같았다. 선준의 커다란 두 손이 그녀의 양 볼을 감싸 쥐었다.

"당신과 함께 있으니 세상 그 무엇도 부러울 게 없소."

어느 쪽이 먼저인지 알 수 없을 만큼 서로가 서로의 입술을 찾아갔다. 입술이 뒤엉킬 때 청색 관복과 녹색 관복도 뒤엉켰다. 긴 시간 동안 서로의 기억들을 나누었다. 잠시 입술이 떨어졌다. 하지만 뒤엉켰던 관복은 떨어지지 않았다.

"아무래도 오늘 밤도 각자의 방에서 자야 할 것 같소."

"네?"

선준의 입김이 귀를 입술로 훑듯 속삭였다.

"당신이 그어 놓은 넘지 말아야 할 선이 있는데, 함께 있으면 밤새 괴로움으로 뒤척일 것 같소."

이제껏 떨어져 있었던 것도 모자라 다시 만난 오늘 밤조차 두 개의 문과 넓은 마루를 사이에 두고 보내야 한단 말인가. 두 방 사이의 거리가 한양과 영광 사이의 거리보다 짧다고 감히 말하는 이는 없으리라. 윤희의 입김도 그의 목덜미를 훑었다.

"어차피 각자의 방에서 홀로 잔다 해도 밤새 괴로움으로 뒤척일 것이니, 이왕이면 함께 뒤척이는 게 낫지 않겠습니까?"

윤희는 그를 밀쳐 내듯 뿌리치고 멀어졌다. 그리고 뒷걸음질로 천천히 안채로 올라갔다. 하지만 눈가의 미소는 그의 몸을 더욱 감은 채 가깝게 있었다. 선준이 그녀를 따라 홀린 듯 걸음을 옮겼다.

"불씨를 가져와야 하는데……."

이렇게 중얼거리면서도 문 쪽은 거들떠보지도 않고 윤희가 들어가는 자신의 방으로 발을 들여놓고 있었다. 방문이 닫혔다. 그리고 다시 두 사람의 입술이 뒤엉켰다. 하지만 이번에는 누가 봐도 선준이 먼저 그녀의 입술을 찾아간 거였다. 윤희가 놀리듯 웃었다.

"사내란 자고로 말과 행동이 같아야 하거늘."

그러자 갑자기 그가 정색을 하고 떨어졌다. 때문에 윤희가 머쓱해진 것은 물론이다. 선준은 그녀를 버려두고 뜬금없이 옷장을 뒤지기 시작하였다.

"뭐 하시는 겁니까?"

그는 대답 대신 옷가지들을 꺼냈다. 갈아입을 옷이었다.

"영광에서부터 덮어쓴 먼지가 그대로 묻어 있는 몸이오. 씻고 올 터이니 기다리시오."

선준은 옷을 들고 부리나케 방을 나갔다. 나가면서 당부는 잊지 않았다.

"꼼짝 말고 여기 있어야 하오. 다른 곳으로 가면 가만있지 않을 것이오."

윤희는 얼떨결에 그를 그냥 보내고 빈방에 우두커니 서 있었다. 어안이 벙벙한 채였다. 한숨을 쉬는 그녀의 눈에 땅에 떨어져 있는 것이 보였다. 선준이 다급하게 나가느라 흘리고 간 두루마기였다. 웬만해서는 이런 실수는 하지 않는 그였기에 다급했던 마음이 느껴져 웃음이 배시시 새어 나왔다. 두루마기를 주워 들었다. 그 순간, 그녀의 입가에 야릇한 미소가 떠올랐다.

목욕을 마친 선준은 머리카락에서 물이 떨어지는 채로 덜 마른 몸에 옷을 끼워 넣었다. 그런데 바지와 저고리까지 다 입었는데, 마지막에 남아 있어야 할 두루마기가 보이지 않았다.

"옷장에서는 분명히 꺼냈는데……."

그는 수건으로 머리카락을 털어 가면서 목욕간에서 나왔다. 비록 집 안이고 볼 사람이 없음에도 불구하고 완전히 차려입지 않은 차림을 숨기느라 순식간에 자신의 방으로 뛰어 들어갔다. 그런데 선준이 방 안에 들어간 건 아주 찰나였다. 들어가기가 무섭게 다시 마루로 튀어나와 방문을 닫아 버리는 게 아닌가. 그는 몸은 나왔지만 얼은 안에다 빠뜨리고 나온 듯 멍한 표정이었다. 선준이 크게 심호흡을 하고 다시 방문을 열었다.

흘리고 갔던 두루마기는 방바닥에 떨어져 있었다. 처음에는 정말 그런 줄 알았다. 하지만 이내 그 두루마기 안에 윤희가 들어가 있는 걸 알아차렸다. 얇은 두루마기 천과 그녀의 몸 사이에 다른 것은 보이지 않았다. 여인의 등줄기와 엉덩이의 굴곡만 보일 뿐이었다. 하얀 두루마기 위에는 그가 창문에 남기고 간 글귀 그림자가 굴곡을 따라 문신처럼 새겨져 있었다. 무엇보다 윤희의 머리에는 상투가 사라지고 없었다. 상투를 풀어 어깨를 덮은 대신, 볼썽사나운 정수리를 가리느라 앞머리를 모아 뒤에 묶었을 뿐이었다. 평소에도 사내 옷을 입는 사람이건만, 자신의 커다란 두루마기를 입은 그녀는 가녀린 여성스러움만 남아 있었다. 사내 같은 점은 단 하나도 없었다. 윤희가 이불 위에 엎드린 채로 가느다란 눈웃음을 건넸다.

"어서 두루마기도 마저 입으셔야지요."

선준은 그녀 앞에 주저앉듯 무릎을 꿇고 머리를 숙였다.

"내가 뭔가 많은 잘못을 하였나 보오. 그렇지 않고서야 이렇게 괴롭힐 수는 없소. 이러고서 나더러 오늘 밤을 참으라 하는 것이오?"

"그렇게 말씀하시면 귀형께 빌어야 하는 용서가 더 많아집니다. 귀형이 계시지 않는 동안 제 손으로 엎은 상이 있기에……."

두루마기로 몸을 감싸며 상체를 일으켜 앉은 윤희는 그저 웃기만 하였다. 얇은 천 아래로 여인의 가슴 굴곡이 드러났다.

"보고 싶었소."

"저는 그리웠습니다."

그의 팔이 울먹이는 두루마기를 끌어안았다. 그 안의 뜨거운 살결이 만져졌다. 부드러웠다. 그런데 신기하게도 단단하였다.

"내가 전생에 나라를 구하였나 보오. 그대와 같은 요부를 아내로 맞다니."

윤희가 그의 허리를 팔로 둘렀다.

"아내를 요부로 만드는 것은 오로지 지아비의 손길에 달렸답니다. 저는 아직 온전하지 않으니 나머지는 아랑의 손길에 맡기겠습니다."

"어쩌면 좋소. 임신은 하면 안 된다면서……."

하지만 말과는 다르게 선준의 손은 그녀의 허리를 쓸고 내려가 허벅지에 이르렀다. 윤희의 소곤대는 웃음소리가 말에 섞였다.

"입과 손이 다른 곳에 놓여 있습니다."

"그러게 내가 누누이 말하지 않았소. 내 인내심은 그다지 훌륭한 편은 못 된다고."

"마지막 선만 넘기지 않으면 되지 않겠습니까?"

"그게 더 잔인하오."

두 사람은 나란히 누워 서로의 눈을 들여다보았다. 윤희가 그의 눈을 손으로 쓰다듬으면서 속삭였다.

"무엇을 보고 오셨습니까?"

"장계와 같은 종이 쪼가리에는 쓰여 있지 않은 조선을 보고 왔소. 이 눈으로 직접 굶어 죽는 백성을 보고 왔소."

그의 목소리에서 슬픔이 우러나왔다.

"죄송합니다. 그 백성이 죽어 가는 동안 우리는 조정에서 벽서의 죄를 논하느라 부질없는 말싸움만 하였습니다."

"죄와 벌을 정립하고자 하는 일을 두고 부질없다고만은 할 수 없소."

"무엇을 배우고 오셨습니까?"

"나의 부족함을 배우고 왔소."

멀리서 깊은 밤을 알리는 종소리가 들려왔다. 두 사람에게는 이 소리가 이제부터의 시간은 방해하지 않겠다는 약속으로 들렸다. 선준의 입술이 윤희의 깊은 살결을 부드럽게 파고들었다. 그리고 윤희의 손가락은 그의 젖은 머리카락 사이를 파고들었다. 두루마기는 벗겨져 방바닥에 홀로 뒹굴다가, 간간이 새어 나오는 두 사람의 신음 소리에 한 번씩 움직임을 보였다.

적막함이 조금씩 어긋나기 시작하였다. 지극히 가까이에서 들리는 대문 두드리는 소리 때문이었다. 이미 인경이 울렸기에 어울리지 않는 소음이었다. 대문 두드리는 소리가 사라졌다. 하지만 잠시 후, 보다 가까운 곳에서 세차게 문 두드리는 소리가 들렸다. 선준의 손이 움직임을 멈추었다. 잠가 둔 안채 문을 두드리는 소리가 분명하였다.

"도련님! 도련님! 잠깐 나와 보십시오!"

밤을 뒤흔드는 순돌이의 다급한 목소리였다. 선준의 입술이 윤희의 살결에서 떨어졌다. 두 사람의 놀란 눈이 달빛 사이에서 만났다.

"도련님! 궐에서 사람들이 나왔습니다요!"

선준은 여전히 윤희의 온유향에 취한 상태라 주정하듯 중얼거렸다.

"궐? 궐이라니……."

순돌이의 목소리는 더욱 높아졌다.

"상감마마의 어명이라 합니다요! 도련님 일어나서 나와 보십시오!"

"상감마마? 어명?"

그의 정신이 깨어났다. 윤희도 이불자락으로 몸을 가리면서 상체를 일으켰다.

"어서 나가 보십시오. 인경 이후에 이렇게 나온 걸 보면 정말 시급한 일인가 봅니다."

선준은 대충 옷을 끼워 입고 두루마기로 몸을 감으면서 밖으로 뛰어나갔다. 아직 덜 마른 머리카락이 출렁이며 어깨를 때렸다.

사랑채 마당에는 세 사람이 서 있었다. 한 명은 선전관이었고, 또 한 명은 순라군, 나머지 한 명은 경첨更籤을 보여 주는 것으로 보아 경수소원이었다. 선전관이 선준의 이름이 적힌 패초를 보여 주면서 인사를 하였다.

"이선준 직각, 주무시는데 깨웠습니다. 바로 입궐해야 하니 채비를 하고 나오십시오."

"이 야심한 시각에 대체 무슨 일입니까?"

단지 일반적인 질문이 되돌아왔을 뿐인데, 차가운 기운이 세 사람의 목덜미로 슬금슬금 파고들었다. 순돌이는 살벌한 기운에 밀려

경첨(更籤) 도성 내 야간 통행금지 시간 중, 급한 공무나 부득이한 사정이 발생했을 시 통행에 사용하던 경수소의 표신(標信).

자신도 모르게 서너 발짝 뒤로 물러났다. 평생을 옆에서 모셔 왔기 때문에 자신의 도련님이 지금 얼마나 화가 났는지 누구보다 선명하게 느꼈다.

"그, 그것까지는 잘 모르겠습니다. 저희는 이선준 직각을 입궐시키라는 어명을 받았을 뿐이라……."

선준이 한 손은 주먹을 불끈 쥐고, 다른 한 손은 덜 마른 머리카락을 쓸어 넘겼다.

"준비하고 나올 터이니 잠시 기다려 주십시오."

성큼성큼 걸어서 방으로 돌아간 그는 바지와 저고리를 차려입은 윤희를 발견하자 속상함을 감출 수가 없었다.

"벌써 옷을 입었소?"

"바로 입궐하셔야 될 것 같아서요."

"아아! 당신과 함께하고자 그 먼 길을 밤낮 가리지 않고 달려왔더니, 어째서 상감마마와 이 밤을……."

"어쩔 수가 없죠, 뭐. 나라의 일이 중한데. 상감마마께오서도 요사이 상심이 크시어……."

그녀의 기운 빠진 목소리가 그의 화를 더 자극하였다. 선준은 거칠게 옷을 고쳐 입었다. 윤희는 빗과 망건을 챙겨 그의 머리카락을 정돈해 주었다. 그러면서 혹시 몰라서 급하게 벽서와 관련해서 몇 마디 언질을 해 주었다.

선준이 안내되어 간 곳은 왕이 업무를 보는 선정전도 아니고, 왕이 침전으로 자주 이용하는 영춘헌도 아니었다. 궐의 후원에 자리한 규장각이었다. 왕은 내관들과 수행관들에 둘러싸여 부용지 모서리에 서서 2층으로 지어진 주합루를 올려다보고 있었다. 그의 뒷모습이 용포를 벗고 사복을 입고 있어서인지 유달리 지쳐 보였다. 선준이 그 옆에 다가가 허리를 숙였다.

"소신 이선준, 오랜만에 문안을 여쭙사옵니다."

왕이 천천히 돌아보았다. 그의 뒤로 바람이 일으키는 부용지의 잔물결과 달빛이 만나 반짝임이 짙어졌다. 그 빛이 왕의 쓸쓸한 표정을 보여 주었다.

"수계 들어온 걸 보고 네가 돌아온 걸 알았느니. 하여 나의 이 급한 성격이 오늘 밤을 참지 못하고 쉬어야 하는 너를 불렀도다."

왕은 다시 돌아서서 주합루를 보았다. 아니, 그가 바라보는 것은 건물이 아닌, 보이지 않는 규장각이었다.

"상감마마, 소신을 이리 급히 입궐시킨 연유가 무엇이옵니까?"

"잠을 잘 수가 없어서."

만약에 말 그대로 잠을 잘 수 없어 부른 것이었다면 선준은 진정으로 화를 냈을지도 모른다. 하지만 그럴 수가 없었던 것은 왕의 등이 지나치게 어지럽게 보였기 때문이었다.

"무슨 뜻이온지······."

"선준아, 이 규장각이 그리도 쓸모없는 것이냐? 어째서 나의 편이길 바라는 나의 신하들조차 나를 반대하는지 알 수가 없구나."

왕도 청벽서의 정체를 알게 된 것 같았다. 선준은 왕이 보는 곳과는 다른, 궐 밖의 하늘을 보았다. 그의 눈 끝에는 수많은 궐내각사와 궐외각사가 있는 듯하였다.

"아뢰옵기 송구하오나, 헌것은 새것을 경계하고, 새것은 헌것을 배척하는 것은 변화가 정한 이치이옵니다."

왕이 돌아서서 선준의 옆얼굴을 보았다. 그는 무너짐 없이, 심지어 웃음까지 머금은 채로 왕의 눈을 똑바로 보았다.

"다른 관청이 경계하지 않고 불만을 가지지 않는 규장각이라면 지금이라도 없어지는 것이 낫지 않겠사옵니까? 소신 또한 다른 관청으로 옮겨지면 규장각을 향한 경계를 늦추지 아니할 것이옵니다."

찰나의 순간 동안 선준이 보았던 방향으로 움직였다가 돌아온 왕의 눈동자가 심하게 흔들렸다.

"너도……, 꿈을 꾸고 있느냐? 선준아, 너와 나는 꿈을 꾸는 것이냐? 꿈만 꾸는 것이냐? 이대로 꿈만 꾸다가 끝날까, 두렵지 않느냐?"

"꿈조차 꿀 수 없던 시절도 숱하게 있질 않았사옵니까. 우리 소신들은 꿈이나마 꿀 수 있으니 그 어떤 임금의 신하들이 소신들보다 행복하겠사옵니까. 상감마마께오서는 죄인의 아들에게 꿈을 꿀 수 있는 바탕을 주셨사옵니다."

왕은 비록 윤희의 어깨엔 손을 올릴 수 없었지만, 선준의 팔은 잡고 기댈 수 있었다.

"나의 바탕은 너희들이다. 내가 꿈을 꾸고자 너를 살려 두는 것이야. 그래야 나도 살기에……."

왕은 오래도록 선준의 어깨에 머리를 기대고 있었다. 그러다가 멀어졌을 때는 평소의 왕으로 돌아와 있었다. 왕이 한쪽 눈과 한쪽 입술을 슬쩍 올리고 말하였다.

"선준아, 장안이 시끄럽도다. 시끄러워서 견딜 수가 없도다. 그래서 잠을 잘 수가 없도다. 잠을 잘 수 없으니 꿈도 꿀 수 없도다. 그러니 네가 조용히 시켜 줘야겠다."

이번에는 선준이 근심 어린 고개를 떨구었다.

"만약에 조용해지지 않으면 나도 더 이상 어쩔 수가 없다. 노론인 네 손에 소론인 두 녀석을 쥐어 주마."

"또다시 소신을 시험하시려는 것이옵니까?"

왕이 힘없이 웃으며 말하였다.

"아니다. ……부탁이다. 나는 지금 이렇게 네게 억지를 부리는 것 외에는 방법도 대책도 없구나."

선준은 당장 그 자리에서 쉽게 할 수 있는 약속이 아니었기에 입을 다문 채 가만히 있었다. 한양을 비운 그동안의 경과를 아직 자세히 파악하지 못하고 있기에 더 그러하였다.

"우선 살펴보고 고민해 보겠사옵니다. 그럼 이제 돌아가도 되겠사옵니까?"

평소와 달리 오늘따라 성질 급한 모습을 보이는 그로 인해 왕은 놀란 눈을 했다가 이내 짓궂은 표정으로 웃었다.

"돌아가려고? 경첩을 가진 경수소원은 이미 경수소로 돌아갔을 터인데?"

"네? 그건 아니 되옵니다! 다시 불러 주시옵소서!"

"너를 데리고 오는 것만 계획에 있었지, 다시 내보내는 건 전혀 고려하지 않았거든. 어쩔 수 없지. 어진 임금인 내가 너와 함께 이 밤을 보내 줄 수밖에. 이왕 이렇게 된 거, 이문원에 가서 다른 녀석들과 다 같이 놀아 볼까? 하하하."

왕은 사색이 된 선준을 강제로 끌다시피 하여 부용지에서 멀어졌다. 인적이 사라져 가는 그곳에는 구름이 용의 모양을 한 건지, 용이 구름 모양을 한 건지 분간할 수 없는 것이 부용지에 모습을 내비치느라 홀로 남아 있었다.

선준이 한양에 돌아오면 쉬게 해 주마고 했던 재신과 용하의 약속은 지켜졌다. 그것도 더없을 만큼 완벽하게 지켜졌다. 윤희에게 있어서는 가장 조용한 밤이었고, 아무 일도 하지 않아도 되는 밤이었고, 오직 혼자서 보내야 했던 밤이었다.

넓지 않은 안채 뜰에서 선준은 같은 보폭으로 서성거렸다. 윤희는 방에서 나오다가 그를 발견하고는 마루에 앉아 그의 서성거림이 멈출 때까지 기다렸다. 왕에게 불려 갔다가 온 이후로 그의 고민은 계속 그 상태로 같은 곳을 오가고 있었다.

그사이 규장각 수장이 바뀌었다. 인욱이 다른 관청으로 옮겨 가고 새 제학으로 온 사람은 소론으로 이름이 있는 최순봉이었다. 노론이 나간 자리에 소론이 들어왔기에 그 균형을 위해 또 다른 제학인 소론 전상병이 나가고 그 자리에 노론 벽파가 들어왔다. 연이어 제학들이 바뀌는 바람에 부제학들과 당하관들까지 어수선한 영향을 받았다. 그러다 보니 규장각 전체가 안으로나 겉으로나 어수선한 분위기였다. 단지 이곳에서 오래 근무를 하는 검서관이나 사자관은 으레 있는 일이라 영향을 덜 받았지만, 뒤로는 조금이라도 편하고자 뇌물을 갖다 바치느라 분주하였다.

최고 수장의 당파가 바뀌고 분위기가 바뀌었다고 해서 4인방의 주요 업무까지 바뀌는 건 아니었다. 여전히 그들은 승정원, 교서관 할 것 없이 여기저기 뛰어다니거나 당하관 방에 처박혀 각종 서류에 코를 박고 지내고 있었다.

갑자기 안채 문을 두드리는 소리가 들렸다. 이에 선준이 서성거리던 발걸음을 멈추고 윤희를 보았다.

"어? 언제부터 나와 있었소?"

"아까부터요. 계속 귀형을 보고 있었습니다."

바깥에서 우렁찬 순돌이의 목소리가 들렸다.

"도련님, 덕구 아범이 왔습니다요."

"그래, 곧 나가마."

바깥을 향해 외치는 선준에게 윤희가 어리둥절한 표정으로 물었다.

"덕구 아범이 왔는데, 왜 귀형을 찾는 거죠?"

"내가 불렀기 때문이오."

윤희는 여전히 의문이 가득한 얼굴로 선준을 따라 사랑채로 나갔다.

사랑채 마루에 용하와 앉아 있던 덕구 아범이 선준과 윤희가 나타나자 자리에서 벌떡 일어나 섬돌 아래로 내려서며 허리를 숙였다.

"쇤네가 연락받은 즉시 부리나케 온다고 왔는데 늦었습니다요."

"바쁜 사람을 오라 해서 미안하네."

"아이고, 아닙니다요. 가랑 선비님께서 쇤네를 이리 찾아 주시니 영광, 또 영광입니다요."

선준이 윤희와 함께 자리에 앉으며 손짓으로 그에게도 앉으라고 권하였다. 그러면서 용하에게 말하였다.

"제가 긴히 부탁할 일이 있어 여림 사형의 사람을 불렀습니다. 이해해 주십시오."

"이해랄 게 뭐 있는가. 말해 보게."

"덕구 아범은 여림 사형께서 신임하는 사람이니 나도 믿고 불렀네."

선준이 자상하게 건넨 말에 덕구 아범은 임금의 승은이라도 입은 표정으로 고개를 숙였다.

"아이고, 쇤네는 언제든지 가랑 선비님 사람이 될 각오가 되어 있는 놈입니다요. 쇤네를 그리 봐 주시니 도리어 영광이지요."

용하가 접선으로 바람을 쫓으며 말하였다.

"들어오는 입은 시끄러울 정도로 열려 있지만, 나가는 입은 잠겨 있는 사람이라네. 내가 보증하지."

"쇤네한테 부탁하실 일이라는 게······."

"화살을 구해 주게."

그의 말은 뜬금없었다. 그래서 덕구 아범의 눈은 저절로 용하에게 가서 멈추었고, 용하의 접선도 움직임을 멈추었다. 윤희도 놀란 눈으로 선준을 보았다. 그동안 그가 벽서와 관련하여 용하에게서 정보를 경청하고 잠도 이루지 못할 만큼 고민해 온 건 알지만 화살을 필요로 하는 건 이해하기 힘들었다. 벽서와 화살이 무슨 상관이란 말인가. 덕구 아범이 당황한 얼굴로 말하였다.

"화살이라는 건 굳이 쇤네한테 부탁하지 않아도 구할 수 있는 물건인데······."

"추적이 되지 않는 화살을 원하는가?"

용하가 짐작으로 건넨 말은 더 뜬금없었다. 하지만 선준은 그 말에 고개를 끄덕였다.

"그렇습니다. 어디서 만들어졌고, 어떤 경로로 입수된 물건인지 전혀 추적이 되지 않는 화살을 원합니다."

선준은 다시 덕구 아범을 보면서 물었다.

"자네라면 구할 수 있지 않은가?"

"아무리 쇤네라도 그건……. 이유라도 말씀해 주시면……."

용하가 다시 부채질을 시작하면서 단호하게 말하였다.

"구해 오게. 가랑이 하고자 하는 일에 이유나 단서는 붙이지 말고."

덕구 아범은 즉각 고개를 숙였다.

"알겠습니다. 힘써 보겠습니다요."

다시 고개를 든 그의 시선은 선준도 용하도 아닌, 엉뚱하게도 윤희에게로 가 있었다. 그리고 잠시 민망한 듯 제 손가락을 쳐다보다가 다시 윤희에게로 돌아왔다. 용하가 툭 치면서 말하였다.

"할 말 있으면 하게. 뭔 눈치를 그리 보는가?"

"저기, 대물 선비님께 여쭤 볼 말이……. 이건 쇤네가 궁금한 것이 아니고 집사람이 자꾸 성화를 부려서……."

뒤통수를 긁어 대며 뜸 들이는 그에게 윤희가 방긋 웃으며 물었다.

"말해 보게."

"흠흠! 그러니까, 비법 좀……."

"무슨 비법?"

"거 있지 않습니까요. 벼, 변강쇠가 되는 비법."

당황하는 윤희와 선준 앞에서 용하는 폭소를 터뜨렸다.

"푸하하! 그 비법 알고자 하는 자들이 자네뿐만이 아니라네. 나도 궁금해서 미치겠다네."

윤희는 미소로 대충 얼버무리고 얼른 일어나 그 자리를 피했다. 그런데 용하 말대로 이 질문은 덕구 아범에게서만 받은 게 아니었다. 그녀와 마주치는 조관들이라면 농담 반 진담 반으로 한 번씩 물어 오는 것이었고, 심지어 새 제학이 와서 그녀에게 했던 첫 질문도 그것이었다.

3

선준은 서안 위로 슬며시 내려놓는 비단 봉투를 보았다. 윤희가 기어들어 가는 목소리로 말하였다.

"귀형께 죄송한 말씀을 드려야겠습니다."

선준은 그녀를 슬쩍 보고 비단 봉투를 열어 내용을 읽었다. 그의 짙은 눈썹 사이에 주름 두어 개가 잡혔다.

"허혼서? 혼례는 누가 올리는 거요? 처남은 어디 있는지도 모르는데."

윤희는 대답하지 못하고 고개만 숙였다.

"설마 지금 내 아내가 다른 여인에게 장가를 들겠다는 말을 하고 있는 것이오?"

이제껏 들어 본 적이 없는 차가운 목소리였다. 이에 놀란 윤희가 선준을 보았다. 그런데 목소리만이 아니었다. 표정도 차갑기 그지없었다.

"화……나신 겁니까?"

"그렇소."

평소에 화를 내는 사람이 아니었기에 그녀를 덮친 충격은 매우 클 수밖에 없었다.

"저기, 가랑 형님……."

떨리는 목소리였음에도 불구하고 그의 차가움은 나아지지 않았다.

"단둘이 있을 때는 그 형님이란 소리는 듣기 싫다고 말하였소!"

"아랑, 이번 한 번만 눈감아 주시면 안 될까요?"

"나는 당신이 다른 여인들과 얽히는 게 싫소. 궁녀가 당신을 흠모한 것도 그렇고, 내가 없을 때 초선과 만난 것도 화가 나오."

윽! 진짜 화난 이유가 이것이구나. 윤희는 선준을 본으로 하여 쓴 소설을 보여 주면서 '당신도 남 말 할 처지가 아닙니다!'라고 말하고 싶었지만 꾹 참았다. 그를 흠모하는 여인들로 대문 앞에 길게 줄을 세워 보고 싶었지만 그것도 꾹 참고 기죽은 투로 말하였다.

"그건 정말 어쩔 수가 없었습니다. 아시지 않습니까?"

"그래도 싫은 건 싫은 거요. 그 기녀는 당신을 연모하고 있다는 걸 모르오?"

"이번은 다릅니다. 혼인을 하는 건 제가 아니라 윤식입니다. 혼례만 형식적으로 치르고 나면……."

"아무리 형식이라도! 초례상을 앞에 두고 다른 여인과 맞절하는 당신 모습을 내 눈으로 보라는 말이오?"

윤희는 안절부절못하며 앉아만 있었다. 부끄러워서 고개를 들 수가 없었다.

"죄송합니다. 제가 동생만 생각하느라 미처 그 부분까지는 헤아리지 못하고……."

"내 마음도 이해해 주오."

선준의 목소리에서 차가움이 조금 가셔져 있었다.

"이해합니다. 이해를 하기 때문에 지금 이렇게 속상한 겁니다."

윤희는 얼굴에 힘을 주었다. 오만 가지 감정들로 인해 눈물이 흐르지 않도록 막기 위해서였다.

"왜 그렇게 참고 있소?"

"제가 잘못해 놓고 울어 버리면 너무 비겁한 것 같아서요. 아랑은 분명 제 눈물에 당황하여 미안하다고 해 버리실 텐데. 아랑은 아무 잘못이 없는데도."

"혼례는 처남이 올려야 하지 않겠소? 그것이 옳다고 생각하오."

"하지만 언제요? 언제쯤이면 그날이 올까요? 상감마마께 사임시켜 주십사 청한 것도 진노만 맞았다고요."

"상감마마께오서 청을 거절하셨단 말이오?"

지나치게 놀라는 그가 이상하였지만 윤희는 크게 고개를 끄덕였다. 선준은 잠시 깊은 고민을 하는 듯하더니 서안을 밀치고 그녀에게 바짝 다가가 손을 잡았다.

"나 또한 사랑의 고통을 아는 사람이오. 그러니 어찌 처남의 심정이 애달프지 않겠소. 조금만 더 참으면……."

"그러면 윤식이한테 미안해서……. 이름만 빼앗은 게 아니라, 그 아이 행복까지 제가 모두 빼앗은 것 같아 견딜 수가 없습니다. 제가 지금 너무 행복하기 때문에 그만큼 더 미안해서……."

"함께 방법을 찾도록 하오. 당신 마음이 정히 그렇다면 내가 참도록 하겠소."

"귀형의 마음을 다치게 하는 것도 미안한 건 똑같아요. 지금까지도 미안한 것투성이인데……."

"그 형이라는 말 어찌 안 되오?"

선준이 그녀의 어깨를 안아 주려고 할 때였다. 갑자기 용하가 안채로 뛰어 들어왔다.

"이보게, 가져왔네!"

당황하여 화들짝 떨어져 앉는 두 사람에 비해 용하는 천연덕스럽게 웃으며 방으로 들어왔다.

"뭔 심각한 비밀이 있기에 단둘이 있으면서도 그리 속삭이는가? 또 벽서와 관련한 일인가? 앗! 혹시 내게 부탁한 이것과 연관이 있는가?"

그러면서 두 사람 사이에 떡하니 끼어 앉았다. 선준이 그의 손에서 종이 뭉치를 빼앗듯 건네받았다.

"자네 부탁이라 마지못해 벽서들을 모아 오긴 했지만 자존심 많이 상했다네. 난 홍벽서 급이 아니면 이런 수준의 글은 수집하지 않는다 이 말일세. 그나마 많이 봐줘서 청벽서 정도는 괜찮지만."

"고맙습니다. 그럼 오늘 밤에 나붙는 벽서들도 계속 부탁드리겠습니다."

선준이 종이 뭉치를 펼쳐 한 장씩 읽어 나갔다. 종이에는 벽서의 내용만 있는 것이 아니라, 그 글이 붙어 있었던 곳과 붙인 이의 이름, 신분, 성향까지 적혀 있었다. 선준의 입이 놀라서 벌어졌다. 용하이기에 부탁을 하면서도 말하는 입이 미안할 지경이었다. 그런데 이런 말도 안 되는 일이 가능했단 말인가? 다른 사람이라면 엄두도 낼 수 없는 조사를 용하는 단 몇 개의 벽서를 제외하고는 모두 파악한 것이다.

"여림 사형, 이 정도셨습니까?"

"내가 워낙 뛰어나다 보니 이 정도야 당연한걸세. 하하하. 내 능력 덕도 있지만, 사실은 어렵지 않았으이. 청벽서 때와는 달리 다들 숨기고자 하는 의지가 없었으니까. 오히려 드러내지 못해 안달이었다네. 그건 그렇고, 어디에 쓰려고 이렇게 모아 달라고 하였는가?"

"그게……."

"야! 다들 여기 모여서 뭐 해!"

재신의 성질 사나운 고함 소리가 동시에 세 사람의 고개를 마당으로 돌리게 하였다. 그가 잔뜩 골이 난 얼굴로 들어오고 있었다.

"어이, 가랑! 덕구 아범이 이상한 가마때기 가져와서 너 찾는다."

얼마 전에 부탁한 화살이 도착한 모양이었다. 용하가 손짓으로 재신을 불러들였다. 그러면서 눈은 선준을 향하여 말하였다.

"걸오까지 왔으니 이제 그만 자네 복안을 말해 보게. 오늘 밤도 이대로 넘기면 또다시 홍벽서가 재림하고 말걸세."

윤희가 윤식의 그림자에서 겨우 도망쳐 나와 대화 속으로 들어왔다.

"이 시국에 홍벽서의 재림? 정말 무서운 협박이시네요. 하하하."

재신이 방에 들어와 자리에 앉았다. 네 사람이 모두 모이자 선준은 그동안 자신이 고민했던 것을 말하였다. 그가 말하는 동안 세 사람의 표정은 시시각각 다른 모양으로 변하였다. 그리고 말이 끝났을 때는 모두가 심각한 모양으로 고정되었다.

"문제는 글씨를 쓸 사람을 구하는 겁니다."

선준이 마지막으로 덧붙인 말에 윤희가 눈을 동그랗게 뜨고 대답하였다.

"그런 일이라면 제가 있지 않습니까?"

"이번 일은 필체가 남소. 그런데 당신, 흠! 귀공은 우리 넷 중에 가장 유명한 필체라……."

윤희가 싱긋이 웃었다. 그녀의 웃음은 세 남자를 어리둥절하게 만들었다.

"저는 제 왼손을 말씀드린 겁니다. 유명한 건 오른손이지 왼손은 사형들조차 모르지 않습니까? 그건 제게 맡겨 두시고, 결행일이나 말씀해 주십시오."

"한시가 시급하네. 오늘 밤에라도 당장 하세!"

"뭐? 자, 잠깐만! 가랑, 정말로 그 미친 짓을 또 하자고? 난 절대 반대! 정 하고 싶거든 여림과 대물은 빼라."

"직접 움직이는 건 걸오 사형과 저, 이렇게 둘이서만 할 생각이었습니다. 여림 사형은, 어휴!"

"그러면 찬성."

"우웅, 나도 하고 싶으이."

용하의 어리광이 튀어나오자마자 세 사람은 일제히 소름 돋는 걸 참고 그에게서 등을 돌려 앉아 나머지를 궁리하였다.

"내일 여림 사형과 대물이 입번하면 바로 시행하도록 합시다."

재신이 고개를 끄덕였다. 그러자 윤희도 옆에서 똑같은 고갯짓을 하였다.

"우웅! 나도……."

계속되는 용하의 칭얼거림에도 불구하고 세 사람은 서로의 눈을 쳐다보며 결정을 교환하였다.

궁궐의 모든 문이 닫혔다. 그리고 얼마 있지 않아 용호영龍虎營 군관들이 와서 입번관을 확인하였다. 윤희와 용하는 보통 때와 다름없이 일하는 척하며 그들의 점호에 응하였다.

"인원 이상 없습니다. 그럼 수고하십시오."

그들이 사라지자마자 분위기는 보통 때와 완전히 달라졌다. 윤희가 긴장한 표정으로 일어나 창밖을 내다보았다. 용하도 옆에 서서 중얼거렸다.

"나도 함께 가고 싶었는데……."

윽! 그녀는 표정이 일그러지는 걸 꾹 참았다. 용하를 보내느니 차라리 그녀가 가는 것이 더 나았다. 치료가 불가능할 정도로 둔한 몸뚱어리를 가지고 아직도 포기하지 않는 그의 정신이 놀라울 따름이다.

"조심해야 할 터인데, 걱정이로세."

"걱정은요. 여림 사형이 빠지셨는데요, 뭘."

"응? 뭐라고?"

"아, 아닙니다. 하하하."

윤희는 큰 소리로 얼렁뚱땅 웃어넘겼다. 용하가 못 알아들은 척 창밖을 향해 말하였다.

"대물, 보았는가?"

"뭘요?"

"가랑이 쓴 글."

윤희가 고개를 숙이고 싱긋이 웃었다. 용하는 창에서 불어 들어오는 시원한 바람을 가슴속 깊이 들이마셨다.

"불가능한 계획이라고 생각했는데, 그 글을 보니 안심이 되었네. 내가 잠시 잊고 있었지 뭔가. 가랑이 진사시 장원에, 대과 장원까지 한 위인이라는 사실을 말일세. 평소에 나대지를 않으니 자꾸 잊어버릴 수밖에."

그 순간 윤희는 당황하지 않을 수 없었다. 용하가 말끝에 눈물을 보였기 때문이었다.

"여림 사형, 왜 그러십니까?"

"하하. 나도 내가 왜 이러나 모르겠네. 그냥 가슴이 벅차서. 사내에게 있어서 일생을 걸 만한 인물을 만난다는 건 정말 행운이거든. 더러운 것은 내 손으로 치우더라도 깨끗하게 앞만 보고 가도록 보좌해 주고픈 인물, 그런 행운이 내게 올 거라고는 기대하지 않았었는데……."

"가랑 형님이 오히려 행운이겠습니다. 여림 사형 같은 분이 옆에 계셔 주시니까."

용하는 여전히 눈물이 그렁그렁한 채로 고개를 끄덕이며 웃었다.

"맞아, 맞네. 난 그만큼 대단한 인간일세. 이런 내가 자네들과 함께 있어 주는 걸 감사히 여기라고."

"정말 행운이라고 생각합니다. 단지 이따금씩 요상한 장난질을 하시는 것만 빼면."

윤희가 덧붙인 말에 용하는 평계 없이 그저 큰 소리로 웃기만 하였다.

이문원에서 두 사람이 긴장감을 나누고 있을 때, 선준과 재신은 검은색 옷으로 갈아입고 복면을 쓰고 있었다. 그런 후, 동개를 등 뒤로 메고 자신들의 집 담장부터 넘기 시작하였다. 소단 백전 사태 이후부터 순라군을 충원시켰기에 밤길 감시는 더욱 강화되어 있었다. 하지만 이들이 누구인가. 이보다 삼엄했던 감시를 뚫고 신참례를 통과한 인물들 아닌가. 게다가 지금은 그 일로 인해 단련되었을 뿐만 아니라 준비도 되어 있었고, 더군다나 용하가 없었다. 그러니 밤길 가는 건 몸이 날렵한 두 사람에게는 그리 어렵지 않았다. 문제는 관청 근처에 도착해서부터였다. 벽서가 특히 많이 붙는 관청은 대문 앞에 보초들을 세워 놓고 있었기 때문이다. 선준이 노리는 곳도 이러한 관청들이었다.

멀리로 의정부 건물이 보이는 지점에 다다라 재신과 선준은 근처 담장 너머로 몸을 숨겼다. 선준이 복면에 가려져 보이지 않는 입술 위에 손가락을 세로로 세웠다. 그리고 등 뒤에 있는 활을 가리켰다. 재신이 기척을 죽이며 천천히 활을 빼내 들었다. 선준도 활을 빼내 들었다. 그리고 화살을 활시위에 걸었다. 그 화살 끝에는 각각 종이가 묶여 있었다. 그 순간, 의정부 대문 앞으로 지나가는 순라군을 피하느라 두 사람이 동시에 담장 아래로 몸을 낮추었다. 이윽고 순라군이 느껴지지 않았다. 느껴지는 거라고는 대문 앞을 지키고 있는 보초 두 명뿐이었다.

재신이 숨겼던 몸을 일으켜 담장 위로 뛰어올라 섰다. 그와 동시에 선준도 올라서면서 활시위를 당겼다. 종이를 묶은 재신의 화살과 선준의 화살이 거의 동시에 시위를 떠나 의정부 대문에 정확하게 꽂혔다.

갑자기 무언가가 날아와 대문에 꽂히자 보초들은 깜짝 놀라서 돌아보았다. 화살이라는 것을 미처 감지하기도 전에 몇 개의 화살이 연달아 날아와 꽂혔다. 보초들이 화살이라는 것을 확인하고 날아온 곳을 향해 고개를 돌렸을 때는 이미 그곳에는 사람의 기척이라고는 남아 있지 않았다. 선준과 재신은 멀찌감치 달아났을 즈음에야 보초들이 순라군을 외쳐 부르는 소리를 들었다. 그들의 화살은 곧장 이조의 보초들도 깜짝 놀라게 한 뒤에, 바로 이어 이조 근처에 있는 병조까지 들쑤셔 놓고 사라졌다.

"어떻게 되었습니까?"
이문원으로 들어오는 용하를 향해 윤희가 다급하게 물었다. 당하관 방에 함께 있던 선준과 재신도 그에게로 집중되었다. 하지만 용하는 잠시만 기다리라는 표정을 하고 물부터 마셨다.
"야! 대답부터 하고 나서 마셔도 되잖아!"
용하는 다른 방에서 듣는다며 조용히 하라는 눈짓과 손짓을 하였다. 이에 재신의 목소리는 더욱 높아졌다.
"모두 퇴진했다! 점심 먹고 나가서는 이제껏 뭐 하다가 지금 들어온 거야?"
"어젯밤 결과 알아 오라고 하지 않았는가. 뼈 빠지게 고생하고 왔더니 타박만 하고."
"여림 사형, 어서 말씀해 주십시오."
선준이 미소로 묻자 그의 입은 곧바로 이실직고를 하였다.
"홍점화라고 한다더군. 어젯밤에 화살을 쏜 인물을 가리켜서 말일세."

어젯밤 화살에 묶어 보낸 글들은 점화點化였다. 그전에 붙었던 벽서를 선준이 한 문장, 또는 한 구절, 또는 한 글자를 붉은색으로 지적하고 고쳐서 그 벽서가 붙어 있던 곳으로 되돌려 보낸 것이었다. 시문이라는 것은 단 한 글자만 달라져도 뜻이 바뀌고 격이 달라지는 법인데, 선준의 점화가 그러하였다. 한 문장이 바뀌고 한 구절이 바뀌고 한 글자가 바뀌었을 뿐인데, 시문은 몰라보게 높아진 격으로 모습을 바꾸었다.

"어젯밤 일이라 그 벽서 주인들이 자신의 시문이 점화되어 돌아온 걸 알려면 시간이 조금 걸릴 듯허이. 개중에 겨우 한 명 찾았네."

"반응은?"

용하는 재신의 짧은 질문에 우선 씨익 웃는 것으로 대답을 먼저 하고 말을 하였다.

"아닌 척하는데도 내심 쪽팔려 죽으려고 하는 게 확연히 보였다네. 하하하! 적어도 그자는 두 번 다시 벽서 따위는 붙일 생각 안 하지 싶으이."

재신이 턱을 괴고 창밖의 먼 곳을 응시하면서 들릴 듯 말 듯 나지막이 중얼거렸다.

"그렇겠지. 나조차 그러하였으니까."

윤희가 이 말을 놓치지 않고 놀라 물었다.

"에? 걸오 사형이 왜요?"

점화(點化) 이전 사람의 시구(詩句)에 손질을 가하여 개조하는 것.

그는 자신의 혼잣말을 들킨 게 창피하였는지 잠시 찡그렸다가 말하였다.

"가랑이 마음만 먹으면 내 것도 얼마든지 점화를 할 것 같아서."

"네? 설마요. 홍벽서의 글은 완벽합니다. 저로서는 불가능합니다."

선준의 말에는 진심이 있었다. 그 말에 재신의 입술 끝이 슬쩍 올라갔다.

"그건 그렇지만. 그래도 뭐랄까, 착잡하다고나 할까?"

글의 수준을 최상으로 끌어올리는 힘은 아무나 흉내 낼 수 있는 게 아니었다. 점화가 벽서의 내용을 모두 틀렸다고 부정했으면 마땅히 반발이 있을 테지만, 오히려 벽서를 더욱 보강하고 나은 글로 만들었기에 그럴 만한 명분조차 없었다.

"그런데 홍점화의 정체에 대해 우리가 전혀 예상하지 못한 증언이 나왔네."

깜짝 놀란 재신이 자리에서 벌떡 일어섰다.

"뭐? 우리를 본 자가 있었냐?"

용하는 급히 고개와 손가락을 함께 저었다.

"보초 선 이들 모두 입을 모아 홍점화는 한두 명이 아니라, 족히 네다섯 명은 된다고 증언하고 있다네."

윤희와 재신이 어리둥절하여 용하를 보았다. 손오공이 아닌 다음에야 사람 수가 갑자기 불어났을 리는 없지 않은가. 하지만 여기에 대한 설명은 용하가 아니라 선준에게서 나왔다.

"걸오 사형의 활이 워낙 빨라서 그리 착각했을 겁니다. 원래가 쉼 없이 쏘는 분인데다가 제 것과 함께 날아가니 화살들이 마치 동시에 꽂히는 것처럼 느껴졌을 테고, 그 수만큼 인원이 있는 것처럼 보였을 테지요."

이건 생각지도 못한 성과였다. 윤희는 비로소 졸였던 마음을 조금은 내려놓을 수 있었다. 용하가 웃으며 자신의 자리를 정리하였다.

"나는 이만 퇴진함세."

퇴진한다고 해서 놀러 가는 건 아니었다. 어젯밤 다른 곳에 붙은 벽서들과 여러 정보를 수집함과 동시에, 역소문을 흘리러 가는 것이었다. 선준이 일어나 인사하였다.

"계속 수고해 주십시오."

"가랑과 걸오는 입번일 터이고, 대물은 퇴진해도 되지 않는가?"

"저도 입번 신청해 뒀습니다. 새 제학께서 올바른 정사에 관해 상감마마께 계사를 올리신다고 해서 여기에 관련한 각종 고사들을 준비해 둬야 합니다. 가랑 형님께 지시한 것이지만 저도 도우려고요."

주절주절 긴 말을 붙였지만 이것은 핑계에 불과하였다. 혼자 집에 돌아가느니 선준의 옆에 함께 있고 싶어 남는 것이었다.

"의욕이 넘치시는 것도 좋기는 한데, 그 의욕 안에 야욕이 깃들어 있으니. 쯧쯧."

윤희는 뜨끔하여 괜히 크게 웃었다. 용하는 새 제학을 일컬어서 한 말이었지만, 마치 그녀의 핑계를 향해 말한 것 같기도 해서였다. 이를 알지 못하는 선준은 걱정스레 중얼거렸다.

"그 계사가 올라가면 홍문관에서 또 규장각을 흔들어 댈 터인데……"

"그러게나 말일세. 벌써부터 귀가 시끄러우이."

"우리가 뭔 죄냐? 가랑, 너도 참 안됐다. 어쩌다가 재수 없게 가운데 끼어서는."

비록 비아냥거리는 재신의 말투였지만 선준을 걱정하는 깊은 마음까지 숨기지는 못하였다.

홍점화가 두 번째로 등장한 날은 첫 번째와는 달랐다. 첫 번째는 벽서가 많이 나붙는 관청을 중심으로 출현하였지만, 두 번째는 첫 번째 점화가 나간 이후부터 며칠 동안의 벽서가 붙은 곳을 골라서 출현하였다. 그리고 갓 붙은 벽서와 예전에 붙었던 벽서들을 점화하여 한꺼번에 꽂아 두고 사라졌다. 최근의 벽서는 순라군과 보초의 경계를 뚫기가 힘들어 저잣거리 담벼락이나 해당 관청의 관원 집 대문에도 나붙기 일쑤였는데, 용하가 꼼꼼하게 챙긴 덕분에 이것들 또한 빼먹지 않았다.

두 번째 점화가 있은 이후부터는 첫 번째와는 달리 그 성과가 뚜렷이 나타나기 시작하였다. 눈에 띌 정도로 감소한 벽서가 그것이었다. 반면 점화를 쫓는 관청도 나타났다. 그중에 가장 열정을 쏟는 곳이 밤사이 도성의 치안을 담당하는 병조였다. 한 명도 아니고 떼로 몰려다니는 홍점화 무리가 순라군을 엿 먹이는 것에 대한 반발이었다.

병조는 제일 먼저 점화에 남겨진 필체를 조사하고 다니기 시작하였다. 점화를 모두 모아 조사한 결과, 한 사람이 쓴 필체가 확실하였기에 그것만 밝혀내면 범인들을 일망타진할 수 있을 것 같았다. 그러다 보니 쉽게 손에 잡힐 것만 같은 그 필체와 뚜렷한 증거인 화살의 추적에 모든 수사가 집중되었다.

"해라. 하지 않을 이유가 없다."
선준과 윤희는 정무의 단호한 말에 놀라 서로를 쳐다보았다.
"김윤식이 혼인하는 것이라면 해 둬라. 다른 사람들의 의심을 생각하면 언제까지 미혼으로 있는 것도 좋지 않아."
이 이야기가 귀에 들어가면 응당 불쾌하게 여겨 노발대발하실 거라 예상하였기에 표정 하나 바뀌지 않고 허락하는 정무의 모습이 의아하였다.
"합하, 진심이십니까?"
질문을 하는 윤희에게 그는 여느 때처럼 가늠할 수 없는 표정으로 대답하였다.
"이왕 사기를 치기로 했으면 확실하게 해야지. 대물에 변강쇠, 거기다가 혼인까지 하면 네가 네 입으로 여자라고 밝혀도 아무도 믿지 않을 게다."
정무의 눈동자가 슬쩍 움직여 아들의 표정을 훔친 뒤 윤희에게로 돌아왔다.
"이 속임수는 언제 끝이 날지 모른다. 안전은 될 수 있는 한 많이 확충해 두는 게 좋아."
윤희를 향해 있는 눈이었지만, 마치 아들을 타이르는 듯한 말이었다. 이번에는 윤희가 눈동자를 슬쩍 움직여 선준의 표정을 살폈다. 그런데 의외로 그의 표정이 나쁘지 않았다. 무언가를 골똘히 생각하는 듯하더니 미소까지 머금은 채로 말하였다.

"알겠습니다, 아버지. 말씀 따르겠습니다."

"혼사가 진행되는 족족 순돌이를 통해 서찰로 내게 보고하도록 하고."

"예."

"합하, 우리 윤식이한테도 꼭 말씀 넣어 주십시오. 황 판교 댁 여식입니다. 그렇게 꼭 전해 주셔야 합니다."

"알았다. 걱정 마라."

선준이 부친을 보면서 싱긋이 웃었다. 아들이 왜 웃는지를 알 수 없었던 정무는 인상을 찌푸려 의아하다는 표정을 전달하였다. 하지만 아들은 여전히 웃기만 하다가, 딱 한마디를 하였다.

"고맙습니다, 아버지."

정무가 또다시 표정으로만 이유를 물었지만 선준은 말없이 웃음으로 뭉개다가 업무가 밀렸다는 양해를 구하고 일어섰다.

익랑골로 돌아가는 내내 선준은 싱글벙글하였다. 혼사에 관해 고민하느라 뒤늦게야 그의 표정을 발견한 윤희는 영문을 몰라 물었다.

"귀형께서는 무엇이 그리 기분이 좋습니까? 제가 혼인하는 건 싫다고 그러셔 놓고 이제 와서 그렇게 기분 좋아하시다니, 도리어 제가 기분이 언짢아지려고 합니다."

"혹시 내가 없는 동안 아버지와 당신한테 무슨 일이 있었소?"

정무가 제의한 밥상을 제 손으로 엎은 것부터 시작해서 찔리는 게 한두 가지가 아니었기에 그녀는 과장되게 눈을 동그랗게 뜨고 반문하였다.

"무슨 일이라뇨?"

"아버지가 당신을 좋아하시는 것 같소."

걸음이 뚝 멈췄다. 놀라운 걸 떠나 터무니없는 말이라 한동안 눈만 끔벅거렸다. 그리고 조금의 시간이 더 흐른 뒤 비로소 깜짝 놀라는 반응이 나타났다.

"에? 대체 무엇을 보고 그렇게 느끼신 겁니까?"

"달라지셨소."

"저는 달라지신 거 모르겠는데요."

"확실하게 달라지셨소."

그녀는 제 눈썹 사이를 손가락으로 가리키면서 대답하였다.

"언제나 변함없이 요기에 주름이 잔뜩 잡혀 계셨는데요?"

"음……, 결정적으로 그 주름 모양이 다르셨소."

윤희는 손가락으로 머리를 긁적거리며 골똘히 생각에 잠겼다. 조금 전까지 보고 나온 정무의 태도를 떠올리느라 눈동자가 하늘을 한 번 향했다가, 땅으로 내려갔다가, 좌우로 한 번씩 움직였다. 그러다가 눈썹을 찌그러뜨렸다.

"뭐가 달라지셨다는 건지 도무지……."

4

"이것이 홍점화 필체란 말이오? 명필이기는 한데 아직은 그다지……."

황 판교는 이렇게 말하면서 코끝에 걸친 안경을 고쳐 쓰고 더욱 유심히 글씨를 살폈다. 병조에서 나온 좌랑이 무릎 꿇고 앉아 말하였다.

"서예를 보는 안목에 있어서는 황 판교 영감을 따를 자가 없지 않습니까. 고견을 들려주십시오."

황 판교는 필체에 집중하느라 더 이상 그의 말은 듣지 않고 있었다. 이때 두 사람이 앉아 있는 사랑채 마루로 누군가가 다가와 말하였다.

"황 판교 영감, 소생이 왔습니다."

황 판교의 눈이 안경 너머로 옮겨 갔다. 예비 사위였다.

"오, 자네 왔군."

윤희가 좌랑을 살피면서 우선 자리를 피할 궁리부터 하였다.

"손님이 계신 줄 몰랐습니다. 잠시 다른 곳에서 기다리겠습니다."

좌랑이 황 판교에게 눈짓으로 누구인지를 물었다.

"아, 곧 내 사위가 될 사람이오. 혼사 문제로 의논할 게 있어서 내가 오라 불렀는데……. 이보게, 같은 남인이니 여기 이분께 인사는 올리고 가 있게."

잠시 망설이던 윤희는 허리춤의 작은 주머니에서 제 명자를 꺼내 좌랑에게 건넸다.

"처음 뵙겠습니다."

그는 명자를 받으면서 동시에 자신의 것도 윤희에게 주었다. 윤희는 '병조'라는 글자를 발견하자마자 심장이 툭 떨어짐을 느꼈다.

"규장각 김윤식? 오, 귀관이 그 유명한?"

"그렇지, 김 대교야말로 진짜 명필로 유명하지."

황 판교가 자랑스럽게 말하자 그는 당황해서 웃었다.

"저기, 그런 쪽이 아니라. 아무튼 반갑소. 다른 데 가 있을 거 뭐 있소. 여기 올라오시오. 명필이시라면 귀관의 식견도 듣고 싶소."

합석하기 싫어서 우물쭈물 망설이는 윤희에게 황 판교가 올라오라는 손짓을 하였다. 그럼에도 얼굴을 피하고픈 욕심에 눈치를 살피는데, 그 순간 황 판교의 손에 들려 있는 종이를 발견하였다. 자신이 쓴 글자들이기에 그것의 정체를 알아차리는 데는 많은 시간이 걸리지 않았다. 깜짝 놀란 윤희는 '병조'라는 글자를 떠올리며 어느새 마루로 올라가 그들 틈에 앉았다. 그녀가 쓴 글자는 마루에도 펼쳐져 있었다.

"이것들이 다 무엇입니까?"

"홍점화가 남긴 거라오. 귀관도 이 필체 좀 살펴봐 주시오."

"소인은 미천한 솜씨로 쓸 줄만 알았지 보는 눈은 없어서요."

좌랑은 윤희가 건넨 명자를 유심히 들여다보았다. 윤희의 목에서 침이 삼켜졌다. 황 판교가 웃으며 말하였다.

"내 명자도 이 사람 솜씨요. 그때 좌랑도 부탁하고 싶다고 내게 소개해 달라지 않았소?"

"아! 그 유명한 명자장이. 귀관은 여러모로 유명하오. 지금이라도 부탁할 수 있소?"

"그건 곤란합니다. 애석하게도 예약이 밀려 있어서요."

"품계가 낮은 이들 것은 좀 뒤로 미뤄도 되지 않소?"

"품계대로 할 것 같으면 정육품 좌랑의 차례는 오지 않을 겁니다. 지금 소인이 만들고 있는 명자는 정이품 이판 대감의 것입니다."

"하하하, 새치기하려고 하였더니."

"그리고 요즘 규장각이 바빠서 예약을 해 둬도 늦을 겁니다."

"규장각이 다른 관청 업무까지 뺏어서 하니 바쁘기도 할 거요."

"흠흠!"

주위를 환기시키는 황 판교의 기침 소리로 인해 윤희는 긴장한 나머지 지나치게 경계를 하고 있는 자신을 깨달았다. 그 경계가 좌랑에게는 각신의 오만으로 비춰졌던 모양이었다. 그래서 보통 때보다 더 상냥하게 웃으며 말하였다.

"규장각의 구용하 대교를 아시는지요?"

갑작스런 그녀의 미소에 좌랑은 자신도 모르게 원인 모를 얼굴 붉힘을 하고 되물었다.

"여림? 물론 잘 아오. 이 조정에서 그자와 친분 없는 관원도 있을까."

"명자는 구 대교를 통하기로 약조가 되어 있습니다. 저는 그저 글자를 써 주는 일만 할 뿐이라서요."

"알았소. 나도 여림에게 부탁하도록 하지."

황 판교가 비로소 안경을 벗고 종이에서 눈을 들었다. 그러고는 좌랑에게 말하였다.

"내가 이런저런 서예품을 수집하는 취미가 있기는 해도 이 필체는 처음 보는 듯하오."

'휴우!' 하고 내쉬는 윤희의 한숨이 바깥으로 튀어나오지 않은 게 다행이었다.

"뭔가 짚이는 건 없습니까? 짐작이라도 좋으니 말씀해 주십시오."

"확실한 건 아닌데, 내 느낌으로는 여인의 필체 같소이다. 그것도 젊은 여인."

윤희는 숨이 턱 막혔다. 그런데 그녀보다 더 놀란 투로 좌랑이 소리쳤다.

"젊은 여인?"

"짐작이오, 짐작. 그리고 왼손잡이 같소."

"젊은 여인, 왼손잡이, 그리고 명필. 햐! 어렵습니다. 이만한 부조화도 없을 것 같은데……."

"수사에 참고는 하지 마시오. 눈 나쁜 늙은이의 어설픈 짐작에 불과하니까."

당황한 그녀는 널려 있던 종이 중에 아무거나 한 장 집어 들었다. 황 판교에게 명필을 알아보는 안목이 있다는 말은 들었지만, 이런 능력까지 있을 거라고는 예상하지 못하였다. 대체 무엇을 보고 알아낸 것인가?

"소생은 잘 모르겠습니다."

황 판교는 그녀를 보고 싱긋이 웃은 뒤 좌랑을 보고 말하였다.

"우리 김 대교 필체는 정갈한 것이 딱 선비의 것인데, 홍점화의 것은 여린 기운을 엿볼 수 있소. 비교해 보면 더 잘 알 거요."

그러면서 방으로 들어가 슬쩍 훔쳐 뒀던 윤희의 문서를 가지고 나왔다. 예전에 승문원 권지로 있을 때 쓴 것이었다. 깜짝 놀란 윤희가 자신도 모르게 소리쳤다.

"이건 어디서?"

"하하하. 어쩌다 보니 내 손에 남았다네."

그러면서 자랑스럽게 보여 주었다. 왼손의 정체를 알아챈 그가 대단하다고 해야 할지, 황 판교의 안목을 속일 수 있는 오른손이 더 대단하다고 해야 할지 가늠이 되지 않았다. 좌랑은 문서를 받아 꼼꼼하게 살폈다. 옆에서 지켜보는 윤희는 쿵쾅거리며 날뛰는 심장이 입 밖으로 튀어나오려는 걸 참느라 진땀을 흘렸다. 그가 고개를 끄덕이면서 말하였다.

"말씀의 뜻을 조금은 알 것 같습니다. 그런데 영감 말씀대로라면 수사가 정말 어려워집니다."

황 판교는 문서를 받아 애정이 가득한 손길로 조심스럽게 챙겨 넣으면서 말하였다.

"그러니 참고하지 말라지 않소."

"그렇다고 참고를 안 할 수도 없고, 거참. 아무튼 도움 말씀 감사합니다. 소인은 이만 일어서겠습니다. 시간 뺏어서 죄송했습니다."

좌랑이 일어서자 황 판교는 다급하게 말하였다.

"자, 잠깐만. 그중에 한 장만 주면 아니 되겠소?"

"네? 저기, 이건 증거물이라 함부로 드릴 수가 없습니다."

그는 난처해하며 마루 아래로 내려섰다. 황 판교는 배웅하고자 자리에서 일어섰지만, 수집가답게 얼굴에는 실망한 기색이 완연하였다.

황 판교가 다시 자리에 앉을 때까지 윤희는 어지러운 머리를 정리하면서 깊은 생각에 잠겨 있었다.

"뭘 그리 골똘히 생각하는가?"

"아, 아닙니다. 한데 소생을 부르신 이유가……."

"음……, 혼례는 그렇다고 치더라도, 혼인한 뒤엔 어디서 살 건가?"

"죄송한 말씀이지만 집안 사정상 현재 당장 우례를 치르기는 힘이 듭니다."

"그걸 물어본 건 아닐세. 그 부분은 이미 알고 있지 않은가."

윤희는 슬쩍 황 판교의 표정을 살핀 뒤 그가 원하는 답을 내놓았다.

"그래서 드리는 말씀인데……, 우례는 간단히 약식으로 치르고, 영애는 소생이 살 집을 마련한 뒤에 데리고 갔으면 합니다. 그 전에 누님 문제도 해결하고……."

"뭐, 그래 주면 나야 고맙지. 우례만 치르고 나면 친정에 2~3년 머무르는 게 크게 흠이 되는 것도 아니니."

그것보다는 딸을 하인 하나 없는 집으로 시집보내는 게 마음에 걸릴 터이다. 윤희는 그런 황 판교의 마음을 반영하여 이 문제를 마무리하였다.

"조만간 집을 마련하고 하인도 둘 겁니다. 많이 노력하고 있으니 잠시만 부탁드리겠습니다. 영애를 고생시키는 일은 없도록 하겠습니다."

정천은 사헌부로 들어서면서 정주를 찾았다. 그는 지평持平의 방에서 나오고 있었다.

"강 감찰, 소식 들으셨습니까?"

조급하게 묻는 정천을 보자 정주는 피곤한 얼굴부터 하였다. 그의 용건은 들어보나마나 벽서 관련일 게 뻔하였다.

"어떤 소식을 말하시오? 홍벽서 수사가 종결된 거 말이오? 아니면 앞으로 붙는 벽서는 모조리 잡아 중벌을 내리기로 합의된 거 말이오? 그도 아니면 시체로 추측하는 것은 안 되고, 현장에서 잡았을 경우에 한한다는 단서가 붙은 거 말이오?"

"어? 알고 계셨습니까?"

"방금 정식으로 하달받고 나오는 길이오."

정천은 감찰방으로 들어가는 정주를 따라 들어가면서 분노를 참지 못하였다.

"어떻게 이런 일이 다 있단 말입니까! 논쟁으로 시선을 돌려놓고는, 뒤로는 체포된 서자가 홍벽서라고 결론을 내 버리다니요!"

"그자가 홍벽서가 아니라는 증거가 없소."

"강 감찰, 요즘 왜 이러십니까? 홍벽서는 문재신이 확실하다니까요! 강 감찰께서 귀띔해 주셔 놓고 이제 와서 딴말하시는 이유가 무엇입니까?"

정주는 언성을 낮추라는 눈짓을 하면서 책상 앞에 앉았다.

"문 대교가 홍벽서라는 증거도 없소."

하지만 화가 난 정천의 목소리는 조금도 낮아지지 않았다. 심지어 책상을 주먹으로 쾅 치면서 말하였다.

"홍벽서의 글은 아무나 흉내 낼 수 있는 수준이 아닙니다! 문재신 같은 인간이 아니면 절대 쓸 수 없는 글이라고요. 지금까지 그렇게 숱하게 붙었던 벽서들을 보십시오. 벽서들이 나붙으면 나붙을수록 홍벽서의 글은 더욱 뚜렷이 구별되었습니다. 청벽서조차 발치에 겨우 닿을 수준이라고요. 그런데 그 서자가 홍벽서? 말이 됩니까?"

청벽서조차 발치에 겨우 닿을 수준? 청벽서인 정주는 차마 화내지는 못하고 힘없이 물었다.

"알아봤소?"

"당연히 알아봤죠. 시문 실력이 뛰어난 것은 사실이지만 홍벽서는 고사하고 청벽서 수준에도 못 미치더군요."

"그때 김윤식 대교가 말한 거 못 들었소? 시체만으로는 증거가 되지 않는다고. 그 말에 아무도 반론을 제기하지 못하였소."

"그건……."

정천은 대답할 말을 찾으려고 했지만 제대로 되지 않았다. 그래서 걸상에 털썩 주저앉으며 낮게 중얼거렸다.

"제길! 계집애같이 생긴 주제에 조관들을 농락하다니!"

"홍벽서는 일단락 났고, 이제 사람들의 관심은 홍점화로 옮겨 갔소. 미련을 버리시오."

"홍점화라……."

정천은 계속해서 그 말을 곱씹었다. 그러는 사이에 화는 가라앉고 호기심이 올라왔다.

"홍점화의 정체는 뭘까요? 홍벽서와 분명 연관이 있겠죠?"

"왜 그렇게 생각하시오?"

"홍벽서의 글에는 손을 대지 않으니까요."

"그들은 청벽서의 글에도 손을 대지 않았소."

정천은 손으로 턱을 긁적거리면서 고개를 끄덕였다.

"음……, 그러고 보니 그건 이상하군요. 홍벽서 글은 손댈 부분이 없어서라고 생각할 수도 있겠지만, 청벽서 글은 홍점화 정도라면 얼마든지 가능할 것 같은데……."

아까부터 이 자식이! 자존심이 상한 정주는 화가 치밀어 오르는 걸 두 주먹을 불끈 쥐고 겨우 참았다.

"업무가 많이 밀렸소. 김 감찰이 지방에 좀 다녀와야……."

정천이 자리에서 벌떡 일어섰다.

"안 됩니다. 다른 사람 보내십시오. 전 병조와 연계를 해서라도 홍점화만큼은 잡아야겠습니다. 글의 느낌만으로 증거가 되지 않는다면 가짜 홍벽서처럼 현장에서 체포하면 되는 것 아니겠습니까? 홍점화를 잡으면 분명 홍벽서의 정체도……."

"난 홍점화를 잡는 건 반대요."

"네? 왜요?"

"그들은 순라군이 아무리 잡아들여도 줄어들기는커녕 늘어만 나던 벽서를 순식간에 사라지게 만들었소. 그 일이 목적이었다면 그들은 조만간 모습을 감출 거요. 해충과 익충은 구별해서 잡아야 하오."

"그렇게 따진다면 홍벽서도 잡을 이유가 없었습니다. 전 규장각의

4인방을 의심하고 있습니다. 반드시 잡을 겁니다."

"김 감찰이 잡고 싶은 건 그 4인방이요, 아니면 규장각이요?"

둘 사이에 잠시 침묵이 찾아왔다. 정천이 허리를 숙여 정주의 귀에 가까이 다가가 속삭이듯 말하였다.

"규장각입니다. 이건 청벽서이신 강 감찰도 같은 생각이신 걸로 아는데요?"

"뭐?"

정천은 허리를 들고 큰 소리로 웃었다. 그리고 밖으로 걸음을 옮기면서 말하였다.

"걱정 마십시오. 전 규장각과 반대쪽에 있는 편이니까."

방 밖으로 나가는 그의 뒤통수를 향해 정주가 차갑게 말하였다.

"마음대로 하는 건 좋은데, 규장각이 눈 한 번 흘기자 사헌부가 꽁지 빠지게 달아났다는 소문은 더 이상 들리지 않도록 하시오."

그의 발걸음이 움찔하여 멈췄다가 방에서 사라졌다.

정주의 한숨이 깊게 나왔다. 정천의 말대로 동기와 목적, 실력으로 따지자면 규장각 4인방이 홍점화에 가장 가까이 있었다. 아니, 그들 외에는 없었다. 게다가 목격자들 모두 하나같이 홍점화도 네다섯 명이었다고 말하고 있다. 하지만 조사해 본 바로는 홍점화가 첫 번째로 나타난 그날, 4인방 중에서 두 명은 궐 안에 있었다. 두 번째도 마찬가지였다. 혹시 몰라서 재차 확인해 봤지만 점호를 받은 기록까지 확실하게 있었다.

그는 증거로 남겨진 필체와 관련해서 병조로부터 귀동냥한 이야기를 떠올렸다. 젊은 여인, 왼손잡이, 그리고 명필이라고 하였다. 너무 터무니없는 나열이라 수사에 참고는 하지 못할 것 같다는 단서가 붙기는 하였다. 명필이라면 확실히 4인방 중에 있다. 여기에 대해 자세히 물어보았지만, 우연히 김윤식 필체와 나란히 두고 대조해 가며 봤는데 전혀 다른 필체였다는 답만 돌아왔다. 오른손잡이 명필이 그 왼손까지 명필일 가능성은 과연 얼마나 될까? 그것도 전혀 다른 필체로. 정주는 제 두 손을 책상 위에 놓았다. 그리고 번갈아 보았다. 고개가 저어졌다. 아무리 생각해도 불가능하였다. 왼손과 오른손의 차이는 노력의 차이로 나타나는 거라고 하였다. 노력하여 만든 실력이라기에는 김윤식은 너무 젊었다.

"젊은 여인……. 젊은 여인이라……."

양손 다 명필일 가능성보다 젊은 여인이 명필일 가능성은 더욱 낮았다. 병조에서 왜 수사에 참고하는 걸 포기했는지 알 것 같았다. 정주는 다시 황 판교의 의견이라는 말을 상기시켰다. 그의 안목이라면 무시할 수도 없는 노릇이었다. 정주는 멍하니 앉아 또다시 제 두 손을 번갈아 보았다.

"김윤식이 젊은 여인처럼 생기기는 하였지. ……에잇! 모르겠다."

그는 복잡한 머리를 털고 일어났다. 어차피 홍점화를 잡을 생각이 없었기에 더 이상 신경 쓰지 않기로 하였다. 하지만 젊은 여인과 김윤식은 이상하게 머리에서 완전히 털어지지 않았다.

용하가 연속으로 도리질을 하였다.

"이건 아닐세, 이건 아니야."

재신은 좁은 당하관 방을 왔다 갔다 하는 그가 정신 사나워, 서책으로 제 얼굴을 가리면서 단호하게 말하였다.

"어차피 하기로 결정했다."

모두가 퇴진하고 이문원에 남아 있는 건 4인방뿐이었지만, 용하는 차마 목소리를 높이지 못하고 손동작만 크게 하여 말하였다.

"두 번째까지로 충분하다고 생각하네. 벽서가 거의 다 사라졌으니까. 굳이 이 위험을 무릅쓰면서까지 세 번째를 나갈 필요가 있는가?"

"마지막으로 쐐기 박는 거다."

"아무리 그래도 또 대궐 담을 넘겠다니, 이건 미친 짓일세!"

새소리처럼 작게 고함을 지른 용하에게 재신도 서책을 집어던지면서 같은 크기로 고함을 질렀다.

"너보고 넘으라고 했냐? 가량과 나, 둘만 넘겠다잖아!"

두 사람 사이에 끼어 안절부절못하던 윤희가 손가락을 세워 입술에 대고 진정시켰다.

"쉿! 목소리가 너무 큽니다."

"이 이상 어떻게 더 작게 말해!"

재신은 이문원이 들썩거릴 만큼 크게 고함지른 후에야 자신의 고함을 받은 이가 윤희라는 것을 깨달았다. 그녀의 깜짝 놀란 눈동자에 바로 소리가 죽었다.

"아, 알았다고. 작게 말하면 되잖아."

용하는 잠자코 앉아 생각에 잠긴 선준에게 다가가 팔을 붙잡고 통사정하듯 말하였다.

"가량! 걸오야 원래 무모한 인간이라 제쳐 둔다손 치더라도 자네까지 왜 이러는가?"

하지만 선준은 조급함이라고는 조금도 없이 점잖은 미소만 지을 뿐이었다.

"저도 알고 보면 많이 무모합니다."

"제발! 걸오도 그렇고 나도 이런 일로 오점 하나 남는 거 아무렇지도 않네. 하나 자네는 티끌만 한 오점도 남아서는 아니 되네. 자네는 나의 꿈이고, 나의 야망이라고."

마지막 말은 못 들은 척하고 넘겨 버리기에는 지나치게 낯 뜨거워서, 세 사람의 얼굴에 동시에 어처구니없는 표정이 떠올랐다. 재신이 자리를 박차고 일어나 긴 다리를 뻗어 그의 뒤통수를 꾹 눌렀다. 그 바람에 용하의 얼굴이 책상에 짓이겨졌다.

"억! 어, 어이, 이보게."

"인마, 그러잖아도 짊어진 거 많은 어깨다. 거기에 쓰잘머리 없는 네놈 꿈과 야망까지 올려놓고 싶냐?"

"여림 사형께서 하지 말라고 하시면 하지 않겠습니다."

싱긋이 웃으며 말한 선준에게로 재신과 용하의 놀란 눈이 쏠렸다.

"대신 제 얘기를 듣고 판단해 주십시오. 걸오 사형도 그 발 내려놓으시고요."

용하는 재신의 발을 떨치고 앉아 정색하여 말하였다.

"말은 해 보게. 어차피 반대하는 내 마음은 변하지 않을 테지만."

상체를 숙인 선준은 그와 가까이에 얼굴을 두고 속삭였다.

"오늘 입번하면서 궁궐 담을 넘으려는 것은 저와 걸오 사형의 안전을 확보하기 위해서입니다. 지금은 목격자들의 착각으로 홍점화는 네다섯 명이라는 진술이 힘을 얻고 있지만 이것은 언제 깨질지 모르는 목격담입니다. 이 착각이 걷어지면 제일 먼저 사헌부의 의심을 받게 되는 건 저와 걸오 사형입니다. 첫 번째와 두 번째 모두 저와 걸오 사형의 행적을 증명할 길이 없습니다. 그러니 세 번째에 우리의 입번 기록을 남겨 두면 훨씬 안전⋯⋯."

선준이 말을 끝맺기도 전에 용하가 소리를 낮춘 채로 그의 말을 자르고 들어왔다.

"그러니까 내 말이 그거 아닌가. 조심해서 다녀와야 한다는. 대체 오늘 세 번째 나가는 거 누가 반대하는 건가?"

이번에는 재신이 발이 아닌 손으로 그의 뒤통수를 꾹꾹 눌렀다.

"너다, 너! 하여간 이 자식 입은 뭐로 만들어졌는지."

용하의 손이 선준의 손을 힘껏 잡았다. 그리고 당부하듯이 말하였다.

"조심해야 하네."

"여림 사형을 두고 가는 것만으로도 충분히 조심하는 거라고 생각합니다."

"헛! 그렇게까지 말하면 섭섭하고. 자네가 말한 장소에 전부 준비해 두었네. 대신, 정말 마지막일세. 사헌부가 노리고 있으니까 점화를 쏘자마자 바로 돌아오는 것도 잊지 말고."

선준은 입으로 하는 대답 대신 그의 손을 힘주어 잡았다. 선준의 눈길이 옆에서 걱정 어린 표정으로 쳐다보고 있는 윤희에게로 옮겨 갔다. 그녀가 먼저 방긋 웃었다. 그 미소에 선준은 보일 듯 말 듯 고개를 끄덕여 보였다.

용호영 군관들이 와서 입번관 명단과 4인방을 비교하여 확인하였다. 네 명이 함께 점호를 받는 건 자주 있는 일이었기에 별다른 질문없이 점호를 끝냈다.

"인원 이상 없습니다. 그럼 수고하십시오."

4인방도 다른 날과 다름없는 태도로 인사를 하고 그들을 보냈다. 하지만 그들이 사라지고 난 뒤, 각자의 자리에 앉은 4인방은 다른 날과 달리 단 한마디도 나누지 않았다. 용하는 초조하게 부채질을 하였고, 재신은 한 손으로는 턱을 괴고 다른 손으로는 책상을 콩콩 때리며 시간을 기다렸다. 윤희는 손에 잡히지도 않는 일을 하겠다고 서류를 잡았다. 선준은 이 판국에서도 책을 읽으며 천천히 책장을 넘겼다. 제 딴에는 끈기 있게 기다렸던 재신이 몸을 일으켜 세웠다.

"지금쯤이면 다른 곳도 점호가 끝났겠지?"

선준도 서책을 덮고 일어섰다.

"예전의 경험을 살려서 가 봅시다."

둘은 순식간에 사모와 공복, 흑목화를 벗어 놓고 이문원에서 사라졌다. 남겨지는 두 사람에게 눈인사 하나 남기지 않았다.

선준과 재신은 신참례 때의 기억을 살려 창덕궁에서 창경궁을 가로질러 춘당대로 가는 길을 택하였다. 성균관을 통하는 것이 얼마나 이로운지를 한 번 경험했기 때문이었다. 그때와 달리 사람 수가 적다는 것, 그것도 날렵한 몸 둘만 움직인다는 것이 삼엄한 궐의 경비를 뚫고 지나가는데 결정적인 도움이 되었다. 그리고 궁궐 너머에는 미리 약속된 덕구 아범이 검은 옷과 복면, 그리고 동개를 들고 숨어서 기다리고 있었다.

정천은 연거푸 명단을 확인하면서 중얼거렸다.

"유색 4인방이 오늘 모두 입번이라 이거지?"

병조 관원들은 며칠째 이곳에서 진을 치고 있는 사헌부 관원이 못마땅하여 눈을 마주치려고도 하지 않았다. '사헌부면 다인가?'라는 눈치가 심심치 않게 발설되었다. 그럼에도 정천은 뻔뻔하게 병조 마루에 걸터앉아 비켜 줄 생각을 하지 않았다.

"그렇다는 건 오늘도 물 건너갔다는 뜻인데. 홍점화! 마지막으로 한 번쯤 더 나타날 듯도 한데……."

이것은 그의 희망이었다. 이제 벽서도 거의 다 사라졌으니 더 이상 나타나지 않아도 별 무리는 없었기 때문이다. 그의 입에서 욕지거리가 튀어나왔다.

"제길!"

밤이 깊어 갔다. 그러는 동안 정천은 점점 포기하는 심정이 되어 앉은 채로 꾸벅꾸벅 졸기에 이르렀다. 병조 관원들의 눈총을 받아 가며 고개를 푹 숙이고 졸고 있을 때였다. 순라군이 뛰어 들어오면서 외치는 소리가 정천의 잠을 깨웠다.

"홍점화가 나타났습니다!"

"뭐? 뭐? 오늘은 모두 입번이라 나타날 리가 없는데? 어디에 홍점화가?"

"동촌 쪽이라고 합니다. 이번에는 관청이 아니고 관청 수장 댁들을 노린 것 같다고……."

동촌이라면 이조판서 댁부터 시작하여 고관 댁이 제법 있었기에 그동안 벽서도 많이 나붙었던 곳이었다. 홍점화가 움직여 왔던 곳이 딱히 정해진 바가 없었기에 이번에 동촌에 나타났다는 것도 그다지 이상한 건 아니었다. 하지만 동촌은 성균관 바로 아래에 있는 동네다. 그것이 못내 정천의 신경을 건드렸다.

"4인방이 모두 입번 중이니까 결국 그놈들은 홍점화가 아니란 것인가? 뭐야, 시시하게."

정천은 흥미를 잃고 병조 마루에 큰대 자로 누웠다. 4인방이 홍점화가 아니라면 그도 홍점화 체포에 관심이 없었다. 그 순간, 갑자기 그의 몸이 튕겨지듯 일어나 마당에 내려섰다.

"순라군! 내게 순라군을 붙여 주시오! 비상이오!"

정천의 고함 소리에 놀란 병조 관원이 사전 약속대로 즉각 움직여 순라군들을 불러들였다. 정천은 그들의 보조를 받으며 병조를 나섰다. 잊고 있었다. 규장각 4인방은 신참례 때 궁궐 담을 넘은 적이 있었다. 한 번 넘었는데, 두 번을 넘지 못하겠는가. 그리고 계속 신경 쓰였던 동촌의 의미도 깨달았다. 동촌 위에 성균관이 있고, 그 성균관은 바로 궁궐과 이어져 있었던 것이다.

"어디로 갑니까? 동촌은 이쪽인데요?"

순라군의 물음에 정천은 잠시 멈춰선 채로 망설였다. 지금 동촌으로 가면 십중팔구 놓친 후다. 그들 뒤를 따라가는 것밖에 되지 않는다. 정천은 결심한 듯 말에 올라타면서 소리쳤다.

"궁궐로 간다!"

그는 말을 마치기가 무섭게 말의 엉덩이에 채찍질을 하였다. 달리는 말 뒤를 순라군들만 똥줄 빠지게 따라 뛰었다.

"잡았다, 규장각! 이번에야말로! 하하하!"

열심히 달려 금호문에 당도하였지만, 굳건히 닫힌 문 앞으로 수문

병들이 길을 막아섰다.

"멈추시오! 여기가 어디라고 감히……."

"나는 사헌부 감찰 김정천이오! 사안이 시급하니 어서 문을 여시오!"

금호문 바로 옆에 있는 수문장청에서 수문장이 혼비백산한 얼굴로 달려 나와 소리쳤다.

"사헌부 감찰이 아니라 대사헌이라고 해도 안으로 들일 수 없다! 돌아가라! 이런 소동을 일으키고도 무사할 줄 아느냐?"

한시가 급했던 정천은 말에서 뛰어내려 수문장 앞에 섰다. 그리고 정중하게 부탁하였다.

"사헌부에서 불시에 입번 관원들을 감찰하고 있습니다. 궐내각사도 예외는 아니라서요. 요사이 입번 중에 다른 곳으로 이탈하는 관원이 있다는 투고가 빈번하였습니다. 궐문을 가로막고 있다가 나중에라도 궐내에서 그런 일이 있었다는 것이 발각된다면 수문장께서도 무사하시지 못할 텐데요?"

"사헌부로부터 사전에 전달받은 사항이 없다."

"소인이 분명 불시라고 말씀드렸습니다. 관청끼리 입술만 달싹해도 들을 수 있는 인물이 궐 안에 있어서요."

입번 관원을 감찰하는 목적이라면 안 비켜 줄 수가 없었다. 고민하던 수문장은 결국 고개를 끄덕였다. 그가 옆 군관에게 귓속말로 지시를 하였다. 정천은 조급한 마음에 잠깐을 기다리는 시간조차 아까웠다. 홍점화는 지금 이 순간도 바람처럼 달려오고 있다. 이 궐 안으로……. 그들이 달려오는 모습이 마치 눈에 보이는 듯 선명하였다.

"빨리 좀!"

곧이어 수문장의 지시로 달려온 장용영壯勇營 군관과 군졸들이 정천의 옆을 에워쌌다. 그리고 감시하듯 보좌하면서 안으로 들어갔다. 그를 따라온 순라군들은 궐 안으로 들어갈 수 없었기에 금호문 바로 앞에 남아서 진을 가다듬고 기다렸다.

 윤희는 마음을 진정하지 못하고 방 안을 끊임없이 왔다 갔다 하는 용하를 물끄러미 쳐다보았다. 그가 정보를 듣지 않았을 리가 없을 텐데, 홍점화의 필체에 대해 입을 다물고 있는 것이 이상하였다. 선준과 재신에게는 간단하게 '필체에 관한 이야기가 나온 모양인데, 터무니없는 것들뿐이라 수사에 참고하지 않기로 했다네.'라는 말만 했을 뿐이었다. 그렇다고 자세하게 먼저 물어보기도 애매하였다.
"대물, 소유재에 두 사람 잠자리 만들어 둔 거 다시 보고 오겠나?"
 몇 번을 확인했는지 모른다. 소유재 앞에 흑목화를 나란히 놓고, 방 안에 두 사람의 공복을 걸어 두었을 뿐만 아니라, 혹시 모를 일에 대비하여 마치 자는 것처럼 이불을 불룩하게 만들어 두었다. 그것도 안심이 되지 않아 자리에 앉기가 무섭게 다시 일어나서 보고 오기를 연거푸 하고 있었다. 불안한 마음을 달래기 위해 이번에도 윤희는 반론하지 않고 자리에서 일어섰다. 그때였다.
"오, 이런! 들켰나?"
 아연실색한 용하의 말에 윤희의 고개도 어두운 창밖을 향해 움직였다. 어둠 속에서 누군가가 오고 있었다. 한 명이 아니었다. 두 명도 아니었다. 많은 수의 군사들이 오고 있었다.
"여, 여림 사형!"

"치, 치, 치, 침착하세, 대물. 이럴 때일수록 침착하게⋯⋯."
"여림 사형이야말로 침착하십시오."
"이런 일은 가랑과 걸오가 제격인데, 그놈들이 마침 없으니⋯⋯."
"그 두 분이 계시면 이렇게 떨 이유도 없거든요."
"아, 맞다! 그렇지. 그래서 우리가 지금 당황하고 있는 거지."

아무렇지 않게 말하려고 애를 쓰고 있었지만 두 사람은 이미 혼미해진 정신으로 대화를 주고받는 중이었다.

군사들을 뒤로하고 한 사람이 앞서서 용하와 윤희가 있는 당하관 방으로 들어왔다. 촛불에 비춰진 입술이 진한 미소를 머금는 것이 보였다. 언젠가 본 적 있는 낯익은 미소였다. 그가 누구인지를 알아차린 윤희의 어깨가 힘없이 떨어졌다.

'사헌부 감찰 김정천!'

5

"오! 사헌부 김 감찰께서 이 시각에 여기까지 어인 일이십니까?"

용하가 활짝 웃으며 접선을 펼쳐 들었다. 정천의 표정에서 당황한 기색이 스쳐 지나갔다. 그도 그럴 것이, 그 또한 다른 사람들과 마찬가지로 홍점화는 네다섯 명으로 이뤄진 무리로 알고 있었기에, 4인방이 모두 궁궐 밖으로 나가서 이문원에는 아무도 없을 거라고 예상했기 때문이다. 그래서 두 명이나 떡하니 버티고 있는 지금 상황에 당황하지 않을 수 없었다. 그의 눈동자가 침침한 촛불이 있는 방 안을 순식간에 훑었다. 곧이어 핵심 인물 두 명이 없다는 것을 알아차리고 절반의 미소는 되찾았다.

"입번 관원 감찰 중입니다."

정천은 비어 있는 선준의 책상을 손으로 짚으며 말을 이었다.

"오늘 이문원 입번은 총 네 명으로 알고 왔는데……."

"입번을 선다고 하여 모두가 이 방에서 밤을 새울 의무는 없는 것으로 압니다만."

용하가 대답하면서 여전히 부채질을 하자, 정천이 비웃는 듯한 표정으로 말하였다.

"구 대교, 불안한 일이라도 있습니까? 여름도 다 지나간 마당에 뭔 부채질을 그리 하십니까?"

"모르셨습니까? 저의 접선은 춘하추동을 함께하는 것으로 유명한데……."

"그러셨습니까? 나는 몰랐습니다."

"제가 워낙 기품을 중시하는 선비인지라, 때에 따라 얼굴을 가려야 하는 예를 지키느라 사시장철 지니는 물건이지요."

"지금은 얼굴을 가려야 하는 예와 상관없을 터인데?"

"지금은 불쾌한 냄새를 쫓느라……. 접선의 목적이 어디 한두 가지뿐이겠습니까?"

정천은 부르르 떨리는 입가 경련을 겨우 참았다. 그의 시선이 잠자코 선 윤희에게로 옮겨 갔다.

"다른 두 사람은 어디에 있습니까?"

윤희는 떨리는 목소리가 새어 내올세라 조심하여 대답하였다.

"밤이 깊어 이미 잠자리에 들었습니다."

무사히 떨리는 기색은 숨긴 듯하였다.

"그런데 김 감찰, 그때 드린 비단만으로는 일가족 모두가 옷을 해 입기에 조금 부족하지 않던가요? 너무 조금 드렸나 영 마음이 쓰여서……."

용하의 기습 공격에 깜짝 놀란 정천은 허를 찔린 표정으로 멍하니 있었다. 윤희도 똑같은 표정이었다. 사헌부에도 뇌물을 돌렸다더니 실없는 농담은 아니었던 모양이다. 그녀의 표정이 어느새 감탄으로 바뀌었다. 정천이 정신을 다잡았다. 이 정도에 흔들려서는 안 된다.

"잠자리는 어디에 있습니까? 소유재이던가요?"

감히 용하 쪽은 쳐다보지도 못하고 윤희만 보면서 던진 질문이었다.

"그렇기는 한데, 그곳까지 확인하시려는 겁니까?"

"당연합니다!"

"지금쯤이면 깊게 잠들었을 텐데요."

"깊게 잠들었다고 확인 안 할 수는 없지요. 아니면 내가 확인하면 안 되는 이유라도 있습니까?"

당황하여 안절부절못하던 윤희는 결국 떨리는 목소리를 내뱉고 말았다.

"그, 그곳에서 자고 있는 사람 중에는 거, 걸오 사형도 있는데……."

그런데 떤 대목이 적절하였다. 그녀의 떨림은 잠자는 문재신을 건드릴 용기가 있느냐는 질문을 보다 강렬하게 만들었다. 유독 재신을 두려워하던 그를 기억해 내고 던진 말이었다. 효과는 즉각 나타났다. 뒤에 서 있던 군사들이 일제히 꿈틀하였고, 정천도 움찔하여 자신도 모르게 얼굴에 파란 빛깔을 드리웠다. 이것을 놓칠 용하가 아니었다.

"걸오는 특히 잠자는 거 방해하면 포악해지는데……."

평소에도 충분히 포악한데 얼마나 더 포악해진다는 말인가. 맨정신에 검서관 둘을 기절시킨 사건은 궐내 근무자 중에서 모르는 이들이 없었다. 그리고 그 사건으로 재신에게 근신 처분을 내린 곳이 사헌부였기에 정천도 익히 알고 있었다. 게다가 정천은 멀쩡한 정신의 재신에게 혼쭐나서 쫓겨 간 경험도 있었다. 윤희도 용하를 거들었다.

"예전에 성균관에서 함께 방을 쓸 때, 잠자는 걸 잘못 건드렸다가……."

뒷말을 계속 이을 거짓말을 찾을 수가 없어 끝을 흐렸다. 그런데 이번에도 보다 나은 효과를 발휘하였다. 생략된 뒷말은 정천과 군사들로 하여금 온갖 폭력적인 장면을 상상하게끔 자극하였기 때문이다. 정천의 갈등이 극심해졌다. 선준과 재신이 부재중인 것을 덮기 위한 술수인지, 재신의 잠을 건드리는 게 진짜 무서워서인지 쉽게 구분할 수가 없었다. 그는 결심을 끝내고 주먹을 불끈 쥐었다. 지금 이대로 포기하면 규장각을 무너뜨릴 수 있는 기회를 영원히 잃어버리게 될 것이다.

"그까짓 걸오쯤이야!"

그의 기합을 보는 군사들의 눈빛이 용감함을 경외하기보다는 무모함을 걱정하는 듯하였다.

"두 사람이 앞장서서 소유재로 안내하십시오."

"에? 저희가 왜요? 싫습니다."

용하가 고개를 절레절레 흔들었다. 옆에서 윤희도 크게 고개를 저었다. 손사래도 곁들였다.

"우리가 소유재로 간 사이, 두 사람이 허튼짓을 못 하도록 감시하기 위해섭니다. 어서 앞장서십시오."

용하는 속으로는 바짝바짝 타들어 갔지만 겉으로는 싱긋싱긋 웃으며 말하였다.

"아무렴요. 허튼짓을 못 하도록 감시하기 위해서겠지요. 결코 걸오가 무서워서 우리를 앞에 방패로 세우는 건 아니실 테지요."

정천은 뜨끔하여 화도 못 내고 어서 나가라는 손짓만 하였다. 용하와 윤희가 서로를 마주 보았다. 더 이상 버티는 건 무리였다. 용하가 먼저 발걸음을 뗐다. 그 뒤를 이어 윤희도 걸음을 옮겼다. 소유재를 향해 가는 두 사람의 머릿속에 오만 가지 생각들이 지나갔다. 이대로 계단을 굴러 볼까, 넘어져 다리가 부러진 척해 볼까, 무작정 어둠 속으로 도망쳐 볼까, 군사들에게 시비를 걸어 싸워 볼까……. 누구라도 와서 방해를 해 주면 좋으련만, 평소에는 연락도 없이 툭툭 잘만 나타나던 임금조차 오늘따라 코빼기도 보이지 않았다.

소유재 앞에 당도하였다. 흑목화 두 짝이 윤희가 처음 세워 놓았을 때와 모양새 하나 바뀌지 않고 그대로 나란하게 서 있었다.

"문을 여십시오."

윤희가 용기를 내어 소리를 버럭 질렀다.

"왜 그것까지 우리를 시키십니까! 지금부터 문 열고 안으로 들어가는 건 김 감찰이 직접 하십시오. '걸오쯤'이라면서요. 저는 걸오 사형이 무척 두렵습니다. 발차기 한 방이면 목뼈가 그냥!"

이렇게 말해 놓고 군사들 뒤로 얼른 빠졌다. 용하도 호랑이를 앞에 두고 있는 표정으로 뒷걸음질을 하여 윤희 옆으로 위치를 옮겼다. 뒤로 물러난 두 사람은 동시에 마른침을 삼켰다. 그리고 눈동자를 굴려 주위를 살폈다. 지금이라도 선준과 재신이 나타나 주면 측간 다녀왔다고 우길 수 있을 텐데. 간절한 바람에도 불구하고 어둠 너머에서 움직이는 것이라고는 바람에 흔들리는 나뭇잎 정도뿐이었다.

순간, 정천이 윤희와 용하의 불안을 포착하고 승리의 미소를 지었다. 이 방 안에는 없다! 확신에 찬 그의 손이 방문을 활짝 열었다. 윤희가 만들어 둔 이불 더미가 캄캄함 속에서도 어렴풋하게 보였다. 정천이 신을 신은 채로 방 안으로 성큼 걸어 들어갔다. 윤희의 눈동자가 주위를 마지막으로 점검하고 방 안으로 향했다. 정천이 손을 뻗어 이불을 잡았다. 틀렸다! 윤희와 용하가 동시에 주저앉으려던 찰나였다. 갑자기 불룩하던 이불 더미가 벌떡 일어났다.

"어떤 자식이 감히 내 잠을 깨우는 거야!"

고함 소리에 놀란 정천이 눈을 둥그렇게 뜨고 사람을 확인하였다. 그 옆에 누워 있던 사람도 눈을 비비면서 일어나 앉는 것이 보였다.

"누가 우리를 깨우는 거요?"

어둠 속에서조차 준수함이 눈에 띄는 이선준이었다. 그렇다면 방금 고함지른 사람은……. 눈이 마주치는 걸 두려워하여 고함지른 쪽으로 움직이지를 못하였다. 힘겹게, 힘겹게 돌린 눈이 마주쳤다. 아니길 바랐건만, 문재신이 분명하였다. 그가 손을 천천히 뻗으며 이를 갈듯 말하였다.

"이 자식이 남의 잠을 깨워 놓고……."

"으아아악!"

지금껏 이토록 큰 비명 소리는 들어 본 적이 없었다. '그까짓 걸오쯤이야!'를 외치던 인간이 눈 깜박할 사이에 비명 소리를 데리고 소유재에서 삼십육계 줄행랑을 쳤다. 이토록 빠른 줄행랑도 본 적이 없었다. 군사들도 재빨리 그의 뒤를 따라 뛰어갔다. 모두가 사라지고 나서야 윤희와 용하는 후들거리는 다리를 더 이상 지탱하지 못하고 그 자리에 털썩 주저앉았다. 선준과 재신도 두 사람을 부축하러 오지 못하고 그 자리에 드러누웠다. 헉헉거리는 숨이 아직도 그대로였다.

"헉헉! 아슬아슬했다. 휴! 간만에 제대로 긴장 한 번 해 봤다."

"전 또, 헉헉, 이불을 마저 들춰 보면 어쩌나 마음 졸였, 헉헉."

밀쳐 내는 이불 아래로 미처 갈아입지 못한 검은색 바지가 나타났다. 그들은 여전히 가득 차 있는 숨을 참아 가며 급히 바지부터 갈아입었다. 뛰어오느라 흘린 더운 땀도 있었지만, 마음 졸이느라 흘린 식은땀도 있었다. 비록 네 사람이 흘린 땀의 온도는 달랐지만, 흠뻑 젖은 것은 똑같았다. 용하가 북받친 감정을 참지 못하고 눈물을 뚝뚝 흘렸다. 그리고 신을 신은 채로 방 안으로 뛰어 들어가 재신의 목을 끌어안았다.

"걸오, 난 끝장 난 줄 알았네. 이대로 완전히 끝나는 줄 알았으이. 으흐흑!"

"이 자식이! 틈만 나면 엉기려 들어? 야, 떨어져!"

용기를 얻은 윤희도 그와 똑같이 신을 신은 채로 방 안으로 뛰어 들어가 선준의 목을 끌어안았다. 하지만 선준은 재신과 다르게 밀쳐 내지도 않고, 구박하는 말도 없이 다정하게 어깨를 안아 주었다. 그의 가쁜 숨소리를 또렷하게 듣고서야 윤희는 비로소 눈물을 흘릴 수 있었다.

"이제는 잠을 잘 수 있겠구나."

선준은 왕의 낮은 목소리를 들으며 부용지의 수면을 바라보았다.

"혼자서는 엄두도 낼 수 없는 일이었사옵니다. 네 명 중 어느 한 명이라도 없었다면 이룰 수 없었사옵니다."

왕이 쪼그리고 앉으며 잔물결조차 일지 않는 수면에 보다 가까이 다가갔다.

"큰 모험을 하였도다. 일이 뜻대로 되지 않을지도 모른다는 불안감은 없었느냐? 만약에 일이 잘못되어 더 엉망진창이 될지도 모른다는……."

선준도 옆에 쪼그리고 앉아 왕이 바라보는 곳을 함께 보았다.

"상황이 상황인지라 결과가 입증되지 못한 모험은 할 수가 없었사옵니다."

왕의 놀란 시선이 선준의 옆얼굴로 향하였다.

"실패하지 않을 거라는 확신이 있었단 말이냐? 그러한 전례는 들어 본 적이 없는데? 너에게 혹여 무모한 경향이 있었더냐?"

선준은 여전히 변함없는 모양의 수면을 바라보면서 말하였다.

"아뢰옵기 송구하오나, 전례가 없지는 않았사옵니다."

왕은 머릿속으로 그동안 읽어 왔던 수많은 고서와 서책을 뒤적였다. 적게 읽은 양은 아니건만 그와 비슷한 경우는 잡히지 않았다. 선준이 수면에 비친 왕을 향해 머리를 숙이면서 말하였다.

"전례를 남긴 건 상감마마이시옵니다."

"응?"

"대루원에 뒹굴던 상소문을 본으로 하였사옵니다."

기억이 났다. 4인방이 석갈하던 첫날, 승정원으로 되돌려 보낸 상소문을 일컫는 것이었다. 왕은 당황을 숨기지 못하고 이마를 짚었다. 자신이 저지른 일이건만, 막상 선준이 그 일을 꺼내니 창피해지는 감정을 감출 수가 없었다. 이제껏 그 일로 트집 잡던 신하들 앞에서도 느껴 본 적 없는 감정이었다.

"얼마나 잔인한 결과가 나타나는지에 대한 전례가 있었기에 결코 실패하지 않을 거라는 확신이 있었사옵니다."

유독 '잔인한 결과'를 힘주어 말한 선준의 목소리가 왕의 가슴을 찔렀다.

"음……."

"혹여 벽서들을 읽어 보셨사옵니까?"

"음……."

"우선 시급하게 소단 백전을 말려야 모든 벽서들을 살릴 수 있었기에 소신들이 무례한 일을 벌일 수밖에 없었사옵니다. 하지만 한 가지는 알아주시옵소서. 비록 뛰어난 시문이 아니었어도, 욕설 속에서도 귀담아 들어야 할 말이 있었사옵니다."

"자, 잠깐만. 이거 기분이 이상하도다. 내가 지금 너에게 야단맞는 것이냐?"

"감히 간언을 드리는 것이옵니다."

왕은 괜히 민망하여 화난 듯 인상을 잔뜩 찌푸렸다. 속으로는 아무리 마음에 들지 않는 상소문이라고 해도 앞으로 그런 장난은 하지 않겠다고 생각했지만, 밖으로 표현은 하지 않았다. 어쨌거나 왕의 인상에도 상관없이 선준은 꿋꿋하게 하던 말을 마무리하였다.

"귀를 열어 두는 것도 중요하지만, 입을 막지 않는 것은 군주로서 마땅히 해야 할 일이옵니다. 이것은 홍문관 저작, 이선준으로서 드리는 간언이옵니다."

"소단 백전을 잠재운 것은 규장각 직각, 이선준으로서 한 일이고?"

선준이 대답은 하지 않고 환하게 웃었다. 그의 환한 미소가 왕의 가슴도 환하게 밝혔다.

"녀석도. 고작 부탁 한 가지 들어줘 놓고, 잔소리는 몇 마디를 하는 것이냐?"

"딱 한마디 올렸사옵니다. 길지도 않았사옵니다."

"보기보다 뒤끝이 있구나. 그렇지 않고서야 한참이나 지난 그 대루원 상소문 건을 여태 가슴에 꽁하게 담아 두었을 리가 없느니."

"뒤끝은 아니옵니다. 반드시 한번은 짚고 넘어가야 할 문제라고 생각하였을 뿐이옵니다."

뒤끝이 맞구먼. 싱긋이 웃으며 몸을 일으켜 세우는 왕을 따라 선준도 일어났다. 돌아가기 위해 부용지를 등지고 선 왕이 갑자기 품에서 무언가를 꺼내 선준의 가슴팍에 던지듯 건넸다. 정체불명의 종이였다.

"난 이미 그 종이에 관한 건 모두 잊었도다."

그러고 나서 왕은 멀리서 기다리고 있던 내관들과 수행관들을 이끌고 동성 일대에서 사라졌다. 선준은 주위에 사람이 없는 것을 확인하고 종이를 펼쳐 보았다. 한 장은 선비의 시문이었고, 다른 한 장은 여인의 시문이었지만 필체는 동일한 것이었다. 누구의 것인지를 알아차린 선준은 왕이 사라진 곳을 향해 무릎을 낮추고 소리 없이 고개를 숙였다.

조참이 열리는 날 아침은 언제나 그렇듯 궁궐 주변이 시끌벅적하였다. 육조 거리부터 시작하여 한양 여기저기 흩어져 있는 궐외각사에 있던 관원들이 이날만큼은 한꺼번에 궁궐로 몰려들었다. 각각의 궐문 앞에서는 사헌부 관원들이 버티고 서서 참석자 명단을 적었는데, 오늘따라 입궐 관원들의 줄이 늘어서게 된 이유는 불시에 이뤄진 의복 검사 때문이었다. 갑자기 당한 일에 놀란 관원들 중에 스스로 점검해도 허술한 부분이 있는 사람은 문을 통과하지 못하고 이 문 저 문을 뛰어다니며 혹시라도 아는 감찰이라도 있나 살펴보느라 바빴다.

금호문 앞에는 정주와 정천이 나란히 서서 감찰 중이었다. 한 명씩 세워 두고 검사하는데 당상관이라도 예외는 아니었다. 어떤 관원은 대를 빠뜨려 이름을 적히기도 하고, 어떤 관원은 옷고름이 단정하지 못해 이름을 적히기도 하고, 심지어 사모를 깜박하고 두고 온 정신 나간 관원도 있었다. 또 당상관 중에는 평소에 입던 관복을 그대로 입고 와서 이름을 적히기도 하고, 적초의까지 잘 갖춰 놓고도 실수로 오량금관이 아닌 사모를 떡하니 쓰고 온 당상관도 있었다.

정신없이 검사하던 정주의 귀에 길게 늘어선 관원들 사이에서 웅성거리는 소리가 들렸다. 잠시 고개를 들어 먼 곳을 보았다. 저 멀리서부터 사람들의 시선을 받으며 오고 있는 인물들은 규장각의 4인방이었다.

"참, 때깔이 남달라."

"규장각에 들어가려면 얼굴부터 잘나고 봐야 돼."

누군가의 말에 정주의 입술 끝이 슬쩍 올라갔다. 얼굴만 잘난 인간들이었다면 이렇게 참패를 당하지도 않았을 것이다. 얼굴을 떼고 다른 걸로 덤벼도 이기지 못할 인간들이 더 삐죽거리는 듯하였다. 사헌부 망신을 톡톡히 시킨 정천 쪽을 보았다. 그런데 방금 전까지 있었던 그가 어느 틈엔가 사라지고 없었다. 재신을 발견하자마자 어디론가 내뺀 것이리라. 늘어선 줄이 점점 앞으로 당겨졌다. 앞으로 당겨지면 당겨질수록 4인방과는 가까워졌다. 정천은 여전히 돌아오지 않았다.

선준의 차례가 되었다. 하나라도 잡아내고 싶었지만 언제나처럼 옷깃 하나 구겨진 곳이 없었다.

"되었소. 통과."

선준이 거부할 수 없는 깊은 눈웃음을 보내는 바람에 그도 얼떨결에 따라 웃고 말았다. 청벽서에게 보내는 미소를 받아 버리고 만 것이다. 급히 눈을 돌려 다음 사람을 보았다. 불행히도 이번에는 재신이 버티고 서 있었다. 그는 누군가가 손봐 준 것이라 믿어 의심치 않을 만큼 흐트러진 곳이 없었다. 평소에는 흐트러진 곳밖에 없는 인간이면서 말이다. 다음은 용하였다. 언제나 그렇지만 이걸 잡아야 할지 말아야 할지 고민거리가 아닐 수 없었다. 무슨 당하관 관복이 이리도 사치하단 말인가. 고급 옷감이 어떤 것인지 잘 구분하지 못하는 정주의 눈에도 그의 관복만큼은 구분이 될 정도였다.

용하가 지나간 뒤는 윤희였다. 눈이 마주쳤을 때 얼른 피해 버린 건 정주 쪽이었다. 물귀신에 당한 상처가 아직 아물지 않아서였다. 다른 세 명과는 형식적인 눈인사라도 나눴지만 윤희한테는 그나마도 하지 않고 검사에 집중하였다. 사모는 낡아서 가난한 티가 나는데 반해, 관복은 용하에게서 얻은 것임을 알 수 있을 정도로 차이가 났다. 지적할 곳 없이 단정했다. 하지만 묘한 위화감이 정주의 신경을 건드렸다. 윤희가 지나간 뒤로 정주의 눈이 아래로 뚝 떨어졌다. 그녀보다 훨씬 키가 작은 관원이 뒤에 있었기 때문이다. 묘한 위화감이 옅어지는 기분이었다.

그런데도 정주는 자신도 모르게 제 양손을 번갈아 쳐다보고 있었다. 오른손은 붓을 들고, 왼손은 수첩을 들고 있었다. 오가던 눈동자가 자신의 왼손에 멈췄다.

'왼손, 타고난 것, 젊은 여인, 명필, 김윤식……'

커다래진 그의 검은 눈동자가 멀어지고 있는 윤희의 뒤통수에 박혔다.

'젊은 여인, ……김윤식?'

"감찰, 뭐 하십니까? 시간 없습니다!"

"강 감찰! 어디를 보십니까?"

"어? 어?"

정주가 정신을 차리고 눈앞에 있는 사람을 보았다. 언제 돌아왔는지 정천이 그의 정신을 깨우고 있었다. 정천이 고개를 갸웃거리면서 검사를 시작하였다. 정주는 다시 제 왼손을 내려다보았다. 자신이 생각해도 어이가 없어서 짧은 웃음이 새어 나왔다. 자신의 의심이 터무니가 없어서였다. 여자같이 생기기는 하였지만, 성균관을 지내고 대과 급제까지 한 인물을 의심하다니. 여자같이 생긴 데서 오는 선입견이라며 머리를 털었다. 수사에 있어서 선입견만큼 경계해야 하는 건 없다. 완전히 머리를 털어 내고 다시 의복 검사를 시작하려던 때였다.

'잠깐! 선입견이라고? 선입견이 들어가 있는 건 어느 쪽이지? 여자같이 생긴 점? 아니면, 대물에 변강쇠라는 점?'

이번에는 자신의 오른손을 노려보았다.

'노력한 것, 선비, 명필, 김윤식. ……노력한 것?'

"강 감찰!"

바로 옆에서 외치는 부름에도 불구하고 이번에는 그의 정신이 돌아오지 않았다.

잘못 찾아온 것 같지는 않은데, 상상했던 집안 분위기와는 너무 다른 느낌에 정주는 어안이 벙벙하였다. 아랫도리를 훌렁 내놓은 사내아이부터 시작하여 머리 뜯고 싸우는 계집아이들까지, 모친과 누님 둘만 있다던 단출한 살림과는 전혀 어울리지 않았다.

"이리 오너라! 주인장 계시오?"

정주가 큰 소리로 외치자 부엌쯤으로 보이는 데서 지저분하게 헝클어진 머리카락에, 얼굴과 옷에 땟국이 덕지덕지 묻은 아낙네가 게슴츠레한 눈으로 나왔다.

"말씀 좀 묻겠소. 이 집에 김윤식이라는 사람 있소?"

"아뇨, 그런 사람 모르는데요?"

"그럼 이 근처에 그런 사람 살지 않소?"

"저는 잘 모릅니다."

어디로 가서 찾아야 할지 난감하여 주위 이웃집으로 시선을 돌리는 정주에게 아낙네가 이어서 말을 하였다.

"이 집에 세 들어 온 지 얼마 되지 않았거든요."

"세 들어왔다고? 원래 주인은 그럼 어디 있소?"

"몰라요. 과거 급제하여 다른 곳으로 이사하였다고 듣기는 하였지만……. 이 집 계약할 때도 심부름꾼 같은 사람이 대신 하였기에 주인은 전혀 못 봤습니다."

과거 급제라고? 그렇다는 건 제대로 찾아왔다는 뜻이다. 그런데 제대로 찾아오면 뭐 하는가. 정작 그 가족을 만날 수가 없는데.

"혹시 이 집 주인들에 대해 아는 거 없소?"

아낙네의 고개가 절레절레 저어졌다. 정주는 포기하고 바로 옆집으로 옮겨 갔다. 새로 이사 온 사람보다는 이웃이 아는 게 더 많을 터이다. 그런데 오랫동안 이웃했다는 사람의 말도 새로 이사 왔다는 아낙네와 별반 다르지 않았다.

"글쎄요, 어디로 이사 갔는지……. 어느 날 갑자기 사라졌거든요."

"이 집에 살던 사람들에 대해 아는 거라도 있소?"

"안주인 얼굴만 겨우 알 정도입니다요. 그분이 워낙 조신하셔서 이웃과 수다 떠는 일이 아예 없으셨죠."

"아들 하나, 딸 하나였다던데, 혹시 모르오?"

"얼굴을 제대로 본 적은 없고요, 딸인지 아들인지 몰라도 누가 심하게 아프다고 했지요. 둘 다였었나? 여하튼 그래서였는지 둘 다 외출은 거의 하지 않았던 것 같아요. 몰래 드나들었는지는 몰라도요. 아들은 먼발치에서 한두 번 지나가는 걸 보기는 하였는데……."

정주의 눈이 번쩍 뜨였다.

"어찌 생겼었소?"

"제대로 본 적은 없어요. 계집애처럼 예쁘장하게 생겼던 것도 같고, 병약해 보였던 것도 같고."

이웃이 말하는 아들은 자신이 아는 김윤식이 맞는데……. 정주가 의심을 놓지 않고 다시 물었다.

"딸을 본 기억은 없소?"

"꼬맹이였을 때는 자주 봤는데, 성년이 되고부터는 방 밖을 전혀 나오지 않는 것 같더라고요. 동네 사람들 말로는 가세는 보잘것없어도 선비 집안이라 정숙하여 그렇다고도 하고, 몸도 가눌 수 없을 정도로 병세가 심각해서 그렇다고도 하고. 아! 혼례 올리는 건 본 적 있습니다요."

"혼례를 보았단 말이오?"

"어유, 신랑이 진짜 대단했지요. 생긴 것도 그렇지만 뭐랄까, 그 분위기가……."

이선준이다! 정주는 소문 무성했던 선준의 아내를 떠올리려고 애를 썼다. 모모 부인! 분명 그렇게 불렸던 것 같았다.

"어떻게 생겼소?"

"신부 얼굴은 못 봤습니다요. 그래도 아픈 사람 같지는 않았죠. 키도 훤칠하고."

키가 훤칠하다고? 정주의 기대감이 확 높아졌다.

"혹시 그날, 아들도 함께 있었소?"

"당연히 있었겠죠. 에이, 신랑 구경하느라 정신없었는데, 다른 사람이 눈에 들어왔겠습니까요? 히야, 신랑이 진짜……. 동네 사람들이 모여서 구경했는데 다들 신랑만 쳐다봤다고 그러더라고요."

이선준이라면 납득이 되고도 남았다. 정주는 그 외에도 몇 가지 질문을 더 해 봤지만 별다른 성과는 거두지 못하였다. 오히려 대화를 하면 할수록 자신이 본 김윤식이 이웃 사람이 봤다던 아들과 동일 인물일 가능성이 높아져 김윤식이 남자라는 입증만 되는 듯하였다. 하지만 모모 부인은 건졌다. 그녀에 대해 조사해 볼 가치는 있었다.

즉각 모모 부인에 대한 조사에 들어갔다. 그런데 이것이 정주를 헤어날 수 없는 함정에 빠뜨렸다. 이선준과 김윤식, 모모 부인을 둘러싼 소문은 생각한 것보다 더 광범위했다. 소문을 좇을수록 소설과 범벅이 되어 마치 실체 없는 귀신을 좇는 듯 허망할 정도였다. 이 현실성 없는 이야기들은 결국 정주를 중도에서 포기할 수밖에 없게끔 만들었다. 하지만 얼토당토않은 소문들 중에 포기하지 않은 게 하나 있었는데, 그것은 시문회 부인들 사이에서 흘러나온 소문이었다. 현재로서는 확인할 길은 없지만 시문 실력도 뛰어나고, 그 내용에서 학식도 느껴졌고, 무엇보다 필체가 뛰어났다는 부분이었다.

이 소문을 참고하면 또 다른 문제가 발생하였다. 모모 부인과 김윤식이 오히려 더 분리가 된다는 점이었다. 그리고 홍점화를 도와준 필체가 모모 부인일 확률이 커지기 때문에 굳이 김윤식을 여자로 의심할 이유가 없었다. 한성부에 인적 사항을 의뢰해 본 결과, 김윤식과 그의 누이는 확실히 각각 실존하고 있었기에 더 그러하였다.

정주는 더 이상의 헷갈림을 막기 위해 김윤식에게만 집중하기로 하였다. 그래서 택한 곳이 대물과 변강쇠의 진원지, 성균관과 모란각이었다. 성균관에서의 김윤식은 언제나 노력하는 성실한 유생에, 여러 가지 이유로 주위의 부러움을 한 몸에 받은 남자다운 선비였다. 모란각에서의 김윤식은 오직 단점이라고는 가난밖에 없는, 초선만을 사랑한 지고지순한 청년이었다. 비록 중간에 초선을 잔인하게 한 번 버리기는 하였지만, 사랑의 의리만큼은 버리지 않은 선비였다. 이 두 곳 모두에서 여자라는 정황보다 남자라는 사실을 뒷받침해 줄 만한 증거를 더 많이 찾은 셈이었다.

며칠간 한양 여기저기를 뛰어다닌 보람도 없이 정주는 터덜터덜 걸어 사헌부로 돌아오고 있었다. 견고하게 차곡차곡 쌓인 것들 중에 하나만 찾아내면 모든 정황이 와르르 무너질 것 같건만, 그 하나를 찾을 수가 없었다. 그가 사헌부 건물로 막 발을 들여놓으려고 하는데, 대문을 나오고 있는 감찰 한 명과 마주쳤다.

"강 감찰, 요사이 무슨 용무가 그리 바쁘십니까? 너무 오랜만에 뵙는 것 같습니다. 하하하."

"조사할 일이 좀 있어서……. 그나저나 자네는 지금 어디를 가는 중인가?"

그가 어디를 가는지는 조금도 관심 없었다. 빨리 들어가 머리를 정리하고 싶은 마음이 굴뚝같았기에 지나가는 인사차 물은 것이었다.

"승문원 황 판교 댁에 오늘 경사가 있지 않습니까? 거기 가서 한 끼 얻어먹으려고요."

"경사라니?"

"그 댁 영애 혼인날이랍니다. 사위가 그 왜 있지 않습니까, 규장각의 김윤식 대교랍니다. 황 판교가 사위로 삼고 싶어서 그동안 어지간히 공을 들인 모양이더라고요."

피곤했던 정주는 잠깐 멍하게 있다가 뒤늦게야 깜짝 놀라서 소리쳤다.

"누구? 김윤식 대교라고? 그가 오늘 장가간다고? 어떻게 갈 수 있지?"

"네? 네에, 왜요? 그는 장가가면 안 된답니까? 나이도 꽉 찼는데."

마치 머리통을 망치로 얻어맞은 듯 정신을 차릴 수가 없었다.

"자, 장가. 장가라니……. 김윤식 대교가 장가를 가다니……. 사내니까 장가를 가는 건가? 모든 사람은 속일 수 있어도 아내까지 속일 수는 없을 터인데……."

"속이다니, 뭘요?"

"아, 아니오."

"잔치를 크게 한다던데 강 감찰도 저와 함께 가실래요? 어두워지기 전에 다녀옵시다."

"아니, 생각 없소. 난 머리 좀 식혀야겠소."

그는 정주의 얼굴을 조심스럽게 살피면서 걱정스러운 듯이 말하였다.

"네, 좀 쉬셔야겠습니다. 안색이 안 좋습니다. 그럼 저는 다녀오겠습니다."

정주는 감찰이 인사하는 쪽은 쳐다보지도 않고, 아직 해가 떨어지지 않은 하늘을 보았다.

"허허, 어쩌다가 내가 그런 의심을 하게 되었을꼬. 외모야말로 가장 위험한 선입견이라는 걸 누구보다 잘 알면서. 그에게 남아 있던 악감정이 내 눈을 가렸던 탓인가? 자칫하면 큰 실례를 저지를 뻔하였구나!"

정주는 홀가분한 얼굴이 되어 한바탕 큰 소리로 웃었다. 10년 묵은 미제 사건을 해결해도 이처럼 시원하지는 않을 듯하였다. 그는 모든 의심을 날려 버리고 조금 전의 감찰을 뒤쫓아 가며 소리쳤다.

"이보게, 같이 가세! 나도 한 끼 얻어먹어야겠네."

6

초례상을 가운데 두고 서영과 마주 선 윤희는 눈동자만 힐끗거리며 주변을 살폈다. 참석한 사람이라고는 신부 측의 가까운 친인척들뿐이었다. '혼례는 조촐하게, 잔치는 떠들썩하게'에 황 판교와 윤희가 의견을 모았기 때문이다. 그것은 용하의 계획된 책략이기도 했다. 윤희는 초례상을 물끄러미 보다가 눈을 감았다. 아침에 출발하기 전에 보았던 선준의 표정이 잊히지가 않았다. 마지못해 허락은 하였지만, 그의 마음은 여전히 괴로움을 떨치지 못하고 있었다. 윤희는 그의 마음을 살피느라 신랑 신부가 맞절을 하고 술을 나눠 마시는 등 모든 대례가 끝날 때까지 감았던 눈을 뜨지 않았다.

윤희는 장인이 된 황 판교와 참석해 준 친인척들에게 인사를 올린 뒤, 대반의 안내를 받아 따로 마련된 신랑 방으로 들어갔다. 그곳에 혼자 앉게 되자 그제야 가장 큰 문제가 생각났다. 어차피 정식으로 첫

날밤을 치르지 않을 예정이고, 사실 치를 수도 없지만, 신방에서 서영과 하룻밤을 함께 있어야 한다는 사실은 맞절을 하는 것보다 까마득하였다. 선준이 가장 견디지 못하는 것도 그것이었다. 그렇다고 도망을 친다거나 신방에 들어가지 않는 건 신부를 욕보이는 것이므로 해서는 안 되는 짓이었다. 무엇보다 사내인 양 꾸미고 있는 현재를 의심받게 될지도 모른다. 한숨이 절로 나왔다.

"하! 가랑 형님……."

계속해서 한숨과 선준 부르기를 번갈아 하는 동안 날이 저물고 말았다.

밖은 잔치를 즐기러 온 사람들로 북적였다. 그 시끄러운 소리가 윤희가 있는 방까지 들려왔다. 지금쯤이면 다들 퇴진하였을 시각이니 혹시라도 선준이 오지 않았을까, 사형들도 놀리러 오지 않았을까 궁금하여 방문 가까이로 다가갔다. 그리고 손가락으로 문풍지에 구멍을 뚫고 밖을 훔쳐보았다. 낮부터 이어진 잔치는 밤이 되니 퇴진하고 온 관원들로 만원이 되었다. 그중에 아는 얼굴 하나를 발견하였다. 새로 온 제학이었다. 그는 윤희의 상관으로서 온 것이 아니라 황 판교와의 안면으로 온 객이었다. 비록 당파는 달라도 대소사에 인사 정도는 나누는 사이였던 모양이다. 나머지 각신들은 보이지 않았다.

그 순간 구멍으로 보이는 윤희의 눈이 커졌다. 어두워진 마당에 선준으로 보이는 남자가 나타났기 때문이었다. 그런데 그 옆에 장옷으로 얼굴을 가린 웬 여자가 붙어 있는 것이 아닌가. 얼른 눈을 비비고 다시 구멍을 보았다. 이쪽으로 가까워질수록 선준이 확실해졌다. 그녀는 제 다리를 가누지 못하고 털썩 주저앉았다.

손님들 옆으로 여인을 데리고 지나가던 선준은 실수로 어떤 이의 등을 다리로 건드렸다.

"앗! 죄송합니다."

"아니, 괜찮……."

마침 돌아보던 이는 한 끼를 해결하러 온 정주였다. 그는 선준을 알아보고 자리에서 일어나 가벼운 목례를 하였다.

"다른 각신들과 함께 오신 것 아닙니까?"

그러면서 옆에 있는 여인을 유심히 살폈다. 의심을 놓으려고 했건만 어떻게 된 일인지 그 여인이 신경 쓰였다. 선준은 그의 눈빛이 탐탁지 않았다. 평소 이렇게 살뜰하게 인사를 나누는 사이가 아니지 않은가. 무엇보다 그의 눈이 오로지 장옷에 붙어 있는 것이 불길하였다.

"네, 다른 분들은 이따가 식사하러 올 겁니다. 저는 다른 볼일이 있어서, 그럼."

정주는 급히 걸음을 떼는 선준에게 다시 말을 걸었다.

"옆의 여인은……."

선준이 못 들은 척하고 가려고 하자 기어이 팔까지 잡았다.

"이 직각이 이런 곳에 데리고 올 여인이라면, 혹시 안사람?"

정주는 '이건 모모 부인에 대한 호기심일 뿐이다. 단지 그뿐이다.'라고 마음으로 되뇌었다.

"아, 네. 그렇습니다."

키가 훤칠하다던 증언이 맞았다. 더 이상 의심하지 말자며 자신을 타일렀지만 말은 의지와 다르게 자꾸만 흘러나왔다.

"그렇다는 건 오늘 신랑의 누님 되시는 분이라는 뜻인데, 친영을 하는 곳까지 대체 무슨 일로?"

"급히 전할 것이 있어서요. 죄송하지만 제 아내는 건강이 좋지 못하여 이렇게 잠깐 서 있는 것도 힘겹습니다. 하실 말씀 있으면 다음에 다시 해 주십시오."

얼굴은 보이지 않아도 키가 훤칠하여 아픈 것 같지 않았다는 증언도 맞고, 심하게 아파서 외출을 하지 않았다는 증언도 맞았다. 나란히 안으로 들어가는 선준과 그의 아내를 보면서 정주는 다시금 선입견을 경계하기로 마음먹었다.

윤희는 인상을 찌푸린 채로 열심히 머리를 굴렸다. 선준이 데리고 온 여인의 정체가 궁금하기 짝이 없었다. 그것도 처남의 혼례식에 데리고 올 여인이라니. 굳이 찾아보자면 아내 정도일 텐데, 그의 아내는 여기 버젓이 앉아 있지 않은가. 그렇다면 설마?

방문 밖에서 사람들의 수군거림이 들렸다가 이내 기척을 알리는 소리가 들렸다.

"안으로 들어가도 되겠소?"

선준의 목소리였다. 목이 메어 대답이 나오지 않았다. 그래서 대답 대신 냉큼 방문을 열었다. 방문 너머에 선준이 있었다. 그리고 그 옆에 장옷으로 여전히 얼굴을 가린 여인이 있었다. 얼굴을 보지 않아도 누구인지 알 수 있었다. 선준은 우두커니 서서 말을 잇지 못하는 윤희를 안으로 밀고 여인을 안으로 들인 뒤 문을 닫았다. 장옷이 방바닥으로 떨어졌다. 동시에 윤희의 눈물도 같이 떨어졌다.

"누님, 오랜만입니다. 걱정 많으셨죠?"

동생의 얼굴이 보였다. 알아볼 수 없을 만큼, 다른 사람으로 보일 만큼 건강한 청년이 되어 있는 동생이었다. 말을 할 수 없어 고개를 끄덕였다. 끄덕일 때마다 눈물이 툭툭 떨어졌다. 손을 뻗어 동생의 볼을 쓰다듬었다. 언제나 피부 아래로 만져지던 뼈는 느낄 수가 없었다. 볼에서 만져지는 것은 건강함뿐이었다.

"방 안이 조금만 더 밝았더라면 좋았을걸. 어디서 어떻게 지냈어? 어머니는?"

"너무 잘 지냈습니다. 더 이상이 없을 만큼이요. 우상 대감께 입은 은혜는 세상이 끝날 때까지 갚아도 영원히 갚지 못할 것입니다."

윤희는 선준을 보면서 고맙다는 말 대신 다시 고개를 끄덕였다. 선준은 소리 없는 미소로 손수건을 꺼내 그렁거리는 그녀의 눈물을 닦아 주었다.

촛불이 보이지 않았다. 눈물이 떨어져 내려가면 잠시 또렷하게 보였지만 금세 다시 눈물이 채워져 흐릿해졌다. 서영은 대례까지 지낸 지금도 여전히 혼란스러웠다. 혼인하면 도련님을 만날 수 있다고 하였지만, 그것이야말로 말이 되지 않는 것이었다. 다른 사내의 아내가 되고 나서 도련님을 만나는 건 이치에 맞지 않았다. 하지만 또 다른 김윤식의 목소리는 그 이치에 맞지 않는 말을 받아들이게끔 만들었다.

차츰 말라 가는 눈물 사이로 서영은 손에 드리워진 한삼을 내려다보았다. 길고 긴 하얀 천이었다. 양옆으로 놓아진 화려한 수는 그녀가 직접 한 땀 한 땀 놓은 것이었다. 모든 괴로움과 그리움을 잊기 위해 이 수에 모든 상념을 놓았다. 그런데 지금 이 상황에 이르러서 보니 수에 새겨서 버리려고 했던 비관적인 상념들이 모조리 그녀의 마음으로 옮겨 왔다. 이제는 도련님을 만날 수가 없는 것이로구나! 어리석게도 다른 사내와 혼인을 해 버렸구나!

 그녀는 손을 빼내어 한삼을 잡았다. 빙글빙글 돌려 길게 늘어뜨리니 밧줄과 비슷한 모양이 되었다. 더 이상 눈물은 흐르지 않았다. 모든 것을 잃어버린 미소만 흘렀다. 사랑하는 이를 버리고 다른 사내와 혼인하였으니 정절을 잃은 것이요, 그토록 좋은 분과 혼인을 하면서 다른 사내를 가슴에 품었으니 또 다른 정절을 잃은 것이다. 정절을 잃었다는 건 양반가 규수로서 모든 것을 잃은 것이 아닌가.

 천장을 보았다. 그곳에는 밧줄을 걸 만한 보가 길게 가로질러 있었다. 지금까지 이런 고비가 오면 위로해 주던 말이 있었다. '그를 다시 만날 수 있는 방법은 소생과 혼인하는 것뿐입니다.'라는 말이었다. 그런데 지금은 그마저도 들리지 않았다. 한삼의 한쪽 끝을 묶어 기둥으로 던져 올렸다. 올라갔던 천의 끝이 기둥을 지나 아래로 내려왔다. 서영은 천의 양끝을 잡았다. 순간, 하얗던 천이 붉은색으로 보였다. 목도리. 한 겹 한 겹 풀릴 때마다 조금씩 드러나던 도련님의 하얀 얼굴. 그 끝에 써 놓았던 자신의 이름. 도련님의 편지들, 그리고 미소들⋯⋯. 단 한 번만이라도 볼 수 있었으면, 보고 죽었으면⋯⋯.

 간절한 소망 탓인가? 늘어져 내린 붉은 듯 하얀 천 사이로 그토록 보고 싶었던 얼굴이 서 있었다. 그 뒤로 방문이 닫히는 것이 보였다.

 "뭐 하는 짓입니까!"

 환상뿐만이 아니라 환청까지 들리는 것인가? 성난 얼굴로 달려와 한삼을 당겨 바닥에 던지는 얼굴을 넋이 빠진 채로 쳐다보았다. 예전과 달라 보였다. 그래서 도련님이 아닌 것 같았다. 예전에 본 것은 갓과 두루마기 차림이었는데, 지금은 새신랑의 모습이었다.

"낭자……."

"헛것이어요. 이건 헛것이 분명합니다."

바닥에 털썩 주저앉았다. 반쯤 벌어진 입술이 닫히지를 않았다. 눈도 감기지를 않았다. 하지만 서영의 손은 또다시 사라져 버릴지도 모르는 이의 옷자락을 의식이 없는 상태에서도 꽉 잡았다. 그녀 앞에 윤식도 무릎 꿇고 앉았다.

"도련님, 소녀를 데리고 도망가 주셔요. 어디라도 좋으니까……."

애절한 그녀의 말을 뿌리치고 윤식이 조용히 속삭였다.

"제게 '도련님은 누구신가요?' 이렇게 물으셨지요?"

"그건……, 그건 후회하였어요. 그 말을 하려던 게 아니었는데, 원망이 아니었는데, 너무 놀라서, 어떻게 해야 될지 몰라서……."

"답변이 늦었습니다. 저는 김윤식입니다."

서영은 고개를 저었다. 무작정 젓기만 하다가 겨우 말하였다.

"성함은 어떤 것이든 상관없어요."

"이름을 말하는 것이 아닙니다. 제가 바로……."

윤식의 입술이 서영의 입술 가까이로 다가왔다. 그리고 닿을 듯 말 듯 말하였다.

"……진짜 김윤식입니다."

말을 끝으로 두 입술이 겹쳐졌다가 떨어졌다. 그러잖아도 놀라서 동그래져 있던 그녀의 눈이 더욱 동그래졌다가 갑자기 일그러졌다.

"모르겠어요. 무슨 말씀을 하시는 건지, 어떻게 된 일인지 모르겠어요."

 서영은 아무 생각도 할 수 없었다. 그래서 아무 말도 할 수 없었다. 하지만 그의 옷자락은 놓지 않았다. 그녀는 다시 세차게 도리질을 하면서 그의 품에 매달렸다.

 "어떻게 된 영문인지……. 아, 아뇨! 다른 건 모두 상관없어요. 한 가지만 대답해 주세요. 소녀에게는 이 한 가지만이 중요합니다. 도련님이 진짜 김윤식이라면, 제가 도련님의 아내가 된 것인가요?"

 "네! 오늘 낭자의 지아비가 된 이는 다른 누구도 아닌, 바로 접니다."

 윤식의 품에 안긴 서영의 온몸이 울음을 토해 냈다. 소리도 없이 몸으로만 오래도록 울었다.

 신방의 불이 꺼지는 것을 확인한 윤희는 그제야 무겁게 자리하고 있던 어깨의 짐을 내려놓았다.

 "애썼소. 이제 나머지는 두 사람에게 맡겨 두오."

 "네, 그래야지요."

 "처남에게 내일 새벽에 이 집 사람들이 일어나기 전에 빠져나오라고 일러두었으니 알아서 할 거요. 걱정 마오."

 "저도 걱정은 하지 않습니다. 황 낭자는 비록 여리기는 하나 현명한 여인이니 알아서 잘 처신하리라 믿어 의심치 않거든요."

 "우리도 여기서 빠져나가야 하오. 어서 당신께 장모님을 만나게 해 주고 싶소."

 "윤식을 보니 어머니도 평안히 잘 계셨을 거라 믿어 의심치 않습니다."

그녀는 선준의 재촉에 따라 윤식이 쓰고 왔던 장옷을 머리에 덮어 썼다. 옷도 모두 윤식의 것과 바꿔 입은 후였다. 하지만 남녀의 차이가 있기에 좋은 눈썰미라면 들어갈 때와 나올 때의 차이를 알아차릴 정도는 되었다.

선준은 아까처럼 마당을 통해 가다가 문제가 생길 것을 염려해, 음식을 하는 건물 옆을 돌아서 가기로 하였다. 그곳도 일하러 온 여인들로 북적거렸지만, 마침 밤이어서 지나가는 두 사람을 알아보지는 못하였다. 옆문을 통해 밖으로 나온 윤희가 비로소 말을 하였다.

"그런데 합하께서 용케도 보내 주셨군요. 아직은 모습을 내비치기에는 위험한데……."

"힘들었소."

그랬을 것 같았다. 정무와 선준, 두 사람 간에 격렬한 논쟁이 오갔을 것이다. 그 논쟁에는 선과 악의 근거와, 인간의 도리와, 인정에 관한 오만 가지 학설이 동원되었을 것이다.

"상대가 우의정 대감이시니……. 어떻게 설득하셨습니까?"

"드러누웠소."

걸음을 멈춘 윤희는 장옷 틈으로 보이는 선준을 보았다. 그도 걸음을 멈추었다.

"드러눕다니요?"

"아버지는 어머니와 단둘이 계실 때 누가 방해하는 것을 제일 싫어하시는 분이라, 두 분이 함께 계시는 안방에 드러누워 떼를 썼소."

"에? 노, 농담이시죠?"

"농담일 리가 없지 않소. 그 방법은 자주 쓰면 역효과가 나니 간혹 써야 하는 단점이 있지만, 실패할 확률은 적소."

 농담인지 진담인지 구별이 되지 않았다. 정무의 평소 모습과 선준의 평소 모습을 참고하면 머릿속에 그려지지 않는 장면이었다. 그런데도 이상하게 진담 같은 기분이 들었다. 윤희는 고개를 갸웃거리면서 선준을 따라 걸었다.

 선준은 담벼락 끝에 있는 가마 앞에서 멈춰 섰다. 윤식의 이동에 사용한 것이었다. 그 옆에는 선준의 것으로 보이는 말도 한 필 서 있었다. 기다리고 있던 가마꾼들이 일제히 허리를 숙였다.

 "오르시오."

 윤희가 가마 앞에 섰을 때였다. 마침 식사를 끝낸 정주가 황 판교 댁을 나오다가 두 사람을 발견하였다. 하지만 이미 캄캄함 밤이 되었기에 멀리서는 사람이 잘 보이지 않았다. 그의 다리가 두 사람을 향해 다가갔다. 한 걸음 한 걸음 점점 가까워졌고, 가까워지면 가까워질수록 사람의 형체는 더욱 뚜렷하게 모습을 드러냈다. 정주가 두 사람에게 눈길이 닿을 찰나, 장옷을 쓴 윤희의 모습은 가마 속으로 어둠과 함께 빨려 들어가듯 사라졌다. 정주는 선준과 눈인사를 나눈 뒤, 누구를 놓쳤는지 알지 못한 채로 사헌부를 향해 계속 걸어갔다.

終章

승천昇天

1

"홍벽서가 절필을 선언하였다네."

용하가 말하면서 찬바람 들이치는 창문을 닫았다. 그러자 재신이 서책을 집어던지면서 말하였다.

"끝! 드디어 열고관에서 해방이다! 그런데 어떤 홍벽서?"

"장형으로 엉덩이 살점 뜯겨 나간 홍벽서 말일세. 뭐라더라, 시절이 자신의 붓을 꺾었다나? 하하하."

윤희가 두루마리를 펼치면서 혼잣말처럼 대꾸하였다.

"시절도 꺾지 못한 걸오 사형의 붓은 오늘도 하염없이 달렸는데. 남들 다 일할 때조차 서류 밑에서 몰래."

"어쨌든 이 사건이 조만간 묻히면, 가짜 홍벽서는 이 규장각으로 들어올 듯허이. 검서관으로."

어차피 예상하고 있던 일이었기에 용하의 말이 놀랍지는 않았다.

선준이 두툼한 서책을 책상 가운데에 놓으면서 다른 세 사람의 시선을 모았다.

"방금 걸오 사형의 서책을 끝으로 열고관 서책 정리가 전부 끝났습니다."

누가 먼저랄 것도 없이 세 명 모두 손뼉을 쳤다. 재신이 이를 갈면서 박수 소리에 말을 섞었다.

"내가 앞으로 열고관 근처만 가도 성을 간다."

그러다가 세 사람 모두 갑자기 놀란 눈이 되어 선준을 보았다. 재신이 가장 두려운 눈으로 물었다.

"그런데 끝났다면서, 이건 뭐냐?"

선준은 말하기가 두려운 듯 잠시 입술을 깨물다가, 재신을 일부러 외면하고 용하와 윤희를 번갈아 보면서 말하였다.

"이건 이전에 규장각에 있던 관원이 정리한 개유와 총록입니다."

"자, 잠깐만! 개유와라고? 또 그곳에 있는 그 많은 서책을 우리가 정리해야 한단 말이야?"

재신이 소리를 지르면서 벌떡 일어났다. 그리고 괜히 선준에게 눈을 부라렸다.

"걸오 사형, 그렇게 노려보지 마시고……."

"상감마마를 노려볼 수는 없잖아!"

그의 눈동자 안에는 선준이 아닌, 음흉하게 웃는 왕이 들어가 있었다.

"제 말씀을 끝까지 들어 보십시오. 그 서책을 또 읽으라는 것이 아니라, 이 총록을 모두 외우라는 어명이셨습니다."

윤희가 제일 먼저 두꺼운 서책을 잡아 휘리릭 넘겨 보았다.

"이걸 외워서 뭐 하게요? 책이란 것은 처음부터 끝까지 차분하게 읽는 것이지, 이렇게 요약된 건 백번 외워 봤자 아무 의미가 없는데…….."

"그러게. 그걸 모르실 상감마마가 아니신데……. 수상허이."

용하는 중얼거리면서 그녀에게서 총록을 받아 들고 책장을 한 장씩 넘겼다. 그의 고개가 유난히 갸웃거렸다. 하지만 재신은 앞뒤 가릴 것 없이 놀랐던 가슴을 쓸어내렸다.

"그 정도야 해 주지. 잠깐! 외우는 거라고? 젠장!"

외우는 것 또한 끔찍이 싫어하는 그가 아닌가. 이래저래 싫은 것투성이인 재신이니, 선준은 더 이상 상황을 끌지 않고 말을 끝냈다. 선준이 자리에 앉아 막 서류를 잡으려고 할 때였다. 이번에는 역관이 당하관 방문을 열고 들어왔다.

"공부하실 시간입니다."

용하의 인상이 더욱 요상하게 찌그러졌다. 이제 더위는 남아 있지도 않은데 그의 접선이 번잡스런 바람을 일으켰다. 역관이 선 채로 청국어 교재를 펼쳐 들자 용하가 싱긋이 웃으며 말을 건넸다.

"우리가 요즘 청국어 공부가 너무 잦은 듯한데……, 그 이유 중에 뭔가 아는 것 있는가?"

"글쎄요, 저도 왜 그런지 궁금하던 차였습니다. 전에는 닷새에 한 번이었는데 요즘 들어 매일 가르치라고 하셨다니, 상감마마의 그 심중을 누가 알겠습니까?"

"닷새든 매일이든 우리 같은 문신이 청국어를 배워야 한다는 것 자체가 이상하지 않은가?"

"그러게요. 우리 역관들 사이에서도 이제까지 이런 경우가 처음이라고들 하기는 하더라고요."

역관이 교재를 보며 수업을 막 시작하려는데 다시 용하가 말을 건넸다.

"조만간 주청 사절이 청나라로 떠나지 않는가? 요즘 승문원 관원들은 그 관련 업무로 죄다 신경이 날카롭던데."

"네, 곧 사절단 명단 발표가 있다고 알고 있습니다. 아! 그럼 혹시?"

선준이 펼쳐 놓은 교재 위에 두 손을 모으고 고민하다가 말하였다.

"절행에는 역관이 있는데, 굳이 우리에게 청국어를 가르칠 이유가 없지 않겠습니까?"

"그래도 아예 한마디도 못 하는 것보다는 편하지 않겠는가?"

재신은 이런 대화조차 귀찮은 듯 역관에게 빨리 수업이나 하라는 의미로 인상을 썼다. 이에 놀란 역관은 말을 더듬거리면서 수업을 시작하였다. 가르치면서 언제나 느끼는 거지만 재신을 제외한 세 명은 정말 학문을 사랑하는 학자 같았다. 원래 선준과 윤희는 뭐든지 열심히 하기에 누구나 그렇게 느끼지만, 드물게 용하마저 이 대열에 낀 이유는 그가 이런 쪽에 지대한 관심이 있었기 때문이다. 그래서 주청 사절에 낄지도 모른다는 기대감으로 온몸이 달아올랐다. 역관은 오늘따라 부담스러울 정도로 열의가 넘치는 용하를 보면서 기분 좋게 청국어를 발음하였다. 한마디 하는 족족 모든 말을 그가 죄다 빨아들이는 듯하였다. 심지어 아직 내놓지 않은 자신의 머릿속에 있는 것마저 모조리 가져가는 듯하였다.

며칠 후, 온몸이 축축 늘어진 채 휘청휘청 걸어온 용하가 마치 쓰러지듯 걸상에 앉았다. 그리고 세상이 끝난 듯 책상에 머리를 묻었다. 일하고 있던 선준과 윤희, 서류 밑에서 몰래 시문을 끼적이고 있던 재신이 깜짝 놀라서 그를 보았다.

"무슨 일이십니까?"

윤희가 물어도 그는 대답이 없었다. 걱정이 되어 그의 어깨를 흔들었다. 그러자 울먹이는 목소리가 들렸다.

"없으이."

"뭐가요?"

"사절단에 이름이 없다고 하네. 우리들 중에 아무도……."

이상한 일이었다. 용하의 말을 듣는 순간, 세 사람도 실망스런 감정을 감출 수가 없었다. 예전부터 새로운 문물을 배워 보고 싶었던 선준도 그렇고, 더 넓은 세상을 밟아 보고 싶었던 재신도 그렇고, 더 많은 세상을 가져 보고 싶었던 윤희도 그렇고, 더 넓은 곳에서 더 다양한 여인과 놀아 보고 싶었던 용하도 그러하였다. 기대를 하였기에 그 실망감은 더 큰 듯하였다.

"힝! 보내 주지도 않을 거면서 왜 공부를 시킨 거냐고!"

용하의 칭얼거림을 들으면서 선준은 윤희를 보았다. 그녀가 억지로 감추려고 하는 실망감을 보았다.

여러 날을 고생하여 준비한 주청 사절을 떠나보내는 날이었다. 규장각의 4인방도 실망은 접어 두고 하루 종일 쫄쫄 굶어 가며 일손을 보태느라 뛰어다녔다. 그럼에도 불구하고 규장각이 이런 일에도 낀다며 고깝게 보는 다 괸청의 눈총끼지 받아야 했다.

떠나는 무리를 배웅하고 이문원으로 돌아온 4인방은 녹초가 되어 걸상에 널브러졌다. 배고픔도 느껴지지 않았다. 손가락 하나 까딱하기 싫은데, 또 그들의 방으로 역관이 들어왔다.

"뭐야, 또?"

"저기, 아직 끝내라는 하달은 없어서……."

선준이 몸을 일으켜 교재를 찾았다. 그러면서 우두커니 선 역관에게 물었다.

"이번 절행에 들지 않았소?"

"어쩌다 보니 이번에는 제외되었습니다."

선준과 윤희, 용하는 교재를 꺼내 책상에 펼치고 수업 준비를 끝냈지만, 재신은 아예 책상에 엎드리면서 불쌍한 역관에게 성질을 부렸다.

"난 눈 좀 붙여야겠다. 깨우지 마라."

감히 그를 건드리지는 못하고 역관은 안절부절못하다가 결국 그대로 두고 수업을 시작하였다. 그런데 갑자기 재신이 벌떡 일어나 앉았다. 그리고 순식간에 교재를 펼쳐 누구보다 열심히 공부하는 척하였다. 다들 어리둥절하여 그를 보는데, 난데없이 방문을 열고 들어오는 인기척이 느껴졌다.

"너희들이 고생이 많도다."

이 목소리는? 방 안에 있는 모두가 일어서서 허리를 숙였다. 재신의 동물적인 감각에 허리를 숙이는 것이기도 하였다. 왕은 역관에게 수업할 필요 없으니 나가라는 손짓을 하였다. 이에 역관이 허리를 푹 숙인 채로 천천히 뒤로 물러나 이문원을 나갔다. 왕이 아무 걸상이나 당겨 앉으면서 말하였다.

"모두 고개를 들라."

선준이 고개를 들면서 말하였다.

"오늘 일정이 무거웠사온데, 여기까지 어인 일로 납시었사옵니까?"

왕은 그의 말에 대답은 하지 않고 네 사람을 찬찬히 번갈아 보았다. 그리고 당하관 방도 둘러보았다.

"너희들이 이곳 규장각에 있은 지도 제법 되었구나."

쓸쓸한 목소리였다. 윤희가 놀란 눈으로 고개를 들어 왕의 얼굴을 보았다. 다른 세 명도 놀란 눈은 똑같았다. 왕이 싱긋이 웃은 뒤, 평소와는 달리 어렵게 입을 뗐다.

"모두 짐을 챙겨 이곳을 나가거라. 오늘부터 너희들은 더 이상 규장각 각신이 아니다."

왕은 아연실색한 네 사람의 시선을 밀치고 옆의 내관에게 손짓을 하였다. 내관이 손에 들고 있던 봉서를 책상 위에 올렸다.

"오늘 떠난 사절단이 빠뜨리고 간 것이 있도다. 너희 4인방이 가지고 뒤따라가 줘야겠다."

"지금쯤이면 이제 막 한양을 벗어났을 것이옵니다. 당장 달려가면……."

재신이 성질 급하게 말하자 왕은 여유 있게 고개를 저었다.

"아니다. 너희들은 닷새 후에 한양을 출발한다."

네 사람은 앉아서 웃고 있는 왕을 미친놈 쳐다보듯 보았다. 하지만 이내, 4인방 모두 의미를 알아차리고 허리를 숙였다.

"긴 시간이 될 것이다. 한두 해를 훌쩍 넘길지도 모르지."

연행은 일반적으로 넉 달에서 여섯 달가량 걸리는데, 한두 해를 넘길지도 모른다는 건 그곳에서 오래 체류하라는 말이었다. 이것은 윤희에게 있어서 윤식과 바꿀 수 있는 기회였다. 그것도 단순히 사임하거나 외관직으로 나가는 것보다 더 확실한 기회였다. 그녀는 예전에 왕이 부탁 하나 들어주마고 제의했을 때, 사임이나 외관직을 받아 주지 않은 것이 천만다행이라고 생각하였다. 하지만 '언젠가는 사임보다 좋은 방법이 나타날 테지.'라고 했던 왕의 말까지 기억해 내지는 못하였다. 왕은 윤희를 보면서 마지막 인사를 하듯 말하였다.
"향안랑 4인방! 너희들이 보고 싶을 것이다."

4인방은 해를 잃어 가는 동성 일대를 마지막으로 돌아보았다. 주합루도, 규장각도, 이 부용지도 모두 보고 싶을 것이다. 2층에 올라 아래를 내려다보던 때를 기억하였다. 부용지를 빙 둘러 뛰어다니던 걸음도 기억하였다. 부용정에 앉아 짓던 시문도 기억하였다. 제대로 보아 주지 않았던 나무 한 그루조차 기억하였다. 그들은 천천히 걸어서 도서고가 모여 있는 곳으로 갔다. 두 번 다시는 열고관에 오지 않으리라 마음먹었는데, 이곳마저도 보고 싶을 것 같았다. 심지어 옆의 측간조차 보고 싶을 것 같았다. 열고관 안으로 들어갔다. 가지런히 꽂힌 서책들, 그 사이사이 삐죽삐죽 솟아 있는 목패들. 이 안에 있는 서책 중에는 4인방의 손이 스치지 않은 것이 없었다.

4인방은 자신들이 땀 흘리며 뛰어다녔던 길을 따라 걸었다. 그 걸음의 끝은 서규 일대에서 멈추었다. 입번 때마다 잠을 잤던 소유재를 보았다. 햇빛을 피해 앉았던 향나무를 보았다. 그리고 붉은 노을이 감싸고 있는 이문원을 보았다. 이곳 기둥에, 방문에, 책상에, 걸상에, 서랍장에, 선반에, 창문에, 창틀에 누구의 손때가 가장 많이 묻었는지, 얼마나 많은 손때가 묻었는지 가늠할 수가 없었다. 꼴 보기 싫었던 수교 현관마저도 멋있게 보였다.

그들은 쓰던 물건을 정리해서 싸 둔 보자기를 하나씩 들었다. 그중에 용하의 것이 가장 큼지막하였다. 그리고 마치 피난 가는 사람들인 양 이문원을 나섰다. 제일 뒤에서 나가던 윤희가 잠시 걸음을 멈추고 돌아보았다. 그리고 눈에 동그랗게 맺힌 눈물을 보자기에 묻으며 이문원의 문턱을 넘어갔다.

정무는 말이 없었다. 선준과 윤희가 긴 이야기를 끝낼 때까지 단 한마디도 없이 듣기만 하였다. 그리고 두 사람의 보고가 끝이 나도 오랫동안 입을 열지 않았다. 윤희는 무릎 꿇은 채로 서안 위에 올려져 있는 그의 주먹만 쳐다보았다. 힘주어 꽉 쥐었다가, 잠시 느슨해졌다가, 손가락 하나를 풀어 두어 번 까딱거리다가, 마지막으로 손바닥을 쫙 폈다. 그 순간 그의 입이 열렸다.

"문재신과 구용하! 그 둘, 믿을 만한 놈들 같더구나."

선준과 윤희가 동시에 정무의 얼굴을 보았다. 여전히 표정으로는 뒷말을 짐작할 수 없는 분이었다.

"그 아비까지는 믿을 수 없다만."

근수를 지칭한 말이었다. 이 말을 듣는다면 그도 분명 '네놈이야말로 믿을 수 없다!'며 노발대발하였을 것이다. 윤희는 '두 분은 아주 잘 어울리십니다.'라고 말하고 싶은 걸 꾹 참았다.

"두 사형은 믿을 수 있습니다."

정무는 확고한 믿음을 가지고 있는 선준과 윤희의 눈을 번갈아 보다가 결심한 듯 말하였다.

"그렇다면 김윤희와 김윤식, 바꿔라! 아니, 제자리로 돌아가라. 하늘이 주신 기회다."

아직까지 이해 못한 표정으로 앉은 두 사람을 두고 정무는 자리에서 일어났다. 그리고 눈을 아래로 내리뜨면서 분노인지 기쁨인지 알 수 없는 표정으로 말하였다.

"떠나기 전에 우례는 치르고 가라."

그 말을 끝으로 더 이상의 설명은 붙이지 않고 방을 나갔다. 윤희는 눈을 끔뻑이며 방문을 닫고 나가는 정무를 바라보았다. 여전히 그의 말을 이해하지 못하고 앉은 그녀를 선준이 따스하게 안아 주었다. 그제야 윤희는 그 뜻을 알아차리고 온전한 지아비의 품에 흐르는 눈물을 감추었다.

왕이 내린 풍성한 가체가 윤희의 머리 위를 휘감고 내려와 뒤통수에 얼기설기 모였다. 화장은 그녀의 얼굴에 스며든 듯 엷게 자리를 잡았다. 입술 위에도 옅은 붉은 빛깔이 얹혔다. 첫날밤 이후로 주인을 잃었던 저고리와 붉디붉은 치마와 종류별로 첩첩이 싸인 속치마도 부드러운 몸을 감쌌다. 시부모 앞에서 두 손을 가지런히 포개어 큰절을 올리는 모양이 아직 곳곳에 밴 사내 티를 완전히 벗지는 못하였지만, 겉모양만큼은 더없이 훌륭한 여인이었다.

선준과 윤희는 폐백 상을 가운데 두고 시부모와 마주 앉았다. 임씨는 마치 자신이 혼인을 한 양 감격하여 힘들게 이 자리에 와서 앉은 며느리를 축하하였다.

"고생 많았구나. 이제 너는 누가 뭐래도 우리 며느리야."

"그동안 의지가 되어 주셔서 고맙습니다."

"내가 한 일이 뭐가 있다고. 오히려 알게 모르게 폐만 끼쳤단다. 한데 친인척 예물까지 꼼꼼하게 챙겨서 가져왔더구나. 동생 혼례 준비만으로도 힘들었을 텐데, 여러 가지로 신경을 썼어."

"너무 약소하여 부끄럽습니다."

"고맙게 받으마."

하지만 이 와중에도 정무의 속은 알 수가 없었다.

"갑작스럽게 치르게 된 우례라서 일가친척은 부르지 않았다. 인사는 연행을 다녀온 뒤에 해도 늦지 않을 게다."

목소리조차 감정을 알 수 없었다. 하지만 말이 끝나고 윤희의 시선이 아래로 내려가는 찰나, 아주 희미한 미소가 눈가에 드러났다가 사라졌다. 그녀가 깜짝 놀라 얼른 다시 고개를 들었을 때는 이미 미소의 흔적은 남아 있지 않았다.

"아버지, 어머니. 정말 고맙습니다."

선준은 그 감사함을 다 표현할 수 없었기에 바닥에 엎드린 채로 고개를 들지 못하였다.

마루에 앉은 재신은 인상을 쓰고 제 귀를 막았다. 옆에 따라다니면서 울어 대는 다운의 소리가 듣기 싫어서였다.

"야, 반 토막! 뚝 그쳐! 뚝!"

"하지만 어떻게 안 울 수가 있어요. 청나라로 가신다면서요. 언제 오실지도 모른다면서요."

"어차피 한양에 있어도 너나 나나 안 보고 사는 건 똑같다."

"청나라 가신다는 거 거짓말이죠?"

"뭔 소리냐? 내가 왜 거짓말을 해!"

"아니면 일부러 가시는 거죠? 절 버리고 싶어서 그러시는 거죠?"

재신은 귀에서 손을 떼고 한쪽 눈썹을 치켜세웠다. 그리고 검지로 그녀의 이마를 꾹꾹 누르면서 비아냥거렸다.

"이렇게 우는데 어떤 놈이 안 버리고 싶겠냐? 뚝 그쳐! 당장 안 그치면 다른 데 가 버린다?"

다운은 깜짝 놀라 입술을 앙다물었다. 그리고 흘러내리는 눈물을 소맷자락으로 슥슥 문질렀다. 그래도 계속 눈물은 흐르고 울음은 입술을 비집고 나왔다. 참아야 한다. 그러잖아도 집에 안 있으려고 하는 그를 황씨가 억지로 잡아 둔 거였다. 한양에서의 마지막 날은 아무리 그래도 아내와 보내야 하지 않겠냐는 것이었다.

"다, 다른 데 어디요?"

"어디든!"

다운은 방 안에 있는 재신의 서안을 쳐다보았다. 그리고 울음과의 힘든 사투 끝에 겨우 말을 하였다.

"저기, 저 서안 서랍에 있는 여인한테요?"

"어이, 반 토막! 꿈 꿨냐? 어떻게 서안 서랍에 사람이 들어가."

"그게 아니고요, 서랍 안에 있는 시문들이요. 그거 지어 준 여인 말이어요."

"야! 누가 내 서랍장 마음대로 보랬어!"

있는 힘껏 고함질러 놓고 재신은 서안과 다운을 번갈아 보았다. 어이가 없어서 헛웃음이 나왔다. 그는 한숨을 푹푹 내쉬고는 이를 으드득 갈면서 말하였다.

"반 토막! 저 안에 있는 것들은 전부 내가 지은 거다."

잠깐 동안 모든 동작이 얼어붙은 듯 멈췄던 다운이 다시 울음을 터뜨렸다.

"거짓말! 세상에 어떻게 그런 말도 안 되는 거짓말을! 차라리 서방님이 여자라는 말을 믿겠어요."

재신은 발끈하여 고함을 지르려다가 애써 목소리를 낮췄다.

"너는 필체 볼 줄도 모르냐? 저렇게 더러운 필체는 이 세상에 나밖에 없다."

다운의 눈물이 쏙 들어갔다. 생각해 보니 사랑하는 남자에게 보내는 편지치고는 지나치게 지저분한 글씨였다. 그 정도 시문을 지을 수 있는 여인이면 글씨도 예쁠 텐데, 날려 쓴 듯한 필체에 여기저기 먹물로 으깨고 삐뚤게 고쳐 놓은 글자들도 있었다.

"마, 말도 안 돼. 어, 어떻게 서방님 같은 분이 저리도 아름다운 글을……."

잠시 마당 쪽을 보던 재신이 다시 다운에게 고개를 돌려서 물었다.

"내 글이 아름답다고?"

다운은 고개라도 떨어뜨릴 태세인 양 힘차게 끄덕였다.

"전 이제껏 선녀가 지은 시문인 줄로만 알았어요. 선녀가 아니면 그런 글은 절대로 지을 수가 없다고요."

"선녀? 하하하, 미안하게 됐다. 네 환상 다 깨서."

다운은 두 손을 모으고 재신을 보았다. 이런 대단한 사람이 남편이라니. 폭력적이라 바깥에서는 사람만 패고 다니는 줄 알았는데. 그녀는 마치 옥황상제라도 바라보는 듯 황홀한 눈빛을 마구 보냈다. 친정에 가면 남편 자랑에 밤을 새우지만 믿어 주는 사람이 아무도 없었다. 거짓말쟁이 취급까지 당했다. 하지만 이제는 친정뿐만이 아니라 할 수만 있다면 길 가는 사람들마다 붙잡고 '이 사람이 이런 시문을 지었어요. 그런데 이 사람이 제 남편이어요. 제가 이 사람의 아내어요.'라며 자랑하고 싶었다. 재신이 빙긋이 웃으며 말하였다.

"줄까?"

"네?"

"저 안에 있는 시문, 너 다 줄까?"

튕겨 오르듯 발딱 일어난 다운은 재빨리 서안을 향해 달려갔다.

"반 토막! 너, 나보다 그 시문을 더 좋아하지?"

재신의 말이 끝나기도 전에 그녀는 가던 걸음을 어느새 획 돌려 그의 턱 앞에 바짝 붙어 앉았다. 그리고 고개를 좌우로 세차게 저어 시문보다는 그를 더 좋아한다는 마음을 전하였다.

"아무도 안 뺏어 가니까 나 가고 없거든 천천히 봐라."

다운의 고개가 이번에는 위아래로 끄덕여졌다. 하지만 이미 다 훔쳐 읽었다. 읽고 또 읽었다. 그렇기에 알고 있었다. 그를 떠나보내고 다시 돌아오기를 기다리면서 가지게 될 수많은 슬픔과 보고픔이 서랍 안에 고스란히 들어가 있음을. 앞으로 다시 읽게 되면 그 시들은 모두 자신의 감정이 되고 자신의 마음이 될 것임을. 그래서 더 서러울 것임을.

다운은 고개를 한 번 푹 숙였다가 다시 번쩍 들었다. 용기가 필요한 일이 있었다. 지금을 놓치면 영영 오지 않을 일이었다.

"보, 보여 드릴 게 있어요."

"어떤 거?"

그녀는 두 주먹을 불끈 쥐고 용기를 끌어 모은 뒤에 제 소맷자락에서 작게 접은 종이를 꺼냈다. 그것을 여러 차례에 걸쳐 줄 듯 말 듯 망설이다가 두 손을 공손히 모으고 재신에게 바쳤다.

"이게 뭐냐?"

"소, 소, 소첩이 처음으로 지은 시문이어요. 서방님께 꼭 보여 드리고 싶었어요."

"어? 너도 시를 지을 줄 아는 거냐?"

"이제 막 배우는 거여요."

재신은 반갑게 받아 들고 한 손으로 종이를 펼쳤다. 하지만 눈길 스치기가 무섭게 다운의 얼굴에 틱 집어던졌다.

"쓰레기. 눈 버렸다."

풀이 죽은 그녀는 슬쩍 나오려는 아랫입술을 밀어 넣고, 종이를 잡아 다시 접으면서 겨우 들릴 듯이 핑계를 대었다.

"처음 지은 거니까……."

그리고 다시 고개를 번쩍 들고 힘주어 말하였다.

"앞으로도 노력할 거여요!"

"배워서 뭐 하게?"

"서, 서, 서방님과 시문을 주고받는 게 제 꿈이어요."

"난 쓰레기에는 응답 안 한다."

"그래서 노력한다고요! 돌아오실 때까지 정말 정말 열심히 노력해서……. 서방님 같은 분은 시로써 대화한다고, 그래서 소첩도 서방님과 대화할 수 있는 아내가 되고 싶어요."

재신이 말을 하지 않고 제 아내를 물끄러미 보았다. 표정도 없었다. 다운은 힐끔거리면서 말을 이었다.

"저 좋은 여자, 좋은 아내가 될 거여요."

"나는 좋은 여자, 좋은 아내보다는 예쁜 여자, 예쁜 아내가 더 좋다."

어느새 그의 목소리에는 놀림이 가득하였다. 아니나 다를까, 다운의 표정이 재미있게 울먹거렸다.

"예, 예쁜……. 그, 그건 저는 어려워요."

재신이 고개를 크게 끄덕이며 빈정거렸다.

"그렇겠지."

"남편의 사랑이 아내를 아름답게 만들어 준대요, 어머님이요. 어머님 말씀은 틀린 것이 없으니까, 저는 절대 아름다워질 수 없을 거여요."

"어휴! 어머니가 애 데리고 몹쓸 거짓말 참 많이도 하셨다."

"맞는데……. 어머님 말씀은 다 맞는데……."

애는 놀리는 게 맛이라더니. 재신은 놀리는 재미에 취해 다운의 짱구 이마에 입을 맞췄다.

펑!

다운의 머릿속이 폭발한 소리였다. 어쩌면 심장이 폭발한 소리인지도 몰랐다. 머리끝부터 발끝까지 새빨갛게 변한 채로 멍청하게 앉은 그녀에게 재신이 여전히 놀리듯 말하였다.

"예뻐졌는지 가서 거울 봐라. 그대로면 어머니 말씀이 맞다고 더 이상 우기지 마라."

꼴깍! 심장의 박동을 견디지 못한 다운이 뒤로 넘어갔다. 깜짝 놀란 재신이 그녀의 뒤통수가 마룻바닥에 닿기 직전에 먼저 잡았다.

"야! 왜 이래? 정신 차려, 반 토막!"

재신이 놀라서 다운의 몸을 잡고 흔들었지만, 혼미해진 그녀의 정신은 해롱거리는 입가의 미소는 버려두고 더욱 달아날 뿐이었다.

원앙금침을 덮고 서로를 보며 나란히 누운 윤희와 선준은 말없이 눈으로만 대화하는 방법을 연구하는 듯하였다. 먼 길을 떠나기 전에 잠을 푹 자 둬야 하는데 잠이 오지 않아서였다. 선준이 팔을 뻗어 그녀의 허리를 감았다. 얇은 옷감 하나 두르지 않은 피부와 피부가 스치다가 뒤엉켰다.

"이제는 정말 자야 합니다."

말은 그렇게 하면서도 순순히 그의 입술을 허락하였다.

"아랑."

선준은 자신을 부르는 목소리에서 고민을 발견하였다. 그는 손을 꼬옥 잡아 무슨 말이든 해 보라는 의미를 전하였다.

"이제는 전부 끝난 것이겠죠? 저는 윤희로 돌아가고 윤식이는 윤식이로 돌아가고……. 시간이 지나 청나라에서 돌아올 때쯤에는 이곳도 조용해져 있을 테니까."

"그동안 고생하였소."

"저는……, 안 가는 것이 좋겠습니다. 이제는 그렇게 해도 될 것 같습니다."

"왜 그러오?"

윤희는 대답하지 않고 그의 품에 얼굴을 묻었다.

"함께 가오. 내가 원하는 것이오."

천천히 고개를 저은 그녀가 쓸쓸하게 말하였다.

"이제부터는 당신의 아내로서 살아야지요. 당신만 계속 희생하시는 것은 싫습니다."

선준이 그녀의 얼굴을 두 손으로 감싼 뒤, 품에서 떼어 내 눈을 마주 보았다. 그의 눈이 웃고 있었다.

"왜 나의 희생이라고 생각하오? 이건 나의 이기심일 뿐이오. 나는 지금 당신에게 손과 발의 굳은살을 없애고, 마음 편히 발을 뻗고 잘 수 있는 안락함을 버리라고 하고 있소. 이 모든 것을 버리고 오직 그대와 함께 있고픈 나의 욕심을 채워 달라는 것이 어찌 희생이란 말이오."

윤희는 그의 눈을 보며 고개를 끄덕였다. 고개를 끄덕일 때마다 마치 그의 손이 두 볼을 쓰다듬는 듯하였다.

"저 또한 같은 마음이니 그것이 어찌 아랑의 이기심일 수 있겠습니까. 당신이 없는 안락한 비단금침보다 당신과 함께하는 거친 댓잎자리를 기꺼이 택하겠습니다."

말을 마친 윤희는 선준의 품속으로 다시 들어갔다. 그가 힘껏 끌어안으며 자장가처럼 속삭였다.

"대신, 너무 멀리 날아가지는 마시오."

윤희도 자장가처럼 대답하였다.

"아랑의 물은 너무도 넓고 깊어 제가 아무리 헤엄쳐도 그 안에 겨우 머물 뿐입니다."

그리고 오래전 그가 했던 말을 떠올렸다.

'난 그대에게 소원을 쓰지 않게 해 주고 싶었소. 죽을 때까지 그럴 필요가 없도록 해 주고 싶었소.'

그때의 말처럼 선준의 사랑 안에 있으면 소원이 필요한 날은 영원히 오지 않으리라, 소원 따위는 영원히 쓸모가 없을 것이라 생각하였다.

2

한양이 내려다보이는 언덕 위에는 용하와 덕구 아범이 제일 먼저 도착해서 말과 짐들을 손보고 있었다. 덕구 아범은 짐 때문에 계속 투덜거리는데 용하는 들떠서 훨훨 날아가기 직전이었다. 그들이 손보고 있는 것은 사람이 타고 갈 말 두 필과 짐만 실은 말 한 필이었다. 하지만 사람이 탈 말에도 짐이 전혀 없는 것은 아니었다. 잠시 후 재신이 말을 타고 나타났다. 그의 짐은 거의 없었다. 대신 등 뒤에 활과 화살을 메고 있었다. 특히 점화를 쏠 때 사용하고 남은 화살은 죄다 챙겨 온 듯하였다. 다른 건 놔두고 그것만 제일 신경 쓴 티가 났다.

"어이, 걸오! 짐이 그게 다인가?"

재신이 말에서 뛰어내리면서 소리쳤다.

"뭐야? 이사 가냐? 무슨 짐이 이렇게 많아?"

덕구 아범이 눈물이라도 쏟을 기세로 한탄을 쏟아 냈다.

"그러게 말입니다요. 쉰네가 그나마 싸우고 싸워서 많이 뺀 겁니다요."

"다른 놈들은?"

"아직 안 오셨습니다요. 언제쯤 오시려나? 가랑 선비님과 대물 선비님만 오시면 되지요?"

재신과 용하의 눈이 마주쳤다.

"올까?"

"나도 자신할 수가 없으이. 대물까지 올지는……."

두 사람의 고민을 알지 못하는 덕구 아범이 눈치를 살피면서 말하였다.

"네 분 모두에게 어명이 내려졌다면서요? 사신으로 뽑혔는데 안 가면 곤장이 100대인 걸로 아는뎁쇼?"

재신이 그들의 짐을 노려보면서 말하였다.

"규정된 수량 이외의 물건을 더 가지고 가는 자도 장형 100대인 걸로 아는데?"

용하는 그득하게 쌓인 제 짐을 보면서 대체 저게 뭐가 많다는 건지 이해할 수 없다는 표정을 하였다.

"우리 걸오는 경국대전은 제일 못 외우면서 꼭 그런 구절만 기억을 한다니까."

"엇! 저기, 순돌이입니다."

덕구 아범이 손가락을 가리키는 곳에 덩치 큰 순돌이가 작은 조랑말 한 마리를 끌고 오고 있었다. 그런데 자세히 보니 조랑말이 아니라

건장한 말이었다. 크기도 작지 않고 컸다. 설마 저 말을 저 덩치가 타고 그 먼 길을 가려는 건 아니겠지? 세 사람의 걱정이 그의 뒤에 오는 사람들로 넘어가지 못하고 불쌍한 말에 쏠렸다.

순돌이의 덩치 뒤에 가려졌던 사람들이 한 명씩 보이기 시작하였다. 선준이었다. 그 옆에는 윤희였다.

"오는군."

재신의 짧은 말이 끝나기도 전에 또 다른 한 사람을 발견하였다. 윤식이었다.

"역시 이렇게 되는 것인가?"

재신과 용하는 서로를 보며 눈빛으로 의견을 나누었다. 선준과 윤희가 말에서 내려 두 사람에게 다가왔다. 윤식은 말에서 내려 멀찌감치 섰다. 용하가 싱긋이 웃으며 윤희를 보았다. 그녀는 긴장한 얼굴로 두 사형 앞에 허리를 푹 숙였다.

"걸오 사형, 여림 사형! 죽을죄를 지었습니다. 죄송합니다!"

"죽을죄를 지었으면 죽어야지. 어떻게 죽여 줄까?"

재신이 마치 당장이라도 주먹을 휘두를 듯 팔을 움직였다. 이에 당황한 윤희가 허리를 번쩍 들었다.

"저기, 그러니까 어떤 죽을죄를 지었는지부터 들어 보시고……."

"너, 나를 모르냐? 난 원래 죽이고 난 뒤에 듣는다."

"걸오 사형이야말로 자신을 모르시네요. 사형은 죽이고 난 뒤에도 안 듣는 분이시거든요."

"그것도 틀린 말은 아니군."

재신의 눈이 멀찌감치 서 있는 윤식을 향하였다.

"어이, 넌 뭐냐? 우린 자제 군관子弟軍官 같은 건 필요 없다."

"아니, 저기, 그게……. 죄송합니다!"

윤희가 다시 허리를 푹 숙였다. 결국 힘들게 입을 열려는 그녀보다 앞서 용하가 말하였다.

"그럼 이렇게 하세. 우리도 자네한테 죄송한 일이 있다네. 서로가 하나씩 말하고 모두 털어 버리는 게 좋지 않겠는가?"

"하지만 저는 쉽게 털어 버릴 수 없는 잘못이라……."

"우선 우리부터 죄송한 거 말하겠네. 양쪽 다 들어 보고 판단하세."

망설이는 윤희를 대신해서 옆에 서 있던 선준이 고개를 끄덕였다. 이때 재신이 허리에 손을 올린 채로 멀리 있는 윤식을 향해 소리쳤다.

"야, 김윤식! 거기서 뭐 해! 얼른 이리 안 뛰어와?"

깜짝 놀란 윤희가 두 사람을 번갈아 쳐다보았다. 그런데 선준은 그다지 놀랍지 않은지 싱긋이 웃으며 윤희를 보았다. 용하가 사람 좋은 웃음으로 말하였다.

"다 알고 있었으이. 알고서도 모른 척해서 죄송하다는 말일세."

"아, 알다니요? 무엇을……"

"자네가 지금 무엇을 고백하려고 하는지 모두 다 알고 있네. 모모 부인 정체가 자네라는 사실까지."

"왜…….."

너무 놀란 나머지 무엇을 물어봐야 할지 몰라 말을 더 할 수가 없었다. 하지만 용하는 그녀의 질문을 알아듣고 대답하였다.

"자네들을 놀려 먹는 게 재미있어서 굳이 아는 척할 필요를 못 느꼈다네."

재신이 가까이로 다가온 윤식의 어깨에 붙임성 있게 팔을 두르는가 싶더니, 난데없이 용하의 엉덩이를 걷어찼다.

"또 농담으로 비비적대고 넘어갈 생각일랑 말고, 이번 한 번만이라도 좀 진지하게 말해!"

걷어차인 부분을 손으로 문지르던 용하는 어쩔 수 없는지 보기 드물게 진지한 표정으로 말하였다.

"자네는 나의 벗일세. 벗을 잃고 싶지가 않았으이."

또다시 그녀의 입에서는 끝을 맺지 못하는 말만 나갔다.

"저는 여자인데 어째서 벗으로……."

"검을 쥐어야만 강한 것이 아닐세. 대물 자네는 이제껏 내가 알아온 수많은 인간들 중 가장 강하고 용기 있는 인간일세."

용하는 제 가슴에 손을 올리고 진심으로 그녀 앞에 머리를 낮추면서 말을 이었다.

"그러니 어찌 자네를 벗으로 삼지 않겠는가."

"고, 고맙……."

윤희는 끝까지 말을 완성하지 못하고 눈물을 쏟았다. 알 것 같았다. 두 사형과 선준이 아니었다면, 이미 오래전에 여자인 걸 들켰으리란 걸. 이렇게 버텨 올 수 있었던 건 이들의 힘이었다는 걸.

"눈물을 보이기에는 아직 이르다네. 앞으로가 더욱 험난할 터이니 말일세."

그녀를 대신해서 선준이 두 사람 앞에 허리를 숙였다. 윤식도 진심으로 그들을 향해 고개를 숙였다.

"걸오 사형, 여림 사형. 고맙습니다."

"우리가 알고 있다는 거, 가랑 자네는 눈치 채고 있지 않았는가?"

뜨끔! 선준은 대답을 할 수가 없었기에 숙였던 허리를 들 수가 없었다.

"안 돼!"

비명에 가까운 이 고함 소리는? 모든 사람의 시선을 모은 목소리는 덕구 아범이었다. 뒤늦게야 상황을 알아차린 그가 넋이 나간 사람처럼 윤희 앞으로 다가왔다.

"이, 이럴 수는 없습니다요."

용하가 그를 달랬다.

"자네만 몰랐다고 너무 속상해하지 말게. 일부러 그런 것도 아니고……."

"그게 아니라, 그럼 대물이 아니신 겁니까? 변강쇠도? 아이고, 큰일 났다!"

"응?"

"제 마누라가 대물 선비님과 함께 간다고 하니까 계속 따라다니면서 반드시 비법을 알아 오라고, 그냥 돌아왔다간 거세시켜 버린다고 그랬는데 어쩝니까요! 꼼짝없이 거세당하게 생겼네. 아이고!"

순돌이가 한 손으로 덕구 아범의 뒷덜미를 잡아 가뿐히 들고 가서 멀찌감치 내려놓았다. 그래도 그는 여전히 세상 끝난 듯 '아이고!'를 연발하였다. 그의 한탄을 뒤로하고 윤식이 재신과 용하에게 정식으로 인사를 하였다. 그들은 여느 때와 다름없이 인사를 받아 주었다. 그 전에도 이들 사이에 윤식이 함께 있었던 것만 같은 태도였다. 큰 비밀을 마치 밥 먹고 물 마시는 일인 양 대수롭지 않게 넘어가 준 덕분에 윤희도 그들 앞에서 변함없는 모습일 수가 있었다.

"그러니까 내가 자네 장가가던 그날, 황 판교 댁에 가려고 그랬는데, 규장각을 비울 수가 있어야지. 구경 못 해 애석허이."

재신도 한마디 거들었다.

"늦게라도 축하한다. 네 아내는?"

"처가에 있습니다. 제가 청국에 다녀와서 제 이름을 돌려받을 때까지만 그곳에 있기로 하였습니다."

"자네들 모친은? 홀로 계시게 될 터인데, 괜찮겠는가?"

용하의 진심 어린 오지랖에 윤식은 편안한 마음으로 대답하였다.

"네, 우상 대감께서 살펴 주신다고 하셨습니다."

"아 참! 대물 자네는 그 말 많던 우례는 치렀고?"

언제나처럼 '대물'이라 말하는 용하에게 윤희는 환한 웃음으로 말을 대신하였다.

잠시 일상적인 몇 마디를 주고받던 중, 언제나 그랬던 것처럼 이번에도 용하가 갑자기 화제를 돌렸다.

"참, 들었는가? 청벽서가 규장각 각신으로 끌려 들어갔다네."

"뭐?"

네 사람의 놀란 눈이 만났다. 서로가 서로의 눈을 보던 4인방은 동시에 엄지를 높이 치켜들며 소리쳤다.

"상감마마, 최고!"

어떻게 이렇게 호흡이 잘 맞나 싶어 윤식은 어리둥절한 눈으로 그들을 두리번거렸다. 재신은 허리에 손을 얹고 미친 사람처럼 통쾌하게 웃었다.

"음하하하! 음하하하! 너도 당해 봐라! 당해 봐야 우리 입장도 알 수 있을 거다. 야, 청벽서! 이 홍벽서가 한양에 없다는 걸 다행으로 알아라. 안 그랬으면 네놈 면상에 규장각 비판하는 벽서 바로 붙였다."

"하하하! 그만 하고 우리도 어서 출발하세나."

선준이 급히 제지하면서 말하였다.

"잠깐만요. 출발하기 전에 뜯어보라는 상감마마의 봉서가 있습니다."

봉투를 뜯어 종이를 펼쳤다. 언뜻 봐도 글자가 몇 개밖에 되지 않았다. 순간 선준이 눈동자를 힐끔 돌려 누군가의 눈치를 보는 게 느껴졌다. 용하 쪽이었다.

"뭐, 뭔데 내 눈치를? 불안하네. 빨리 말하게."

선준은 미안한 표정으로 잠깐 망설이다가, 앞으로 종이를 펼쳐 보여 주었다.

재물 청구 금지

모두가 턱이 떨어져 내린 줄도 모르고 멍한 표정으로 글자만 보았다. 그중에 가장 충격을 받은 이는 용하였다. 원래 연행을 가면서 필요한 노잣돈은 들르는 고을 관아마다 충당해 주었다. 그런데 그것을 금지한다는 뜻이었다. '재물 청구 금지'에서 한 자를 빼면 '노잣돈 없음'이고 여기에서 또 한 자를 빼면 '빈털터리!'

"으아아악!"

역시나 용하의 비명 소리가 터져 나왔다. 하지만 다른 세 사람은 용하의 옷 꼬락서니와 가득 실린 짐 보따리를 보면서 평온한 표정으로 왕의 어명에 수긍하였다.

"다, 당장 다시 집으로 가서 은전이라도 좀 더 가지고……."

사색이 되어 말로 향하는 그에게 재신이 비아냥거리는 말투로 말하였다.

"이봐 '좀 더'라고? 지금도 '좀'은 가지고 있다는 뜻이지?"

"아, 아닐세. 나도 재물 청구만 믿고 노잣돈은 많이 안 챙겨 왔단 말일세. 상감마마께서 일부러 그러신 게 분명허이. 우리를 빈털터리로 만들어 고생시키려고 일부러 여기서 봉서를 뜯게 하신 거라고!"

저 멀리 구중궁궐 속에서 왕의 재채기 소리가 들리는 듯한 기분이 들었다. 분명 음흉하게 웃고 있을 것이 분명하였다. 그러고도 남을 임금이었다.

"상감마마 최고라고 했던 말, 취소!"

이번에는 유일하게 용하만 외친 소리였다. 보다 못한 윤희가 순돌이를 불렀다. 그리고 손짓으로 용하 쪽을 가리키면서 지시하였다. 손돌이는 즉각 제정신이 아닌 용하의 허리를 한 손으로 잡아 말 위로 던져 앉혔다. 다른 사람들도 각자의 말에 올라탔다. 윤희와 윤식은 깊게 내려오는 갓으로 얼굴을 가렸다. 선준과 재신도 어사로 내려갈 때 썼던 갓을 쓰고 각자의 활과 화살을 정비하였다. 용하는 혼이 빠져나간 얼굴이었지만 색안경은 빠뜨리지 않았다. 그리고 구경해 본 적도 없는 깃털 달린 요사스런 모자를 썼다. 모두가 소매가 치렁치렁한 두루마기를 벗고 움직이기 편한 차림이었다. 단지 똑같이 편한 차림이라고는 해도 용하의 것은 때깔이 다르기는 하였다.

"길 안내는 해결되었습니까?"

선준의 물음에 용하가 눈에 초점을 잃은 채로 중얼거렸다.

"조선 내에서는 덕구 아범이, 국경을 넘으면……. 국경, 노잣돈, 빈털터리……."

멍한 그를 대신해서 덕구 아범이 말하였다. 이유는 달랐지만 풀이 잔뜩 죽은 건 그도 마찬가지였다.

"연락 보내 놓았으니까 아마 덕구가 나와 있을 겁니다요."

덕구? 당사자와 용하를 제외한 모든 사람이 깜짝 놀랐다. 윤희가 의아함을 감추지 못하고 물었다.

"덕구 아범이라고 해서 아들 이름이 덕구일 거라고 짐작은 하고 있었는데……."

재신도 딴에는 농담이랍시고 한마디 던졌다.

"난 덕구 아범 이름이 덕구아범인 줄 알았다."

"헤헤, 쇤네가 일찍 장가가서 열다섯 살에 첫째를 봤습지요. 그놈이 덕구입니다요."

선준은 외국의 길 안내를 맡겨야 하는 인물이기에 신중하게 물었다.

"국경 너머에 있다면 덕구의 나이가 어떻게 되오?"

"쇤네가 제 이름으로 불린 세월보다 덕구 아범으로 불린 세월이 훨씬 길습지요. 스물 정도 되었을 겁니다요. 그래도 걱정 마십시오. 그놈이 어려서부터 청국을 드나든 놈이라 그 나라에 대해 빠삭합니다. 역관보다 훨씬 낫습지요."

용하가 정신을 차리고 말고삐를 정비하면서 대화에 끼어들었다.

"그런데 덕구가 직접 오는 건가? 다른 사람 보내면 좋겠는데……."

표정이 오묘하였다. 다른 사람은 알지 못하는 그 표정의 의미를 덕구 아범은 알아차리고 말하였다.

"그건 쇤네도 잘 모릅니다요. 급하게 연통만 보내서요. 아무래도 작은 주인어른이 가신다고 했으니까 그놈이 직접 오지 않겠습니까?"

"그놈이 바빠야 할 터인데……."

"바빠도 열 일 제치고 올 놈인데……."

"휴! 어쨌든 덕구든 덕구가 보낸 사람이든, 그쪽 편이라면 길 안내도 확실하니 걱정 말고 가세들."

모두가 각자의 말고삐를 잡았다. 그리고 서서히 움직이는 말에 몸을 맡겼다. 그들 뒤로 한양이 멀어지고 있었다. 윤식이 멀어지는 한양을 뒤돌아보았다. 그곳에 두고 온 연인을 보았다. 그리고 다시 돌아올 때는 온전한 김윤식이 되어 있겠노라 맹세하였다. 그가 앞을 보자, 이번에는 선준과 윤희가 뒤돌아보았다. 선준의 입에서 자신도 모르게 옛 시가 흘러나왔다.

"가노라 삼각산아, 다시 보자 한강수야."

앞을 보고 가던 용하에게서 탄복이 나왔다.

"캬! 명구라고 익히 알고는 있었지만, 지금 들으니 더욱 그러허이."

그러자고 사전에 약속한 것도 아닌데, 모두의 입이 한곳으로 모였다.

"가노라 삼각산아, 다시 보자 한강수야……."

우연히 모인 입에 모두가 똑같이 웃음을 터뜨렸다. 그들의 웃음소리는 두고 가는 한양으로 넘실넘실 흘러갔다.

『규장각 각신들의 나날』 끝